有爱的青春陪伴者

恋恋不晚期

瑞曲有银票 著

贵州出版集团
贵州人民出版社

图书在版编目（ＣＩＰ）数据

恋恋不晚期 / 瑞曲有银票著. —贵阳：贵州人民
出版社, 2023.10
ISBN 978-7-221-17738-4

Ⅰ. ①恋… Ⅱ. ①瑞… Ⅲ. ①长篇小说–中国–当代
Ⅳ. ①I247.5

中国国家版本馆CIP数据核字(2023)第132734号

恋恋不晚期
LIANLIAN BU WANQI

瑞曲有银票 / 著

出 版 人：朱文迅
责任编辑：潘 媛
特约编辑：狐小九 伍 利
装帧设计：刘 艳 唐卉婷
封面绘制：茶叶蛋

出版发行：贵州出版集团 贵州人民出版社
地 址：贵阳市观山湖区长岭北路贵阳国际会议展览中心D区D1栋
印 刷：长沙鸿发印务实业有限公司
版 次：2023年10月第1版
印 次：2023年10月第1次印刷
开 本：880毫米×1230毫米 1/32
印 张：11
字 数：394千字
书 号：ISBN 978-7-221-17738-4
定 价：42.80元

贵州人民出版社微信

目录
Contents

目录
Contents

第一章
和我结婚

车子驶离高速不久，就到了市郊。

不是头回过来，视线中出现一幢幢的独栋别墅时，晚嘉心知地方已经到了。

乔湾春居——京北的高端富人区。

"蒋姨，到了。"车子停稳后，晚嘉下到另一边，搀出一位细眉慈目的妇人来。

老人受不得凉，晚嘉给她围上披肩后，才搀着她走进别墅大门。

往里走到玄关，她们遇见一小群正在跑闹的小孩。看见晚嘉她们时，几个娃娃马上停下追逐，一个个仰起脖子喊人，乖巧又有礼貌，极富教养。

客厅宽可跑马，花园外也散着人，或站或坐，都在闲聊。挑眼望去，没有攀比和吹嘘的嘴脸，人人面容平和身形舒展，笑声阵阵。

踩地的几下声响后，一个女孩子走过来，喊了声："姑妈！"

齐刘海，短发过耳，穿带有盘扣的连衣裙，是主人家的孙女，祝如曼。

打过招呼后，祝如曼勾着晚嘉，笑嘻嘻问旁边的蒋玉芝："姑妈，借您儿媳妇用一下？"

蒋玉芝点点头："你们年轻人玩吧，我去外面走走。"

得了允许，祝如曼拽着晚嘉就往楼上跑，步子太急，晚嘉被拖得脚下有些趔趄。

两人"噔噔噔"踏着步阶，刚上二楼，正好撞见从偏厅出来的年轻男人。他鬓发明晰，镜片后一双清澈的眼，目光笔直看过来："去哪里？"

虽然衣着休闲，只是简单的白衫黑裤，但他个子高挺身形优越，目光还带着无形的威压，怎么看都不像好接近的。如果拿亲和度打分，恐怕会得出个负数。

一见到这位，祝如曼立马文静下来："哥，我们去三楼。"

上来就遇见大客户，晚嘉稳了稳呼吸，硬起头皮打招呼："祝总。"

祝遇清领首，视线蜻蜓点水一样在她身上掠过，再看自己妹妹："跑什么？慢点走。爷爷心脏不好，动静大了小心惊着他。"

"……爷爷在外面花园，怎么听得到这里的动静。"祝如曼小声嘀咕了句，但确实没再扯着晚嘉疯跑了。

等到了三楼，晚嘉终于明白过来，这位富小姐为什么要忙着找自己。

看着挂在衣架上的一应服饰，她摇头："我不穿，你去找模特。"

祝如曼显然早有对策："好表嫂，你帮我这回，拍完我告诉你一件事！"说着话，她弯腰凑到晚嘉跟前，直勾勾地盯住晚嘉，"关于我潘表哥的。"

她目光剔亮，狡黠里带着不明显的恶意，又或者只是过度的促狭，这些晚嘉无从分辨。但晚嘉清楚的是，那张嘴里喊着的一声声"表嫂"，听起来亲昵，难说没有存心臊自己的意思。

毕竟人家开家宴，来的都是祝老爷子的儿孙后辈，这样的场合，她的身份实在尴尬。

"我不想听，你不用跟我说。"晚嘉声音偏细，但话里的拒绝表达得很清楚。

祝如曼并不信，还"啧啧"两声："真不想听吗？不是骗你的，真真正正的好心消息，说不定听完能救你一回！"

晚嘉转身："谢谢，我还是自救吧。"

见她当真要走，祝如曼眼里闪过慌乱："别别别，你停一停！"

祝如曼挡在晚嘉跟前，对视间琢磨两眼，感觉晚嘉还真不像故意拿乔，怎么看，都是对这交换条件压根不感兴趣。她百思不得解，心头又有疑惑绕起来，张了张口："你是不是……知道些什么？"

晚嘉没有答她，依然要离开。

祝如曼没了办法，只得低声下气地求晚嘉，说这是毕业设计作品下周就要交，可找来找去没谁比晚嘉更适合这套衣服。如果晚嘉不帮这趟，说不定延期毕业名单里，又要有她的名字。

"要不是头发剪得太短，我自己就拍了！"祝如曼哭丧着脸，软磨硬泡，一句句物质上的许诺往晚嘉身上砸，可晚嘉不为所动。祝如曼没了辙，想到再次被延期毕业的后果，开始崩溃地飙起眼泪。

动静有些大了，恐怕要引人过来。这场合里头，晚嘉最怕的就是被关注，于是在确定脸部会被打码模糊后，她勉强点了头，答应帮忙。

立领斜襟的大袖长袄，下搭一条幅褶繁多的马面裙，连刺绣都是祝如曼亲自手缝的。难以想象平时咋咋呼呼的祝如曼，竟然能做出这么温婉典雅的衣裙来。

祝如曼在花园搭了个简单的景，让晚嘉侧坐着，扮入神的姿势。月牙形状的弯眉，两瓣唇上晕着浓正的湿红，因为特意卸过妆，晚嘉脸上的素和唇上的艳，对立出雾蒙蒙的美感。

东侧露台上，祝遇清和几个堂兄弟闲聊着，一群人正好瞥见这幕，不多会儿，话题就往上转。

"果然浪子爱乖女。这姑娘脸蛋长得好，看着也是个听话的，适合娶到家里当老婆，怪不得逢启被她收了。"

"说风凉话呢，逢启那点儿破事你不知道？"

"逢启可是大孝子，蒋姑妈看中的他敢不娶？何况人家姑娘陪他熬过苦日子，不娶就太没良心了。"

一个个的，口吻里带着明显的调笑，还问祝遇清："你说，逢启到底什么时候会娶这姑娘？"

祝遇清收回目光，冷冷撂下三个字："不知道。"

祝遇清的冷淡，在场没人当回事，毕竟他们表兄弟不和，是大家心照不宣的共识。

没再继续待在露台，祝遇清转身回了室内，往楼下走。到一楼，就见落地窗旁边，两位女长辈也正看着拍照那头，在乐乐呵呵地聊天。是他母亲邹女士和蒋姑妈。

声音传到耳朵边，尽是姑妈的感叹，说未来儿媳妇有多贴心。这在他母亲听来，多少算得上是一种炫耀，于是附和了蒋姑妈几句后，又借势催他："再不抓紧，小心逢启当爸了你还单着！"

祝遇清走过去，弯腰扶住母亲邹芸的肩，面向窗外："我要也找个那样的姑娘，您肯？"

邹芸只当儿子嘴欠逗自己，拿眼瞅他："别跟我这儿臭贫，你能有逢启那份福气？找不找得着还不一定。"

祝遇清笑了笑，眼里露出些捕捉不及的情绪。再看窗外那一角，照片已经拍完了。

八月的天，风还带着热意，穿这么一身折腾下来，晚嘉背上捂出了细汗。她提着裙回到楼上，见手机有未读微信，点开，两条消息砸入眼帘：

晚嘉姐，我怀孕了。

是潘总的。

微信刚读完，楼下的院子里便驶进一辆银灰色的奔驰 G63。

晚嘉探眼去看，车上下来的，是潘逢启。

另一头，迟迟不见模特换完衣服，耐心有限的祝如曼直接推门进去，就见晚嘉站在窗子旁边发呆。她当机立断，抬起相机再拍了几张。

　　南方姑娘骨架小，头脸也秀气。

　　祝如曼之所以找晚嘉，除了她和这衣服的气质匹配外，也因为祝如曼身边不染发的姑娘实在少，就算不上亮色，大家怎么也会染个栗棕提提气色，像晚嘉这样一头天然黑发的，实在难找。而且她发量也可观，脑后盘个髻，再用尖头梳挑出几缕散发，风姿楚楚的味道就出来了。

　　收起相机后，祝如曼走近些，随着晚嘉的目光张望，看见在车棚外头跟人寒暄的潘逢启。

　　祝如曼想了想，靠近晚嘉："你们公司是不是有个实习生，叫……"

　　"叫杨璐。"晚嘉离开窗子旁边，一边走，一边把左右耳环给拆下来，"不用跟我说这些，我知道。"

　　换回自己的衣服后，晚嘉暂时不想下楼，于是走去外面露台。

　　祝如曼跟过来，像个游魂。她一双眼睛活溜溜地拿晚嘉当稀缺标本那样扫了好几遍："看在你刚刚帮过我的份上，给你出个主意，听吗？"

　　晚嘉趴在围栏，侧头枕着双臂："不是太想听。"

　　祝如曼天生反骨，体内还有恶劣因子蠢蠢欲动，越不听，越想说。她指点晚嘉："你要不傻，就拿这几年情分绑着潘表哥跟你结婚，大不了明年跟他离掉，到时候分他一半身家！"

　　这样的话，几天之前，晚嘉也曾听到过。毕竟在多数人看来，她之所以跟着潘逢启，打从一开始，图的就是个"钱"字。即使创业初期，潘逢启不过是个落魄的富二代。

　　没谁喜欢被恶意揣测，就算年少时有一腔孤勇，她也做不到完全忽视这些声音。她曾经觉得委屈，想过要证明自己，可不知什么时候起，忽然就竖起耳屏，自动过滤了。

　　大概是公司步入正轨，事业大有起色后，潘逢启重拾了"潘少"这样的称呼。她见识过他在灯红酒绿里的从容，还有觥筹交错中的游刃有余。那份风光间的舒展，令她越来越意识到，他本来就是浮华世界里的玩家，不过一时失意，才又同她有了交际。况且她后知后觉，自证这种情节，本身就是一种强烈的自我攻击。

　　碎发被风吹到眼前，晚嘉伸手绕到耳朵后面，听到祝如曼有些生气地指责："难道你还舍不得捞他的钱？'恋爱脑'不会转，活该你被绿！"这话，听出些恨铁不成钢的意思来。

　　有小股的风送进露台，晚嘉觉得鼻子有些有点痒，埋在臂弯打了个喷嚏。

喷嚏打完，视线有一瞬模糊，隐约见到移门后有人立着，日光拖出影子映在地上，肩身笔挺。她站直身子，拘谨地朝那边喊了句："祝总。"

祝如曼也吓一跳，回头见到来人："哥，你怎么上来了？"

"准备起菜了，下去吧。"祝遇清眼里没什么情绪，仿佛只是特意上来喊她们去吃饭。

人家是亲兄妹，晚嘉很自觉地跟他们隔出距离。正往楼梯口走时，又听到身后一句不温不火的提醒："楼梯有洒了的饮料，搭电梯。"

年轻的掌权者，语气再淡，说的话也让人下意识想要听从。于是，晚嘉只好去揿了梯键。

再怎么是大宅，轿厢也不可能像写字楼里那样宽敞，三个成年人往里一站，多少有些拥挤。

晚嘉扣着手尽量往旁边站，祝遇清倒也绅士，下到一楼，他伸手挡住梯门，让两个姑娘先出去了。

晚嘉走得快些，祝如曼稍后一步，且被亲哥的眼神叫停。她有些忧："哥……怎么了？"

祝遇清瞥她一眼："不该你管的事，不要多话。"

"啊？"

不等祝如曼反应过来，祝遇清抬脚就走。

而另一头，出电梯不远，晚嘉就碰上了潘逢启。他笔直的头颈和散漫的体态，一双多情眉目，眼里几时都有笑意。很明显，这早不是几年前那个潦倒失意、满身戾气的颓唐青年。

见晚嘉出现，潘逢启偏过来看她，懒洋洋地打了个招呼："听我妈说，又是你去接的她。辛苦，占用你一个周末。"

晚嘉拢下眼，没有接他的话。是蒋玉芝非要拉她一起，本来说去白泉公园溜达，等车开上高速，才说出真正目的地。如果知道今天又是家宴，她怎么也不会跟来。

宴很快开了，席上气氛温馨和睦，一大家子有说有笑，看着和普通家庭也没什么区别。

一片欢笑的气氛中，晚嘉尽量做到落落大方，不让人看出内心的窘迫。

好在众人态度都挺和善，毕竟对于她的存在早见怪不怪，也已经半半地把她当成他们中的一分子。可晚嘉知道，自己不是。

坐主位的是祝老爷子，快八十岁的人了，身体还算爽朗。席间大多数话题，都是为了逗这位老长辈开心。

谈笑一段，老爷子也没能免俗地开始催婚，而他最大的孙子，首当其冲成了被扫射的对象。

"遇清，你都快三十的人了，怎么还连个女朋友都没有？"

"眼光高呗，还能怎么着？"旁边人跟着打趣。

"是我妈眼光高，随便找来的，怕她不满意。"祝遇清看着不好接近，却也会说俏皮话，逗长辈开心。

"男人还是要有个家，早立早好，孤家寡人有什么意思？事业不是人生的全部，你得有生活有家庭，下班了应酬后，有人给你递双鞋都是好的。趁年轻生孩子也有精力陪时间带，还是抓点紧，别就知道推。"

絮叨过长孙后，祝老爷子又盯上外孙，问潘逢启什么时候结婚。

蒋玉芝笑呵呵地答："逢启最近工作忙，明天又要去出差，等忙完这阵，我就催他们把事给办了。"

潘逢启埋头喝汤，没有接茬。对于和晚嘉的关系，他从来都是这样模糊的态度，既不反驳母亲，也没有明确附和。

祝老爷子起身，夹起一筷子肉给晚嘉："孩子，来。"

晚嘉连忙立身去接："谢谢祝董。"

"你这孩子，叫外公就好了，这么见外。"蒋玉芝悠悠地笑。

姑娘家脸皮薄，以前听这话，晚嘉会羞得耳朵发烫，可今天她却没什么反应，瓷白的脸上不见红晕，显得有些木然。这样子，倒引得潘逢启抬头，看了她一会儿。

因为这点异样，撤离饭桌后，潘逢启问晚嘉："身体不舒服？"

晚嘉摇摇头，跟他谈起公事："潘总明天出差，不带个人一起？"

"具体的都谈得差不多了，走个过场而已，我待两天就回来。"潘逢启盯着她，"真没事？"

"没事。"

得到再一次的肯定回复后，潘逢启欲言又止，想了想，踟蹰说："这次等我回来……"

几声虚咳传来，打断这边的对话。

"干吗呢逢启？好容易聚一趟还'有异性没人性'。回家慢慢腻歪呗，跟哥几个多聊几句，打扰不了你们多长时间。"

调侃和戏谑声中，潘逢启跟着去了负一层品酒。

晚嘉被蒋玉芝拉在身边，听她跟一帮姐妹嫂子聊些家常往事。

蒋玉芝和祝之所以姓氏不同，因为她是祝家养女。她被祝家养得很好，接受高等教育，也嫁给了心仪的男人……但几十年顺风顺水的人生，却在丈夫从办公室跳下的那天，猝然起了巨变。公司经营不善，破产退市随即发生，潘家的光鲜和平静，彻底被毁。

可当时提一提就透骨酸心的惨痛，原来几年过去，再聊起来时，也不过一件陈年往事。

中途手机响动，晚嘉起身，出去接了个电话。电话是老家打来的，说了一会儿话，那边受信号干扰，声音断续起来。

早就入了夜，拂过泳池的风带着些尖寒的气息，晚嘉收起手机往回走。

来时还空荡的楼栏处，这会儿倚了两个边品酒边交谈的人。正在说话的叫余松，在 E.M 公司任职人力资源总监，而旁边的，是祝遇清。

或许是入夜温度低，祝遇清披了件西装外套，此刻手里一个波尔多杯。察觉到有人来，他停下轻晃酒液的动作，微斜着眼，看向晚嘉。

"祝总，余总。"晚嘉与二人打招呼。

余松看了下她来的方向，有些惊讶："怎么一个人在外面吹风？我还以为你跟逢启先回了。"

经他一说，晚嘉才知潘逢启已离开。她扬起嘴角："我接了个电话。"

"晚来早走，也不知道逢启整天忙些什么。"余松顺嘴嘀咕。他向来健谈，又主动说起酒窖那几个开了一盒雪茄，他和祝遇清都不爱那味儿，就单独避到楼上来了。

闲聊几句，话题又转到得聘公司新推的候选人身上，问了几句简历中有些模糊的点。

遇到甲方当面给反馈，是难得的机会。晚嘉集中心神，专注地跟余松谈起工作。

祝遇清全程没有开口说话，偶尔举杯啜一口酒，多数时间，他都像个旁听的雕塑。

聊着公事的间隙，晚嘉突然睽见楼梯旁边的墙上，自己的影子和另一道颀长的身影重合交叠，乍一看像相近依偎，而且她还靠着那人的肩。

像被烫到，晚嘉迅速避开，哪知这动作，却正好撞到抬手喝酒的祝遇清。杯中液体洒出，在他衣服上泼出一道深色的湿渍，并往下淋漓洇开。

"对不起！"晚嘉暗恼自己毛糙，连忙抽了纸巾递过去。

祝遇清低头，随便擦了两下："没事。"

到底是自己造成的尴尬，晚嘉小心提议："衣服换下来，我给您送去清洁一下？"

见她手足无措，余松正想打趣祝总衣服多，不想穿扔就是，然而意外在于，祝遇清居然答了句："好，有劳。"

当天的宴结束后，晚嘉和蒋玉芝离开了别墅。

刚上车时，蒋玉芝还在念叨潘逢启走得早，又关心晚嘉今晚没吃多少。只是老人家精力不济，早几年丈夫走后她大病一场，身底子更是虚了许多，过一会儿声音就渐渐悄下去，合眼打起瞌睡来。

把蒋玉芝送回家后，晚嘉自己打车走了。

今晚确实没怎么吃饱，回到家后，她烧开水泡了碗速食馄饨，洗把脸出来，刚好到点。

碗盖揭开，热雾罩到脸上，香味儿扑进鼻腔。皱巴巴的馄饨干舒展开来，变成饱满晶莹的小元宝，把刚刚切好的葱碎撒了进去，清润的汤汁瞬间抚慰肠胃。

慢吞吞地吃完馄饨后，晚嘉动手收拾桌面，起来时发现茶几上的纸袋，这才想起刚才经过干洗店，竟然忘了把衣服送过去。

打开纸袋，里头装的是祝遇清换下的西装。除开酒味外，衣服上还有微微的木质辛香，不呛鼻，渲染得很安静。

她翻开水洗标，发现料子居然是混纺的。混纺料可以手洗，以前为了省钱，潘逢启换洗的西装大都是晚嘉手搓的，各种污渍她都处理过，适用的洗涤剂现在还收着半瓶，水温和力度她也烂熟于心。

手机响起铃声，有电话来了。看来电显示，是好友卢彤。晚嘉摁下接通键，卢彤的声音就传了过来："明天一起吃饭吗？"

"明天你不是值班？"

"就半天，下午我调休了。"

确实有日子没见，晚嘉理了理水洗标："好啊，那明天聚一聚。"

聊起要去哪里，卢彤说去她们公司："楼上新开了间轻食馆，正好这个月发的消费券我还没动，咱们去尝尝。"

卢彤在 E.M 礼宾部上班。E.M 待遇出了名的好，除开节日，每个月都有员工福利，那消费券，晚嘉也经常跟着蹭。她不挑地方："也行，那明天见。"

挂了电话，已经接近凌晨。晚嘉懒得再跑下楼，干脆架起熨衣板，又去找了喷壶。

她想要放空脑子的时候，适合做些不用思考的体力活，也能帮助消化。

等肥皂和洗涤剂勾兑好后，她把西装抻开，临要放上熨衣板前，在口袋里发现一枚领针，拇指盖大小，方形，青金石材质，上面刻着图案。她仔细看了看，好像是鲸尾。

也许是祝遇清在换的时候忘记掏兜，才把这东西留了下来。幸好她检查了一遍，否则被洗涤剂碰到，就怕会有什么痕迹。

托住那枚一看就很贵价的领针，晚嘉翻出一只带内垫的方盒，小心收好后，这才重新处理起衣服上的污渍。

等晾完熨好，人也困了。她把衣服挂进防尘罩后，打着呵欠洗漱一趟，上床躺着。盖着薄被不冷不热，闭眼没多久，人就睡了过去。

转天周日，她一觉睡到上午。

起床不久，晚嘉出门赴约。

地铁换乘两条线，大概一小时后，她出了道闸，走上站口，中午的阳光盖住发顶。

眼前的建筑群阔大，主塔楼像一枚竖起的青口贝。E.M招牌在最亮眼的地方，而外立面的玻璃幕墙上，映着天边的波形云。沿着有荫的地方，晚嘉走进了大堂。

接待们都穿着米灰色套装，戴着同色系颈花，打扮得像空乘。

卢彤正好交完班，在礼宾台朝晚嘉挥手。

"才起来吧？早餐吃没吃，饿不饿？"

"吃了个包子，不饿。"

"还有没有？我饿。"卢彤摘下颈花，"今天起晚了，一来就碰到拍宣传片，忙得头昏脑涨，胸罩都给姐们儿饿松了。"

晚嘉翻出一条士力架："先垫垫吧，只有这个了。"

两人边说话，边乘电梯上到十七楼。这层是休闲区，穿过空中长廊时，晚嘉觉得鼻腔有刺挠感，接连打了两个喷嚏。

"感冒了？"卢彤问。

晚嘉捂住纸巾，声音闷闷的："可能鼻炎犯了。"

两人找到新开那家轻食馆，沿窗的位置，视野开阔，江景直送。

点好单后，晚嘉去了趟洗手间，回来时，就见卢彤对着手机屏幕，笑直了眼。

"看什么呢？"晚嘉顺嘴问了句。

"我们祝总的抖音，你要不要看？"

"你们祝总还拍这个？"

"企划部拍的时候不小心带到他，早上才发，这会儿点赞数'噌噌'长，我们内部都转疯了！"卢彤把手机凑到晚嘉眼前。

头像是E.M总部的号，这个号晚嘉也关注了，他们因为做职场特辑有过热度，就总在公司拍些同事日常。

屏幕上正循环的这一期，主题是"突击带薪抽烟的同事"。也许是时间选得不对，跑了两层也没逮着几个，觉得素材不够，主拍人商量着去另一层试试。等电梯时，提示音闪了闪，光可鉴人的两扇电梯门推开，一个修长身形矍然入镜。衬衣和领带是低饱和度的灰，西装黑色，平驳领，露出干净的脖颈。祝遇清望向镜头："在做什么？"

画面抖了下，拿拍杆的人明显紧张："祝、祝总，我们在拍抖音。"

男人点点头："辛苦。"

"不、不辛苦……"职员语无伦次地重复着话，明显脑子在宕机边缘。

祝遇清伸手摁住梯键："要不要进来？"

"要的要的……谢谢祝总！"主拍人慌慌张张走了进去，嘴上不停道谢。

男人微微颔首，迈腿走出轿厢。镜头下意识地跟着，只见他一只手虚揣着兜，身影徐徐，很快就拐进了办公区。

视频播完，点开评论区，晚嘉扫了扫前面几个高赞评论——

你好，结婚，明天，别迟到。

复婚吧！孩子老是哭着要见爸爸！

我一生兢兢业业写论文，刷到老公是我应得的。

她再瞟一眼右下角的点赞和转发数，果然男色时代，好看的脸就是流量。

看完就是空虚，卢彤托着脸感慨："人长得俊，脾气也好，像我们祝总这样的，不知道以后娶什么老婆。"

晚嘉笑了笑，晃动饮品喝了一口。

温和不摆架子，这是许多人对祝遇清的印象，可她见最多的，却是他肃着脸的样子，十足压迫感。因为这些，她一度觉得这位甲方 BOSS 对自己没什么好感，所以每回相处，总是拿出十万个小心。

到中午了，进店的人也越来越多。晚嘉点了份烤蔬滑蛋可颂，两人边吃边聊，中途来了条微信。

她点开，见是祝如曼发的，说明天要给她发谢礼，让她做好心理准备。

内容没头没脑，晚嘉正纳闷，就听卢彤发问："你跟潘逢启，今年该办正事了吧？"

熄了手机屏，晚嘉摇头："我已经在列工作安排了，打算下周辞职。"

卢彤错愕："为什么？他要你做全职主妇？"

"辞职是我自己的决定，跟他没有关系。"

晚嘉咬了口芦笋，吃完，就见卢彤眼珠子鼓得老大，问她："怎么了？到底什么情况？"

本来也没想瞒她，三两句，晚嘉把事情给说了。

听完后，卢彤一下就毛了："那女的给你发信息是什么意思？"又气得咬牙，"潘逢启死渣男，四处留情的垃圾！"

卢彤骂得直切齿，骂完一看，桌子对面的当事人看着窗外，不知道在想什么，哑了两分钟，卢彤再问："你真要辞职？"

晚嘉点头："想好了。"

卢彤不禁有些心酸。晚嘉这么平静，就像前几年，义无反顾追随潘逢启。作为好友，她心疼晚嘉所有的错付，不论是时间，还是感情。

当年，晚嘉是大三的学生，一边是课业，一边又要去潘逢启公司帮忙。这几年来，她顶着嘲笑与奚落，受着一波又一波的风言风语。笑她傻的不在少数，等潘逢启的事业正向了，她却又成了别人眼里的心机女。

卢彤替好友觉得难受，又安慰说："你可千万别觉得自己活该，别在自己身上找原因。谁没个眼瞎的时候？就上个月，我们公司同事发现她老公有外遇，夫妻俩还是十几岁时就在一起，恋爱结婚十来年，她才看出来嫁了个畜生！"

晚嘉转回头，知道卢彤这是怕她自怨自艾，笑着说："放心，我不会的。"

卢彤这才松了一口气，接着又问："那你是什么想法呢？辞职了，离开京北？"

晚嘉刚想答，盖在桌面的手机响动起来。

她把屏幕翻了个面，看着来电显示的备注，重重一怔，接起后不大确定地喊了声："祝总？"

"打扰了，"电话那头，温吞的声音传进耳里，"我的领针，你有没有看到？"

因为这通电话，饭吃到一半，晚嘉匆匆跟卢彤分了手。

时间有些赶，晚嘉这回没搭地铁。回到家后，她把西服从衣杆上取下来，又去找那枚领针，仔细擦得一丝指纹都没了，这才在打车软件上输入地址。等再度坐上网约车，她的气息都有些急促。

原本商量好的，周一会派司机来取，可祝遇清说临时有个协会的应酬要去，而那枚领针，就是协会的徽章。

车程约半小时，导航响起语音播报，提醒地方快到了。晚嘉往前看，有人站在路边。再近些，见是祝遇清亲自下来了。

跟抖音视频里一样的黑西装，但这回是青果领。领带摘了，露出衬衫的单排扣，多了份随性的斯文劲。

下车后，晚嘉喊了声"祝总"，她毕恭毕敬，将西服递还过去。

"辛苦。"祝遇清伸手来接，手上腕表在太阳直照下，折射出些微冷光。

在这位跟前，晚嘉觉得头皮发麻。她收回手，正想道个别就溜，却听祝遇清出声："有件事，想再麻烦你一回。"

晚嘉抓着包袋，愣住。祝遇清照视着她："我缺个女伴，不知道你方不方便？"

猝不及防，晚嘉茫茫看过去，撞进祝遇清的目光，有种沉沉的锚定感。这视线让人心跳都慢上一拍，晚嘉有些磕巴："祝总……问我吗？"

祝遇清沉吟了下："我知道这个请求很冒昧，但事情有些突然，我确实没找到合适的人选。"

甲方大BOSS凛有积威，但这毕竟不算正常的工作交流，晚嘉一时慌了神，不知怎么表达自己的诧异。她天人交战，感觉自己都有些语无伦次："可，可我没有……"

"衣服？我叫人送来。"

"我……"

"放心，我不会让你沾酒。"

鬼使神差地，晚嘉真就跟着去了那饭局。

私人会所，上流圈层的休闲地界。新中式的风格，空间中大面积留白，处处都体现出东方文化的内敛和贵气。

潘逢启还没配助理时，晚嘉没少跟着应酬，这样场合的礼仪，于她不算太陌生。甚至相比昨天那场家宴，在这种饭局上，她起码有个不算太尴尬的身份，也更找得清自己的担当和定位。

这是个大健康行业的协会，人不多，小型酒局。

大健康细分起来涵盖不少领域，E.M旗下有一家子公司是做医疗的，除开体检外，也给国内的中高端家庭提供上门诊疗服务。

进程过半，祝遇清出去接了个电话。再回到宴厅时，他扫视半圈后，信手拿了杯酒，就那么倚站在布菲台旁，看着花柱那头，正与人交谈的姑娘。

从这个角度只能看到一侧腻白的腮。可他记得清楚，那双眼弧度圆润，笑时生动，黑滴滴的，眼梢微扬。温柔但不过于寡淡，有种非传统的美感，而在这样的场合里，又有着与年龄不符的稳练。

她时刻留意他杯子里的酒量，给他准备清口的茶，知道什么时候说什么话，会提醒他有哪些人打过招呼，在他与人交谈时，也帮忙应付前来打招呼的其他宾客。脸上有笑，眼里有活，可按年龄来算，也不过是刚拿毕业证不久的社会新鲜人。

倒退一两年，他记得她的拘束模样。一个不擅交际的女大学生，装出成熟模样，在饭局之间跟着应酬。笑容从局促到合宜，肢体从无措到得体，所有的变化，都是一场场应酬里锻炼出来的。

祝遇清的目光在晚嘉脸上不着痕迹地流连，见她将额前碎发别往耳后，细白的腕节从袖管里探出来，仿佛能看到青色的血管脉络。

而对于被人注视，晚嘉并不知情。她正同一位宾客共话，是 LB 的运营总，梁进伦。

LB 是上市企业，猎头行业里知名的线上平台。

晚嘉和他算大同行，而且梁进伦也是苏省人。细问两声，两人的老家竟然隔得不算远，用吴语能对上几句，散装江苏的梗，也能聊出心照不宣的趣味。

谈没多久，又一位唐姓宾客过来了，据介绍，是 LB 的执行总。

这位唐总该是喝多了，说话大舌头。听过梁进伦的介绍，他眯着眼想了想："得聘……是潘总的公司？"又笑起来，"潘总现在风光了，听说投的几个项目都不错，在手游行业赚了个满当当，怕是再瞧不上猎头公司这点钱了……"

恰好有侍者经过，他抬手要了两杯酒，并把其中一杯递过来，嘴里打着虚腔："我跟潘总也是老交情了……以后常交流……"

应酬场上，酒水总归躲不过的，晚嘉正要去接，一只白净修长的手从侧边伸过来，截走了那杯酒。她转头，见是祝遇清。

他仰脖，酒液盘旋，喉结有规律地耸动几下后，撇了撇杯口："抱歉，她酒精过敏，不方便。"

这是屡见不鲜的挡酒借口，那位唐总打了个酒嗝，看一眼祝遇清，很快干笑起来，对晚嘉连赔不是。

晚嘉找侍者要了杯茶，再递给祝遇清。

这段小插曲后，祝遇清和上来攀谈的人说了几句，睇了一眼晚嘉："走吧。"

"不是还要去上面展厅？"晚嘉看了眼钟点，这个时间，走得有点早。

"不去了。"本身就是可来可不来的酒会，祝遇清松了松领结，转身就走。

他一离开，晚嘉自然也撒腿跟上去。走到大堂时，卢彤发了条微信过来：我觉得潘对你肯定是有感情的，不然之前追求你的男同事，他怎么会出手把人开掉？

有点莫名，这时候也不好回信息，晚嘉熄掉手机屏幕，呼了口气，和祝遇清往外走。

本以为他提前跟司机打了招呼，哪知等到了会所外面，他才掏出手机，喊车子过来。就这么干站着，祝遇清看她一眼："衣服穿着吧，当谢礼。"

这时候的推托难免显得不识数和矫情，晚嘉笑了笑，顺势道谢。

她身上是一条缎面裙，颜色是净透的银白，小方领，显得脖颈线条清爽又优雅。祝遇清挪开眼："你住哪里？"

"南江四季。"

车子开过来了，加长版的普尔曼，像一只线条流畅的漆盒。有门僮帮忙开门，和来时一样，晚嘉很自觉地坐去了副驾。

车子开动，祝遇清报了晚嘉的住址，让先送她回去，而后车厢安安静静的，谁也没有出声。

后排，祝遇清不时揉着头穴，眉心也一直微微皱着，醉意明显。

晚嘉坐在副驾，扭头看了会儿车窗外的夜景后，微信有了动静。

卢彤：我想了想，这口气真咽不下去！

卢彤的情绪格外丰沛，愤怒感快要爆开文字。

接着，她又发来几条语音，像是有什么话，急得立马要表达。

看着那一道道的绿条，晚嘉犹豫了下，正想去包里找耳机时，忽然一个急刹，手机沿着小腿，从掌心掉了出去。

屏幕大概是擦到哪里，卢彤的大嗓门直接从语音条里冲出来："不如你找个男人结婚算了，反将一军，气死那王八蛋！"

"嘀"的一声，这段播完，晚嘉动作迅速，已经把手机捡了起来。她心里跳得厉害，下意识地瞄一眼后视镜，整个人僵住。简直是泼天的尴尬，晚嘉心存侥幸，可在那长形的平面镜里，她和后排的祝遇清对视上了。

与其说撞了个正着，更像是被他的视线逮住。晚嘉下意识地避开视线。

祝遇清姿势不变，问司机："怎么回事？"

司机打起双闪："祝总，前面有事故。"

并线剐蹭，看起来有些严重，幸好后面没有车，否则难说不会闹成连环追尾。在还没定责的情况下，两辆车的车主推门落地，来不及相互指责，都紧张地望向后面这辆车。

"去看看。"

依祝遇清的话，司机刹好车，下去了。

车内只剩一双男女。

"有没有事？"祝遇清问。

"没事。"晚嘉摇头，不大敢再往后看。

司机是专职，自动屏蔽工作以外的动静，但他刚才那一眼，让她尴尬不已。

要说祝遇清没听见，晚嘉多少有些自欺欺人。可如果他真的听了个一清二楚，会怎么想她？毕竟不难猜的是，那通语音里指的人，是潘逢启。

晚嘉在包里找到耳机，再插入手机的电源口。心虚使然，总觉得背上落着一道目光，令她如坐针毡。

普尔曼的安全性高，减震级别更是没的说。那一下急刹，她坐副驾都被颠了，外面难说没有丁点波及。她往外看，司机果然开着电筒在照前盖的某个角落，那两位车主也在旁边猫着腰，面容不安，应该是害怕高额索赔。

后座的人一声不吭，想了想，晚嘉还是鼓起勇气，扭过头问："祝总……没事吧？"

"我没事。"祝遇清的声音四平八稳。

才说过，司机轻轻敲了敲车窗，小声汇报车况。以肉眼来看，目前是左翼子板有凹陷和掉漆，至于有没有其他蹭损，需要开到车行检修。

祝遇清点点头："走吧。"是不追究的意思。

司机会意，朝那两辆车摆了摆手，重新回到驾驶位，把车子发动起来。

车辆流入夜色，晚嘉扣着安全带，抓心挠肝地发窘。后半程，她再没敢碰手机。

她度秒如年，大概半个小时的光景，终于到了。晚嘉急不可耐，很快解开安全带："祝总，那我先回了。"

祝遇清应了一声，也终于换个姿势。他扶住额，将车窗打下一半，目光越出去，见姑娘逃命似的，抱着手袋走向小区道闸。步伐虽然仓促，体态却不再畏缩，光影扫在身上，背部纤薄亦不失挺拔。

身影快要走出视野，祝遇清打下眼，盯着车里的毯垫。他在琢磨一件事。

晚嘉那时候跟着潘逢启，除了象牙塔式的无畏外，应该也受她不张扬的韧性所驱动，以及性格之中，她自己都不曾察觉到的倔性因子。既然勇气曾经催生过果敢，那么，未必不会转化成别的。

他手指急促地点几下膝头，然后身形一动，按开了车门。

…………

走出一段距离，晚嘉脸上还臊着，很难为情。走得太急，应该是吸了两轮急风，她敞开包袋，把纸巾翻了出来，喷嚏却出不来。晚嘉酝酿了会儿，十几秒后，终于成功揩掉一个。

鼻子擦完，皮鞋踩地的声音跟了过来，沉着有力，直直朝她的方向。她回头，见是祝遇清。

他走过来，以身量优势压着她半片肩。

"要不要嫁我？"

话语碾过耳轮，相距不过尺许，晚嘉后背起了一层汗。她握着一张纸巾，张了张嘴，却组织不出半个音来。

"如果你愿意，可以和我结婚。"祝遇清重复了一遍。

第二章
他们的婚房

祝遇清不像是那种会拿人寻开心的二世祖，语气正式，字正腔圆。

晚嘉瞪了瞪眼："……祝总？"

祝遇清向前走了半步。阴影像有重量，压到额前，收缩人的视距。还有他在私宴上沾染来的，绵正且令人微醺的酒气。晚嘉呼吸顿住，好久才找到自己的声音："这……为什么？"

"家里催婚顶不住了，这个原因，听着还可以吗？"

"可……"他要想结婚，应该有的是结婚对象可以挑选，怎么会？

"老爷子眼光挑，但你是他欣赏的后辈。"祝遇清平视她，目光是难以令人读懂的深邃，"还有，我年纪不小了，确实想有个家……或许你也有结婚的想法，如果不排斥我的话，我们可以试试。"

晚嘉陷入漫长的沉默，还轮不到迟疑，完全是浑浑噩噩，不知该怎么反应。

蝉鸣阵阵，有人牵着狗经过，黑脸的小京巴边跑，边歪脑袋打量这边的一对年轻男女。

僵持一阵，祝遇清轻轻咳了下："没有冒犯的意思，但你应该知道逢启跟我，不是太对付。"

说这话时他面上不大自在，贴着裤缝的手掌微微蜷起，又往后退了退："你先回去吧，慢慢想，想好了再答复我。"

晚嘉如梦初醒，指甲盖掐住掌心，于夜色中，形似逃窜。四肢像是刚装上的，思绪成了粥状，等回到家里，她浑身力气被抽干。

把自己往沙发上一扔，她摸了把额头，好烫，好似感官移位。失神地坐了会儿，她翻开包。

不敢看手机的这一会儿，一排信息已经占了满屏，还有几通未接来电。

点到微信界面，未读数量最多的，还是卢彤。因为久没回消息，她又追了几条。

京北大姐，脾气火暴又仗义，逻辑奇特，把现实当成了影视剧里的爱情战争，生出一道惊天动地的构思。从开除男员工到提拔和关注，卢彤条条论证，认定潘逢启对晚嘉是有感情的。据此，如果她能快速找人结婚，对潘逢启来说是最好的报复，可以打他个措手不及。

怪不得卢彤突然替潘逢启说话，原来背后，有这么个不着四六的念头。而这么个念头，还被那一位给听到，似乎也真了。是比乌龙事件还要让人语塞的误会。

这一天的经历堪比奇遇，晚嘉有些疲惫，她硬挺着，继续翻看其他消息。一条条翻过去，所有的感官都聚拢到前额，身体像被烈日直射，又如同被烤箱蒸烤。

最先看到的，是祝如曼发的照片。从建筑和行人，不难看出背景是国外。而被拍的，是一对并肩而行的男女。走在街心，笑意轻佻的是潘逢启，而在他的右侧，那位穿挂脖连衣裙的姑娘晚嘉认识，是潘逢启的初恋女友，汤羽。

照片应该是连拍的，里头甚至还有一张，是汤羽正灿灿地笑着，拿手去敲潘逢启。男女间的打情骂俏，不过如此了。

本以为祝如曼所指的只是杨璐，却原来，还有个汤羽。

晚嘉精神发沉，而微信界面，那几张照片还躺在眼皮子底下，扎得人脑子空白。

接连打了几个喷嚏后，精神一沉，她想，自己是真的困疯了。她拖了个抱枕到怀里，两片眼皮一贴，很快进入浅眠。

回忆冲入梦境，二十多岁，已有不少的回忆可以加载。新鲜的不新鲜的，多年前的和刚发生的，糅杂在一起，成了走偏的默影和无声的闹剧。

梦里，记得是刚开学不久，因为在家待了个把月没看书，她一直在图书馆温习，等快关门了，才抱着书往宿舍回。宿舍楼下的灯并不亮，辐射范围应该不到两米，她正准备朝大门走去时，突然发现有人立在暗处。

黑夜，站在那里多数会被人忽略，而她之所以会发现，或许是因为被吹亮的那一小截烟头，又或许因为那人，是她熟悉并且关注的。

在黑暗里和她对视一会儿后，那人掐掉烟，朝她走来。进了光晕辐射的范围，明晰立体的轮廓也显现出来。

到了跟前后，他躬身盯住她，问她谈不谈恋爱。兴许是冻的，兴许是抽烟抽猛了，他一条嗓子又虚又哑，更让人产生浓浓的不真实感。可她内心的渴盼太盛，理智回笼的时候，人已经点了头。

他直起身来："叫人吧。"

圈住书脊的手指愈加收紧，她下意识喊："学长……"

"你听谁喊自己男朋友'学长'的？"潘逢启垂着眼看她，眉梢一挑，"没谈过？"

她立马局促起来，怀里抱着的书好像成了老家用的炭炉子，可同时足底又发轻，轻到人好像绑了大捧的氢气球，下一秒要飘起来似的。

惯常噙着的谑笑重归他的眼："我以前女朋友喊什么的都有，听说你是苏省人，你们吴语地区，应该喜欢喊'哥哥'？"

这话里压着显而易见的挑逗，能感觉她将目光驻在自己身上，她耳郭浮热，羞红了脸。

所谓的"哥哥"她最终没有喊出口过，因为抹不开脸，也因为二人的交往，只持续了不到一个月。后来她知道了，他和自己在一起，都是故意做给汤羽看的。

梦境再转，她在图书馆温书，接个水的工夫，回来发现书被人拂散。满地狼藉，令她想到几年前那间中学教室，自己坐的桌椅被推倒，文具课本撒了一地。

独自拾捡东西时，满室朝夕相处的同学，只余嬉笑或冷漠。而那一场场戏弄，背后的始作俑者，全是汤羽。

晚嘉被电话叫醒。响动很执着，忙个不休。

接通后，卢彤的声音咋咋呼呼："你知道刚才，我跟谁聊上了？"

"谁？"

"汤羽！"

这两个字真是阴魂不散，脖子悬得酸痛，晚嘉坐起身来，去厨房烧了壶水。

听筒里，卢彤还在滔滔不绝。她逻辑黏糊，话里的情绪大于内容，好在来龙去脉，并不怎么复杂。

是汤羽突然加了她的微信，追忆叙旧一番后，就开始旁敲侧击地问起晚嘉，还向她要晚嘉微信。

晚嘉正把烧热的水壶端回客厅，坐下后直接说："给吧。"

"别了吧，我才不信她只想跟你叙叙旧，不然我还是拒绝了？就说咱俩前段时间闹矛盾，互删了。"相较于晚嘉的脆快，卢彤仍在迟疑。

"没关系，给她吧。"

卢彤纳闷："久没联系了，突然找你干吗？"

女人的第六感，让这场深夜的回溯，有了抽丝剥茧般的效果。晚嘉晃动一包感冒冲剂："潘逢启这回出差，应该主要是奔汤羽去的。"

卢彤惊呆了，大骂一声："姓潘的是不是……疯了？"撩谁不好，偏偏要跟汤羽扯上关系!

撕开齿状封口，晚嘉把冲剂倒进去，盯着升腾的雾气，发了会儿呆。

汤羽的好友申请并没有立马就出现，晚嘉在喝完那杯冲剂后，率先等来了潘逢启的消息，是几张礼服裙的实拍图，缎面的和蕾丝的都有，裙身或是流光溢彩，或是灵动立体。伞状的裙摆拖地不说，还都戴着头纱，明显是婚服。照片后面，是潘逢启问她喜欢哪套的消息。

他总是这样，始终在游离，却又会让她有期待的余地，而像此刻这样的暗示，放以前，是让人无比动心的承诺行为。

相隔不久，汤羽的好友申请终于弹了出来。一被通过，她马上发了"恭喜"两个字过来。

前后脚相近的时间，这两个人真是默契得很登对。

汤羽: 祝福你，终于得偿所愿，要和他修成正果了。你是个好姑娘，他说过，你值得。

人称代词用得不可谓不妙，是心照不宣的暧昧，却也足以让人被这个词啃噬到心都沤烂。

汤羽真的比其他人高明太多，既主动又迂回，而不管是转述这个动作本身，还是她转述的话，都既微妙又给足了联想空间。

晚嘉回她: 祝福收到了，谢谢。

汤羽跟着发来: 希望下回，也能在里昂见到你。

晚嘉扣着杯耳，情绪阀门被拉开，有了外泄的痕迹。放弃不难，她早厌恶委曲求全，受够齿落和血吞的低自尊行为，可洒脱飒气到连眼睛都不红一下，也是真的高估了自己。

潘逢启自大，认定她会欢喜地点头，更吃准了她不会计较。他在那些见不得人的关系里周旋，她从难受到麻木，不再轻易被拉入情绪沼泽。但是汤羽，她忍不了。

与一阵眩晕感对峙过后，晚嘉重新摸起手机解锁。微信置顶的都是工作群，要找的那位头像挤在第二屏，也不算难找。

点开对话框后，晚嘉敲下一行消息: 想好了，我愿意。

本以为对方喝了酒，这会儿肯定早就睡了，电话却来得很快。她接起后，果不其然，先是一阵沉默。

"真的想好了? "祝遇清声音清晰，不带什么醉意。

"嗯，想好了。"

"户口本在你手里吗? "

"在的。"大学起，就由她自己带在身边了。

"民政局九点上班，我明天什么时候去接你比较方便？"

"我上午请假，几点都行。"

"好，那我九点半到你楼下，你今晚好好休息。"

这段对话流畅得出奇，谁也没有明显的语气波动。通话的最后，祝遇清声音放缓，对晚嘉说了句："晚安。"

晚嘉撑在桌面："晚安。"

挂断电话后，借着情绪的余劲，晚嘉戳开跟汤羽的对话框，说：办婚礼的时候，一定给你发请帖。

在此之前，晚嘉从没想过，要把自己放在复仇者的位置。可所有的事凑到一起，架秧子似的，产生戏剧性的催化效果。恼意爬上舌根，行为情绪大于理智，有人提议，有人配合，于是荒诞和古怪，突然成了有何不可。

第二天早晨，祝遇清亲自开车来了。也许是气色太差，晚嘉才走到跟前，就见他攒起眉心："你病了。"

"可能有点烧。"晚嘉抓着包带，指关微微收紧，"没事的，我在家吃了药，应该很快能好。"

祝遇清望了她一会儿，还是转身，拉开副驾车门。

还没脱离早高峰，有些路段仍然轻微堵塞，两三轮才能过线。

借着发烧的势，晚嘉一路都倚在安全带上养神，以此抵抗车内令人无措的气氛。直到她发现，车子驶进医院大门。

"怎么来这里了？"晚嘉侧头。

祝遇清正打着方向盘倒车，右手绷起的指骨劲直有力，动作流畅又熟练。听了晚嘉的话，他一边看后视镜，一边答她："你需要看医生。"

晚嘉抿了抿嘴，在他推门下车的瞬间，小声问了句："您……是后悔了吗？"

祝遇清动作停顿，然后回身。

"我没有后悔，只是你的身体更要紧。"他正色道。

"我没事。"晚嘉低头躲避他的视线，嘴上依然坚持，"我只请了一上午的假，我不想去医院。"

祝遇清定定看了她一会儿，手停滞在中控台，最终还是重新启动车子，开了出去。

工作日的第一天，他们去的民政局没多少预约，现场的号还算宽松。

拍照的工作人员很会引导，边摆弄相机边笑："新娘子别紧张，婚纱照拍过吗？按那个状态来就成了。"

婚纱照……她真没拍过。她杂乱的思绪在体内迂回又打转。在她非常不合时宜的神游之时，身畔本就扰人的气息凑近。

祝遇清极其自然地帮晚嘉把头发绕去耳后，指盖不可避免地触到她的耳郭，闹得她身子微僵，睫毛胡乱扑闪了几下。

"要把耳朵露出来。"祝遇清向她解释。

晚嘉迟迟地道了谢。

钢印一盖，正红色的小本子就被分发到了手里。

时间接近正午，气温升高了好几度，祝遇清领着晚嘉出了民政局："去吃饭吧，想吃什么？"

被大太阳一照，晚嘉这才后知后觉："我们……是不是该签份财产公证？"

她说这样的话，祝遇清并不意外："先吃饭再说，不着急。"

去的是一家私房菜馆，晚嘉没什么胃口，拿勺子蔫蔫地舀汤喝。

饭刚吃完，有人敲雅间的门，进来一位戴眼镜的陌生男人。

"孙晋，我大学同学，也是家里的医生。"介绍来人后，祝遇清又示意了下晚嘉，"宋晚嘉，我妻子。"

孙晋受到惊吓，嘴角搐动："祝总瞒得真好，什么时候偷摸跑去结了个婚？好歹同学一场，您愣是半点不透露，可真成。"

"透露什么？我结婚，难道还需要哪个批准？"祝遇清气定神闲，词句犀利。

他们同学交流，晚嘉心头一记踢蹬，这才想起被遗漏的步骤。这桩风风火火的婚事，她没跟家里说过，而他，大概也还瞒着祝家人。

客套之后，晚嘉得知来的这位孙晋，是兆康医疗的全科医生。

兆康，就是 E.M 旗下的医疗机构，而孙晋这回，是特意被叫来给她看病的。

诊视过后，孙晋点点头："不要紧，是低烧。吃两天口服药就行，注意保暖，尽量别吹风。"

晚嘉老实地听着医嘱："谢谢。"

"嫂子客气。"孙晋从巡诊箱里取药，又顺嘴问，"你俩什么日子办婚礼？"

晚嘉冻住，下意识地将求救的目光投向祝遇清。祝遇清抬手给她添茶，不疾不徐地答孙晋："办的时候请你。"

孙晋："……"得，白问。

趁晚嘉去洗手间的空当，孙晋不怀好意地笑起来，问祝遇清："是嫂子有了，专程补票？"

"不是。"

"那瞒得够严的啊，也没听说你谈恋爱？"

"没谈，"祝遇清如实道，"刚领的证。"

孙晋傻眼："怎么这么急？"

祝遇清喝了口茶，将眉骨一舒："因为机会不抓住，就没了。"

领了趟证回来，下午到公司，晚嘉恰好赶上周会。

公司人员不多，架构简单，除开后勤部门外，业务共分五个组别，各有负责的行业领域。

E.M 的岗位名额足够养活这家公司，偶尔还有潘逢启拉来的单。而作为负责人，潘逢启的重心早就偏向了文娱行业，于是本该是业务驱动型的猎企，却散着一股养老的气息。

到底是有钱人家养出来的，潘逢启打小耳濡目染，在父辈那里学了不少商业知识。他眼光毒辣，早在得聘赚了些钱的时候就开始在看别的项目，甚至大胆地，拉着生意伙伴合开投资公司。

或许是栽过跟头的人分外受时运眷顾，他除开手游外，前年跟投的一家公司上市后他套现不少，紧跟着又投了做原画特效的公司，赚的钱是这间猎企怎么也比不上的。

从去年开始，潘逢启就很少会来得聘了。说好听些是放养，说现实些，就是再顾不上这点小钱。

会议结束，晚嘉去到副总办公室，提了辞职的事。

副总叫周柯，也是公司老人了，私下跟晚嘉很熟。听到辞职的话，他重重怔了下："为什么？是潘总让你辞的？"

这反应跟卢彤有些像，晚嘉摇头："是我自己的决定，手里的资源我已经整理好了，团队里每个人的情况我晚点写份小结，应该最迟这周五完成。至于我这个位置招人还是内升，就看公司了。"

听起来有条不紊，不像临时起意，周柯有些蒙："那潘总……知道吗？"

晚嘉笑了笑："我的直属上司是您，如果找潘总的话，属于越级了。"

完全不是开玩笑的口吻，周柯迟疑了下，放低声问："是不是跟那个叫杨璐的实习生有关？我总感觉，她看潘总的眼神有些奇怪。"

工作归工作，晚嘉没有答这话，说完该说的，起身出去了。

回工位不久，潘逢启的电话撵过来了。

电话晚嘉没接，过了会儿，潘逢启换微信联系她：出什么事了？怎么突然辞职？

晚嘉：谢潘总关心，离职申请我刚刚已经在系统上提交了，原因是个人发展。

感受到字里行间的客气与回避，潘逢启霎时感到不安。

彼时里昂还是早晨，整条街区都遍布着喝咖啡看报的悠闲人士。这个点的太阳并不算盛，却刺目到他心生烦躁。找了个阴凉处，潘逢启一脚抵住墙根，斟酌着继续给晚嘉发消息：婚纱都看过了吗？有没有喜欢的？

打完这些，他指节蜷了蜷，又继续按键：如果没有，我再去看几家，或者找人定做也可以。

足有十分钟，潘逢启的眼睛都没有离开过屏幕，可那边的回复迟迟不来，甚至连个正在输入的提示都没有出现过。

分秒过去，潘逢启隐隐浮起些不好的预感。这些预感令他心里发沉，思绪更被揉作一团乱麻。

"逢启，怎么了？"又柔又媚的声音响起，是汤羽跟了过来。

她穿着剪裁合度的吊带裙，显得腰肢袅袅，一头棕栗色的鬈发明艳张扬，就连鬓角碎发，都带着不撩而媚的慵懒弧度。

汤羽漂亮性感，仿佛是雕刻的艺术品。

可潘逢启此刻思绪浮离，没有欣赏的心思。他焦灼不已，想要把领带扯松，然而手扒了个空，这才想起自己推迟了一场商谈，答应陪汤羽去看展，因而换了套休闲装。

他稍稍定神，回身看向汤羽："抱歉，公司有事要处理，今天陪不了你，我得提前回国。"

接杯水的工夫，晚嘉被堵在茶水间。来人身穿无袖及膝的连衣裙，膝上微微开衩，薄针织料，走动时像鱼尾开摆，期期艾艾："晚嘉姐……"

"杨璐，有事吗？"晚嘉托住杯底，转身回望。

对方嗫嚅："我的信息……"

"我看到了。"

杨璐一听，眼珠霍霍地动了两下："昨晚给你打电话，你没接……"

"杨璐，我们只是同事关系，你的私事跟我说不着。"晚嘉打断她，平静地回答，"况且你不是我组上的人，我们没有工作上的交集，我想不到我有什么义务，要接你周末晚上的私人电话。"

话说得很不客气，杨璐脸一白，登时乱了分寸："晚嘉姐……"

晚嘉看着这张靓丽的脸，熟悉感慢慢堆了上来。她的眼唇举止、穿衣风格，甚至是说话的声音，都跟当年的汤羽很有几分相像。

杨璐被看得发慌，眼里蓄着一汪泪，两条漂亮的眉不安地绞动起来："晚嘉姐，我不是故意骚扰你的，可那件事我，我真的不知道该怎么办……"

"你没有潘总的联系方式？"

话被打断，杨璐咬了咬唇肉，欲言又止。

她心里分明有了计较，却还要让别人去猜，要借别人的嘴说出来，如意算盘实在打得太响。

晚嘉没兴趣配合，掏出手机："我推个人给你，如果联系不上潘总，可以试试找这一位。"说完，她把汤羽的微信推给杨璐，再接着，径直出了茶水间。

回到工位，晚嘉忙了会儿工作。

老潘总出事的时候，这家公司最后才解散。猎企不是什么重资产行业，人才库是现成的，运作起来不需要太高成本，对于那时刚毕业的潘逢启来说，是为数不多的合适选择。靠着留下的几个人，潘逢启放下身段到处进行商务拓展，慢慢把公司盘活了起来。

猎头具备销售性质，门槛不高但天花板高，属于宽进严出的行业。晚嘉的组别主要负责商业地产，刚入行的时候，有拉不满的人才地图，打不完的推销电话，硬着头皮研究行业，学习沟通，死啃职位介绍里的专业术语。

也有被候选人问到哑口的时候，被用人方质疑专业程度与效率，久而久之习惯了，应对起来也熟练些了。

只是做一行敬一行，低龄高职，她清楚自己的能力，也不愿在这样的公司混一份工资。不只是身份尴尬，日子久了，也容易生成惰性。

忙到下午将近五点，晚嘉停下来吃药，卢彤又连发几条微信来，问昨晚和汤羽聊了什么、怎么聊的。

晚嘉打太极，说加得很晚，没聊上几句。

卢彤狂甩信息：男人就是贱！初恋情结白月光，本质都是舔狗心理。得不到的日思夜想，失去了的记记惦惦……真是好了伤疤，忘记当时他家里出事，汤羽怎么甩他的了？

卢彤：汤羽也挺有意思的，肯定是看潘逢启东山再起，心里又蠢蠢欲动，想勾搭了！

初恋，白月光。

看着这几个字，晚嘉发了会儿愣。

屏幕里，卢彤继续问：辞职了，你打算去哪里？

晚嘉想了想，如果不是突来的变故，等工作交接完，她本打算回老家待一阵子的。

正踟蹰着怎么回复，祝遇清的信息将好冒出来：有点堵车，你可能得在公司等我十来分钟。

思路被彻底打乱，晚嘉脑子里闪动了一下。

明明也没有约好要来接她，祝遇清这语气，倒自然得像是他们的关系很早就开始了似的。

可男女之事他们明明连个头都没开，就走入了婚姻之中。有多快速，就有多荒唐。下午偶尔想到这事时，她的脑子都像是离设备太远的蓝牙耳机，信号差得不真实。可这事再像个梦，包里烫红的证件却在明明白白地提醒她，她确实结婚了，还是跟公司的大客户。或者说，是潘逢启的表哥。

中午有医生那么一打岔，回公司后又忙着工作，偶尔想到这事也能立马被挤出脑子，这会儿同事陆续下班，办公室静了下来，她脑子里各色思绪，开始枝枝蔓蔓地消长。

在晚嘉的印象中，头回见祝遇清，是在祝家的家宴上。她记得清楚，当自己出现在那栋别墅时，祝遇清正跟人说话。原本眉目松和的他，在看见她的那瞬，眼里的笑意很快褪了个干干净净。随后那场家宴，他脸上的冷意仿佛可以冻死人，声音更是浸了冰一样。

早在中学时晚嘉就有过体会，知识之上，还有阶级。而所有的阶级烙印里，性格是最不外显的一种，也是最复杂的一种。有些情况下，清高和自卑可以装到同一个壳子里，也能同时塞下坦荡与敏感。

晚嘉因为后来接了 E.M 的单子，有时去甲方开会也能碰见他。她特意观察过，每回见到自己，他那张脸尤其呆板，透着职业性的冷漠。那样的情形之下，她很难不觉得这位大客户对自己别有评价。

毕竟在大多数人的嘴里，是她看出潘逢启不会落魄太久，知道祝家一定会施以援手，才假惺惺地奔了过去。

可吊诡的是，就在昨晚，这位冷脸 BOSS，突然主动提出要跟她结婚。

默认的手机铃声中止回想，晚嘉接起电话，听了祝遇清说的停车位置后，她将电脑一关，拎包离开了公司。

车还是白天那辆古思特，是他自己开来的。

车子熄了火，他站在车门旁，白衬衫配蓝条纹马甲，身形傲岸面容清透，顶好侧颜带来的是自带的疏离感。他转头看过来时，晚嘉条件反射，一句"祝总"将要脱口，祝遇清便迈腿向她走了几步。

在车引擎盖前，二人双双停住。

祝遇清："头还痛吗？"

"不痛了，我下午吃过药的，已经好很多了。"

简单的两句对答过后，祝遇清掏出一只绒盒来。巴掌大小的体积，盖面掀开，里头装的是两枚钻戒。取出女戒后，祝遇清随意把还装着男戒的盒子放在车盖上，随即上前一步，朝晚嘉伸出了手。

失常的心跳之下，晚嘉颤了颤睫毛，慢慢把右手递了出去。

这是两人头回的肢体接触，肌体温度相互传导，晚嘉的右手被握住，祝遇清捏住戒指，稳稳套进她的无名指。

戒指是互换的，没道理男方给女方戴了，女方就不搭理男方。

祝遇清手指修长白净，骨节锐利且分明。明明他的体温是正常的，而晚嘉的手一向偏凉，按说两相接触不该有温度上的特殊反应，可莫名的，她被那点温度烫得脑子"嗡嗡"作响。

直到戒指交换完，她的提包被祝遇清顺手接过，人再进了祝遇清亲手拉开的副驾位，才从泥偶人一样的状态里脱身出来。

车子减震性能很好，关上车窗后更是静谧不少，和马路上的喧闹像两个世界。空间感足了，时间流速也变慢了，晚嘉不知道该说些什么，只能低头假装欣赏戒指。圆形的钻心，四爪的戒托，戒臂还围了一圈碎钻。说实话，款式稍微有点花哨了。

"松紧还合适吗？"车子驶出去的第一个红绿灯前，祝遇清问晚嘉。

晚嘉点头："合适的。"

祝遇清掀开储物格，又取出一只圆形首饰盒来。白色真皮，盒扣镶的是一只水晶鹿头。

"这是？"

"珍藏款的，可以换着戴。"前面的车动了，祝遇清的手指在中控台调好挡，又补充道，"还有办婚礼的时候，可以用。"

本来这戒指一戴，晚嘉都能想象到明天去公司后可能会面对的场景，可祝遇清说这些时完全泰然。在他那里好像没有隐婚这一项，领了证就要公布，要像普通夫妻一样接触。

晚嘉打开盒盖，看到里面收纳着的两枚钻戒。如果说她手上这枚是稍微有些花哨，那盒子里这两枚卡数明显更大的珍藏款，就真真正正是"花哨本哨"了。

"我审美比较差，希望你不会嫌弃。"祝遇清出声，喉结半隐在衬衫的领口下，说话时微微跳动。

这句自嘲中带着不明显的赧然，加上这款式花哨的戒指，人突然好像也没那么端肃了，甚至跟晚嘉印象中的他，生出一种不是太强的割裂感来。

既然是双戒盒，也就再没有必要分开保管了，而且这盒子给了她，明显就是要放她这里的。

晚嘉把戒盒收到包里，脸颊微微发热，感觉自己像是误入他人世界的小贼。她偷眼，去看主驾位的祝遇清。

这人好像早就有了节奏，谈不上是专行独断，反而消解了一定的尴尬，而她虽然有些被动，但不用主动提起一些难以启齿的话题，因而也不自觉地、心安理得地想蒙起头来跟着他的节奏走。

可他们的结合到底太仓促，想起婚礼，晚嘉正迟疑地思索着，祝遇清将空调打高一些，问她："蜜月，你想在婚礼前，还是婚礼后？"

才领证就想到蜜月，至于婚礼还是婚礼后，晚嘉有些措手不及："我……都可以。"

"我也都可以。"祝遇清偏了偏头，"但还是得做个选择，方便提前安排。"

晚嘉领会过来，是要让她拿个主意的意思，而这个时候游移不定，是很没必要的忸怩。她想了想："那就，婚礼后吧。"

祝遇清侧头看过来，嘴角流现些清浅弧度。

车子停的地方叫湖云堡，新楼盘，都是一梯一户的格局。入目一整面的端景墙，什么也没挂，仅展示墙面的材料肌理。

"本来该带你去见我妈，但她昨天去外市看朋友了，可能要过几天才回。"祝遇清领着晚嘉去了客厅，取水递给她，"你搬来这里，还是我搬过去？"

晚嘉哑顿了下。听这意思，她不搬过来，他就要搬去她家里吗？

"我比较传统，不玩什么形婚，说好的尝试，就是要在一起相处。"仿佛洞见她在想什么，祝遇清主动开口。

问题一件追一件，晚嘉气息顿住，无论是包里的红本还是手上的戒指，都在提醒她，今天不是小孩子过家家。她恍惚片刻，如果这时候推拒，连她自己都想评价两句矫情。

侧向，祝遇清正探手解着马甲的扣子，由下到上，解完往两边敞了敞，动作无比自然。晚嘉面颊发烫："我搬吧。不过我的东西有点多，可能周末才收拾得完。"

"好。"祝遇清仰仰唇，没有刻意去压眼梢的笑意。

晚嘉握着一杯水，转眼打量起这套房。复式跃层，挑高了得，横厅也很气派。从面积到装潢，她现在住的那间，压根没有能及得上的地方。

晚饭是提前叫好的外卖，两碗清淡的老火粥，连配菜都是白灼菜这类寡口的。

四人位的圆形餐桌，简练利落，上方的环形顶吊了一盏灯，照出柔和的漫射光。晚嘉往客厅的方向看了看，如果一个人，她更喜欢坐地毯上吃。

"今天先委屈下，哪天不忙了，选一选合你眼缘的保姆和厨师。"说话间，祝遇清把粥推过来。

晚嘉下意识接了句："我会做菜。"说完见祝遇清掀眼，她一时奇窘，"还是请人吧，我手艺也不怎么样。"

祝遇清抬了抬眉尾："不用自谦，你做的菜很好吃。"

这评价的口吻，晚嘉木了下，很快想起祝家家宴时，她曾经帮过一回厨。当时她做了两道菜，都是不怎么起眼的，还以为……他压根没碰过。

是被蒋玉芝拉过去的头一回，面对陌生的环境，一众打量的目光，她完全不知该怎样自处，于是跑去厨房待了一阵。她当时没想太多，打发时间而已，事后才反应过来，那完完全全是讨好的举动，仿佛多么迫不及待，要向众人展示自己的手艺。

而后再听到那一大家的谈及她，"贤惠"两个字就牢牢扒在耳边，似乎成了她品性上的钢印，又或者，他们眼里她贫瘠的优点。

吃完简单的晚餐，晚嘉离开餐桌，跟着祝遇清去录入户门的指纹。男女身量有差，他站在她身后抬手时，气息直直罩下来，搔弄得她耳郭泛热。

晚嘉害痒，录后往旁边躲了躲："那个财产公证，好了吗？"主动提起这个，多少有故作清高的成分在，可两人在现实层面，实在差得远。

再回客厅，婚前协议递到了眼皮底下，两相签完，没谁有多余的话。

她的情绪和顾虑，祝遇清看得明白，也想得清楚。不必要延伸太多，她需要没有负担，更自在地走入与他的婚姻。签完，祝遇清看一眼时间："该吃药了。"

晚嘉被提醒，翻包把药找出来，自己去中岛台接了水，仰头咽下。她吞完药，见祝遇清抄着兜，问："吃饱了，要不要下楼走走？"语气熟稔随意，像在同交好多年的身边人说话。

晚嘉到底没办法像他这样淡定："医生让我尽量别吹风。"是借口，也是实情。

祝遇清看了眼时间："那你先休息一下，我去楼上书房。"

临离开前，他又朝主卧的方向看了看："如果困了先睡，不用等我。晚点，我可能有个会议。"

晚嘉点点头。E.M旗下的"春还里"刚开业不久，他应该正是忙的时候。

祝遇清收回凝视，往楼上走。

身前的影子动了，踩阶梯的声音有规律地响动着。楼梯就在岛台对面，晚嘉伸直眼，看着墙面的拖影一级级往上，那双趿着家居鞋的脚，也慢慢消失在视野里。

这个和她领了结婚证的男人，算不上强势专断，更像在前面擎着旗子，有一贯的主见，让她没有多少思考的余地。而这一天的事，流畅到似乎从她打出"愿意"两个字时，就开始有了走向。在他跟前，她压根没有多少犹豫的机会。比如很明显的是，她今晚要在这里过夜，或者说今晚开始，就要住到这里。

楼下的活动空间只剩自己，晚嘉松神逛了一圈，从阳台到洗衣房，最后，进了祝遇清示意过的主卧。

被他从公司接过来，她没有任何准备，而在这间卧室里，睡衣和洗漱用品都有。不用进衣帽间，脚凳上摆着大大小小的礼盒，从盒子上系着的丝带颜色来看，明显也是女性用品。她随手拆开一只，里面是成套的……内衣。

手机"嗡嗡"地响动起来，晚嘉连忙掩上盖子，接起电话："妈。"

接通后，那头传来一道迟疑的声音："嘉嘉，你是不是跟小潘吵架了？"

晚嘉捂着听筒，下意识地朝上面看了一眼，估量这房子隔音应该不会差。她放低声音："妈，怎么了？"

因为联系不到她，不久前，潘逢启给她老家打了电话。

"小潘说你们的婚房他已经选好了，还问我们这里要怎么摆酒，问咱们习俗。"姚敏停顿了下，"嘉嘉，我看他也挺实心的，不然，你再考虑考虑？"

"妈……"

晚嘉眼皮一簸，又听母亲小心翼翼地提醒："你再想想，当初要不是他帮忙，你外公的手术也不会那么顺利。"

提起旧事，晚嘉恍惚了下。她坐在床尾，手指绞着礼盒的丝带："我知道，这件事我一直记得，也很感激他。"

那是大学时，他们刚分手不久的事。她外公突发急性高血压，在老家医院查出恶性肿瘤。

初步诊断出来，全家人心慌不已，最终决定带着外公来京北复查，顺便手术。当时业内最好的专家已经退休，不常坐诊也不在一家医院，连诊号都异常难抢，更别说手术排期了。

那阵她天天跑医院，到点了刷手机抢号，可诊号实在难抢，就在打算找"黄牛"的时候，潘逢启出面，不仅帮忙联系看诊，还安排入院和手术。外公术后情况良好，还算乐观。

后来找潘逢启的场景，晚嘉也还记得。他吊着眼皮看了她很久，最后"嗤"地笑了，咬一口流里流气的地道京腔问她："犯得着吗？再说了，这种事，你怎么谢我？"

…………

"嘉嘉。"电话那头，姚敏打断了女儿的回忆。

她叹一口气："你听妈妈的话，如果不是什么大矛盾，忍一忍，男人成家就收心了。"

还是车轱辘话，还是"忍一忍"战略，没完没了。

晚嘉在床尾坐下："妈，我早说了，我跟他实在不合适，硬凑在一起，没必要。"

电话那头的人沉默了下，然后嚅嚅道："可是你跟他也这么久了，都知道你们是一对，再说如果跟他分了，你也难找条件这么好的……"

缎面绸带在指间缠绕，晚嘉眼皮一收，干脆把那丝带勾开："妈，我已经结婚了。"

第三章
猜错结婚对象

秒针追着分针，两个小时眨眼就过。结束视频会议，祝遇清在楼上多待了一会儿。他走到阳台，拉开移门出去透气，垂眼扫视时，听觉也跟了下去。

安安静静的，没有人声，卧室方向的窗帘拉上了，晚嘉大概率已经睡下。

这套房他来的次数不多，只记得位置可以，眺目有一湾江景。江面平缓宽广，铺陈眼底。

慢悠悠抽完半根烟，祝遇清回到室内，往下走去。客厅没有人，而主卧的门虚掩着，泄出一隙明光。他站在砖面看了会儿，门被打开，刚与他领完证的人走了出来。

她头发披着，穿一件丝感睡裙，不大确定地问："你……打算要睡了吗？"

祝遇清望住她。裙子的面料顺滑，于一刹，好似看见她肤面那层细腻的、刺人的光。细细的两根吊带，荡领，睡衣长度将将盖过膝头。

不知无意或有意，她选的是黑色。在贴身衣料上，黑，其实是最不保守的颜色。

相距不过几步，祝遇清走过去："我以为你睡了。"

"没……"晚嘉摇摇头。

"睡不着？认床？"

声音太低了，距离也快要短成方寸，晚嘉点点头："应该有一点。"

祝遇清想了想，帮她顺着额前碎发，弯腰提议："泡个澡试试？"顺完，手指很自然地沿着她的眉形描了一弯。

单就这样的接触，晚嘉已经起了一层栗，被他的气息呵得想退。刚刚是怎么想的，脑子已经快要化浆了，找不出头绪。她自我角力，小臂往身后收了收："你忙完了？"

"忙完了。"祝遇清收回手，话说一半，等她重新抬头，才寥寥勾了下嘴角，

"你还病着，明天也要上班，应该多休息。"

是不是一语双关，晚嘉已经没有分辨的心思了。她觉得自己肯定狼狈得很，脸红到没法遮掩："我去泡个澡试试。"

祝遇清直起身，眼里划过粼粼笑意。

从放水到泡完，晚嘉花了一个多小时。浴缸沿窗，夜景直送眼底，惬意程度，是可以直接在热水里睡着的地步。但泡久了对身体不好，冲淋过后，晚嘉拖拖拉拉裹上浴袍，推开中轴门，回了卧室。

卧室没有其他人，但灯被调暗了些，床头柜上放着一杯热牛奶，还有眼罩和耳塞。看了眼被带上的门，晚嘉走过去，把牛奶喝掉，再戴上眼罩，拧好耳塞。重新躺回床垫上，她闭上眼胡思乱想，没多久呼吸匀速，睡了过去。

转天早晨，她在客厅看见了祝遇清。他穿着黑色衬衫，扣子松了两颗，正站在过道喝水。晨阳薄薄一层，照出优越的鼻梁线条。

一缕视线飘摇过来，晚嘉先打了声招呼："早。"

"睡得怎么样？"祝遇清问。

"挺好的，喝过牛奶就睡了。"晚嘉往冰箱旁边走，"你早餐吃热的吗？"她打开下面的冷冻室，"我昨晚看过了，有速冻饺子。"

"什么馅的？"祝遇清跟过来，把水杯放在板面。

晚嘉拉开抽格，蹲下去看了看："有鸡蛋虾仁，有……"

"好，就这个。"

隔着岛台，两人沟通琐碎的几句时，满像是一对正儿八经、打算过小日子的新婚夫妻。

饺子煮好，晚嘉又拌了一碟子芦笋。

摆上桌的时候，她提前说了句："我查过了，这附近有地铁站。"停了停，又补充道，"我辞职了，上完这周，应该就不用再去了。"最后几天，她想安安静静地度过。

祝遇清似乎也不意外："车钥匙都在玄关，想开的话，你自己挑。"

吃完饺子，各自上班。

然而这天，到底还是没能太安静。对于她要离职的消息，公司同事无不诧异，在看到那枚突然出现的婚戒时，更是没少议论。

临近中午，组员林苗苗靠过来："晚嘉姐，你真要走啊？"

在得到肯定回答后，她很不解："这也太突然了，为什么？"

晚嘉拿工作打岔："泉城那几个职位跟得怎么样了？"

林苗苗"哦"了一声："改约了，刚刚 E.M 人资那边说的，终面要等下周二。"

晚嘉看了眼，原定的终面日期，是明天。

林苗苗转了和人力资源的聊天记录过来："说是这周他们集团高层的日程有变，下周才会去那边，到时候集中面试。"

说起这个，组里一通苦哈哈地哀号："完犊子，好不容易定的时间，这下又要一个个去说。"不辛苦，命苦。

猎头跟单，最害怕的就是面试改约，几处要协调，候选人在岗的尤其麻烦。

晚嘉拉着聊天记录看了看，这回改期，主要受总裁办的日程影响。不用想也知道，是祝遇清变了安排。看来要不是因为他们结婚的事，他应该今天出发，这时候已经在去泉城的路上。

晚嘉身为乙方，头一回甲方工作上的变动是因为自己，莫名有种搬石头砸了自己脚的感觉。她撑着脑袋，看了会儿屏幕："好好跟候选人沟通吧，手上已经有通知书的，尤其要注意安抚，留意确认。"

带着补偿心理，她中午请组员们吃了顿饭，下午又订了咖啡和甜品。

公司人不多，见者有份，干脆全都请上。吃着拿着，有摸不清情形的打趣："晚嘉这是提前给我们发喜粮呢。"

有跟着附和的："对对，我们是不是该正式改口，叫老板娘了？"

当然，也有人凑过来观摩："好闪的钻，这是潘总亲自挑的吧？"嘴里忙着，眼里盯着，实则耳门子大开，满满试探的意思。

晚嘉笑了笑："不要瞎说，跟潘总没有关系。"类似的澄清之前也不是没有过，但这一回没人再追着开玩笑，面面相觑之时，各有异色。

一派哑寂间，副总周柯很头痛。他看了眼杨璐的工位，人请假了，很明显，当中是有牵连的。

把晚嘉拉到办公室后，周柯跟她大眼瞪小眼，半晌默默一句："潘总应该快回来了。"

晚嘉"嗯"一声："接替我的人，有安排了吗？"

"你来真的啊？"她这么不当回事，周柯狂按眉心，"妹妹，你这么闷声干大事，不声不响吓人一跳，也太狠了！"扫向那枚婚戒，忍不住又问，"你……你真有人了？"

晚嘉点点头："已经领证了，等办婚礼的时候，会给周总发请帖。"

这样说，九成九不是假的了。周柯简直傻眼："怎么就……走到这一步了呢？"

是啊，怎么就走到这一步了呢？

收到信息时，潘逢启心上痉挛一下，也重重地愕住了。他转了三次飞机，

033

全程匆匆忙忙地赶，眼都没怎么合过。一路上他预料了很多种可能，脑子里绘过无数个设想，却没想过，事情严重到这种地步。不过两天时间，什么都变了。

打开微信，界面上全是他发的信息，自言自语一样，不管内容是什么，那边始终没有回应。要不是语音电话拨得出去，简直要怀疑自己已经被拉黑。可拨出去，也和手机号码一样，不会被接听。

点开晚嘉的头像，潘逢启有些失神地看着。

在他最消沉、最不像人样的时候，身边陪着的，都是她。甚至他妈身体不好，也是她跑医院帮忙照顾的。

她身上有他捉摸不透的傻气和执着，看着不能扛事，实际情绪比他稳定太多。那一两年他过得潦草，被人嘲笑是破落户，甚至被骂是丧家犬。

当了那么久的孙子，现眼出丑，被人调侃愚弄的模样，全被她看到了。他装不在意，她也从来不提，更不会用无济于事的安慰去刺破他的假面。可越是这样，他越是不好受，总有尖锐的情绪无处发泄，日子久了，憋成一摊。

情况好起来后，他开始犯浑。他妈曾经骂过他，说他一身顽皮赖骨，本性难移。他清楚自己有多不应该，可男人的劣根性，让他始终没去约束。

感情没有非黑即白的标准概念，多的是在关系里暧昧游离的人，即使结了婚的夫妻也有开小差的时候，更何况他们。

想到这里，潘逢启愣了下神。

在外人眼里，他们毫无疑问是一对，可细想起来，对外连男女朋友的身份，他都没有直接承认过。

他有时候也会想，宁愿她哀怨强硬，用那几年对他道德绑架，逼着他管着他，或许情况会好很多，或许……不至于闹到这一步。

他早该察觉出异样的，她不回信息，又在系统上请了半天假……

不对，应该说从上回的家宴之前，就已经有了苗头。他有一万个瞬间可以补救，有过时机可以挽留，可那些微妙的瞬间都被他下意识淡化，扔到脑后。

他不懂，她想结婚，第一顺位的人为什么不是他？

"潘总，咱们去哪里？"司机问。

被拽出浮思，潘逢启看一眼时间，疲惫地摁了摁眉心："去南江四季。"

下高速不久，车流开始拥堵，等到了地方，正好是下班时间。小区门外，潘逢启让司机找地方停着，自己下车等。他很焦躁，站在垃圾桶旁边，烟一根续一根。抽得狠了，人一阵急咳，咳完看见个熟悉身影，径直走到他跟前。

"大哥？"潘逢启拧了下眉，一开口，嗓子干灼，"你怎么在这里？"

祝遇清应他："爷爷在家里等着，有什么话，去他面前说。"

这天下班后，晚嘉约了卢彤。

她本来还犹豫着搬家的事，但提前收到祝遇清的消息，说他今晚有事不回家吃饭，让她不用等。晚嘉正好被卢彤追问得冒烟，刚好要收拾东西，干脆就约到了家里。

卢彤呢，以为她失恋，这两天躲起来自我修补，好不容易见了面，当然一通乱问，兼对潘逢启又咒又骂，当替姐妹出气。骂完，看见她手上的戒指，遂再逼问。

晚嘉也没瞒卢彤，一五一十，悉数告知。

好友一转身成了自己老板娘，饶是聒噪如卢彤，也两眼瞪圆，全程一声不吭，像个石化的人工智能。失语好久，她才喘了口气，小声喃喃："这么说，我还是媒婆？"又否定自己，"不对不对，这不是重点！"自说自话，倒挺像神婆。

晚嘉打开行李箱，整理着自己的必要用品。茶几对面，卢彤直勾勾地盯着她，眼也不眨。

正当晚嘉被盯得发毛的时候，她贼兮兮地笑起来："你老实说，昨晚你和祝总……睡了没？"

晚嘉脸皮透红，卢彤才不管那么多："别羞啊。你俩昨儿领的证，晚上可不就是洞房花烛？"

大学舍友的交情，就是说起话来百无禁忌，还非要个答案不可。她摸了摸晚嘉的袖子，嘴里啧啧："衣服都换了，这是祝总给你挑的？"又顺势勾肩，"祝总应该不赖吧？"

晚嘉招架不住："他睡的次卧。"

"为什么？祝总不搞形式婚姻，但要玩柏拉图？"卢彤纳闷。

既然要一起相处，甭管别的熟不熟，身体先熟起来。熟了有滋味了，脸上一个麻子都是一朵花儿，感情自然就升温了。

晚嘉比不得她，伸手派活："你要没事，帮我把那几样东西拍一下实图，我要挂到二手交易平台。"

"这么持家吗？"卢彤损得很，一边拿手机一边逗闷子，"以我们祝总的身价，这些东西你全扔了也不心疼啊。"她又迂回地念叨，"没想到我们祝总也会玩闪婚，这下好了，我们又少一个憧憬的对象。这得亏是被你给纳了，不然我都要嫉妒到'质壁分离'。"

习惯她的聒噪，晚嘉进了房间，把床单枕套扯下来，往洗衣机一塞。

晚嘉回到客厅，卢彤指着个东西问："这玩意儿也卖吗？"

晚嘉看了看，是在学校买的碎纸机，用来处理便笺纸和小票，或者手写的一些草稿。效率虽然不如电动的，但不占地方，关键是用起来很解压。她摇头："留着，还能用。"

卢彤"噫"了一声，拿余光夹她："够怀旧的嘛，现在谁还用这老古董？"碎出来的纸跟面条一样，还要费劲手摇。

再有一会儿，叫的外卖到了。两人放下活计，坐在地毯上嗦粉。汤汁伴着码子，辣度够劲，晚嘉吃得满头汗，鼻子也通了。听卢彤问起辞职后的安排，晚嘉从手机里找出一张照片："这个，还记得吗？"

卢彤看了看："记得，这不是你投资的那个奶茶店？"她推测，"怎么了，你打算在这里也开一间？"

晚嘉说不是："我也没学过，哪里会做。"

店是发小开的，刚筹备时，她拿存款入过股。算算时间也不够两年，但在老家已经开了近二十间门店，也算小有名气。

"他说想弄品牌加盟，让我回去帮忙研究研究。"晚嘉这样说。按原来的想法，她打算回老家待着，顺便看看店里有没有能帮得上忙的，先打发时间，再想后面的事。

提起这茬，卢彤撇撇嘴："潘逢启虽然不是个人吧，出手还算大方。"

这话，晚嘉听得明白。

确实，经济上潘逢启没有吝啬过，情形好起来后，每年也会另给她分红。

但大方归大方，在卢彤看来，这丝毫不影响他的渣度。

"要我说，他就是个瘾君子，成习惯了。以前大学时候就到处招惹，要他专一，除非他结扎。"卢彤犀利点评。

刚点评完，晚嘉有电话进来了。卢彤眼尖，立马瞟向屏幕，同时夸张地叫："快看！是你老公！"

晚嘉被她吓得头晕，在那两道眈眈的注目之下，点开接听。

"在家？"听筒里，是祝遇清的声音。

晚嘉先是"嗯"了一声，很快意识到这个回答有些模糊，于是加了句："在收拾东西。"

"晚饭呢？"

"吃过了。"

那头的人接着问："大概什么时候收拾完？"

晚嘉看了看摆钟："应该没这么快。"

祝遇清也没催："差不多了给我发信息，我去接你。"

"……好。"

寥寥几句，挂了电话后，撞进卢彤古怪的目光里。

“一问一答，你们是夫妻，还是父女？”卢彤服了，“救命，祝总这叫什么，爹系老公？”

夸张了，晚嘉终于受不了，没好气地蹬她一脚：“你这嘴能不能收工？”

卢彤“啧啧”地叫：“您刚刚要有这声口，我也犯不着费这份嘴了。”她数落晚嘉，“知道你刚才接电话像什么吗？不解风情的直女，搁电视剧，你就是木头美人那一挂，把人看得肺疼。”

晚嘉一时语塞，更无从反驳。她的僵硬，她自己也感受得到。

酒会饭局那是工作需要，她可以镀一层专业的皮，戴上角色面具，可私下相处，她确实还没适应，也没找到合适的方式。

毕竟二人的关系，不是由男女朋友过渡的。

粉吃完了，等把桌面收拾好，人也不怎么想动了。

谈及这两天潘逢启的反应，晚嘉多的没说，直接给卢彤看了聊天记录。

看过后，卢彤皮笑肉不笑：“潘大少这是拿出哄小蜜的手段来哄你呢，还花店、咖啡店，这是开店还是上班的问题吗？”她越看越气，哂笑，“还好你找了比他厉害的老公，拼财力、能力，哪样不压死他？”

祝遇清和潘逢启的差距，明人都看见，但摆到台面上来说，还是让晚嘉有些出神。她想起那天晚上祝遇清说的话，又思索起来，那对表兄弟，是怎么面和心不和的来着？

相近时间，祝宅。青砖白缝，鹅卵石收边，地灯开着，几株散落的水生植物，在地面投出抽象覆影。

祝遇清在中庭站了会儿，身后有了响动。他转头一扫，见是潘逢启。

“我是真没想到，那个人会是你。”潘逢启面色青白，“你还是见不得我好，非要针对我。”

“想得太多。”祝遇清坦然看过去，“我没必要针对你，更不会拿婚姻当儿戏。”

“说这些话，你自己信吗？”潘逢启笔直盯着祝遇清，只余冷笑。一帆风顺的人生，已经比他好出不少倍，为什么还要抢他的人？还有当初，要不是祝遇清压着，外公早就出手帮忙，他父亲也不至于被逼到跳楼。

气涌如山，潘逢启错着牙：“乘虚而入，你就会玩这一套？”

祝遇清依旧泰然，面色无波也无澜：“她已经和你没有关系，你不要去找她，更不许骚扰她。”

潘逢启两目渊黑，脸色很难看。比起潘家出事那时候，他此刻更像一条丧家之犬。

　　他收紧拳头，正要往前迈步时，地板几下拐杖点地和咳嗽声，是祝老爷子过来了。

　　"爷爷。"祝遇清与长辈打招呼。

　　祝老爷子皱着眉睖他一眼，目光平移去看潘逢启："这是要干什么？我刚刚说得还不够清楚？"

　　话里的压迫明明白白，潘逢启儿经挣扎，不甘心地松了拳："怎么不清楚？您就是要偏袒他。亲孙子嘛，当然不是我能比得上的。"

　　祝老爷子眉心一沉："这样的话，让你妈来跟我说。"

　　提到母亲，潘逢启喉头发紧，最终把头转向一边，没再敢还嘴。

　　中庭安静下了，祝老爷子叹气："总是你先混账，人家姑娘才不肯继续跟你。要怪就怪你自己不明朗，没必要恨别人。"顿了顿，又严肃提醒，"况且你根本没收心，压根定不下性子和人家好。不如体面一点、大度一点，别死缠烂打，很难看。"

　　说完，他再不管这个外孙，冷着脸看了眼长孙："你跟我过来。"

　　祝遇清跟在后面，一步步地，也走得很慢。老人家腿脚不好，还不让他扶，足以见得有多气。等进书房，劈头就是一句："说吧，你怎么想的？"

　　"喜欢，所以才娶。"

　　"喜欢，早干吗去了？非要在这眼节眼上找事？"祝宏瞪眼，"你知道逢启跟我说什么？连婚房都买好了，跟姑娘娘家也打过招呼了，这时候你插一脚？"

　　老爷子这会儿脾气大，祝遇清笑了笑："他的话您也信？况且您不也说了，是他不明朗，才给了我机会。"

　　"抢了你表弟的人，传出去可真好听。"

　　"我不活在别人的评价里，谁说什么，我不在乎。"

　　祝宏板起脸，眯觑着这个孙子。平时都端端稳稳的人，这事上俨然油盐不进，很有浑不懔的感觉。

　　他盘问："什么路子，让人家姑娘愿意跟你结婚？"

　　"正经路子，心甘情愿。"

　　还心甘情愿，老爷子被气笑了："你就不怕不长久？"

　　"不能吧？"虽然是疑问句，祝遇清的语气却不当回事，甚至反问过去，"催我结婚的是您，我结了，您又咒我不长久，这话不大合适？"

　　被堵了一句，祝老爷子噎住，半口气提在嗓子眼，最后悻悻地拍两下桌面："好好想想，怎么跟你妈交代吧。"

038

这是过了关的意思，祝遇清眼里持有笑意，转移话题说了两件公事，最后被赶了出去。

带上书房的门，他看了看手机，没有预想的消息，于是主动点开输入键。

信息发出去时，晚嘉正在阳台摊被单。

卢彤在旁边帮忙，兼念经："祝总说家里催婚顶不住，那你要是回了老家，和他领证的，是不是就有别人了？"她揪着被单一角，装模作样地拍了拍，"你俩还挺有缘，一个讨饭一个施斋，正赶着了的。"

晚嘉牵开被边，拿软毛刷清理一轮，没搭茬。从刚才到现在，类似的话嚼了几遍，句句别有深意。卢彤也就仗着多谈了几场恋爱，在她跟前充当过来人了。

见晚嘉不理，卢彤又飘过来："祝总的话，你信吗？"

"什么话？"被子固定好了，晚嘉把晒好的衣服一件件收到臂弯。

卢彤问："他说跟潘逢启合不来是什么意思？娶你，就是为了故意气潘逢启？"

这话，令晚嘉倒了下带。当时惊讶大于一切，事后再回想……

"咔嗒！"清脆的微信提示音传出来。晚嘉回到客厅，见手机屏幕亮了。

晚嘉看消息，卢彤在后面追："祝总？"

"嗯，他准备来了。"晚嘉低头回消息。

"哦哦，那我该溜了。"说是要走，卢彤两只眼珠子却盯上来，"你怎么干巴巴的，连个表情包也不加？"

"你好吵。"晚嘉推开那张多话的嘴，蹲到行李箱跟前，把备忘录上的东西一件件勾掉。

大件家什搬不走也不用搬，她要整理的，其实也就是个人用品。

卢彤顺了一套杯子和陈列架，临走前，热心地问："要不要教你两句好听的？"

"什么好听的？"晚嘉抬头看她。

卢彤促狭地笑了，捏起嗓子："跟我念，老——公。"

"……"

临近十点半，祝遇清到了。晚嘉本来打算下去的，他却问了单元和房门号，直接上来了。

晚嘉正在清理东西，客厅狼藉得很，到处都散着杂物。她猝不及防，才清出落脚的地方，门就被敲响了。她着急忙慌去开门，把人请了进来。

祝遇清穿一身黑，浑身上下，只有领缘和袖口露出些白来。人高马大，压得吊灯都暗了些。

看了眼立在壁边的箱子，他问："就这一个？还有需要帮忙的吗？"

"先搬一个，后面的明天再清理。"晚嘉哪里敢让他动手，请他坐下，自己去厨房拿水。

拿完出来，正好见祝遇清从沙发上站起身，再一伸手，打垫子下面，捞出一件酒红色的内衣。肩带在他手里，罩杯的弧线外括，网纱透光，两条拉绳一指来长，在空调风下垂荡着。

晚嘉呼吸一岔，几步过去抢到手："家里有点乱，不好意思。"

她把水递过去，自己钻进卧室，把东西塞回衣柜。她压着胸做几下深呼吸，才又重新走了出去。

祝遇清不在客厅，出现在阳台。她刚晒好的床单在他旁边，大片的复古玫瑰，花哨得跟他分外不搭。跟出去时，他正低头往下看："这一带挺热闹的，交通方便，生活气息也浓。"

晚嘉说："小区住家的多。"

祝遇清点点头："你一直住这里？"

那没有，晚嘉如实说："也是去年搬过来的，之前住过沙河，石景山……"搬来搬去，这里是住得最久的。

祝遇清把视线收回，看过来："如果你不想搬，我们……"

晚嘉眼皮一动："这是公司的房子，我早晚得搬。"

她答得飞快，祝遇清目光轻轻晃了一下，没再说什么。

而后两人熄灯关门，把行李箱拿了下去。

城市的夜均匀地呼吸着，这个点车道松松，连视野里的建筑都是安静的。晚嘉坐在副驾，车子驶动不久，来了通微信电话。

头像是个盘膝而坐的姑娘，大圆耳环，手里耍着根假烟斗。拨电话的是祝如曼，而且还是视频。

正好经过十字路口，车停了下来。

"怎么了？"祝遇清侧头看过去。晚嘉犹豫着，把屏幕歪给他看。

祝遇清伸手："我来？"手机放上支架，他点开语音，"有事？"

一阵嘈杂的背景音里，祝如曼顿了两秒，纳闷地问："你是谁啊？"

"是我，你听不出来？"

那边的人愣了愣，很快脱口一句脏话："哥？"

祝遇清听见了："跟谁学的脏话？"又拧眉，"这么吵，你在哪里？"

祝如曼舌头拌蒜，结结巴巴："我……我在家啊。"

明显就是扯谎，祝遇清也不跟她争："发视频给我。"

这还了得，祝如曼慌得立马捂住听筒，从弹簧台蹦下来，跑到相对安静的角落："我错了……哥，我是被朋友硬拉出来的，我……我马上回家！"

一通保证，一通认错，终于得了赦令。祝如曼唯唯诺诺地挂了电话，脑子还蒙着，突然听到摔酒瓶子的声音，接着就有人扯喉咙喊她："曼曼，你表哥跟人打架了！"

祝如曼吓一跳，看向卡座的方向，刚才还在疯狂灌酒的潘逢启，正指着谁的鼻子破口大骂。眉压眼的长相本来就很有戾气，这时候他红着双眼，骨血沸动。

要出事。祝如曼将脏话咽回肚子里，连忙跑过去。

夜场冲突再正常不过，而那人之据说本来是想去攀个关系的，不知怎么就触到潘逢启逆鳞，被酒瓶子砸了一记狠的。潘逢启什么人，发这么大火，挨打的吓得脸都白了，跌在地上不知所措。

边上乱作一团，劝的劝拦的拦，祝如曼看了看那人的伤势，叫领班带去处理，回身再问潘逢启："消消气啊表哥，怎么了这是？"

闹一通，大概酒劲也散了些。潘逢启站直来，看了眼祝如曼，阴沉狠厉。接着，他踢开地上的碎片，一脚深一脚浅，趔趔趄趄出了酒吧。

朋友不知所以，问祝如曼："你老表怎么看谁都跟有仇似的？失恋了？"

祝如曼还摸头呢，脑筋一蹦，突然就现了灵光。

不会吧？

她耳膜轰轰，再一看时间，瞳孔瞬时扩大："快！快给我叫车，我十二点前得到家！不然死定了！"

离十二点只剩半个钟，祝如曼逃命一样离开酒吧时，几十公里外的湖云堡，车子穿过道闸，驶到了地下车库。倒车熄火，祝遇清松开安全带，望向副驾。

大概是收拾东西累了，副驾的人犯眯瞪，在椅背靠着靠着就睡了过去。显然还不大习惯和他一起，连睡着的时候，头都是偏向车窗方向。一绺碎发盖着面颊，左手搭在膝头，自然蜷着。

祝遇清的手覆了上去，轻轻握了两下。晚嘉睁开眼，刚睡醒，眼波松松的，逗露片刻不认人的茫惘。

"到了，回去睡。"

两人下车搭梯，等回到楼上，祝遇清把行李箱提进主卧，离开前说了句："太累了，明天再整理吧。"

东西可以明天再收拾，澡得今天洗。晚嘉打开箱子，拿换洗衣裳去了浴室。

房子白天应该有人收拾过了，到处干干净净。置架叠放着新浴巾，地毯毛面都是顺的，里里外外，连她一根头发都找不见。

快速冲了个澡，车上那点困意消散，疲惫感也褪却一些。

两个卧室挨得不远，她走到房门口，隐约听见次卧有说话的声音，不知道在忙工作还是别的什么。很快，次卧的人出来了。他往客厅走，听动静，好像在翻冰箱。

想了想，晚嘉打开门，也走了出去。

祝遇清确实在翻冰箱，一手扶门，另一手抽开屉子，似乎在琢磨要拿什么。听见动静他转身，目光滑过来："怎么还没睡？"

"你没吃晚饭吗？"

"忙忘了。"

都这个点了，晚嘉皱了皱眉心："我来吧。"

冰箱被填充过，这次不只饺子了，满当当预处理的食材，还有几包新鲜的绿叶菜。

别的都费时间，大晚上吃了也不好消化，她取香肠和小番茄，捞出一盘简单意面。祝遇清也不讲究，直接坐在中岛台吃。他没换衣服，还是穿的那一身，袖子挽起来，一手压在桌上，腕骨微突。

晚嘉站在中厨前，继续准备明早的粥。熬点虾油，把生米炒出香味，清水搅匀再倒进电饭锅，开预煮模式。

做完这些，腹稿也打好了。按周柯的话，潘逢启下午就该回了国，可到现在也没有联系过她。相处几年，对于潘逢启，晚嘉不是完全不了解。所以她今晚的宁静，应该是有原因的。

"潘总是不是……已经回来了？"晚嘉问。

祝遇清点点头，对她的问题也不意外："回来了，你正常工作，不用担心他。"

果然。

面吃完了，祝遇清起身，自己端着餐具去手洗。

"周末去看礼服，我下周要出差几天，你看看时间，什么时候合适，我陪你回一趟老家？"

水柱浇在台盆，沥沥扫耳。

婚姻从来都是两家的事，登记领证用不着通知谁，但有些流程总还是要走的。晚嘉想了想："你出差几天，什么时候回来？"

"两天，应该周三回。"餐具洗好了，祝遇清抽纸擦手，"没关系，你慢慢想。除了出差那两天，我什么时候都行。"

说是什么时候都行，晚嘉却知道他有多忙。"春还里"刚开业，泉城惠城的项目也才动工。临近月底，一众 C 级高管都等着向他汇报工作，应该还有往后推了的应酬。通过一星半点的信息，她这个乙方都能推测出他日程有多紧凑，实际情况哪有说的这么随意。

晚嘉不想占用工作日，于是把日子定在下周末，又说："你工作忙，明天晚上我自己搬就可以了。"

她这么说，祝遇清也没再坚持，只提了一句："有事给我打电话。"

"好。"

"晚安。"

道过晚安，两人各自回了卧室。

其实也不怎么认床，睡过一夜后，晚嘉躺下不久，被困意带入熟睡。

第二天上班，接近中午的时候，潘逢启到了公司。他很少到得聘，一个月里偶尔出现几回，待也待不了多久。这天他一个人在办公室坐了很久，等到下午，把晚嘉叫了进去。

"潘总。"晚嘉进门打招呼。

礼貌又疏离。

潘逢启盯了她很久："真的要走？"

晚嘉点头："我手头工作不多，这两天已经整理得七七八八了，如果有人交接，这两天就能安排。"是能早走就早走的意思。

潘逢启一口酸涩涌上喉咙。曾经一直跟在身后的人突然遥不可及，他以为她的感情是不会过期的罐头，可她狠起来这么决绝。

从昨天到今天，他想了又想，在某个瞬间陡然意识到，她从来都没说再见的勇气。学校那一回，就是她亲自提的分手。

当时球场热闹，旁边朋友一阵阵地起哄，他也装得很潇洒，嘴上说小姑娘气性挺大，实际动乱，真正慌了神。当时她也是这样的，雪静的一张脸，不见半点情绪上的波动。

后来再见，她不刻意避开他，碰到了喊一声"学长"，背过身，当和他不认识。他心里不舒服，浑身不舒服，甚至有过后悔的念头。后悔犯那份浑，为了气汤羽而找她恋爱。只因为她和汤羽是同学也是同乡，那么恰好，她又对他有好感。说不清到底什么心绪，跟魔怔了一样，他下意识地关注她、留意她，听到她外公求医困难，自己巴巴地帮了忙，也等到了她主动来找。

她要怎么感谢他？跟他复合，就是最好的感谢。可拿这个当交换，他又觉得不齿，觉得没面子，于是三两句打发，自认保持住了形象，没有跌份。

没多久，他爸出事了。所有的变化都在一夕间，所有人对他避之不及，只有她找过来，问他公司招不招人，说想跟着学点东西。那一两年里，他吃尽苦头，受了这辈子没受过的白眼和冷落。

后来情形渐渐好了，昔日的同学好友都上赶着巴结，甚至甩过他的女人都费尽心思和他联系，取悦讨巧。奉承的嘴脸看多了，自尊一点点捡回来，可面对她的时候，总有个挥之不去的怪念头，觉得她看尽了自己的落魄，更觉得她的存在，就是提醒他曾经多潦倒，多没用。于是他纠纠结结，若即若离，却没想到不知不觉地，也把她推远了。

这叫什么，作茧自缚，为自己的行为买单吗？心一阵比一阵紧，潘逢启颓然地扣住桌沿："对不起，是我混账，让你等太久了。"

"工作时间，还是谈工作吧。"晚嘉面色如常，"如果潘总没有别的事，我先出去了。"

这样泾渭分明的口吻，刺得潘逢启胸口钝痛。为了气他而结婚，如果是其他男人，他总有办法把人抢回来，可偏偏，她找的是祝遇清。

潘逢启声音发抖："就真的……没有余地了吗？"他收紧指关，猛地看了过去，试图说动她，"你好好想想，你跟祝……"

话没完，手机铃声响动。看了看来电显示，潘逢启皱着眉接起来："妈，怎么了？"

趁他讲电话，晚嘉已经转身走了出去。

门一开，外面数道目光急遽收回，要么装模作样打电话，或者用喝水来掩盖。当没看到，晚嘉径直回了工位。

坐下来没多久，潘逢启也从办公室出来了，风风火火间看了晚嘉一眼，目光复杂，挟带难堪。

他离开后，办公室恢复了正常的节奏。

晚嘉跟了一位副总的推荐报告，中途抽空回卢彤的信息。

卢彤：你有没有跟阿姨说，潘搞大了别的女人肚子？

晚嘉：说了。

卢彤：阿姨没反应？

晚嘉：我妈问我，有没有可能是误会。

卢彤：……

报告写到一半，晚嘉去茶水间，遇到林苗苗和另一位叫 Amy 的女同事在刷抖音，两人眉开眼笑。

听外放的声音，不难猜是祝遇清之前被拍的那个，被不少博主转了，热度有增无减。

"什么时候搞个直播就好了，我给祝总刷个火箭，咱也尝尝打赏甲方BOSS 的滋味。"林苗苗摆阔。

Amy 笑话她："然后听祝总一句，感谢这位的仨瓜俩枣？"

见了她，两人特地把咖啡机让出来："晚嘉姐，喝咖啡吗？"

　　"不了，我接点开水。"晚嘉走到水槽，冲洗杯子。说不清是心虚还是什么，她接了水，快快地回了工位。

　　剩下的时间，晚嘉一心扑在推荐报告上。

　　这个级别的候选人要更加谨慎，数据得准确，结构得精练，还要核验时间线上的关联性，提炼重点项目经验，哪样都不能分心。

　　等写完初稿，右上角的时间已跳过"17"，已经有同事在准备下班了。她喝口水缓了缓，打算再扫一遍报告时，祝遇清电话打过来："晚上一起吃饭吧，我妈回来了。"

第四章
见家长

晚上七时许，晚嘉被司机接到了地方。进门厅后最先见到的，是祝如曼。

"来啦。"祝如曼开口，眼珠子直溜溜睃过来。

晚嘉露出笑意，也同她打了个招呼。

"等等吧，我妈和我哥在下面说事。"祝如曼绕视一圈，两眼睐睐地转。

昨晚听到她哥的声音，她魂都吓没了，以为点错列表，自找骂挨。当然她后来回家打视频交差，也就验证了脑子里的猜测。

祝如曼舔唇琢磨，问晚嘉："你跟我哥，到底什么时候好上的？"她现在满脑袋问号，急切地想知道，到底是她哥横刀夺爱，还是这位和她潘表哥，本来就是互"绿"？

如果是前者，她说不上话；如果是后者，那真算是她多管闲事。毕竟当初把汤羽照片发过去，不说纯纯一片好心，起码五成是善意的，想点醒这个傻田螺，而不是为了让晚嘉影响她家庭和谐。比如这会儿，她妈和她哥的谈话，一定不是那么愉快。

没等听到回答，家里阿姨来喊人了。祝如曼从靠墙改成直立："我妈肯定有情绪的，你自求多福吧。"

沿着楼梯走下一楼餐区，邹芸坐在主位，目光复杂。

"芸姨。"晚嘉开口喊人。

祝遇清走上前来，伸手牵住她："该改口了。"

指腹温度传递，晚嘉依言，喊了声"妈"。

良久，邹芸才应了一声，不能说生硬，但确实没什么温度。

替晚嘉拉开餐椅后，祝遇清也顺势在她旁边坐下。

邹芸看在眼里，鲠在心头。她是广府人，老家有句俗语叫"仔大仔世界"，但自作主张到这种地步，当妈的怎么也难接受。再看这个所谓儿媳，先不说

046

般配不般配，单是偷偷领证这一点，已经杵到了她的心窝子。不关开不开明的事，就算找的是门当户对的姑娘，她这个当长辈的也笑不出来。

这样情境下，她实在给不出太好的脸色，但刚才和儿子谈话，却发现自己居然无可奈何。

质疑动机，他直接拿婚前协议来堵嘴，说还是这姑娘主动要求签的。而且儿子脸皮也厚得可以，说结婚的一切都是他主动，将责任大包大揽。

她再说几句，发现他坦荡后的那份刁滑更来自于底气，也就是老爷子对这姑娘的认可。

换句话说，这姑娘，是老辈儿跟前过了明面的孙媳妇人选。当中区别，不过是外孙换成了内孙。

提起婚礼和见亲家，邹芸笑得很勉强。她看着儿子："挺好的，老爷子都支持你们了，我这个当妈的，还有什么说话的必要？"

一餐饭，吃得食不知味。

家里气氛紧张，祝如曼愁得直挠头。下了餐桌，见祝遇清要带晚嘉参观家里，她灵机一动，心眼子活泛起来，主动揽了这个活。

等到后院，祝如曼压声说话："别担心，我妈不是什么恶婆婆，她肯应你，这事就没什么了不得的。"又一本正经地分析，"她肯定有些不得劲，但心里的坎儿要慢慢过，你快活你自己的就成了，反正不住一起，她也管你不着。"婆媳剧里不是有句话吗？母子斗法，女人不要参加。

转身，祝如曼又去找祝遇清："哥，我想开间工作室和服装店。"

祝遇清在茶台坐下，闻言，拂她一眼。

祝如曼立马卖乖："表哥那些事，都是我捅给嫂子的。"她嘿嘿一笑，"我真不贪心，就想在'春还里'要间门店，不用太大，辅区旁边的也可以，我不挑地方。"

祝遇清低头品茶，面容浸在灯光下，看起来有点少言寡语的静感。

祝如曼察言观色，偏头想了一阵："妈和嫂子的事，我可以帮忙。"

祝遇清嘴角起了些波纹，但也没有立刻应声。少顷他耳郭一动，视线朝外看："少跟汤家的人来往，还有，这周末你把时间空出来，陪你嫂子去选礼服。"

隔板之外，绕过壁墙，接完电话的晚嘉走了进来。不约而同地，兄妹两个齐齐望向她。

"喝茶吗？"祝遇清朝她指了个位。

晚嘉坐下，看他摆弄茶具。祝遇清没戴眼镜，以这样的距离，能看到他山根旁边有一颗小痣，面容平添几分清气。煮水温杯，他腕骨清劲，体态从容，有种不刻意的板正感。

怪不得那么多人喜欢看茶艺表演，其实好看的男人泡茶，不用穿盘领戴佛珠，也很有尘光平静的感觉。

大概她盯得有些久，递茶过来时，祝遇清看了她一眼。她心底发虚，耳根微辣，点两下桌面后，端起茶杯。

他泡的是黑茶，入口香高味醇，有独特的陈香。

一旁的祝如曼托腮懒坐："哥，婚服你选的哪家？"

祝遇清点开手机，把品牌发了过去。是有名的设计师店，晚嘉也收到了。点开看，一屏屏的高定婚纱，看得人眼花。

"叫她们把样衣送过来就好了，干吗跑一趟？"祝如曼咕哝，"什么时候办婚礼啊？临时定做的话，时间够吗？"

"下周再看，时间应该来得及。"祝遇清抬手给晚嘉添茶。

在他跟前，祝如曼嘴很甜，问晚嘉："嫂子喜欢什么样的？"

晚嘉想了想："都行，但穿起来不太费劲的，活动起来应该自由一些。"

她记得之前参加发小的婚礼，新娘选了件大拖尾，好看归好看，但也受了一整天的罪，更别提备婚前半个多月的减肥期了。

茶喝完，跟长辈打过招呼后，晚嘉跟着祝遇清离开。

临上车前，祝如曼跟在后面问："哥，我能不能搬出去住？"她亦步亦趋，"有时候找灵感或者学习什么的，不可能天天回家的吧？"

晚嘉上了车，听祝遇清寡淡一句："先把毕业证拿给我，再谈别的。"隔着半道车窗，她看见祝如曼瘪了下嘴，委委屈屈，敢怒不敢言。

车子开动了，驶出一段距离后，祝遇清说："曼曼乖滑得很，多惯几次就压不住她了。"

两人同坐后排，一左一右，隔着道扶手。不知道怎么接他这个话题，晚嘉看了看鞋面："她应该也是依赖你……有个哥哥，挺好的。"

祝遇清侧目，眼梢挑向鬓角："你没有堂兄弟？"

晚嘉摇头："我爸是孤儿，妈妈也是独生女，连个表兄弟姊妹都没有……我跟外公长大的。"

"外公高寿？"

"七十三。"

"比爷爷小几岁。"来回几句，他抬臂搭在扶手上，随口问了句，"你喜欢喝茶？"

"还好。"

"我记得，你也会泡茶？"

"我不会。"提起这个，晚嘉很不好意思，"太烫了……没学会。"她只顾发窘,声音这么迟疑地一停一顿,渐次矮下去,断拍似的,像是自己在穷嘀咕。

祝遇清偏头,望见细陡的鼻线,更见那腮面一线渲红。笑意悉堆眼角,他把腿伸直了些:"应该是水线和力度的问题,还想学的话,下次教你?"

想到自己以前被烫得发抖甚至扔杯的糗样,晚嘉点点头:"好。"

祝遇清回正目光,没有问她关于今晚的事。毕竟整场下来,并不见她有失落的情绪。其实也不难猜,大概没觉得会跟他长久,所以也无所谓他母亲的态度。

车子驶进隧道,莹莹光源照上车身。祝遇清半合起眼,于沉思之间,点了点指尖。

后几天,两人各忙各事。晚嘉白天上班,晚上收拾东西,而直到周五,潘逢启都没有再出现。和他一起神隐的,还有延长假期的杨璐。

离职的事有了安排,晚嘉带的二组,暂时由周柯直管。

周五下班,公司安排了一场聚餐,也算是晚嘉的欢送仪式。

共事这么久,当然也有舍不得她走的。林苗苗几个组员拉着她,问离职了打算去哪里,有没有找好下家。

聚餐快结束时,周副总私下给了个提议:"不如自己开一家公司,慢慢做。"

晚嘉想了想,开工作室她也动过心,但自己能力眼界到底有限,还是需要到好的平台学习磨炼,如果创业,更需要靠谱的合伙人,否则十有九亏。创业需要时机,确实不能脑子一热。

周柯也没有一味怂恿,只转告她:"房子住着吧,潘总说过户给你,也算感谢你对公司的付出。"

很突兀,晚嘉哑顿了下:"我已经搬得差不多了。"

"你跟我说没用,这是老板的意思。"周柯把手一摊。

聚餐结束,晚嘉回到南江四季,安排最后一堆打包的。东西出的出送的送,归整挑拣,其实也不如她想象中的那么多。在手机上预约保洁服务后,她最后检查一遍电源,然后关上门,把行李安排上车,去了湖云堡。

上楼开门,房子里安安静静,空无一人。祝遇清工作实在忙,这几天回家时间比她还晚,有时候凌晨回来也不会立刻睡。

晚嘉试过半夜起床,拉窗帘往上一看,书房是开着灯的。可哪怕是这样,第二天他仍然起得很早,而且精神不差。大概是个体差异,有些人确实不需要太多的睡眠时间,也能有充沛的体力。

东西放完，晚嘉把自己以前睡的床单铺上去，尺寸还挺合适，只是跟这房间风格不太衬，铺出一种混搭的感觉。

她站在床尾犹豫了下，卢彤发了微信来。

一看是告罪的信息，明天不想陪她去试婚纱了。问原因，说是白天目睹祝遇清训人的场景，打怵了。

卢彤：你是没看到，祝总训人不骂人，但那张脸慢慢挂下来，旁边的大气都不敢喘。

卢彤心有余悸，退堂鼓打得梆梆响。

她实在不想去，晚嘉也不好勉强，只能聊了两句，说没关系。

聊完过了十二点，晚嘉走出客厅。一个人在这么大的房子里，毫无睡意的情况下，有种无所事事的感觉。在客厅站了会儿，晚嘉打开冰箱，下了碗菌汤面。面汤装在不同容器里，再重新放回冰箱。

忙一通，人也渐渐有些犯困了，她回房洗漱，躺床上很快睡着了。至于祝遇清什么时候回来的，完全没察觉。

转天上午，晚嘉出发去试婚纱。卢彤临时变卦，但还好有个祝如曼。服设学生审美强，对面料也在行，看了一圈后，点了几件给晚嘉试。

试到第三件，帘子拉开时，晚嘉觉得差不离了。这条的廓型干净利落，锁边简单，拖尾也相对轻盈。

祝如曼绕着手臂看来看去，上前摸了摸腰线，又一次嘀咕："你挺有料的，上回马面选错了，应该让你穿诃子……"

不说还好，一说，晚嘉也感觉有些露了。镜子里照不太出来，但低下头，立马看见抹胸的收尖处，拱得有些过分高。

她犹豫地看了看镜子，正想是不是该换下一套时，祝如曼后退几步，往外招手："哥，你来看一下！"

店里没别的客人，试纱间灯光明暗有度，一道人影贴上墙，投出薄薄的倒影。祝遇清走过移门，顺着祝如曼的指向，朝这边看来。

缎布束着玲珑身段，腰线曼妙，落肩托着大片腻白的肌体。发低绾，肩脖修长，有一种恰到好处的娇态。

祝遇清久不说话，而两道目光笔直地驻在身上，晚嘉被看得越来越不安。遮胸太奇怪，不遮吧，她心跳漏拍，呼吸都乱了几轮。

就在晚嘉快要喘不上气时，祝遇清终于开腔了："很好看。"他走到试衣凳前，把晚嘉牵下来，视线从脖子流连到耳垂，"缺首饰，等下去挑一挑。"

"首饰不是什么大件东西，叫人送家去就好啦，懒得跑来跑去。"祝如曼两眼翻望。

"也可以。"祝遇清别眼过去，目光虚停在半空，"刚好，不用给你买。"

祝如曼一秒反悔，立马招呼店员："快快快，再复一遍尺，还有礼裙呢？可以推过来了，先试落肩袖的那套。"有人帮着张罗，果然轻松很多。

祝如曼一面翻着秀场视频，一面在展示架上拨来拨去，很快就把出门到敬酒要穿的，全都替晚嘉定好了。

试完所有，晚嘉换回自己的衣服，走出试衣间时，正好听到店员的话，说主纱的那位客人答应转单，这件按新客的尺寸改一改，十天左右就能上身。祝如曼见怪不怪："我就说来不及，主纱都要提前小半年订的，咱们这种临时单，只能抢别人的了。"

婚纱店出来，又去了楼上的珠宝店。来的是 E.M 旗下的玉棠城，重奢云集，品牌档次高，连续十年业绩都是前几的单体商场。

东西挑完，祝遇清看了一眼，在祝如曼的邀功里点点头："不错，都很好。"

备婚这事，大多数人要走断腿比花眼，他们效率高，定得相对快。

大半天下来，该选的选完，晚嘉也知道了，祝遇清不仅承担了那对新人的全套婚服，还另外给了补偿。至于价钱，就跟挑的首饰一样，她看不见。

到周日，祝遇清提前出差。晚嘉留在房子里，睡个午觉起来，微信一排红点。

昨天出去被拍到视频，和祝遇清之前的话题在一起，被转出了新的热度。

同事同学，不少有交情的发来信息，或在大群里艾特，向晚嘉委婉或直接地打探。

一众人里，最淡定的也就卢彤：恭喜呀，提前享受富家太太的热度了。

她又连炸几个搞怪的表情包：你跟潘去试婚纱，都不会有这待遇。

聊几句，晚嘉锁了屏。

午后愈懒，她陷在沙发上不愿动，脑袋靠在手臂上，轻度游离，放空。

新请的保姆阿姨问："宋小姐，喝点汤吗？"保姆姓方，人很利索也细心，而且住家饭做得不错，厨师也就没另请。

晚嘉没什么胃口，但还是爬起来喝了半碗。

煲的是海底椰螺肉鸡汤，温和鲜甜，香气闻起来就很浓。

喝完又听方阿姨说书房刚打扫完，想请她上去验收一下，看有没有疏失。

对家政人员来说，清理时最要小心的除了陈列空间，再就是书房了。尤其这家的书房不当摆设，早晨男主人还用过。其实应该不会出错，但为了让阿姨安心，晚嘉还是往二楼去了。

旋式楼梯动线流畅，呈递一种规整的美感。二楼风格也很干净清爽，没有复杂抢眼的色调，看起来简单又通透。

穿过客厅再路过一间茶室后，晚嘉进了书房。弧形书墙，立柜旁边放了个单人沙发，桌面除了电脑，还摆有纸质资料。工程图规划页，拆开的文件袋，满满忙碌的痕迹。

书房外是一圈跑道式阳台，望景很好，就算只拉开窗帘，远眺也能放松眼部疲惫。书房旁边就是次卧，步入式的衣帽间，采光很好，户型也方正。卧房内散着肃静的木香，混着劳丹脂的膏香，细闻之下，有一股稳重的穿透力。

搬进来后，晚嘉好像默认二楼是他的空间，头回来逛，很有新鲜感。

出次卧，晚嘉到了对面的影音室。独立空间，宽屏媒体墙，还有一套播放设备。

方阿姨跟过来开灯，晚嘉对她笑了笑："都挺好的，阿姨辛苦了。"

"不辛苦不辛苦……"方阿姨匀了口气，"要看电影吗？我去切个果盘上来。"

反正也闲着，晚嘉点点头："麻烦了。"

方阿姨应声下楼，拿了水果一样样洗净切开，摆好盘后，重新送到楼上。踏上客厅，听到晚嘉在接电话，先是客套地喊了声"蒋姨"，接着问那边有什么事，最后回绝："不好意思，我今天约了朋友。"

等晚嘉讲完电话，方阿姨才把托盘端进去，担心晚嘉着凉，又取了条盖毯："宋小姐，祝总说你前几天感冒了，还是盖着点吧。"

"谢谢。"晚嘉坐在沙发上，换了个姿势。

纯色丝毯抖开，有刚刚在次卧闻到的，祝遇清身上的气味。

屏幕上放的是一部老片，用浪漫化的叙事，表达成年人乱七八糟的感情。主角将别扭诉诸于沉默，配上导演独特的美学逻辑，镜头呈递一种说不清道不明的疏离和暧昧。

无事可做的下午，悠悠哉哉，迷迷瞪瞪。

傍晚时分，手机打来视频申请，是祝遇清。晚嘉抹了把脸，点开。

"在做什么？"

"看电影。"晚嘉盘腿坐着。人半醒，表情钝钝的，声音慵慵的。

"没吃晚饭？"

"还早……"晚嘉醒了醒鼻子，感觉有点冷，把毯子往上拉的同时回问，"你吃过了吗？"

"也还没吃。"视频另一头，祝遇清坐在壁角的沙发里，台灯开着，光压在他的肩头，有种亦正亦邪的气场。

不说话，不像话，晚嘉酝酿了下："那边的天气……"

几乎同时，祝遇清问她："电影怎么样？"

沉默片刻。祝遇清从来都是控场的那个："你先说。"

晚嘉只能干巴巴挤话:"你……忙完了吗?"

"还没有。"祝遇清唇一牵,"休息一下,抽根烟,看看你。"尾调砸在心尖,混茫的暧昧。

晚嘉愣了下,脸上一重又一重地红起来。祝遇清也不解释,点了根烟,偏头吸上一口。

离雾扫身,他安然坐在轻透的游丝里,静得让人看不透。晚嘉心跳隆隆,不自然地找话题:"我们……婚礼完了去哪里?"

"你有没有想去的地方?"祝遇清接得很顺。

"要出国吗?"

"你不想出国?"

他好像总能敏锐捕捉她话里的丁点犹豫,晚嘉迟疑:"我怕影响你工作。"

笑意在眼周游动,祝遇清说:"工作不是我的全部,我需要度假,更需要好好生活。"

晚嘉心里一慌。分明隔着手机屏幕,也分明他并没有对着她做喷烟那样的轻浮举动,可那薄薄的气体好似穿透屏幕,蹭得她鼻息错乱,甚至微微缺氧。

好在祝遇清时间不多,看了眼右上角:"差不多了,我该开会了。"

条件反射般,晚嘉立马点头:"那你忙,再见。"

视频挂断,晚嘉攥着手机,心跳有些失常。片时,她咬住唇壁,微微皱了皱眉。刚才那幕,情与景,话里的缠绕,他更像一位穿着考究的情场老手。

后两天,晚嘉一直宅着。

风起叶落,京北是为数不多按四时节气在走的城市,到八月底,已经有秋气了。

周二卢彤休息,两人约了顿饭。

"几天不见,老板娘又漂亮了。"卢彤笑嘻嘻地打招呼,搬着晚嘉左看右看,"不愧是让我们祝总英年早婚的女人,这小脸,这身材,嘿!"

晚嘉被她"嘿"得撇过脸:"别说相声了,我饿了。"

"叮咚!"

"A103号顾客,埋黎坐啦喂,妈子靓汤请你饮汤啦(A103的顾客,请进来坐啦,老妈靓汤请你喝汤啦)!"

餐厅的广播正好叫号,有服务员竖起肘来等待区,礼貌地招呼她们。二人跟着走了进去。

这是家主打汤煲的粤菜餐厅,浮在空气中的香味清清淡淡,却令人食指大动。

食物上桌,几件落肚,两人扯起闲篇。卢彤问晚嘉:"这两天汤羽没反应?

她那么关注你，肯定知道这事了。”

"大概不得空？"晚嘉喝了口汤。

卢彤瞬间了悟："你也是够损的，让那个小姑娘联系汤羽……不过我贼好奇，特想知道这两人怎么过的招。"

怎么过的招确实无从得知，但可以确定的是，不知通过哪种方式，杨璐已经找到蒋老太，并且通过蒋老太，缠住了潘逢启。

"看来潘逢启自己一脑门官司，没空纠缠你了。"卢彤幸灾乐祸，又"嘻"了声，"还有那个姓杨的小姑娘也不简单啊，就不知道跟汤羽斗起来，哪个功力更高一些？"

一个是初恋，一个是孩子妈，这火起得，姓潘的天平恐怕都不知道怎么歪了。

上来一煲客家豆腐，晚嘉挪了挪桌面的碗碟，让服务员方便上菜，又从餐具盒里抽出勺子，连着底下的黄豆，舀了一块给卢彤。

豆腐鲜嫩适中，表面的焦感控制得刚刚好，入口甘香。

卢彤戏份到位，受宠若惊连称"谢谢老板娘"，吃完擦擦嘴："但说来说去吧，还好你找的是祝总，不然这会儿肯定没个安生。"

不过她心里明白，其实找祝遇清，也不是哪儿哪儿都好。比如在外人的揣测里，晚嘉的形象只会更心机，要么说她骑驴找马手段高超，要么说她打从一开始的目标，就是祝遇清。

晚嘉"嗯"了一声："你好好吃饭，让我安生安生。"

难得在工作日相聚，吃完饭后，两人在外面找了间咖啡馆坐着。

环顾四周，晚嘉拨了拨头发："突然不用上班了，真不习惯。"

卢彤劝她："你相当于大三就出来工作了，这几年也没怎么休息过，不如趁机歇歇得了。"又冲她挤眼，"干吗非要工作，在家当富太太不好吗？"

晚嘉往后一靠，伸出手去捞太阳。多年好友，不用说全，也摸得清她后半句话——富太太消遣多多，除了养小白脸，什么不能干？

天澄蓝，没有伏天的躁，一点点微风翻飞，气温正好。

这一坐，就从下午坐到晚上，要不是卢彤突然被暧昧对象约了，她们还能继续在外面待。

公交车转地铁，晚嘉慢慢摇回了家。这个点阿姨已经下班睡了，她换鞋走到客厅，却发现祝遇清坐在沙发上。

他本来闭着眼的，听见声音才睁开，只是动作有些慢，慢到透着疏懒之态。

"什么时候回来的？"晚嘉有些意外。

祝遇清说了句什么，晚嘉没听清，又见他揪了揪喉咙，似乎在清嗓。看出不对来，晚嘉问他："喝酒了？"

"下午回的，刚刚去参加了个饭局。"祝遇清声音沙沙的，有明显颗粒感。

应该有些醉了，晚嘉接了杯水递过去。祝遇清接过，但仗着手长，喝完往旁边的茶几一放，再抬头瞧她。

喝过酒的人，眉眼好似染了两分风流，就在晚嘉被盯得失措时，他伸手牵她坐下，不是沙发，是他的腿。

"感冒好了？"他语气低回，手掌贴住她的后颈。

晚嘉心头一颤，整个人僵得不像话："好了……"

似乎听到一记笑，额角相抵，气息逼近，他慢慢亲了过来。

喉结是男人的第二性征，缠绵滚动，无声胜有声。呼吸交缠，递来小剂量的醉意。舌尖相触的瞬间，晚嘉脑子一片空白。喝过酒的人体温很烫，烫得她紧绷，瑟缩，睫毛乱抖，心底冒汗。

感受到情绪，祝遇清引着她的手，扶上他的肩。吻由慢到快，像要攫取胸腔的气息，过了会儿，又改为密地地啄。全程，晚嘉被动不已，思绪乱了套，摇摇无主，生涩得不知怎么才好。少顷，她五指微微张开，慢慢扣紧他的肩。

记不清多久，祝遇清退开了。他盯着晚嘉，漆眉亮眼，目中不是确认不是探询，是昭然若揭的欲。

晚嘉手心发了一层汗，眼睫扑闪两下："我……生理期。"

祝遇清目光不变，但眼里慢慢泛些笑意，手指摸摸她的耳垂："出去见朋友了？"

"嗯。"晚嘉忘了点头，瞳光潮润润的，像泼了一层水。

祝遇清揽着她往后靠了靠，闭上眼："头痛，帮我按一按？"

晚嘉举起食指，替他揉按太阳穴。力度似乎不对，他眉心始终拢着，眼眶下有浅青的廓印，是疲惫的表征。

晚嘉询问："这样可以吗？"

祝遇清也不客气："右边，稍微重一点。"

"这样呢？"

"刚好。"

身影偎着，一问一答，仿佛情人间的低语。酒味让他身上的木香不那么纯粹，带点苦调，撞出别样的清甘。

许久，祝遇清摘下她的手："好了。"

好了，意味着结束了，可晚嘉的手还被握着，他问："在外面吃过饭了？"

"跟朋友吃过了。"实际没吃，但她不饿，于是选择说个小谎。

祝遇清笑了笑，捏捏她的手心，接着起身："不早了，我去洗一洗。"

看看时间，确实不早了。经过刚才那一场，晚嘉力气剩得不多，于是洗了个头，快快冲澡吹干，只是人丢三落四，连睡衣也忘了拿。

裹着浴巾走到衣帽间，门被敲响了。她飞快套了件睡裙，又扯一块披肩包绕着，手忙脚乱去开门。

门口，祝遇清穿着深色睡衣，鬓角残留清爽的水汽。

晚嘉一滞："怎么了？"

"到点了，当然是睡觉。"祝遇清垂目看她，"难道我一直睡次卧？"说完头微侧，穿过缝隙，迤迤然走了进来。

卧室灯开着，被子一掀，照出大片的高杯玫瑰。锯齿瓣边，花里胡哨，甚至有些俗丽。

脚趾在鞋里缩了一下，晚嘉奇窘："我换个床单。"

"不用。"祝遇清动作不见分毫犹豫，脱鞋躺了上去，"睡吧，太晚了。"他不紧不慢，优游自如，躺下就盖被合眼。

晚嘉心念交驰，实在是磨蹭得不能再磨蹭，调整呼吸后，剥掉披肩，也躺了上去。

才沾枕面，床垫沉沉响了下，身侧的人翻眠，一只手微微使力，让她栽了过去。男人气息贴近，温热传到皮肤，唇肉擦着颈线："晚安。"

简单两个字，拖着浓浓睡意，让人耳郭发酥。他从来都这样，容不得她闪避，一切进行得理所当然。

从周三到周五，眨眼就过。按照提前约好的，周五晚上，晚嘉先去了机场。

休息室铺着吸音地毯，案几摆了香薰和绿植，白色拱门之间相互连接，设计得像一座微型展馆。经过酒廊时，正好有人从里面出来，还同她打了声招呼："宋小姐。"

"梁总？"晚嘉意外，居然是上回在酒会认识的，LB运营总，梁进伦。

实在是巧，两人停下来聊了几句。

梁进伦笑着说："辞职了，回家待几天。"

晚嘉莞尔："我也是，辞职了，回家……"

"回娘家？"梁进伦唇角微提，声音里有了明显的笑意，"所以，该叫祝太太了。"

头回听到这个称呼，晚嘉愕了一秒，很快露了个大方的笑。

梁进伦看看时间："应该还有一阵子，坐着聊聊？"

确实还算早，晚嘉点点头，两人一起在休息区找了个位置。

两人同乡又算同行，上回在酒会的话题还能沿着聊。提起离职原因，梁进伦苦笑着摇了摇头："我跟唐总，理念不合。"

理念不合，是高管离职的常用词。而关于LB的消息，晚嘉也听说了一些。职位无故关停，回款不及时，分析师服务意识不强，反馈也越来越敷衍。后者且不说，前者却有造假做数据，甚至是套简历的嫌疑。再加上LB自己也有猎头，于是抢单甚至是黑单的传闻，最近越来越多。梁进伦嘴里的不合，不知指的是商业模式，还是管理理念。

喝了口咖啡，梁进伦叹气："传统猎企还是有优势的，只要单源稳定，就能活得很滋润。"

晚嘉笑了笑："但限制也是看得见的。"

猎企资产轻，门槛低。老顾问离职，拉几个人就能开工作室，跟原来的东家抢单，甚至恶性竞争，零预付、降低返点、延长保证期。无底线恶性竞争的后果，就是甲方越来越强势，整个猎头行业的服务也就变得越来越廉价，所谓的专业性，更加像笑话。

工作上的事聊一程，航司广播响起时，祝遇清踩点到了。

"祝总。"梁进伦起身打招呼。

祝遇清与他握了握手："你好。"

人家夫妻会合，梁进伦不好继续待着，于是很快挥别，先上摆渡车了。

"衣服带了吗？"祝遇清问。

"带了。"晚嘉从包里把东西掏出来，递过去。

行李是她和家里阿姨一起收拾的，也纳闷过他办公室怎么不备换洗的衣服，但转念一想，觉得他应该还是太忙，才会连换衣服的时间都没有。当然也有可能，他不是从公司过来的。毕竟日程太赶，不是天天待在办公室。

因为不是冬装，所以她找了个收纳袋放着，看起来有些随便。祝遇清没接，看起来也不是嫌弃不讲究的意思。

他伫立原地，看了看腕表："时间有些赶，帮我一起？"

帮……怎么个帮法呢，当然不是上手穿，而是他换，她帮忙整理。

休息室里同个航班的都陆续往外走了，确实要快点才行。

更衣室不分男女，晚嘉在他后面进去，落锁后，从收纳袋里拿出衣服，背身递了过去。脱了再换，一递一接，简单的动作，像无声默剧。她尽量控制自己的视线，可置物板前面就是一块硕大的镜子，擦得亮堂堂，哪怕不抬眼看，照出的影子动作也会往余光里钻。

密闭的空间，解扣子，窸窸窣窣衣料摩擦的声音，搭扣松开，还有拉裤链和解皮带的动静。几乎是屏着呼吸，晚嘉专心把他换下来的衣裤叠好，重新放回收纳袋。

好不容易配合完工，祝遇清却盯住她，高深地琢磨一句："有这么热？"多少带了故意的成分，晚嘉有些羞恼，红着脸瞪他一眼。

祝遇清笑起来，先她一步把收纳袋放进包里，接着提起她的包，打开更衣室的门。他走出外面，朝她伸出手："来不及了，走吧。"

他穿的是白衣黑裤，和上回在家宴的装扮差不太多，此刻脸上的神情再正经不过，压根瞧不出刚才的促狭。晚嘉抿了抿唇，把手递过去，被他牵紧，再用力握了握。

京北到阳康两小时航程，机场到家里，将近四十分钟。

旧城区是一座城市的老底子，交错的电线，摆在门口叹凉的红木椅上窝着只花臂猫。熟悉的街道和巷弄，小区门口，姚敏正扶着家里老长辈，引颈而盼。

下了车，晚嘉先走过去，几步外就开始喊人。

见到孩子回来，两位长辈高兴地应声，亦不约而同地，把目光往后探。

祝遇清提着晚嘉的包，站定后，也跟着叫了一遍："外公，妈。"

"嘉嘉回来啦。"邻居们借纳凉的机会，往年轻人身上瞟。又笑着恭喜老人家，"姚校长，你外孙女婿生得老好。"

在一茬茬的目光中，几人回了五楼。虽然是旧城的老小区，但前几年改造过，也加装了电梯，不用靠腿走。

"你们先坐坐，吃点水果，饭马上好。"一进家里，姚敏就去张罗饭菜了。

晚嘉进去帮忙，姚敏连声说："不用不用，你去陪陪你外公，他时常念着你，刚刚非要下楼去接。"

过了会儿，晚嘉端着一碟玉兰饼，拉开移门，又换了鞋。她妈有洁癖，家里收拾得干干净净，阳台卫生间厨房，哪里都摆着专用拖鞋。

客厅开着电视，祝遇清正和外公在聊天，见她来了，笑问一句："刚刚好像听到，是叫外公校长？"

晚嘉点点头："是以前的村学。"

外公有个很文雅的名字，姚辞树。一九九〇年左右，村村都还有办学的风潮，姚老校长就是那时候被推选的，一人带几个班，语数都教。到九十年代末，连完小也开始撤并，多数孩子都会去师资和硬件相对好的中心学校就读，村学生源越来越少，没多久就闭校了。

祝遇清认真听着，偶尔蹦出个问题问一问外公，点头微笑，给外公剥水果。他身上有一种松弛感，慢条斯理，不慌不忙，和老人相处起来，保持着自然又得体的亲近。

晚嘉回趟房间，出来时见到一条乌漆漆的尾巴在晃，走过去喊了句："芝麻糊。"

尾巴调了个向，沙发旁边冒出一只黑猫的头来。看见晚嘉，它迈腿走过来，半道上却突然刹车，歪着脑袋，直勾勾打量祝遇清。盯了好久，它突然伸出前爪搭在他脚面，缠绵地"喵"了一声。

晚嘉有些失语，找了逗猫棒把它勾过来，站起身提了两下，看行动还很灵活。

"家里养的猫？"祝遇清问。

晚嘉点头："朋友送的田园猫，上十岁了。"

祝遇清视线追着看了看："是挺黑的。"怪不得叫芝麻糊。

他又问："你喜欢宠物？"

宠物范围可太大了，晚嘉想了想，眼皮微拧："猫猫狗狗的挺好，但是冷血动物，我有些怕。"

比如潘逢启养的那些，爬行纲的蜥蜴和乌龟，还有蜘蛛角蝉这种节肢动物，看着就倒起寒栗。

老猫不定性，想跑，晚嘉并起腿逮住它，摸它耳朵再看它鼻子，状态挺好，"生龙活猫"。看完，她拍了拍猫脑袋，松开腿。老猫对她的造次显然很不满，愤愤地叫一声，溜长的身子往后一压，眨眼就飞到阳台。

不出半小时，饭桌满了。

坐到桌上，祝遇清看了看，其他人都是饭，唯独他是一碗细面。汤头清亮，码着几块油笋，两个蛋。

老校长笑着同他解释："这是卧蛋面，我们这里的习俗，女婿第一次到家里要准备的。"

老人家笑眉笑眼，祝遇清点头道谢，拿筷子挑面时，衣服下摆被轻轻一扯。

看过去，右边人小声提醒："太满了，吃一点意思意思就好。"

"没事，"祝遇清笑笑，"正好饿了。"

"饿了，那多吃点。"姚敏终于找到机会跟这位女婿说话，起身挪动菜碟子，往祝遇清坐的方向。

晚嘉无奈："妈，晚上吃太多不消化。"

姚敏立马喏喏地附和："也对也对，你们刚下飞机，肯定还是累的，那尝两口就行，太撑了影响休息。"

第五章
吃醋

　　晚饭吃完，姚敏照例包揽了所有的活，快手快脚地收拾东西，到处擦了又擦。等干完活，她走到客厅，言语拘谨："要在家里住吗？还是……去酒店？"

　　"住家里，不知道方不方便？"祝遇清礼貌地发问。

　　方便当然方便，对这位女婿，姚敏客气得近乎恭谨。她不大好意思地看了眼女儿："就是家里太小了，得委屈下……"

　　其实本来还算宽敞，但这几年她做寄宿老师，带了两个孩子在家里住，多隔了一间房，所以布局看着有些紧凑。

　　时间不早，在客厅略坐一会儿，都该回房休息了。

　　怕女婿受冻，姚敏又搬了床被子过来，嘱咐女儿，晚上冷了压一压。

　　晚嘉嘴里应了，眼睛丈量自己床的长度，再想了想祝遇清的身高。唔……肯定是要缩脚的。

　　身后响起塑料膜被踩的声音，人影盖过来，晚嘉偏了偏头，是洗完澡的祝遇清。

　　"在看什么？"他问。

　　"没。"晚嘉摇摇头，拿着衣服出去了。

　　家里只有一个浴室，还是跟洗手间连着的。以前多数时候只有妈妈和外公，现在家里四口人，洗头洗澡争分夺秒，擦干净了就得赶紧出来。

　　晚嘉包着头发回到房间，发现祝遇清靠坐床头，两条长腿交叠着，手里拿了本书在看。土黄色的简装书皮，封面画了个潦草的官老爷。

　　晚嘉心头一窜："你……在看什么？"

　　"《儿女英雄传》？"祝遇清把书名念给她听，又意味不明地笑了笑，"你看书挺认真。"

　　顶门上"轰"的一声，晚嘉快走两步，抢了回来。

是本明清小说，她中学时候看的。小说内容还是其次，关键那时候她看书有个坏毛病，喜欢在页面打批注。水笔荧光笔，一页纸五彩斑斓，又是画圈，又是拿板子打波浪线，再装模作样写下领悟，啰啰唆唆，唠唠叨叨。甚至边边角角，还会贴上印有卡通画的便笺纸。现在来看，全是让人想钻地洞的黑历史。

书是抢到手了，但脑袋上的毛巾松散开，发尾的水滴滴答答，激得晚嘉打了下哆嗦。她拉开最底下的床头柜，把书放回去。

祝遇清下地，顺了顺嗓子："有点撑。"

晚嘉扶了扶头顶的毛巾，一大碗面都吃完了，不撑才怪。

"得找点事做。"在房间徜徉踱了几步，祝遇清回头瞥了晚嘉一眼，"吹风机在哪里？我帮你吹干吧。再晚，就要吵到邻居了。"

他似乎真的很无聊，也很好心，但老房子的隔音并不差，不像现在的新楼盘，楼上夫妻吵架，楼下能听到七八成。

晚嘉嘴角一顿，看了眼客厅的方向。他要是出去，八成她妈又要随时待命，兢兢地听动静，以防没能照顾到这位女婿。于是她片刻思量，从衣柜找出吹风机，把头发挠顺后，乖乖坐去了床尾。

他很有耐心，开的是冷风，手指抓发的力度也很轻，风筒角度控制得刚好，没有莽撞地往她脸上吹。半途，吹风机停下，他问："全干，还是留一点湿度？"

"什么？"上下嘴皮子一碰，音调微微上扬，晚嘉发出很轻的，带点儿鼻音的疑问。

"你不是要抹东西？"祝遇清问。

主卧的化妆台在浴室外面，进出的时候，他能看到她坐在镜子前的活动，包括往发尾抹精油。就像她现在的味道，像湿润的野栀子，露水微微，以及青白的花苞质感，闻起来很舒神。

大概是意外，她的眼睫快速扇了两下："我没带那个……全干吧。"

"好。"祝遇清把吹风机打开，重新摸上那一头乌发。缎子一样，吹开渐渐铺满了背，盖住细嫩的后颈，更遮住两个玲珑肩头。

她穿杏色的一套睡衣，宽襟，和尚领。视线是向下的，眼窝浅，眼皮褶子也不深刻，但鼻形玲珑娇俏，甚至可以说是精雕细琢。这样俯视的角度，有一种不带攻击性的软艳感。

冷风持续，发根也干了。关掉吹风机后，祝遇清找到梳子帮她梳顺，手搭上肩头："好了。"

家里没什么声音，窗外也悄悄的。比起京北，这里的夜安静得更纯粹。熄了灯，两人先后躺上床。

床垫长度确实不太够，祝遇清更有理由侧睡了。他屈起一条腿，自然而然地，手臂横出床的另半边，等晚嘉也躺下来，把她收进怀里。小巧肩头拱在掌心，祝遇清往右动了动，将下巴抵在她头顶："晚安。"被子很软，有新晒的气息，和着发的浅香，直往他鼻心里送。

周六早上，祝遇清起晚了。怀里空的，搂的那个人，已经没在房间。手臂横在眼睛上，半分钟后，起来踩鞋下床。

厨房方向传来水声，祝遇清选择窗外的动静，走过去，把帘布掀开一角。

外阳台，有人正在训猫。她手里拿着梳子，蹲在地上，头发扫着腰，盖住大半个身体，从语气到体态，是在京北家里没有的松散。

"你能不能矜持一点？"她数落猫，"一大把年纪了，还对人家抛猫眼，羞不羞，丢不丢脸？"

猫听得不耐烦，抬起前爪，小孩子打架似的，跟她手指一下下对撞。

她不点了，抬手揪一把猫耳朵，说了几句方言。祝遇清听不大懂，是跟说普通话时不一样的，发音靠前靠上，声口更细，语速更快，像在唱小调。

猫往后避，这一避，看见藏在窗帘后的他。祝遇清直接拉开窗帘，再推开窗户："早。"

"……早。"不知他什么时候出现的，晚嘉抓着梳子站起来。

祝遇清倚在窗台，好整以暇地问："你们刚才聊什么？"

跟猫能聊什么？晚嘉支吾了两声，看一眼芝麻糊，没答。

这老猫，早上一开门就跑过来，要不是她及时挡住，它起势子都跃进去了。发现进房无门，又去咬祝遇清换下来的鞋子，猫性奇怪，痴得让人看不下去。

她走到阳台角落，对着垃圾桶把头发梳顺，反手转了两下，用抓夹固定住，再穿过客厅，回了房。

房门开着，祝遇清已经换好衣服了，可她还穿着睡衣。

洗手间虽然开着门，但有刷子和水的声音，大概是她妈又在洗地。

走到衣柜旁，晚嘉把衣服拿出来放在床上，再望一眼祝遇清。什么意思很明显了，祝遇清眼里几簇笑意，走出去，顺便帮她带上了门。

晚嘉松了口气，自己把窗帘拉上。足量的阳光穿过窗帘，把帘布的纹路照透。她视线停顿住，在窗台粘连片刻。

家里朝向最好的两间房，一个给了外公住，再一个就是她这间，她妈妈则猫在厨房旁边的小客卧，连个窗户都没有。

以前她妈不常在家，房间的安排还好说，后来晚嘉上大学，早说过这间房给她妈妈住，可妈妈嘴里应得好好的，但很明显，并没有住过。

没住，但经常打扫，椅背柜筒，到处都是干干净净的。轻微失神后，晚嘉扯起衣服换。

客厅传来她妈的声音，普通话，是在跟祝遇清说，殷切、叠声，不难看出对这个女婿，细心到了讨好的程度。

换好衣服后，姚老校长也回来了。

"外公买了什么？"晚嘉走过去。

祝遇清从老人手里接过塑料袋，打开给她看。

新疆杏子、大个西梅，还有黄澄澄的软柿。

"吃完饭先，这时候胃酸。"老校长满目慈笑。

早餐是姚敏自己包的小馄饨，还有现炸的肉盒，又酥又香，不比外面买的差。

"阿鸣是不是来吃中饭？"吃完，姚敏问晚嘉。

晚嘉点头："他巡完店就过来。"想起来再补一句，"他说想吃银鱼蛋和梅干骨。"

"哦哦好，那我再去买。"

收拾过后，姚敏到菜市场，又让晚嘉去批发店买点雪糕，顺便带祝遇清在附近逛逛。

楼下公共区域，不少阿婆阿叔在打蒲扇，或者推娃娃车，看孩子。也有买菜回来的，见到都会打招呼。

一起下的楼，有邻居看见姚敏了，拉着说两句话，看看祝遇清："阿姚，听说你女婿是开商场的老板，怪不得腔势足，老灵个。"

他们聊他们的，晚嘉领着祝遇清往另个方向走，脑子里还转着那句话。开商场的老板，这么概括，莫名像在形容土豪。再看祝遇清的休闲装扮，脱下西装领带，没有浮华的高楼广厦做背景，这位戴着眼镜的大总裁，跟这周边的市井气也不算太违和。

走出那一路的招呼声，祝遇清问："阿鸣，是哪位？"

"是我发小。"

"男的？"

"嗯。"

"你不是没有玩伴？"

晚嘉怔住："我是说没有堂表兄弟，什么时候说过没有玩伴？"

祝遇清点点头："芝麻糊是他送的？"

"是……"

"他经常来？"

"偶尔吧……"问太多，晚嘉狐疑地看上去，"怎么了？"

有自行车骑在里道，祝遇清把她圈近身边，又睨她："有人来家里吃饭，我不认识的，提前问一问不很正常？"

晚嘉噎了下。他那一眼轻飘飘，语调也稀松平常，没事人似的，似乎还奇怪她的反应。

走出几百米，马路旁有个阿婆在卖梅花糕。传统的煤炉子，放在大小差不多的拖车上，走街串巷式的。晚嘉上前，开口要了半打。

阿婆佝着腰，听声音觉得眼熟，看了晚嘉好几眼，认出来是老客。她给锅子擦油，嘴里念着小姑娘好久不见，又笑眯眯看了眼祝遇清："这是男朋友？"

祝遇清回以礼貌微笑，视线滑向侧边，看向晚嘉。目光太剌，晚嘉烧灼着脸，羞声回答："是我老公。"

祝遇清调回视线，漆黑的眼里，笑意凛然。

阿婆开始装面糊，他掏手机正想扫付款码，被悄悄按住。

祝遇清不明所以，看着晚嘉去了趟对面的小卖铺，回来等梅花糕装好，给了整数的现金，客气两句后，拉着他走了。

"怎么？"他问原因。

"收款码是阿婆儿子的，钱到不了她手里。"说着，晚嘉从袋子里包了一个递过去，"糯的，要试试吗？"

梅花糕很瓷实，顶尖有拳头那么大。糕芯是豆沙馅，表面撒了葡萄干和糯米丸子，还有一颗红枣，对祝遇清来说，确实算腻口。

男人吃东西快，他吃完一个，晚嘉的枣子还剩大半个。

"怎么换的现金？"祝遇清问。

晚嘉递给他一条口香糖："那个铺口转让了，新老板比以前的好，不用买烟也肯换。"

祝遇清看了看包装纸："你抽烟？"

晚嘉摇头："你不是爱抽？"意思是打算买给他抽。

祝遇清把口香糖放到口袋："有一点烟瘾，你不喜欢，以后不抽了。"又问，"外公不抽烟，你以前买给谁抽？"

他太敏锐，总能很快抓到她话里的信息。晚嘉老实地回答："给高鸣。"

高鸣，祝遇清念着这个名字，应该就是她那位发小了，回来就能请到家里吃饭，还会帮买烟，关系无疑是亲近的。异性发小，在人们口中往往还有一个说法：竹马青梅。

拐过巷口，见晚嘉对着梅花糕皱了皱眉，祝遇清了然："吃不下？"

"……饱了。"实际是糊嗓子。阿婆年纪大了，豆沙馅里的糖加得有点多，丸子也糯过了头，有点难咽。

"给我吧。"祝遇清伸手，从她手里把剩下的接过来。

动作行云流水，没等晚嘉反应过来，梅花糕已经落肚了。他吃完回看她："怎么，舍不得？"

晚嘉收回目光，径直往前走，莫名地，又想到他刚才说戒烟的话，呼吸一滞。今天撞了邪，有一种横竖跟嘴过不去的感觉。

等到批发部了，卧式雪柜一排排摆着，样式齐全。挎篮子挑的时候，晚嘉看见雀巢8次方。

想起好久没吃这个，结账之后，她打开香草口味的，吃了一颗。吃完发现被祝遇清盯着看，她以为他想吃，于是把盒子递过去。他没拿，只是看着她，慢悠悠吐出一句话："可以吃冰了。"

起先晚嘉发蒙，等听出话里的意思后，带腮连耳，她整张脸红了个透。可以吃冰，代表生理期已经过了。分明有暗示，怎么听都不正经。晚嘉又急又气，只能装听不懂，把雪糕塞袋子里，扭头往走。祝遇清跟在后面，神闲气定。

来时半小时的路程，回去二十分钟就到了。

晚嘉走得快，拐走道刚进小区，见楼下停了一辆汉兰达，车后备厢开着，有人在拿东西。

她认得车牌，喊了声："高鸣。"

那人探头："嘉嘉？"

他把礼盒拎出来，关上后备厢走过去，奇怪她一个人："你男人呢？"

听见问，晚嘉转背去找人。明明留意他一直跟在后面的，怎么差几步走这么远？

人不难找，毕竟个子高，站哪里都跟标枪似的。晚嘉往后倒了几步，在拐角的梧桐树下头，看见了祝遇清。他插兜，擎立在树下，没有动。或许是树荫盖身，他面相凌厉，看着有些不善。晚嘉心里一跳，好像头回在祝家家宴上看见他，就是这么副模样。

"你们吵架了？"高鸣一句问，催动晚嘉的心绪。

她踌躇着，有些惴惴，正想是不是倒回去，祝遇清迈腿了。他走到跟前，主动朝高鸣伸手："你好。"

"你好你好，是祝总？"高鸣左手腾右手，立马握过去，点头哈腰，"我姓高，叫高鸣，幸会幸会。"

"幸会。"祝遇清报以微笑，笑意虽然浅淡了些，但也不大像在生气。

寒暄过后，几人往楼上去。出电梯，祝遇清一如既往的绅士，挡住门，让另外两个先出。

晚嘉偷看的一眼，被他捉个正着："有话要说？"

晚嘉摇摇头，话在舌尖打了个滚，又倒回去了。

大门是开着的，走进客厅，看见阳台的老人和猫，还有试图骑猫的小女孩。

"细细。"高鸣喊了一声。

"爸爸！"小女孩跑到客厅，见了晚嘉，立马扑到她腿边，"嘉嘉阿姨！"

晚嘉蹲下，从保温袋里拿了支脆皮雪糕，拆开包装递过去。

"谢谢嘉嘉阿姨。"小女孩很有礼貌，道了谢才去拿。她靠在晚嘉怀里，舔一口巧克力层，又仰起下巴，去看另一张陌生的脸。

"高鸣的女儿，叫细细。"晚嘉跟祝遇清介绍，又教孩子，"细细，喊叔叔。"

"叔叔。"细细抱着晚嘉的脖子，乖觉地跟她喊了一声，两只眼盯着祝遇清，不怕人。

祝遇清也蹲下来："多大了？"

晚嘉算了算："应该有四岁整了。"

"上学了吗？"祝遇清问。

这话本来是问晚嘉的，可孩子抢答，发出脆脆的一声："不上！"

"不上也得上，不然将来跟你爸一样，当个盲流。"高鸣把礼盒子放下，过来纠正女儿，又厚起脸皮，"我都替你想好了，以后上大学读工商管理，将来好继承你爸创办的家族企业。"

家族企业……晚嘉看他一眼，替他害臊。

对上学，细细表现出明显的抵触，叠声说不去不去，抱着晚嘉的脖子不撒手："幼儿园不好玩！"

"那是让你去玩的吗？"高鸣扒了个梅花糕来吃，嘴里并不惯女儿，"除非你跟你嘉嘉阿姨回京北，不然等周一，你乖乖给我上学去。"

受他刺激，细细连雪糕也不吃了，看着就要掉眼泪。晚嘉居中调停，拉着孩子去阳台。

外公正在择菜，见她来帮忙，笑着问了句："去了埠中街？"

晚嘉点头："还是丁仓街口的那家，雪糕品种比较全。"

闲聊之间，外公把小油菜的梗底子割掉，放盆里洗干净，递给细细玩。

没了叶子的梗一圈圈的，像朵青油油的玫瑰，细细立马被吸引，拿到手里把玩起来。

想起自己也曾经被这么哄过，晚嘉嘴角飞翘起来。地上一袋子绿豆芽，她把须根掐掉，留下白胖的芽身扔到菜筐里。

日头和着风，不凉不躁。

外公说："这么好的天气，我以为你们会晚点回来。"

"下回再逛，怕雪糕化了。"晚嘉回答。

"明天去看看你爸爸？"

"好，上午就去。"

外公点点头，没再问什么。虽然教了几十年的书，但和讲台上不同，外公私底下讷口少言，不是个话多的老人家。事情都知道，对小辈的选择他或许看不懂，但从不试图干涉。

豆芽剥完，晚嘉又去撕刀豆的筋，顺便，听着客厅的动静。

两个男人正在畅聊，距离不远，听得很清楚。

奶茶店开起来后，高鸣上过几堂企业管理的课程，参加过几场行业沙龙，张嘴闭嘴规范化，满脑子现代企业管理的术语，琢磨营销打法。他是个碎嘴子，话密得很，而且什么都说。一时跟祝遇清聊连锁管理，探讨加盟和直营的模式区别，一时说起人员架构，提到股权激励，到最后又提起三年规划、五年目标。

话越来越大，还要比肩上市茶饮。比如这会儿正问的："祝总，你看我们这个品牌，未来有没有机会去港交所敲钟？"

晚嘉听得一阵面热，实在受不了了，闭耳起身，把处理好的菜送去厨房。

姚敏正在切盐干，见到女儿，同样问了句："怎么这么早回来？"

"批发部的冰袋不够，怕雪糕化了。"晚嘉说。

"那也不着急，雪糕等回来的时候再买也行，带小祝到附近转转，你们两个说说话，多相处相处才最重要。"姚敏手里不停，嘴上也忙，"不过咱们这里确实也没什么好逛的，肯定不如京北那边。"

提起京北，姚敏手里动作都慢了下来。她迟疑地问："小祝……真是小潘的表哥？"

晚嘉点点头，说"是"。

"他家里人怎么样？好说话吗？"姚敏再问。

晚嘉："挺好的。"

抹布在手里搓了又搓，姚敏嗫嚅："那他，他不介意你跟小潘好过？"

晚嘉正在淘洗豆芽，听得直皱眉："妈，到底是你介意，还是他介意？"

姚敏重重愣住："我怎么会介意？"她心里一慌，急着辩解，"我，我就是担心……"

"不用担心。"晚嘉把最后几根豆芽捞进筐里，沥干净水，"他挺好的，我也是，真的。"

移门拉开，高鸣进来拿饮料："那个梅花糕太甜了，刮肠子。"他从冰箱开了一罐可乐，边喝边夸，"没想到啊，祝总说话不摆架子，蛮好相处的。"

和着高鸣的嗝，姚敏在旁边猛点头。在她看来，祝遇清真是很平易近人了。这词用在晚辈身上，尤其是拿来形容女婿似乎不太合适，但就社会身份来说，她只能想到这个。

"这老公找得不错，又有钱，脾气又好，"高鸣拖着音，故意抬了抬声调，"而且一看，就不是会乱搞男女关系的那种人。"

这话刮到姚敏耳朵里，她面色一讪，接着点头如捣蒜："对对对，肯定不是那种人。"

高鸣龇着牙笑了，又悄悄对晚嘉做了个口型：比姓潘的，好太多了。

那个"潘"字，简直要被他吐出唾沫来。晚嘉微微后仰，隔着玻璃移门向外看。

祝遇清去了阳台，坐在她刚刚坐的矮凳上，正跟细细说话。说着，他摸了摸细细的头，又抽纸巾给孩子擦嘴。

树底下突然的冷脸，楼下时彬彬有礼且带些疏淡的客气，而这会儿，又是跟刚才大相径庭的温柔和耐心。

变来变去，仿佛有三副面孔，让人捉摸不透。

而高鸣这个狗腿子，虽然能活跃气氛，但也会制造尴尬。中饭做好后，饭桌上头，他问祝遇清是不是开私人飞机回来的。在得到否认后，他又立马装大明白："哦哦，我知道，要申请航线，手续很麻烦，咱们附近也没有停机坪，不方便。"

晚嘉听不下去了，插嘴问："阿瑶什么时候回来？"问的是高鸣老婆，余瑶。

高鸣说："应该要到下周，封闭式培训，她还带了两个店长去。幸好暑假过了，店里没那么忙，不然我肯定要猝死。"

又带娃又看店，确实不怎么轻松。他眼底两坨青影，和着眼袋像熬了三天大夜，看起来虚得很。

吃完中饭，高鸣邀请祝遇清去新开的店里喝奶茶，吹嘘出品不比大牌奶茶差，想看看合不合适大老板的口味。

祝遇清没有立刻回答，反而问晚嘉："可以去吗？"

晚嘉正拧了抹布在擦桌面，高鸣惊讶地怪叫："你也管太严了吧？出去一趟还要请示。"

晚嘉头微偏，一张含笑的脸撞进眼梢，不带谦意，真还就是请示的模样。她木了下，飞快地别开眼："当然可以。"

因为帮过厨，出发前晚嘉回房换了身衣服，等到楼下，见祝遇清正在陪细细玩。他半边身子浸在日头里，上衣被风鼓动起来，再又敷贴回去，映出清瘦孤拔的背脊轮廓。余光见她，祝遇清转身："好了？"

"嗯。"晚嘉走出来，心里好奇他对孩子展示了哪样的亲和力，不过几个小时，关系已经这么近了，但更好奇，是他手里一堆石头。

祝遇清摊手给她展示，看了眼细细："说是见面礼。"

小囡囡居然也知道见面礼，晚嘉讶然。看来父母话密有话密的好处，比如孩子词汇量比同龄人丰富。

没等惊讶完，细细走过来，递出个灰色鹅卵石："嘉嘉阿姨，这个送给你。"她稚声稚气，诚恳地说，"是新婚礼物！"

晚嘉眼皮搐动了下："……谢谢。"

高鸣过来了，见女儿这么寒碜，当爸的觉得很丢脸："家里也捡了一堆破石头，这丫头怕不是丐帮托生的。"

小孩子的世界和大人不一样，总有些古怪爱好，对所有事物都充满好奇。晚嘉瞥了眼祝遇清，脑子一抽，讲了个冷笑话："也有可能是神仙，比如精卫投的胎，打算填海。"

不是常接梗的人，这么神来一句，有点故意活络气氛的意思。祝遇清嘴角动几下，没说什么。

去的店子离小区不远，开车十来分钟就到。店名叫知南堂，来的是装修最好的一间，临街门面，上下两层，后面还有个小型办公室。周末人不算少，点单的队伍排着队，楼上也几乎坐满了。

"股东到店，不看看账本什么的？"高鸣问。

晚嘉说："用不着。你年底把钱分给我就行，不要亏本，要每个月都有增长盈利。"

话是这么说，但奶茶做好后，晚嘉还是被硬拉到了楼下。大概也猜到他们私下有话说，祝遇清带着孩子坐在楼上，十分配合。

"怕不怕楼上有人勾你老公？"到一楼时，高鸣小声打趣，手指朝上指了指，"咱们这里的姑娘可大胆，看见帅哥要微信，不是做不出来的。"

祝遇清身形拔直，五官出挑，才走进店里就有女孩儿悄悄地看，哪怕带着孩子，也同样引人注目。

"他应该习惯了。"晚嘉答非所问，似乎不在状态。

高鸣把她拉到办公室："姓潘的疯没疯？"

"没疯，好着呢。"晚嘉笑他想多了。

高鸣摇头："你还是没开窍，不知道男人都是贱骨头，永远对伤害和抛弃过自己的女人念念不忘。你这一跑，还找了个比他厉害有地位的，恐怕这辈子，他都忘不了你。"换句话表达，在男人眼里，离开他之后的女人，最有吸引力。

晚嘉没接话，也没想好怎么接。其实离职也才是上周的事，但感觉潘逢启已经完全淡出她的生活，再提起这个人，取而代之的，是一份浓浓的陌生感。

静几分钟，高鸣突然又提起一个人："汤羽，她赞了我发的朋友圈动态。"

晚嘉坐在椅子上，目光拐过去："什么时候？"

"就前两天。"

"你跟她恢复联系了？"

"怎么可能？我把她拉黑了。"高鸣嗤嗤地笑，"放心，哥们早不是'恋爱脑'了。"

听这样的话，晚嘉眉心起了皱。当初就是因为汤羽，高鸣才会被学校开除。

往事实在戳气得很，高鸣手一摆："都不是善男信女，还好咱俩都开了窍，没全栽。"又敵着牙关，贼兮兮地笑，"我也算过来人了，给你句经验之谈——找到新的，慢慢就把旧的给忘了。"最后指了指楼上，"嫁了个这么好的男人，还要什么自行车？"

半开玩笑的语气里，晚嘉靠上椅背，叹了口气。无处安放的忐忑，半天终于找到了归因。身边几乎每个人都在提醒她，这个男人有多出色，能跟他结婚是多么幸运的事，但今天，她犯傻了。反思过，确实是她不对，把他一个人扔在后面，很不应该。

想来想去，还是近因效应作祟，因为他举止亲密，这两天跟她开过几回玩笑，就觉得可以跟他拉脸耍脾气。

有一个词很奇怪，但又莫名贴切。无意识下，她飘了。

高鸣临时有工作处理，从办公室出来，晚嘉独自往楼上去。走到中段，听见细细脆声在问："妈妈说男男女女互相喜欢才会结婚，叔叔，你和我嘉嘉阿姨，是互相喜欢吗？"

心弦乍响，晚嘉听到一个清晰的回答："是。"

答得很快，这个字落地时，她的脚已经踏到了最后那级楼梯。细细眼尖，大声喊她："嘉嘉阿姨！"

晚嘉站在砖面，迎上祝遇清的目光。他不躲不避，坦然得像无事发生。

眼瞳颤了又颤，半响，晚嘉深深吐纳一口，嘴角囫囵扯开个弧度，接下来倒也跟没事人似的，照说照笑，实际脑子不怎么转得动。

这样的状态，一直持续到他们离开。

高鸣打算送，但祝遇清问走回去要多久。得到答案后，他看晚嘉："能走吗？顺便再逛逛？"

晚嘉点点头："好。"

走出商业街，晚嘉在前面带路，手里还提着杯红豆奶茶。

有了上午的事，她没敢走太快，和祝遇清基本是并肩而行，只是保持着身体距离，看起来别扭得很。

一路走，经过老弄堂，看见年月更久远的小区。生锈的电表箱，下面停着大轮径，角座皮料破开的单车，车栏子里垫着不知什么年月的报纸。

再往前走，是小型菜市场。大颗的火龙果坐在脚盆子里被兜售，留着半截胶布的泡沫盖上，番茄的红与芦笋的青，配色天然悦目。

继续向前，路经公园一角时，祝遇清停住了。他落后两步，晚嘉反应过来："怎么了？"

"累了，坐会儿。"祝遇清指着旁边的座椅。

晚嘉跟过去，和他坐在同一条扶手椅上。

公园不大，来的人也不算多，遛狗和带孩子的都在对向连廊，没什么人经过这一角。

祝遇清臂展可观，搭在椅背，把晚嘉圈到身边："有心事？"

问得很直接，晚嘉躲了下："……没。"

祝遇清低下头，逼近过去。是很亲密的动作，鼻撞着鼻，颊贴着颊。他问她："在想什么，说出来。"

呼吸摩擦生热，烫得脸都发痒，不容拒绝，话里像有拉力。晚嘉有些喘不过气："上午的时候，我扔下你……你是不是生气了？"

"没有。"跟这个没关系，祝遇清磨了磨她的鼻子，"为什么觉得我会生气？"

"我那样……挺没礼貌。"晚嘉小声说话，心里缩成一团。

"在我跟前谈礼貌，很奇怪，也过分客套。"祝遇清往后退开些，"你怕我生气？"他眼神很静，"我是你丈夫，不是你客户，为什么不能在我面前展示情绪？"

晚嘉目光浮动。

他帮她顺了顺额前乱发，继续说，"你可以认为我们的婚姻是临时起意，但我们眼下的关系是真实的，作为你的丈夫，我应该承受你的情绪，不对吗？"

他言语循循，好像在告诉她，该怎么处理亲密关系，怎么摸索相处之道。

眼前人是平静温和的，眼里虽然有一团灼灼的笑意，但不带逼压。看久了，像要掉进这双眼里。

嗯，哦，都不是恰当的应答，晚嘉掐着手心，舌尖抵向牙关："那你上午，为什么突然黑脸？"

"因为我在衡量你跟高鸣的关系。"祝遇清说。

晚嘉猛地抬头，眼皮跳动了一下。

见她惊讶，祝遇清摇了摇头："作为丈夫，不知道高鸣结婚之前，对你的男发小吃个醋，很正常吧？"

正常吗？晚嘉瞪了瞪眼。

祝遇清看着那两只溜圆的眼："所以，我解释清楚了？"

晚嘉咽了下嗓子，没说出话，勉强点了点头。

"那我的话，你要不要听一听？"

"……什么？"

祝遇清笑了笑，抵近，手指在她下巴逗留："比如你可以主动一点，或者先练一练吻技，学会怎么吻人？"

明晃晃的挑逗。晚嘉缩了一下。面对撩拨，她好像该说几句娇俏话的，然而舌头笨得像喝过铅，吐字不出。

祝遇清坐直身子，右手也重新搭回椅背，眉正目朗，君子模样，松和又端方。刚才那一句，似乎只是玩笑话。比起她连气都不顺的狼狈，他过分自在。这前后反差，虚实莫辨。

离叶落在地面，空气中滚着秋桂的味道，不重，却有穿透力。晚嘉坐不安位，片时沉默后，惘惘地开腔："我只是……不太习惯。"

祝遇清目光投过去，见她盯着地面，眼睫虚虚交织着，碎阳别在侧脸。

"只是不习惯？"他问。

晚嘉"嗯"了一声。

头顶枝叶被吹开，日头直射瞳孔，祝遇清微微眨了眨眼，重新把她拉过来，避开阳光直照的那一段。

"如果我的话、我的举动，有令你反感不舒服，你该说出来。"他夷然一笑，"当然，用别的方式，我应该也可以感受得到。"

唇角微陷，晚嘉的眼珠轻轻转动。

不过一件小事，仔细想想连摩擦应该都不算，他却这样对待，没有生硬，更不是一板一眼的强势，说清讲明，用理性的方式和温存的态度，来处理这件小事。

没有经历过完整男女关系，或者说男女关系里，她习惯的是默默承受和自我消化，这样的方式对她来说很陌生，稍稍有些不适，或说失措。她想了想，细声道："知道了。"

听起来没什么重量的回答，祝遇清微含起眼，想她到底是知道了什么。

微有叹气声，他眼里划过星点没奈何的笑意，沉下肩膀吻一吻她的发顶，蜻蜓点水般很快退开，再没其余举动。

又是片刻静坐，晚嘉主动出声："明天要回乡下一趟。"

"好。"祝遇清应道。

晚嘉抿了抿嘴："明天回去，是给我爸烧支香，告诉他，我结婚了。"

"什么时候的事？"

"蛮多年了，那时候我跟细细这么大，我爸去进货，骑摩托的时候冲下护栏，晚上没人发现，就那么走了。"

祝遇清手上力道加重了些，兜住她的肩。缓了一阵，他沉声说："这么多年，你妈妈一定很辛苦。"

提起母亲，晚嘉低下眼："我爸在的时候，我妈就是个小女人。虽然她当老师，可下了讲台，生活上面什么都靠我爸。"

但丈夫走后，姚敏撑起了这个家。她是个顶孝顺的人，比如装电梯这事，因为低楼层住户不需要，而且影响楼下采光，所以一直不同意。居委来协调时，她直接掏钱给补偿，就为了让老父亲上下楼方便。

还有之前老人查出肿瘤，本来去省级三甲能复查的，但她担心检查和治疗效果，直接带去了首都求医。

而对于女儿，姚敏也牺牲了很多。当年丈夫死后，她也相过亲，但听人说后爸会嫌弃带的孩子，担心女儿受委屈，所以咬着牙没有另嫁。为了赚钱养家，她从公立辞职，先是去了其他城市，当了月薪更高的私校老师，后来听说教培挣钱，又投身机构，给学生补课。

有些父母喜欢对子女输出负面情绪，并强调自己是伟大的，再堂而皇之进行干涉，制造没有边界感的血亲关系，将自己和儿女的人生进行捆绑。姚敏不是这样的母亲，她的缺点，在于没有主见。

在职场上，如果拥有一个缺少主见的上司，那么安排你工作的，可能是其他部门的人。同样的，如果拥有一个毫无主见的妈，那么左右你人生的，可能就是其他亲戚，或者邻居，甚至是任何一个你熟认识的"好心人"。好比女儿婚姻这事，卢彤说得没错，如果晚嘉找的不是祝遇清，不会这么安生。光是丢了西瓜捡芝麻的这份可惜，就值得她无休止的唠叨。

"你应该能看出来，我妈很满意你这个女婿。"晚嘉笑了笑。

这不是什么需要回答的话，祝遇清抬起单侧眉毛，拍拍她的小臂："走吧，该回去了。"

从小公园到家，大概花了半小时。一进门，姚敏就端茶递水，比家里请的保姆阿姨还要周到。做晚饭的时候，她找了个借口，把晚嘉叫到厨房。

"星期四的时候，小潘妈妈给我打过电话……"

"蒋姨？"晚嘉微怔，"她说什么？"

"没说什么，就说要给你添点嫁妆……"姚敏支吾着，见女儿眉头紧凑，立马澄清，"我拒绝了的，没有答应她。"

母亲缩手缩脚，晚嘉也不愿意看，好声好气说："蒋姨人挺好的，但咱们还是避嫌，以后没什么必要就别联系了。"

姚敏忙不迭应下，只是心有些散，鹌鹑蛋本来要放砂锅的，差点给放铝锅里去。

铺好蛋后，她嘴里咕哝："我看小祝挺喜欢孩子的，今天跟细细玩了好久。"

说完往旁边看一眼，女儿正撕着包菜，头也没抬。姚敏犹豫了下："你正好辞职，不如……先把孩子生了？"

"妈，"晚嘉有些无力，语气加重，"我结婚不是为了要生孩子的，再说我只是暂时离职，没说不工作。"顿了顿，又耐性子哄了句，"你说的那个，顺其自然吧。"

姚敏着急："我也是为了你好。小祝这样家境，听说他们都要生儿子的。你现在正年轻，可以慢慢生，如果头胎就是儿子，以后也能放下心来搞事业。"

她有规有划，晚嘉没再搭茬，只是手里动作快了些。

姚敏话还没完，正要再念腔时，移门被敲了敲，祝遇清走了进来。

第六章
情敌

祝遇清一出现，姚敏立马紧张起来，露出讨好的笑。

祝遇清喊了声"妈"，夸昨天晚上的红烧肉好吃，不油不腻，有一股特别的清香。

"是加了青柑普洱的，比较去腻。"姚敏热切地解答。

"做起来会不会很麻烦？"祝遇清问。

"不麻烦不麻烦，家里还有五花肉，都不用出去现买。"

厨艺被肯定，原本束手束脚的姚敏受宠若惊，喜滋滋地开冰箱拿肉，张罗做菜。

祝遇清道了句谢，又叫晚嘉："脖子有点痒，外公说可能是过敏，找了药膏给我，你帮我搽一下。"

晚嘉被他喊出去，进房拨开领子，果然见到他后脖颈有几道红痕。稍微有点硬和厚，好在面积不大，一丝丝的。

"是不是虫子掉下来弄的？"晚嘉挤了些药膏在手里，一边抹一边猜测，"你是不是对桂花过敏？"

祝遇清坐在椅子上："往下面涂一点，痒。"

"这里吗？"

"对。"

晚嘉重新刮了药膏，顺着刚才的部位，在椎骨旁边打转。祝遇清的脖缘干净，后面头发长度适中，修得很清爽。啫喱状的膏子，有沁沁的草本味，抹在肤面，应该也是凉丝丝的。

想起过敏的其他症状，晚嘉又问："鼻塞吗？还有没有其他地方痒？"

"没了。"祝遇清坐在椅子上，与她一问一答。

涂完后，晚嘉盖着盖子："明天出门带件长袖吧，这个时候桂花开得茂，风一吹就要掉。如果真是桂花过敏，还是遮着点。"

祝遇清站起来，领子往后拨了拨，看着她，嘴角笑意晃动："好。"

因为一句夸，晚上的菜色又丰富不少。同样的，这回又吃撑了。

饭后时间还早，外面夜色微微，全家人都下了楼。长辈们坐着和邻居聊天，两个年轻的散步消食。老城的年轻人不多，哪怕是晚嘉一个人回来，上下楼也要被注目打量，更何况这回有个祝遇清。

他穿着黑色裤子，一件岩灰色的 T 恤，人在夜色的加持下，更显挺拔。手就垂在身侧，人悠闲地踱着步子。四下的视线中，晚嘉往前踩了半步，手指往前送了送。祝遇清没看她，但准确地握住了。

男人的劲力，裹红了晚嘉的脸。她偎近了些，鼓足勇气，另一手扶上他的小臂。

没走远，就在旁边压了压马路。祝遇清接了几通工作电话，声音比平时沉着些，晚嘉的手被他放松又捏紧，短暂思索时，拇指在她手背一下下地敲。路上碰上玩滑板的小孩子，他又伸长手臂，揽着她往旁边避开。

绕一圈后回到小区，正于听到邻居和姚敏的聊天内容。也没什么，无非是问几时婚礼，怎么摆酒之类的。

上楼后，祝遇清顺势问起这边的习俗。这个姚敏早想好，说摆几桌就好了，不用大阵仗。

"你工作忙，来回跑也不方便。"她很体贴，生怕给女婿带去麻烦。

老人坚持，祝遇清也没多说什么，心下有了计较，起身去冲凉。洗完澡后，晚嘉又替他把药膏搽了一遍，再用手扇开。

躺到床上时，大概九点。隐隐能听到一两声犬吠，反倒有种游离于现代社会的静。

同样的姿势，晚嘉侧躺着，祝遇清圈着她，手搭在她腰间。客厅和房间的灯都关了，黑暗之中，每一次的呼吸都在收紧。相比她，身后人呼吸匀停，像是已经睡着。

腰间的手臂有些沉，她稍稍动了动腿，忽然听到一句问："我父亲的事，你应该听说过？"

胸背相抵的姿势，晚嘉感受得到他胸腔的迭动。而他的家庭情况，她也是一知半解。对于他父亲，也就是那位已经过世的祝董，只听说是国外度假时游艇开得太快，和另一艘同样高速驾驶的撞上，人当场没了。

比起祝遇清，他父亲的传言要丰富得多——

贪图享乐，喜欢置办娱乐载具，参加或组织各种游玩派对，甚至有桃色传闻。也据此，他的离世，曾被人怀疑是偷腥惹的祸。

算算时间，那位祝董离世时，祝遇清即将大学毕业。想了想，晚嘉腰身挪动，头一回在床上面对着他。

他人睁着眼，眼瞳乌沉沉的，见她翻过来，还替她牵了牵被子。

"是……游艇吗？"晚嘉小声问。

祝遇清点点头，不咸不淡地说了句："那艘游艇上，当时还有逢启的父亲。"

话里当然有话，只是说起这些时，祝遇清语气不见什么起伏。蓄谋这样的字眼，现实听来多少有些浮夸，通俗来说就是狗血，何况证据并不全。

人已经走了，如果追个不休，只会令家庭失和，让外人看热闹。所以意外永远只能是意外，猜测也只能存在心里，又或者，从另一个角度去想因果。

比如人是可以被带坏，被怂恿的。很多年前，他爸还是一位工作狂，兢兢业业打理公司，照顾并在意家庭，而影响甚至带歪他的，就是最爱玩的那位潘姓妹婿。

追溯旧事，祝遇清眸光下沉，见一双眼呆愣愣地盯着他。四目相对，她提了口气，应该是斟酌要说些什么，那点动静在寂静的夜里格外清晰。祝遇清笑了一下，伸手盖住她的眼："别想太多，只是把家里情况跟你说一说。"眼睫毛扫着手心，痒梭梭的，他拿开，"或者，你有没有什么想问的？"

两人面对面地躺，膝盖相互抵着，目光久久不撤，似在胶着。晚嘉回神，摇了摇头："没，暂时没什么想问的。"

祝遇清看了她几秒："那睡吧，明天还要早起。"再拍了拍她的后腰，"晚安。"

窗帘隔绝月色，房里一应事物，光线只照得出轮廓。寂静之中，有人应了句："晚安。"

祝遇清闭着眼，嘴角微微扬起。

论起睡相，晚嘉其实不算好，而祝遇清手臂太沉，她又不怎么敢推，所以这几晚很少动弹，都是怎么睡的怎么醒。但第二天早上，她发现自己换了姿势，睡着前原本脸是朝门的，睁开眼后，面对是窗的方向。

人刚醒，反射弧有点长，但后腰能感受得到什么。反应过来是什么后，她一下子滚过枕面，兀地坐起。

动静太大，吵醒了祝遇清。在他初醒的视线里，晚嘉尴尬不已："我先去洗脸。"

她洗脸刷牙，十来分钟后，心跳恢复了正常。

早餐吃完，他们上了一辆加长的慕尚。不知道祝遇清什么时候安排的，反正很早，司机就等在楼下了。

车程半个多小时，下车后又走了一段才到地方。

乡下土坟不是公墓，摞得参差不齐，有些贴了瓷砖竖了罗马柱，有些还是原样子。山头地也荒，不是清明二九，很少有人来。

外公已经老了，拢火时候，柴瘦的双手不受控制地晃动。姚敏不停擤鼻子，哭泣声压在喉咙里，眼睛红出两条完整的泪线。

祝遇清穿一身黑，稍稍有些正式。他打扫过墓头，拔掉杂草再上香烧纸，最后打了一挂鞭炮，墓就扫完了。

吃过午饭，两人与长辈告别，坐飞机回程。

京北和阳康，迥然不同的气息和节奏。从机场的明窗晶灯，到坐在车上看见的商厦栋宇，晚嘉脑子钝钝的，格式化了一样。

司机在前面开车，不敢发出半点声音。祝遇清很忙，一上车就开始翻文件，戴着耳机接电话，用词严谨，言简意赅。应该是汇报上有不满意或不清楚的，他把手放在搁板上，压了压眉心，反问一句"什么"。前后不过语气上的差别，不算特别重，但无声这几秒，好像能听到电话另一头的忐忑。

这种不怒自威的气场，让晚嘉生出些微的不适，以及距离感。

离开京北不过两天，再算算时间，距离他们领证，也才半个月不到。但他此刻下巴微收，专心致志处理工作的模样，俨然一位居高的总裁，一名商业集团的掌舵者，而不是窝在她那张小床上，和她一起走在阳康街头的外地女婿。

回到湖云堡，晚嘉收到祝如曼发来的定位，说下周四她开生日趴，让晚嘉不要忘记去。

祝如曼生日的事，上回选婚纱的时候晚嘉就知道了。祝遇清送了祝如曼一块手表，蓝宝石水晶底盖，是年轻女孩会喜欢的 C 字头品牌。

回复了祝如曼后，晚嘉回房间合会儿眼，再起来时，祝遇清已经不在家里了。

"宋小姐，我煲了老姜鸡蛋，要吃一点吗？"保姆阿姨问。

空间感代替了狭窄，雪花白，通铺的地砖，黑擦金，极具设计感的吊灯。

晚嘉睡得有点云里雾里，在客厅站着，花了十来秒才记起，已经从阳康回来了。她揉了揉眼睛，对宋阿姨点头："好，我吃一碗，刚好有点饿了。"

最后半天吃吃睡睡，眨眼入夜。

到工作日，祝遇清更忙了，只有晚上睡觉，他才会出现在家里。

睡得蒙蒙中，察觉身后有一具身体时，晚嘉偶尔发怔。

床够大，他不用蜷着，更不用把腿架在外头。鼻端是沐浴液的香气，跟她用的同一种，后调是隐约冷感的檀香。晚嘉转了转头。枕边人睡得很沉，眉眼规整，轮廓勾线流畅，山根旁的痣像上帝给的点缀。

太奇怪了，看着有生疏感。好像在阳康，他们只是短暂亲近，短得不真实。可明明这种距离感，才是她印象里，最熟悉的他。

情绪复杂，甚至没来由地躁，等到白天，晚嘉给卢彤发信息，约她出来。

卢彤最近跟暧昧对象打得火热，穿背心裙踩小高跟，说是满脸春色也不为过。她向来直接，没几句就"哦哟"起来："你还没开荤呢？"嫌弃之余又有怀疑，"总不能，祝总有什么说不得的吧？"

"又满嘴巴子乱跑。"晚嘉脑门有点疼，红着脸啐她一句。

卢彤摇了摇头，再摇了摇头："结婚证都领了，套还没撕过一个，没见过这么纯洁的夫妻关系。你们这样不行，祝总保守，你主动一点，顺便试试他的功力。"

奶茶上来了，晚嘉装作普通打卡的客人，先是找了个广角位置，在自拍中把装修环境给拍进去，再又拍了两杯奶茶，一起发给高鸣，完成他给的任务。

卢彤拆开吸管，"噗"地插进杯口："去年我不是送过一套内衣给你？没扔吧？"

礼物怎么会扔，晚嘉搅动杯底的料："洗了一回，还没穿过。"

"你这身材，穿出来都不用勾腰了，祝总鼻血指定哗哗流。"卢彤喝两口奶茶，"你听我的，闲着也是闲着，早点把祝总给睡了。这个身价的男人，压他能有不一样的征服欲。"

晚嘉对卢彤的黄腔几乎免疫，打开手机便笺，记下这款招牌的口感。写了一行时，微信横幅出现，是梁进伦发来的信息，问她有没有回京北，想邀她谈点事。大概猜到些什么，思量过后晚嘉回了信息，说随时可以。

喝着奶茶逛一圈，买了给祝如曼的礼物，晚嘉和卢彤散会了。

回家路上想着梁进伦的事，等回家后，她又打开手机，看了看最近的招聘信息。工作上的事在脑子里绕过，时针指向"10"，晚嘉在浴缸里多泡了会儿，出来后包着浴巾，去柜子找衣服。

打开柜门，通过透明的隔层，一眼看到卢彤送的内衣。放在最后那层，拿掉盖子展开来，里面是一套黑色睡裙。背部全露，用来遮胸的，是大蝴蝶结的两个角。实在是比较露的一套，不用穿上，就算看见也让人面红耳赤。

内衣吊牌摘了，但盒子里还有模特拍的上身图，卡片比巴掌还大。晚嘉看了看，又摸那两个蝴蝶结，正纳闷这到底怎么能固定住时，主卧的门开了。

地上铺着地毯，比脚步声先响起的是一声"唰"，来自抽领带的动静。她心头一跳，是祝遇清回来了。

内衣烫手，动静吓人。被吓一跳，手下没个轻重，晚嘉"嘭"地把柜门带上。

玻璃移门之后，祝遇清身形出现。他看了看柜门，再看慌张的人。

单手揪住浴巾，浴巾外，光致致的脖子带着两片裸肩，锁骨线条清晰又平直，再向下，是一双皙白小腿。

晚嘉有几秒连喘气都忘了，被他看得羞意透心："今天……这么早回来？"

"忙完了，就早点回。"随手把领带放下，祝遇清开始脱腕表。腕表脱完，又探手去解衬衫的扣子，他下巴微抬，视线仍然停留在晚嘉身上。高高大大一个人横在衣帽间，丝毫没有要避让的意思。

衣帽间的柜门都是透明可见的，晚嘉脚下像生了根，守在那一带生怕他突然走过来，更不敢再打开去拿睡衣。但这样又太奇怪太不自然，她竭力镇定，在祝遇清的目光里咽了咽嗓："脖子，还痒吗？"

像是被她提醒，祝遇清反手去摸后脖颈："有一点，你再帮我看看？"

趁他低头脱西装，晚嘉飞快蹦出一句："我先去换衣服。"

说话间她拉开柜门，随手取了条睡裙，又顺便把那套内衣往最底下一埋，抱着胸走了。

等换好出来，祝遇清坐在床边。他两只手撑着床垫，袖子挽着，衬衫下摆从裤腰抽了出来，扣子解开两粒，人看起来有些沉倦。精气神再足的人，经过高强度的工作后，也会有力乏的时候。

晚嘉拨开领子看了看，净白一片。

"应该好了，没见到有痕。"晚嘉如实告诉他。

祝遇清喉间挤出含糊回应："那帮我按一下，脖子酸。"和上回不同，这次他正对着她，垂头，前额抵在她小腹的位置。

"今天出去了？"他问。

"嗯，出去逛过，见了见朋友。"

"这两天有点忙，等周末，陪你出去坐坐？"

周末，他更应该补觉。晚嘉没接话，手指在他肩颈点按，转而说起明天，祝如曼的生日会。

祝遇清"唔"了一声："我明晚有个局，曼曼那里你想就去玩玩，不想去也没事，别勉强。"

晚嘉往后缩了缩。他声音很低，低得像在自言自语，像在长长地呢喃，但呼吸伸张有力，隔着一层薄薄的裙片，好像穿透衣料的经纬，洒在她肤面，而挺直的鼻也太有存在感，硌着她的腰。

晚嘉呼吸一乱，正打算退开时，又听他指向："左边，帮我捶两下。"

她的指尖游过去，他点头："对，就是这里。"

这个位置，晚嘉也经常觉得酸胀，她想了想，把手握成拳，用并起的指关节来回滚了几下。

应该是位置和力度都对了，祝遇清颈线沉了沉，长长舒了口气："手法不错。"

"你是不是有些肩颈劳损？"晚嘉犹豫，"我认识一位中医，就在西二旗那边，推拿和针灸都挺好的……"话没说全，突然想到他有家庭医生，就算放松应该也是酒店或者专门的理疗中心，不一定愿意去小药堂。

这念头才跳出来，祝遇清反手捏住她："好，周末你带我去。"声音闷闷的，似乎还撼了她一下，暧昧得不像话。过后他站起身，把晚嘉的手从脖子上摘下来，低头亲了亲，往浴室去了。

转天，晚嘉也起了个早。

约的是一家酒店，大堂吧对外营业，半私密的环境，适合洽谈。到地方的时候，梁进伦已经提前找好座位了。

"燕麦拿铁可以吗？"

"可以的，谢谢。"

跟晚嘉猜想的一样，梁进伦找她，是谈工作机会，或者说，是聊创业。做单平台，模式跟梁进伦老东家差不多，但为了避嫌，团队内部不养猎头，以免陷入抢单黑单的传闻。不养猎头，前期哪怕接到单也不能做，所以只能一直烧钱，做宣传，建平台，打系统。

谈起为什么找晚嘉，梁进伦则笑："其实我特意找你老上司打听过，周总夸你有能力，工作用心，人也很负责任。"又照实说，"你在这个行业待了几年，交付过不少职位，经验上是不用说的。"

"梁总抬举。"晚嘉笑了下。

在行业资历和背景上，梁进伦无疑是老前辈，今天找她加入，单是背后的那份肯定，她就得向人道一声谢。而论行业经验，她只能是够用的程度。

"我实话实说，确实觉得可以一起共事。"面对她的自谦，梁进伦摊了下手，再打趣道，"找你是因为合得来，跟祝总没什么关系，千万别误会。"

晚嘉故作认真："梁总要是不说，我还真会往那方面想。"

说完，两人都笑了。话摊在台面上，里外透着半开玩笑的真切，也是职场上投机的一种表现。梁进伦足够坦承，找她，确实是合适。

互联网行业热衷造词，因此被编了不少段子，广受调侃。但有一个词确实有道理，就是团队基因。对大多数创业团队来说，能力和资源，并不是排在前列的。性格合得来，目的明确方向一致，才最重要。

对梁进伦来说，晚嘉有猎头行业经验，有团队管理经历，更在创业公司熬过，单那份韧性，就是大多数人所不具备的。至于刚才提到的祝遇清，与之相关并且可以拿在明面上来衡量的，就是她没有家庭压力，起码不会因为项目一时没有进展，而在经济上为难。

再有，就是周柯对她的那句评价：骨子里的踏实和进取。

这话后面的意思，昭然若揭。如果是挨不得苦耐不住罪的，早在公司步入正轨、潘逢启东山再起的时候就撂挑子享受去了，又怎么会在公司兢兢业业地出勤？所以方方面面来说，实在契合。

为了争取合作，梁进伦很快就提起股权的事。但谈起期权，两个人都笑了下，笑意不言而喻。移动互联网大跃进的时代已经过去，大家心里都清楚，创业公司的所谓期权，大都是给团队造梦的工具。

"实股也有预留的，你考虑考虑，如果觉得可以，改天我把团队约到一起，咱们共同讨论。"梁进伦这样说。

"好的。"晚嘉点点头，喝了一口咖啡。

其实离职后，也有以前合作过的公司联系她，而转甲方公司上班，也在她的考虑范围。

至于梁进伦给的机会，说不动心是不可能的，毕竟他口中创始团队的成员，单听履历，就知道可以做出些事情来。

谈得差不多了，两人起身离开。

婉拒了梁进伦的相送后，晚嘉打算到酒店外面叫车，走到大堂时，忽然听到有人叫自己。她回头，惊讶地喊了声："蒋姨？"是潘逢启的妈，蒋玉芝。

打完招呼才想起来，蒋玉芝经常来这间酒店的水疗中心做 SPA，以前她没少陪着。而今天跟老太太一起来的，是杨璐。

杨璐穿一身黄色连衣裙，踩平底鞋，直发披肩，打扮上比以前多了几分乖巧和文静。见到晚嘉，她先是飞快地扫了蒋老太一眼，接着喊人："晚嘉姐。"

既然碰到，免不得坐上一会儿。大堂吧靠里的位置，几人坐下来闲聊几句。

问了晚嘉外公和妈妈的身体状况后，蒋老太忽然想起什么似的，让杨璐回楼上水疗中心，把刚刚试的香买一支来。

杨璐磨磨蹭蹭地起身，目光瞥向蒋老太的手包。那包里，放了一盒首饰。明显是要支开自己，她心里老大不乐意，但见蒋老太板了脸，她再不敢拖拉，拿着手机走了。

杨璐离开后，蒋玉芝沉默了下，接着苦笑："嘉嘉，你是个好孩子，逢启……是他犯浑，他配不上你。"

钢琴时间，大堂吧的人声都很低，只有琴音淌动着，清脆悦耳。

"遇清确实方方面面都比逢启要好，你跟他在一起，也挺好的。"蒋玉芝叹了口气，从包里取出东西递给晚嘉，"这个你收下吧，多少弥补我一点愧疚……你要不收，我真是想到你都觉得没脸。"是一只首饰盒，B 字头的珠宝品牌，不会便宜。

晚嘉摇头："太贵重了蒋姨，我不能收。"

"收下吧，"蒋玉芝有些急切，"就算是我这个当姑的，给外甥媳妇送的一点礼物，好不好？"

来去推托几回，话都说尽了，蒋玉芝还是坚持，晚嘉只得把话说重些。她往前坐了坐，上手把礼盒推了回去："蒋姨，这东西如果收下，睡不着的，就该是我了。"

从酒店出来，晚嘉坐车回了湖云堡。到家时，方阿姨刚做好饭。

吃完饭后，晚嘉先是开电脑看了看梁进伦发来的岗位说明书，过后稍微收拾了一下，准备去参加祝如曼的生日趴。

临出门时，祝遇清打来电话："准备去了？"

"嗯。"

"是不是在郊区？太远了，让司机送你。"

"不用。"晚嘉在玄关挑了把车钥匙，"我自己开车，刚好可以不喝酒。"

按定位导航开过去时，天色将将擦黑。

是临湖的独栋别墅，提前布过场，这时候已经很热闹，泳池露台，哪儿哪儿都是人。

停好车后，晚嘉往别墅里走。刚踏进庭院，两道水线在头上交汇，她朝后退一步，差点被淋了。

"哟，真对不住，没滋着吧？"伴着道歉声，有人朝晚嘉走过来。背心半裤，脑后扎个半鬏，手里举一支水枪，五官立体得有点像混血。他把水枪扛在肩头，视线上下瞟着晚嘉："姑娘挺眼生啊，也是曼曼的朋友？"

四九城的人说话吞音严重，衔橄榄似的，配合着站没站相的样子，透出一股油腔滑调的感觉。

正好祝如曼来了，开口就让他滚犊子："这是我嫂子，别套瓷。"

那人长长地"哦"了一声，慢悠悠地站直，举手朝晚嘉行了个礼："原来是嫂子，多有得罪，您别见怪。"

"这我嫂子，跟你有什么关系？玩你的去，别搁这儿挺腰子站着！"

"客气什么，你嫂子不早晚也是我嫂子？"

祝如曼脸红了，使脚踹他："还不滚！"踹完手一捞，"嘶，这破天气，怎么下雨了？"

"掉点儿正好，凉快。"那人嘴里嚷嚷，拍了拍被祝如曼踹过的地方，往里走了。

祝如曼带晚嘉走进去："那人二皮脸,你别兜搭他。"

"生日快乐。"晚嘉把礼物递过去。

祝如曼道了谢,朝她身后左张右望:"我哥呢?"

"他有应酬。"

"哦,又在忙。"祝如曼嘴角一捺,似乎也不意外。

再往里走,有人在喊她。祝如曼扬嗓子应了,抱起礼物跟晚嘉说:"来的都我朋友,你别拘着,自个找吃找玩吧,有事喊我就成。"

一屋子年轻人,都玩得正嗨。有自来熟的,听祝如曼喊晚嘉"嫂子",过来搭两句腔。也有明显是艺术生的,忧郁地窝在沙发一角,偶尔喝口酒,看起来"瘟头瘟脑"。

在屋里待了一会儿,门口又有新客到。鬈发垂腰,一条衬衫裙,是汤羽。

"得,还真来了,脸皮够厚的。"说这话的,是刚才扛水枪的辫子男。

巧的是,汤羽进来后,头一个喊的也是他:"阿凯。"

"别,咱俩不是一妈生的,你叫这么亲热,我硌硬。"汤正凯嘴角一撺,挑起些得意的弧度,"我们正打赌呢,赌你来还不来……这下好,我白挣几笔。"

受了不阴不阳的调侃,汤羽倒没事人似的,转背跟晚嘉打招呼:"好久不见。"

晚嘉回以一笑:"好久不见,不知道你回国了。"

"前天才回的。"汤羽看着她,微微歪头,"还没跟你说声恭喜。"

"谢谢,现在说也不迟。"

"祝总没来?"汤羽笑着,四处望了望。

"他忙,抽不出空。"

语气平静过头,汤羽心念微动,她捋了捋头发,不动声色地打量起这位老同学。高腰半裙,正红色针织开衫,袖子抽褶收束,搭配起来还算有亮点。鼻头精致,肤色倒也白,坐在灯下,整个人都有一种干净的珠光感。然而温婉,也叫木讷。年轻但不够有活力,漂亮但谈不上风情,甚至可以说是寡淡……她不懂,为什么男人会喜欢这款?

汤羽眉心起皱,在旁边的沙发坐下。外头呼呼喝喝,笑声连珠似的,满屋里屋外地滚动。她理了理裙子,笑盈盈吐出一句:"没想到你反应那么大,早知道,我就不联系你了。"

旁边的人侧头,看了过来。汤羽手里停下,悬言地道歉:"对不起,我真没想到,你会那么冲动。"对不起三个字,别有深意。

晚嘉倒不意外,吸管搅了搅手里果汁:"这么久,你没怎么变。"还是喜欢当谜语人,说一些似是而非的话,在人心里埋引子。

或许真的太久没见，汤羽在晚嘉的评价里恍惚了下，心里暗暗起皱："叙叙旧而已，咱们也是老同学了，别生气。"她牵唇一笑，"我在国外待太久，语境上还没怎么转换过来，如果话里有误会的地方，你多担待。"

晚嘉站起身，去布菲台端了杯软饮递过去："我没有生气，倒是你，没必要这么敏感。"

视线相对，汤羽目光微微闪了闪。

她接过软饮，正待再说些什么时，祝如曼从楼梯崴了半个身子下来，惊奇地叫了一声："表哥？"

门厅外，潘逢启跨了进来。

"生日快乐。"他给礼物，祝如曼接了。

她愣眼看他，干笑着挠了挠头："我以为你忙着，没空来。"

潘逢启没说话，径直往里走。

"喔，前任加前任，情敌对情敌，今晚可热闹了。"一旁，小辫子汤正凯瓮声瓮气，不安好心。

"闭嘴。"祝如曼杵他一记，看着那头的动静，心里直敲鼓。

她想想开始后悔，转头骂了句："早知道不该听你的，这下好了！"

见她这么紧张，汤正凯也有点虚："不会真出什么事吧？"

"我哪知道？你想看热闹，出了事还不是我顶缸？"祝如曼高度戒备，手心都搓汗了。

汤正凯摸了摸头，半晌把脑袋一拍："你哥又不在，咱们舒坦看戏就成。"

两人支着耳朵眼，见潘逢启走到沙发那头，看也没看汤羽一眼，而是对晚嘉说了句什么。来来去去，应该有几句对话，接着晚嘉站起来似乎要走，而潘逢启，居然也执着地撵了上去。

"干吗呢这是？什么要紧话追着不放啊？"

眼看那头好像要拉扯起来了，祝如曼头皮一紧："不大妙啊。"

她脚心抓地，正打算过去时，胳膊被扽了下，汤正凯声音慌张："曼曼，你哥来了！"

花廊方向，祝遇清走了进来，一套烟灰西装，眼镜压着鼻梁，板直站着，视线扫向前方。

祝如曼差点吓成同手同脚："哥……"

她跑过去，讨好地笑："你怎么来了？嫂子说你有应酬，我以为你没空呢。"

"刚结束。"祝遇清递了个袋子过去，目不斜视地举步朝前走。

到了灯柱后停留的地方，他站在晚嘉跟前，看向潘逢启："怎么，有事？"

潘逢启的目光与他相接一瞬，很快越过他，依旧望向晚嘉："过户需要本人，房子的事，你抽空去办了。"

反反复复都是这句话，晚嘉嘴角才动了动，祝遇清也微微侧身："南江四季？"他向晚嘉确认。犹豫了下，晚嘉点点头。

祝遇清回正视线，重新看着潘逢启："房子我去过，地段还算可以。"他笑了笑，"这是要往外送的意思？"

听他说去过，潘逢启目光一沉，喉腔跟着就划出哂笑："公司的事，跟你没有关系。"

公司的事。祝遇清眉梢一扬："员工福利？"他往右跨出半步，身形隔绝潘逢启的视线，"见过强卖，没见过强送的，追着送东西……逢启，这是什么意思？"

目光直对，谁也不避。屋子里更加静下来。

刚才还好声好气，这都直接质问了。祝如曼慌了神，立马凑上前："对对，表哥，哪有强卖的道理啊？再说我们家也不缺房子住，您别跟这逗闷子了，今儿我生日，咱们来是寻开心的……"

她哩哩啦啦说一堆，又朝后边使眼色："嗳，都愣着干吗，招呼我表哥喝酒啊！"

她出声嚷嚷，有眼力见的都拥上来，动静像炸了庙，一窝蜂要把潘逢启给架走。

潘逢启眉峰一拱，汤正凯赶忙罩上去，压着声音劝："启哥，死乞白赖真挺掉面儿的，这么些人呢，闹难看了姑娘也记恨你，白招人笑话，何必呢？"好说歹说，乌泱泱一群人，总算把潘逢启给带离了。

大动静渐渐去了外边，留在屋里的只有少数几个人。

祝遇清转身："没事吧？"

晚嘉摇摇头，视线看向左右："肩膀湿了。"他两肩落了雨点，附着在挺括的西装料子上。

"外面在下雨。"祝遇清俯了俯身，"帮忙处理下？"

一旁，汤羽别开眼，沿着客区的动线走到后院。音乐、笑声和水声，有如夜场般鼎沸。烟瘾发作，她挠了挠手指，有些烦躁。前后张了一圈，看向潘逢启在的方位时，她那位同父异母的弟弟也看了过来。她心里厌烦，收回目光，转了转脚腕。

也就一分钟，汤正凯出现了。

"看来启哥也不拿你当回事嘛，什么狗屁初恋，临了吧，还不如人家公司那个女实习生。"他扯着看笑话的调子走近，"巴巴儿地赶来，碰一钉子，掉不掉价？"

汤羽没说话，视线挑向客厅的那一双男女。男人俯身，正由女人替他拍打着肩头的雨渍，拍完肩头，女人顺带又替他理了理衣领和领带。从始至终，男人眉眼轩敞，动作耐心。做完这些，他替女人把手里的纸巾扔进篓子，再接过她喝剩的半杯梨汁，一饮而尽。最后，两人撑了把伞，朝门口离开。

"看你情敌嫁这么好，难不难受，嫉不嫉妒？"汤正凯兜着嘴，在旁边幸灾乐祸。

汤羽抬头把鬓发绕到耳后，回眼对他微微一笑："你在尼斯的事我已经跟爸说了，你先想想，自己要怎么处理这件事吧。"说完腰肢曼摆，踩着跟鞋，往洗手间补妆去了。

汤正凯咬了咬牙："小妈生的，跟你老娘一路货色！"

夜雨疏疏朗朗，雨脚蛛丝一样，要断不断。车速不快，车子平稳开出两公里，遇到了亮红的信号灯。晚嘉把车刹住，手放在挡位的空隙，扭头看坐在副驾的人。明明司机送来的，回去时却要坐她开的车，这会儿闭目养神，也不知道局上喝了多少。空气中有些许酒气的发酵感，明暗之间，光隙在他面容窥出一条线，不很流畅，有个短钝的折角，恰好照在他的鬓缘。

轻度出神间，那双薄薄的眼皮一掀，他说："绿了。"

晚嘉怔了下，一看信号灯，瞬间面红过耳。

还好后面没车，不然早被按喇叭催了。她切换挡位，重新把车子开动，哪怕感受到视线，也再没往旁边顾上一眼。

祝遇清唇角微推，反而不带遮掩地注视起来。

大概在发窘，她孩子气地鼓了鼓脸颊，略带笨拙的娇痴感。光净的裙面，连暗纹都没有，开衫高饱和度的正红，衬得肤色有如冬日白雪，分外动人。

几公里，经过一重又一重的路灯，祝遇清看了很久，才调开视线。

车子驶进地下车库，熄火拔钥匙。晚嘉松开安全带，手碰到门把，却发现副驾位的人一动不动。她疑惑去看，他伸手捏了捏眉心："累。"

一晚上赶两个地方，累是正常的。下车后，晚嘉支他，一路进了电梯间。

他也真是不客气，半边身子压住她，进了电梯直立不动，右手铁铅一样搭在她肩头。

等回到家，本想扶他到卧室休息的，结果反被拽到客厅："坐一坐，缓缓。"

同样喝过酒的夜晚，同样姿势，祝遇清坐在沙发，晚嘉坐在他腿上。

灯没有全开，客厅靠灯带的光照着。谁也没有提刚才的事，祝遇清把脸埋在她的颈窝，默默醒酒。晚嘉扶着他的手，稍稍动一动，摸得出手臂的弧度和线条，结实的肌质感。

也许是留意到她的小动作，祝遇清发出细不可闻的笑，头离开她的颈窝，带着她往后坐："给曼曼送的什么？"

"香水。"晚嘉答过，又添话说，"也给你选了一样礼物。"

祝遇清看着她，视线在她眉目之间流转，那双黑黢黢的眼，眼里像有钩子。晚嘉被看得脸烫，心在腔子里直扑腾，有些倒不过气。

"看看？"半晌，祝遇清问。

是一条领带，灰蓝色，鹰纹提花图案。祝遇清道了谢，把她的手指包在掌心。

晚嘉直觉有些不对，忐忑地问他："不喜欢？"

祝遇清说了一句："我以为……"

"以为什么？"晚嘉心念微动，眼里带了些奇怪的狐疑。

祝遇清看出来了，眼里笑意深了些，慢悠悠补全后半句："以为……没我的份？"

是符合逻辑的话，但晚嘉莫名不敢再看他，微避开眼："觉得好看，就买了。"

祝遇清笑了下，倾身过去，在她唇上快速啄了一记："去洗？"

"你先吧……"

"好。"

他走后，晚嘉坐在沙发醒脸。锁上手机后，脸的温度也恢复得差不多了，她回房找抓夹，打算把头发给夹起来。走到梳妆台前，听到几下敲门声，是浴室传出来的。祝遇清喊她，说里面没有浴巾，让她帮忙拿一下。

家里阿姨做事向来细心，浴室忘放浴巾的事，还是头一回出现。他似乎在等，晚嘉来不及多想，在柜子里找了新的送过去。

浴室是玻璃门，里面开着灯，人影贴在后面，细看之下，清晰的不止轮廓。她心跳匆匆，眼睛看着地面，手里浴巾朝那条缝隙递过去时，移门"唰"地拉开，一只手臂把她拽了进去。

放过水，浴缸是满的，入目蒸气缭绕，人一进去，什么都撞进眼里。晚嘉吓得睁圆了眼，然而惊呼声很快被堵住，后腰也被捞得实实的。

人像掉进海里，血潮没头没脑地扑过来，氧气断续，眼球飞颤，等终于退开来，她腿肚子都软了。

祝遇清笑着替她顺气，晚嘉被他鬓边的短刺刮到，想往后缩，又被他抱了起来。

晚嘉被托着，慢慢放进浴缸。水面小幅波动，她脸上泼了一层羞色，脑子钝钝的。

跟她一起被水包围的人，目光片刻也没有离开过她。那双眼黑得实在，也黑得坦荡，笑意张扬，有什么不可说的东西要呼之欲出。

他凑近些，问了句什么。晚嘉喉管发干。这时候征询她的意见，可她整个人半化状态，变成了没有主见的泥人。

那张流畅的面容之上，水珠缓缓滚落。

很奇怪，她管不住眼，愣愣地伸手，手指划过他的鼻背，再被他握住。

指腹滑过她的脸，男人嗓音温柔："那一件，下回再穿。"话语游走于耳郭，气息蹿动于唇齿，他伸手摸她的脸，经过唇峰时，她在他指尖一扫。绅士习气融掉，再没得退。

正方形的包装，双面锯齿，哪一头的锐角都开得正好，撕起来毫不费力。

那一刻，他是悸动的具象化。

第七章
枕边风

说过不抽烟的，这句承诺祝遇清记得很清楚，但这会儿要忍，实在也难。他摸出一根点上，长长地吸上一口，再偏过头把烟吹走。

尼古丁的欣快在肺腔洄游，祝遇清微眯着眼，克制地享受了半根。最后半根，他抽了纸巾垫在垃圾桶，再倒些水，把烟头扔进去，火星一下被泡灭。

做完这些后，他倒向旁边，摸摸被子里露出的半张脸："困了？"

问了得有半分钟，一声嗯哝飘出来，不长，但也听不清楚。祝遇清笑了笑，伸过去，找到她的手："要不要喝水？"

问来问去，晚嘉摇摇头，把另外半张脸也埋了进去。可被子里太闷，她往枕面躺了躺，视线向上，撞见祝遇清斜着睥下来，眼里沉沉带烟火。这一眼，跟刚才那些荒唐，说不清道不明的强势，共同冲入脑子里。

正好手机响动了下，晚嘉红着脸伸出来，摸屏幕看了看。

"这么晚？"祝遇清手绕了过来，很自然地问一句。

影子拢在身上，晚嘉如实告知："是曼曼，她问你有没有发火。"

祝如曼用词严重，不问有没有生气，而问有没有发火。晚嘉偷顾过去，看祝遇清的表情，心里想象他发火的模样。

视线中，祝遇清淡淡一句："她是该教训。"

看眼时间，已经是凌晨。祝遇清把灯调暗些，人也躺下来，手沿着腰线绕过去，问晚嘉："好些了吗？"

潮气拂耳，手在腰后椎骨的位置慢慢地揉，晚嘉微赧："好很多了。"

祝遇清想了想："明天，在家陪你？"

这什么意思？晚嘉把脸埋进枕面，小腿朝后轻轻一踢："你忙你的，不用管我。"

挨了一脚，祝遇清笑着按住她："那睡吧。"

晚嘉睡到中午，起来时，祝遇清早就去公司了。

晚嘉到客厅吃午餐，边吃，边跟高鸣讲了通电话。高鸣吐槽，说女儿为了逃避上幼儿园，天天哭着要来京北找她。

说起这个，高鸣问："你和祝总哪时候办婚礼？"

"应该是下个月。"晚嘉喝了口汤，答得有些囫囵。

这些都是祝遇清在包办的，她还没怎么问过。

高鸣开始共情："……你跟余瑶都是没良心的，结婚明明两个人的事，你们女的当甩手掌柜，活儿全在我们肩上了。"又问，"你知道婚礼前一晚，她跟我说什么吗？"

晚嘉记得，但憋笑："说什么？"

"她说她社恐，问我能不能一个人上台。"提起往事，高鸣无语得很，"我的福气果然在后头，现在生孩子她也不管，我成奶爸了，老子真是够不容易的。"

牢骚背后是琐碎的甜蜜，两人聊生活聊工作，最后，话又绕回婚礼上头。

晚嘉有些迟登："汤羽可能会去，你还来吗？"

"这还用说？当然要去了！"高鸣想也不想。

"好，那等你们来。"

挂了电话以后，晚嘉给细细发了语音留存，让她好好上学，过阵子到京北玩。

早餐吃完，晚嘉到阳台站着走了几圈消食，才又回到房间洗漱。

浴室已经清理过，浴缸干干净净，掉落的衣服也都捡去洗了，地面垫着地巾，半点水渍都没有，再不复昨夜的狼藉。

洗面奶搓匀再泼掉，晚嘉站在镜子前，看着自己满脸水珠的样子时，突然想到昨晚的后半程，一下面红耳赤。

她笨手笨脚，四肢像锈住了一样，而他不急不躁，慢慢引导，亲得她浑身发软。可最后在这里验证了，再绅士，也不过一匹耐心的狼。

云头重，外头天阴着，人分外不想动，晚嘉上楼调了部电影。她开着灯，就着电影旁白翻动电脑里的资料。

PPT查没几页，有微信跳出来了。是周柯发的信息，说 E.M 突然有了变动，除开正在操作的职位，集团岗位名额对得聘全线关停。所以，得聘被从供应商名单中踢出去了。

得聘的单源里，E.M 占比很大，这对公司来说绝对是震级大事，所以周柯给她发信息，从她这里试探消息，想知道背后原因。

晚嘉也很意外，但手指在界面悬了好久，还是没有回复。她点开祝遇清的头像，又点进他的朋友圈。动态寥寥几条，干净到像是一个很无趣的人。

看完，晚嘉重新拨回聊天界面，把两人最近的聊天记录看了一遍，最后点开祝遇清的头像。头像是一片葱绿草地，放大来看，好像尽头有只宠物犬。

晚嘉呆呆地看了会儿，不知哪里来的心思，手指在头像连击两下。拍一拍的显示跳出来时，她像做了坏事似的，慌忙滑回主界面，熄了屏幕，往沙发里一窝。

盖的还是上回那条毯子，毯面顺滑不挂手，有同样的气息。

电影画面些许暗沉，正放着林正英的捉鬼片，略带惊悚，但百看不厌。"半碗清水照乾坤，一张灵符命鬼神"，是刻在国人骨子里的喜好。

调的是系列片连播模式，片尾完了又是片头，在清清脆脆，带着天真和邪性的童谣里，晚嘉缩在毯子里，一磕磕地打盹。不知几时睡过去，迷迷糊糊间，有熟悉的热源接近。她眼还没睁，沙发旁边陷了下，有人单手把她揽过去。

"回来了？"晚嘉在他怀里睁眼，"今天这么早？"

祝遇清给她紧了紧毯子："晚上没事，早点回来陪你吃饭。"

晚嘉鼻端嗅到干燥的木质香，他衣服没脱，领带也还系着，是她送的那条。

"唔……"晚嘉把脸在他怀里蹭了蹭，又觉得这举动太幼稚，自己垂着眼笑了。

荧幕上，小鬼们正抬着一顶红轿子，鬼新娘扒着轿门东张西望，寻觅爱郎。

祝遇清盯着她看："不怕？"

晚嘉摇摇头，扭身瞅一眼，指了指新娘身上的龙凤褂："其实中式婚服也挺好看的。"

看个鬼片还欣赏起服装来了，祝遇清沉吟："那再订一套？"

"太麻烦了。"晚嘉拒绝得很快，转回来，"就是随口说说，你别理我。"

祝遇清笑了笑。她软软贴着他，身上是轻盈的橙花味，温柔暖甜。抱了会儿，他低头，在她发顶落下一吻。

第二天就是周末，吃过早饭后，晚嘉带祝遇清去了西二旗的小药堂。

坐在凳子上挨了一顿推拿后，晚嘉问："怎么样？"

祝遇清张臂试了试："松多了。"

老中医在旁边擦手："你这个劳损程度，最好每个月来按两回吧，今天人手不够，下回试试针灸，通一通穴。"

祝遇清还没说话，晚嘉先摆手了："别了吧，针灸……太疼了。"

老中医被她逗笑，视线从眼镜片下窥出来："你老公这么高一个人，怕什么痛？"

祝遇清舒展了肩背，同老中医道谢："麻烦您了，下回再来。"

走出药堂时，跟进来一位客人打了个照面。那人一见祝遇清，吓得舌头拌蒜："祝……祝总。"

"你好。"祝遇清朝他点点头，牵着晚嘉出去了。

找地方吃过午饭后，晚嘉跟着到了一栋伴山别墅。在这里，她见到了祝遇清头像上的那只宠物犬。波浪烫，两只下垂的长耳朵。是史宾格，祝遇清在国外留学时养的。问叫什么名字时，祝遇清反问她："猜猜看？"

居然卖关子，晚嘉抿了抿嘴，盯着狗狗身上的斑点看了几秒，想出一款雪糕的名字："随变？"

祝遇清笑出声，顺了顺狗身上的毛发："Brandon（布兰登）。"说完，教晚嘉去挠 Brandon 的下巴。

挠舒服了，Brandon 友好地摆动尾巴，主动坐下来给她摸，样子和性格都很讨喜。

史宾格身材匀称，骨量充足，跑动时线条完美，很有帅气的矫健感。而且除了专人饲养，这别墅还有给它的单独泳池。

应该蛮长时间没见了，Brandon 很黏祝遇清，偶尔祝遇清喂它一块鳕鱼干，它激动得直"呜呜"。

庭院宽阔，祝遇清领着 Brandon 跑来跑去，身上那件汗衫起起伏伏，贴出山脊一样的肩胛骨。他戴着墨镜，遛狗时动作频频，甚至席地而坐，有一种剥离社会身份之外的朗气。

看得出来他和 Brandon 感情很好，晚嘉问怎么不带回家养，祝遇清说："怕你不喜欢。"又笑了笑，"它精力太旺了，养起来耗神。"

史宾格是猎犬的一种，每天运动量惊人，要遛好几个小时。

"拆家吗？"晚嘉问。

祝遇清叹气："拆过，还不止一回。"

过一会儿，祝遇清开了园子里的花洒，握着晚嘉的手教她淋地，Brandon 则左蹦右跳，试图去咬水柱。

玩了半下午，等离开的时候，祝遇清拍拍 Brandon 的脑袋，走去开车。

等坐到车上，晚嘉往外看了眼，狗狗还坐在路边，目光一直跟着他们。晚嘉看得有些不忍，提议要把它带回去。

祝遇清越过操作杆，替她把安全带系上，再勾着她的鼻尖晃了晃："不行，它上年纪了，身上还背着病，每天得用药，只能养在这里。"

等发动车子，他再说了句："还有，它晚上很喜欢叫唤，太吵。"说完半笑不笑地看过来，意味深长。那一眼，晚嘉被臊红了脸。

晚上回家吃完饭，两人下楼散步。

京北正式入秋，白天的浓墨重彩，到晚上伸手可摘。风吹过时，烁烁响动的叶子，有一树成林的茂密感。

晚嘉有些困了，张嘴打呵欠，风趁机灌进嘴里，激得她打了个嗝。祝遇清侧头看过来，故意逗她："吃太过了？"

晚嘉捂住嘴，眼睛快眨几下，连反驳都忘了。祝遇清笑起来，长臂一伸，把她勾到身边拍了拍："日子定在下个月 12 号，可以吗？"

知道他说的是婚礼日期，晚嘉点点头，但很快低头看了看自己，暗自沉吟起来。

"在想什么？"祝遇清问。

晚嘉悄着声："在想……我是不是该少吃一点。"

听她这么说，祝遇清也低头看了看，很快给她定心丸："不用，现在这样是最好的。"

他的视线太精准，话里的意思也太明晰，晚嘉咬了咬唇，"下流"两个字滚到门齿间，成了一声轻轻的啐。

逛完上楼，晚嘉先洗漱完，坐床头回过细细发来的几条语音，远程把孩子哄睡了。

浴室声音沥沥，她摸着头发已经全部干了，也躺到被子里酝酿睡意。昏昏之时祝遇清出来了，他把灯扭得只剩一盏，同样端端正正躺了下来。

没多久，手最先不规矩，沿着腿线逆行上来，贴耳问晚嘉："今天……好多了吗？"他声音清透，似乎还有刚洗完的湿气。

晚嘉睁眼看他，夜灯之下，那双眼乌黑润泽，像能穿透夜色。她喉间一紧，轻微颤动后，小声挤出半个音："嗯。"

祝遇清笑起来，声音虽轻，但目光有了大幅波动。

夜太静，房子又空，放大空间里的一切动静。闭着眼时，听觉更加敏感。

由始至终他都看着她，目光越来越幽沉。很不合时宜地，晚嘉思绪浮离，蓦然想起关停得聘职位的事。她脑子里冒出想法，想他真不是那么好惹的，脾气上来，说什么是什么。

然而出神，是会被察觉的。

"又在想什么？"他凑过去问，声音是不够平静的沙哑。

"没……"晚嘉声音一碎，连忙咬住唇，在他黑黢黢的目光里，又努力重复一遍完整的，"没想什么。"

祝遇清嘴角浮笑。他喜欢她眼窝眉心的小挪动，纵有一万个害羞与无措，但这样时候的羞而不避，对男人是最生动的吸引。

风狂刮起来，雨才停了一天，又开始在下。

缓过来后，祝遇清抱着晚嘉喂过水，又找来东西重新铺上："明天回家，跟爷爷和我妈一起吃个饭。"

晚嘉累透了，在混沌的困意间点点头："好，明天早点起来。"

听出困乏的敷衍，祝遇清伸手在她背上拍了拍，哄孩子似的："睡吧，晚安。"

"晚安……"

雨未歇，到第二天上午还一直茫茫地下，不大，沾衣欲湿的程度。两人到老宅时，邹芸和祝如曼已经到了。

"嫂子！"祝如曼大声喊她，亲昵地挽住她的手，往邹芸跟前带。

晚嘉也笑着，礼貌地喊了声："妈。"

跟上回的见面不同，这次大体是和乐的，有祝如曼找话题活跃气氛，婆媳两个也间接地对过几句话。

午饭之前，晚嘉被单独叫到小客厅。

邹芸坐在沙发另一端："既然你和遇清相处得好，我也没什么好说的了，但有件事，我得问问你。"她看过去，手在膝头轻轻点了点，"你辞职了？"

"是的，有一阵子了。"晚嘉如实答道。

邹芸点点头："既然现在没工作，你就好好在家待着，早点把孩子给生了。"

没料到有这一出，晚嘉重重愣住。

偏厅静了一会儿。没得到回应，邹芸的脸慢慢挂了下来："怎么，你还不乐意？"

晚嘉有些迟登："妈，我只是暂时……"

"行，不用说了。"邹芸打断她，嘴角冷冷扯两下，起身走了。

相谈不欢，后果可想而知。饭桌上，邹芸不再接腔，全程一张寡脸。要不是有老祝董在，可能都不会留下来吃这顿饭。

气氛微妙，祝如曼自然也感受到了。吃完饭后，她抓着晚嘉问怎么回事，而听晚嘉说过情况后，她又陷入苦思。想了想，她搅着耳环上长长的穗子："这个……我好像帮不了你。我妈这年纪，儿子结了婚没有不馋孙子的，唔……你跟我哥商量吧。"

提到祝遇清，晚嘉往外看了看，见他正扶着老祝董，在后院慢慢散步。

祝如曼两臂架在阳台，歪了歪头说："不过我哥一向挺喜欢小孩，我觉得，他应该也想让你生。"

喜欢小孩吗？晚嘉想了想，除了细细外，之前在家宴见过的印象中，祝遇清好像确实对孩子比较有耐心。

"你就生一个嘛，这会儿正年轻，不是说恢复得也快？况且有娃娃了，既能让我妈高兴，我哥肯定也乐得当爹。"祝如曼说。

听她怂恿，晚嘉抓着栏杆，压低了脑袋。

周末过后，天终于完全见晴了。周三上午，晚嘉出门跟卢彤见面，两人先是在美容院做了回脸，再跑东四找一间咖啡店，要了两杯咸可可喝。

天空邈远，微微有风。

卢彤拍完照后，先是聊起男人："弟弟好是好，但贼黏人，吃顿饭恨不能报备八百遍……不过是有一点姿色而已，还管起姐们儿来了。"说的是她那位新欢，才大三的年下男。

晚嘉了然："所以，你又单了？"

"不然呢？"卢彤摊手，"我把他'娶'回家，让他天天查我岗？"

"您说得对。"除了点头附和，晚嘉也说不出别的，毕竟男友这角色对卢彤来说，可以长期找，但从不找长期。

卢彤敞嘴一笑，庆幸好友没有因为结婚而心理变异，不像有些人，自己把证一领，就开始热衷于给身边朋友传教，倒胃口。说客气点是无意识干涉别人的婚恋观，或者做人没有边界感，拣直接的说，就是有病。

卢彤抿两口喝的，又开始滔滔转述最近的内部传闻："人家说祝总牵着你，还搂你的腰，把你护得紧紧的，帮你开车门的时候还亲了你一下，那股黏糊劲，吓得他以为认错老板了。"

说的是周六在小药堂遇到的人，晚嘉记得分明是位男职员，没想到男人也这么八卦，且爱夸张。她辟谣："太过了，没有那些事。"就是牵手开车门而已。

卢彤跷二郎腿："那不管，反正恩爱是铁定的，大家说我们老板两副面孔，原来对老婆那么体贴。"

调侃几句，又提起汤羽。卢彤晒笑："她指定贼后悔，要不是她非掺和一把，你跟祝总还成不了。这下可好，见你嫁这么好一老公，那颗黑心怕不是沤烂了。"

说到这些，晚嘉不禁想起汤羽说出的那几句，话里透着惋惜和同情，像是知道些什么内情，吞吞吐吐，欲盖弥彰。

卢彤也跟着琢磨了下："听起来吧，确实像话里有话，但我觉得就是纯妒忌，想给你找不痛快。"不过也不能大意，她摩挲着手机，"要不明天上班，我去打听打听，看祝总是不是有过什么红颜知己、前女友之类的？"

"没事，你别操心了。"晚嘉摇摇头，盯着地砖兀自发起呆来。

静坐一会儿，卢彤拿手指把帽檐往后顶，拧脖子看过去。松懈出神的人，阳光把她造成一个轮廓，侧颜尖巧，碎发悄动。卢彤笑起来，坏心地伸手过去，在她耳边打了个响指。

晚嘉吓一跳，回神看过去。

就是这样啊，卢彤心里"啧"了声。跟她刚甩掉的那位弟弟一样，鼻息微促，瞳孔微张。比起有些人故作和娇饰的风情和智感，这份不受控制的乱，才是恰到好处的，不自知的招引。

她哈哈两声，把鸭舌帽扣过去："大白天的，干什么一惊一乍？"

知道是受了捉弄，晚嘉揉揉鼻子："……想点事。"

"什么事啊？"

当然是邹芸，晚嘉嘴角小幅度拉动了下，无奈地笑。人家好不容易认可了她这个儿媳，但一见面，却又闹得老人心里不舒服了。

"哦，生娃啊？"卢彤了解好友，知道没什么好劝的，但也不认为有多了不得，"多大个事，谁的妈谁搞定，你这会儿不想生，让祝总出面就好了。"

她说得轻松，晚嘉心里却没什么底。卢彤干脆给晚嘉支招："化化妆撒撒娇，小裙子一穿一脱，飞眼一眨一抛，祝总就是真神仙也得腿软。到时候枕边风吹起来，你说什么是什么，不过……"

"什么？"晚嘉问。

"你不愿意生，除了工作之外，有没有别的原因？"卢彤弹了下杯子，发出"叮"的一声脆响，"比如觉得……跟祝总不会长久，所以有顾虑？"

捕捉到卢彤的微表情，晚嘉端着喝的，心绪有些复杂，分明这几回，是他主动避孕的。

当夜十点差几分，祝遇清回到家。他换鞋到客厅，发现地毯上坐了个人，手里划着 iPad，手指在界面分开又缩小，似乎在看什么图像。

"怎么坐地上，不怕凉？"祝遇清解着西装纽扣，出声问。

地毯上的人这才舍得站起身，又走了过来。祝遇清拎着西装领子往下脱，脱到手臂，发现晚嘉要来接的动作，不禁看她一眼，剥下递了过去。

西装脱完，再是领带，晚嘉跟着他，从客厅到房间，又跟到厨房岛台。

"有事？"祝遇清站定了，好笑地看着她。

晚嘉微微发窘："那个……我今天出去了，给你带了杯咖啡。"

她从他身边钻到冰箱旁，打开把咖啡拿出来。

祝遇清接手："你喝过的？"

当然不是……晚嘉澄清："我喝了同款，这是新的一杯。"再看眼时间，"不过挺久了，不知道味道有没有变。"

祝遇清拨开饮用孔，喝了一口。

"还行吗？"晚嘉问。

祝遇清手掌贴着她的后颈，低头亲了过来，唇肉摩擦着，再于勾缠间把味道递过去。呼吸间的粗糙感一层层滚过肤面，亲昵时刻连喘息都是抓耳的，晚嘉闭上眼，慢慢跟他亲成一团。

等分开来，祝遇清帮她擦掉吻渍："怎么样，味道有没有变？"

晚嘉撑住身体，心头斗争了下："不记得了……"

所以，这是还要的意思？祝遇清眉头微抬，把她提着坐上岩板，逼近些："有话要说？"

动机这么快被识破，晚嘉哑了下，不晓得该怪他太精明，还是自己表现得太明显。带着些许挫败感，她把周末遇到梁进伦的事，连同自己的想法，一气都给说了。说完抬头，见祝遇清的表情并不意外，她蹙了蹙眉："你早就知道？"

祝遇清也不否认："猜到了，在等你主动说。"晚嘉往后仰了仰，被他贴着捞回来，"没有问，是怕你万一不想跟我说。"

这是哪样的意思？以为她会妥协，还是别的什么？晚嘉跟他对视，一时没吭声。

祝遇清一手撑在案面，揪着她的耳垂晃了晃，沉吟道："梁进伦我不太了解，明天让人打听一下。"

"你支持我？"晚嘉愕然。

"你不想？"祝遇清反问。

当然不是，晚嘉低头，撞了撞他的肩膀。创业风险是明晃晃的，但如果有好的机会，她想赌一把。

沟通出奇地顺利，晚嘉嗓子眼卡着几句话，最后牵着祝遇清袖口摇了摇，怩声一句："谢谢。"

主动再主动，实在是很难得了。祝遇清把她脑后抓夹取掉，替她顺着头发："打算要实股？"

晚嘉点点头，但很快吐出三个字："我有钱。"

祝遇清也不再说什么："好。"

抱着温存了会儿，祝遇清看眼时间："我去楼上忙一会儿，你早点睡。"

"这么晚还忙吗？"

"有个会，跨洋的，十一点半就结束。"

"哦……"

轻微拖音令人愉悦，祝遇清拍拍她的后腰，带着那杯咖啡，上楼忙去了。

钟表无声地走，后半夜的工作，人格外容易疲惫。桌面时间跳到"23：30"，会议准时结束，祝遇清把眼镜取下来，按住鼻梁揉了揉。拉开抽屉，烟盒躺在最显眼的位置，他按了按手指关节，还是关上了。

他靠在椅背闭眼几分钟，正打算去阳台吹一吹自然风时，门被敲响了。这个时间，不会是家里的阿姨。

"进。"祝遇清没有起身，视线直直望过去。

门被从外面拧开，一颗头探进来："忙完了吗？"

祝遇清应她："结束了。"

来人犹豫了下，慢慢把门推开。穿在外面的是一件睡袍，系了腰带，杏白包着黑色，不算透，但没能遮住蝴蝶结的形状。锁骨玲珑，腰臀弧线分明。红晕浅生，看得出来她很紧张，紧张到像是下一秒就要逃跑，然而还是坚持住，一步步朝这边走来。

祝遇清没有说话，但带着转椅换了个方向。她走过书桌，原地站了站，鼓起勇气坐了过来。

重量柔软，落在腿面微微僵硬不自然，而贴体的缎面之下，是一丝丝的热源。她伸手，两臂搭在他脖子后面。这姿势更近些，仿佛能听到那颗"咚咚"乱跳的心。

目光轻晃，祝遇清眼里划过笑意，慢慢贴住那段腰。

"是什么，谢礼？"祝遇清挨过去，贴着她的嘴角问。

声音低回，近似呢喃，晚嘉两手在他颈后不安地交扣："……不可以吗？"

祝遇清笑："那还有没有别的？"

晚嘉手里汗津津的，思索着支起身子，吻他拔直的鼻梁。退开后，却见他还是平静看着她，深浓但不见情绪，似乎在等她另外的举动。

这已经是晚嘉的极致了，她坐不安位，迟疑说："我不会唔……"话未完，下唇被含住。

唇齿相依，彼此的气息无孔不入，交换着同等的灼热。渐渐地，晚嘉两手松开，一只无力地搁在他身前，另一只撑在书桌，抵抗他的力道。

有些事做起来，真的比想象中还要难。

后几天，卢彤逼问出一些细节，发语音笑了好久好久，最后在微信问晚嘉：你有没有听过一句话？

晚嘉：什么？

卢彤：当女人穿了一套完整新内衣的时候，被睡的那个，是男人。

还没来得及回，她又打来一句：恭喜啊姐们儿，你终于反压了！

晚嘉点开底部，挑半天，给卢老师发了个万能表情包。

后半个月，都忙了起来。

在梁进伦的牵头下，晚嘉和其他的创始成员见了面，彼此都挺谈得来，在架构和平台方向上也没有太大分歧，于是接触几回后，很快敲定了合作。

公司名叫猎引，名字定下来后开始选址注册，找来找去，最后选了中禧国际办公，对面是E.M的玉棠城，之前看婚纱的地方。再接着，就是定组织架构，开始招人了。

组建团队的过程中，晚嘉收到了原来同事林苗苗的信息。在公司楼下，两人约了场饭。

晚嘉到餐厅门口，林苗苗已经站着在等她了。晚嘉连忙道歉："不好意思，刚刚忙了会儿。"

"没事，是我溜早了。"林苗苗弯起眼，嘴角露出单侧梨涡。

等进了餐厅，她一口一个晚嘉姐，带着上下级间的客气，是以前在得聘养成的习惯。但论起年龄，其实也就差个两岁。

吃吃饭叙叙旧，很快，就提到了工作上的事。没了E.M的单子后，得聘开始下力进行拓展，新客户也签了一些，但谈起最近手头的单子，林苗苗有吐不完的槽。

提起A公司："一个运维经理而已，流程还要走到他们董事会去，等决策下来，候选人早就接了其他公司的offer。还有他们的人力资源，沟通起来费老劲，爱压价又爱拖款，不像E.M，反馈快，回款也及时。"

再说B公司："我们找的候选人吧，总体条件对职位来说是高配，可他们出不起钱，非让人家降薪入职。我们好说歹说，好在那个候选人看中项目前景，总算是愿意接offer了，但他们副总嫌人家是左撇子，用这个理由把人给刷了！"

林苗苗无奈："晚嘉姐，你敢相信吗？"

她说的这些，晚嘉当然能体会当中的不容易。损失一个大客户，对团队不是小事，为了补足这个缺口，首先就得开发新的客户。

对猎头来说，衡量手里单子好或不好，直白些看单值，即职位的年薪或月薪，决定佣金的基数。再有，就是可操作性了。操作性的易与难，不仅取决于职位薪资，还有职位潜在的福利。行业地位、晋升通道、能接触到的显性或隐性资源、内部纵或横向发展的宽阔度，这些都算。对一般公司来说，能干过名企大厂的，只有摆在明面上的高薪了。但不是次次奏效，也不是每家都愿意使用"钞能力"，更重要的是，能用猎头渠道寻访的人才，相当一部分不会被所谓的高薪打动。毕竟择业如择偶，不是急需用钱的，多数不愿意短择。所以对猎头来说，这都是一重又一重的困难。

得聘新签的客户里，不少单值低要求却高的，职位没有太大优势，寻访周期拉长，投入与产出不成正比，白做功的可能性大。相比起来，E.M的职位容易成单，交付概率也相对高，是众所周知的优质客户。

　　"前天发工资，大家的提成都跌了，好几个同事已经在看新的工作机会……"说话间，林苗苗视线与晚嘉的接触，她紧张地握着杯子，"晚嘉姐，我也不卖关子了，你那里……有没有合适我的岗位？我能不能再跟着你干？"

　　人，晚嘉这里当然是缺的，只是……

　　"我们这里刚起步，不稳定，而且会比较辛苦……"

　　见她迟疑，林苗苗赶紧表态："我能熬住的，我不怕辛苦，真的！"

　　"我知道。"晚嘉笑着，抽出纸巾递过去。在带过的组员里，林苗苗是肯学也勤快的，只是对她来说，得聘绝对是老东家了，接收老东家的人，还是需要好好想想。

　　大概知道晚嘉的顾虑，林苗苗也没有追着当场要个答复，只是叹气："其实晚嘉姐你走没多久，我就想辞职了……"说起这事，她差点翻出个白眼，"杨璐……她还在公司呢，三两天去一趟，到处摆老板娘的架子，跟周总说话都不带客气的，我挺烦她。"

　　这就不是什么需要多聊的话题了，吃完饭菜，晚嘉要了两块小蛋糕，跟林苗苗扯闲篇。说起猫狗宠物时，才知道她家里除了猫，也养了只史宾格。

　　"这狗吧，聪明是真的聪明，"林苗苗戳着蛋糕，挖起来吃了一口说，"我前男友都分手多少年了，它看见还能一眼认出来，嗷嗷叫着就去认亲了，也不管我穿拖鞋还没洗脸。"

　　是想也想得出的尴尬时刻，晚嘉逗了几句，两人一起笑开。

　　到要各回各家了，地铁站分手后，林苗苗给晚嘉发来搞怪表情包：刚才忘说了，祝晚嘉姐新婚快乐，和祝总幸福美满。

　　晚嘉低头，给她回了个中老年专用表情包：谢谢。

　　筹备阶段，事情多得数不过来，晚嘉脚打后脑勺，连周末都不见人影。满打满算，离婚礼剩不到十天，她和祝遇清虽然睡一张床，但连面都很少见。要么一个回来时，另一个已经睡着；要么一个出门上班，另一个还没起床；两头这么忙，一度住成室友的错觉。

　　当然早出晚归的，还是晚嘉比较多。

　　又是一个加班到凌晨的日子，怕吵到祝遇清，晚嘉选择了睡晚归房。她轻手轻脚，在卫生间简单洗漱了下，松开头发爬上床，没多久就睡着了。

　　睡正酣时，感觉有人在揭被子。她眼皮发沉，满以为是做梦的错觉，可被人抱着走动时，蓦地睁眼。眼前是熟悉的轮廓，鼻端是安心的味道，走过敞着的主卧门，她被放在了宽大的床上。没多久，床的另半边一陷，她闭着眼翻半个身，滚了过去。人被坚实的胸膛挡住，有只手替她把被角掖好，接着轻轻拍她的后背，一下下，节奏慢慢。

晚嘉动动嘴皮子，咕哝了下，似乎也没说什么，继续滚在浓沉的睡意里，好梦到早晨。

或许是昨天实在太累，到第二天，晚嘉醒迟了些。她眼还闭着，人动了动，手指爬到另一边，接着把脚也伸出去，同样扫了个空。摸着手机看了下时间，有点晚了，不过今天相对闲，不着急赶去公司。

又眯了会儿，晚嘉扒着枕头，眼睛睁开一条线，找到号码拨了过去。

"喂？"电话很快被接通，声线低低叩过来，听起来有些庄正。

晚嘉顿了下："……在忙吗？"

那边有了动静，先是一声类似离开座椅的涩响，接着就是非电流式的杂音。

晚嘉屏着息，耳朵灵敏起来，听到有人在说话，并捕捉到会议暂停这样的字眼。

"在开会吗？"她悄声问。

"没事，刚好中场休息。"祝遇清的回答伴着脚步声，继而推门，好像进了另一个封闭的空间。

"醒了？"他问她，这回声调松和，不再像刚才那么严肃。

晚嘉转了下脸，正想是不是不好打扰他，又听一句问："不出声，是打错电话了？"

晚嘉往上躺了一点："我昨天好像不睡这里……"

"你自己走回来的，不记得了？"

"啊？"晚嘉愣了下。

"大半夜走回来的，开门没声音，我也是睡醒，才发现你在旁边。"他又正经八百地问，"你枕头湿了，还流口水，做的什么梦？"

晚嘉咋舌："你……乱讲，明明是你……"

"记错了吧？"祝遇清沉吟，"有可能是梦游，外公说过，你有梦游的坏毛病。"

胡说八道！晚嘉伸手，五指在他睡的那半边床单上抓了抓："你才梦游……"

祝遇清这回承认了："也有可能，我梦游到晚归房，捡了个大活人回去？"

不正不经笑谑几句，祝遇清问："想预约宋小姐晚上的时间，不知道宋小姐有没有空？"

"几点？要出去吗？"

"八点有个局，要带女伴。"

"是很正式的那种吗？"

"跟上回差不多。"

提到上回，晚嘉想起陪他应酬的场景，那时怎么都想不到，会跟他结婚，而且……

正出神，那头又吱声说："稍微打扮就可以了，只要不穿你昨天的衣服。"

昨天的衣服怎么了？晚嘉蒙了下，很快反应过来，想到那件穿在外头的格子衫。蓝灰格，其实是防晒衣，但曾经被卢彤打趣过，说她换成双肩包，可以直接去敲代码。

"那是外套，地铁冷气太强了……"晚嘉翻身平躺，腮肉压到手面，声音瓮瓮的。

突然又想起他还在开会，她连忙要挂："你先忙吧，我会抽时间的。"

那边迸出笑声，磁铁一样，似乎在笑她突然的慌张："好，晚上见。"

"晚上见。"挂了电话，晚嘉把小腿收回被子，手搭在他的枕头上，盯着天花板愣了会儿神。

人睡饱了，精力也足不少，她从床上爬起来，洗漱过后在家里喝了碗扁食，去公司继续忙活。

午歇时经过前台，前台同事正在刷视频。视频主人的声音很熟悉，晚嘉侧了一眼，前台向她亮了亮界面："晚嘉姐看，这是我最近挖到的宝藏博主。"

画面中，有人正拿着几瓶香水在讲解，不疾不徐。她穿白衬衫配条纹马甲，妆容简单，只突显气色，有一种毫不费力的美感。ID是本人名字，汤羽。

用平价护肤品，喷平替香水，笑容明艳但没有什么距离感，在评论区跟粉丝互动时一点架子都没有，甚至常闹一些令人捧腹的笑话，被称为"最接地气的富二代名媛""笨蛋美人"，粉丝数非常可观。

视频播放中，手里的香水不小心掉到地上，吓得汤羽立马手脚并用地捞住，然后视线四张，对着镜头尴尬地笑了笑，透着一股子憨直。

果然，前台妹子也被感染得笑起来，开始按键留言。

第八章
婚礼

晚嘉看了看时间，回办公室准备下午的会议去了。四点半左右，她提前下班，打车回了家。

洗头吹发，泡澡抹油，一直忙到晚上七点多，车子到了。她拎包下楼，乘电梯到了车库，后排车门一开，祝遇清已经坐在里面。他一身黑色西服，肩身笔挺，口袋折巾整整齐齐，泛着一点绢光。镜片后，两只黝黑的眼睛过来，默不作声，定定打量着她。

太久了，晚嘉被看得有些不安，她摸了摸领口："怎么了，不合适吗？"

偏中式的礼服，软花扣，领边扭了一粒珍珠，料子是米灰缎面，衩开在膝上，不算太高。

"刚买的？"祝遇清问。

"曼曼送的，说让我穿……"晚嘉摸着那粒珍珠，边说边看过去。

祝遇清仍然正襟危坐，面上神情不显，让人难以捉摸。

"不好看吗？"晚嘉现了现手腕，"是不是首饰不太对？我没来得及买玉镯子。"

"好看。"祝遇清收回端详，再向她伸手。

晚嘉闷闷地搭上他的手，提着裙摆，坐了进去。

车门关上，挡板也升起，隔绝前后排的声响。出了车库，车子朝目的地平稳驶去。

晚嘉靠在椅背，低头不语。她的手还被祝遇清牵着，放在他的腿面，轻轻点两下："这么久没见，看看你怎么了？"

怀疑这人会读心，晚嘉朝地上看："哪有，不是天天见吗……"

"闭眼的看多了，睁眼的比较稀奇。"

分明是他刚才不苟言笑，让她以为自己打扮上出了错，还理直气壮调侃起来了。晚嘉一冲头："闭嘴的看多了，会说话的，也比较稀奇。"

祝遇清侧头看她："脾气大了。"再拿眼一丈，都不用上手就得出结论，"人也瘦了。"

晚嘉含了下肩，想把手抽回，被他顺势拉了过去。分明宽敞的后排，两人挨着坐在左边角落，手臂挨手臂，腿贴着腿。

"工作比身体重要？"祝遇清问。

"没……只是最近比较忙而已，忙完这一段就好了。"

祝遇清点点头："忙归忙，吃饭休息也要当回事。还有，婚礼请记得抽空出席。"

晚嘉被这话逗得发笑："记得的，忙完下周我就休息几天，等仪式完了……"说着绕过去看他，目光浮动，"但是蜜月，可能要推迟。"

"不着急，刚好我也没什么空。"祝遇清淡淡接话。

晚嘉心里清楚这是迁就，是给自己台阶下，而这样落到具体事上的体贴，格外窝心。

她翻过腕子，反手攥住他，手指沿指缝交扣："等公司步入正轨了，咱们就去。"说完看了祝遇清一眼，立马又补充，"当然，也要等你有空，我们一起计划个时间，好吗？"

祝遇清任她攥着，没吭声。

车子上了高架，夜灯一轮又一轮，光晕照过他架在鼻梁的镜片，再淌过他脸上的棱角与唇线。他总不说话，晚嘉有些被动，于是另一只手也抬起来了。本来是打算绕手臂的，临了却转道往上，从肩头搭着，去划他的颈线。

手很快被按住，祝遇清目光别过来："要是不想去，现在调头还来得及。"话是压嗓说的，警告还是商量，真还是假，晚嘉辨认不出，但没敢再动了。

后半程，一路安分。等到地方，晚嘉被祝遇清扶下车，往里走的时候听他问了句："公司名片，有没有带？"

晚嘉微怔："带了。"

祝遇清应一声，也没再多说别的，牵着她进了宴会厅。两人以十指交扣的姿态出现，陆续有人上来打招呼。

是地产泛行业的酒会，商住和工业的宾客都有。在被引见过几位企业负责人后，晚嘉看一眼祝遇清，知道他刚刚为什么问名片的事了。她也没扭捏，跟着在场中转了转，很快与人攀谈起来。几轮下来，她与祝遇清自然分开。

不久后，祝遇清结束手上的寒暄，端酒扫视一圈，找到晚嘉的身影。满场衣香鬓影，她俏生生立在中心，脸上挂着融融笑意，正在交换名片。脱离他身旁与人交谈，那份投入，简直到了心无旁骛的地步。

酒会是半娱乐场合，并非所有人身边带的都是伴侣，也并非都是行业内的人，不认识的生面孔，举目可望。在假装没有看见一位女士鞋跟被地毯缠住后，祝遇清换了支酒，走去外面露台。没多久，有人跟过来了。

　　"躲桃花？"不大正经的招呼，出自他的老同学，孙晋。

　　祝遇清按住领带松了松，没理会。

　　孙晋笑他："不想被人搭讪，让嫂子贴你紧点就好了，犯得着自己跑这儿躲着？"他走到跟前，又抻长脖子往里看了一眼，"我还以为嫂子是居家型的，没想到这么健谈。"

　　应着他的话，祝遇清也朝晚嘉的方向看了看。她正微笑着与人握手，一举一动，自如有度。

　　孙晋靠着栏杆，从烟盒里抖出两根，将其中一根递给祝遇清，被拒绝了。

　　"戒了？"他好奇。

　　"在戒。"

　　"备孕？"

　　"不是。"

　　"那是？"孙晋把烟叼在嘴里，摸兜时一琢磨，"这么快就被管起来了？看不出来啊，嫂子还挺有魄力。"火机一打，烟头起了星子，空雾四散。

　　祝遇清摘下眼镜，眺着夜色。

　　"昨晚明会的场子里，看见你表弟了。"孙晋含着烟头，"人挺颓的，喝酒也猛，比得上当年他爸刚走那会儿了。"孙晋含着烟头，不怀好意瞥去一眼，"插队截和这事可招人恨，不是钱能摆平的，就算不怕他搞事，难道不担心嫂子……余情未了？"

　　祝遇清揣住兜，慢吞吞分来个余光："没这个必要。"

　　倒挺笃定，孙晋适时打住玩笑："当然，祝老板的魅力不用说，跟你结了婚，别说一个潘逢启了，就是再世潘安，嫂子也会忘个精光。"说完，孙晋吹了口烟。

　　他们刚才的高调出场大家都看见了，新婚宴尔，感情确实看起来比想象中的好太多。

　　烟抽完，孙晋又问："同学群看了吗？大家都不怎么信。大家以为你再扛几年，实在扛不住了，再被老爷子押着去相亲，摁头找个人结婚。没想到，你自己不声不响就找着了。"

　　不管他们信还是不信，祝遇清只说："婚礼都有席位，可以来。"

　　"那当然，您财大气粗，还能请不起？"孙晋把烟摁灭，"赵仁呢，什么时候回？"

　　"临时飞卡加利，回不来。"

"他不是你发小铁瓷？你结婚他不到场？"话才说完，孙晋裤袋里的手机响动起来。

他取出看了看，点进Tinder（一款交友软件）界面埋头回了几句，再抬眼，对上祝遇清的视线。

祝遇清身为已婚人士，配上那一身端正衣衫，莫名透着一股看不上眼、漠视的错觉。

孙晋竖起一只手，对祝遇清念了句阿弥陀佛："你这个老八板儿，不懂这里头的新鲜刺激。不过你都成家了，这玩意儿跟你也搭不上关系……"又拍拍他的肩，"祝老板，继续当你的婚内舔狗吧。"

祝遇清移开眼，朝侧边看过去。

"哟，嫂子好。"孙晋捋直舌头，连忙叫人。

"忙完了？"祝遇清戴上眼镜，伸手把她引过来，再介绍孙晋，"之前见过，记不记得？"

领证那天给看过病的医生，晚嘉当然记得。

她笑着同孙晋打招呼，又听祝遇清加了一句："时泰置业的执行总裁是他姐姐。"

是刚刚有过交谈的一位人物，晚嘉很快想起来，一瞬惊讶："真巧……"

为什么扯到家里姐姐，孙晋心里门儿清，当面跟晚嘉扫了微信，嘴里殷切招呼："听说嫂子最近忙项目呢，有什么我帮得上忙的，您只管说。"

"好，谢谢。"

"客气。"孙晋收起手机，识相地摆摆手，"有点事，我先走了，回见。"

他迈脚离开，见晚嘉多看两眼，祝遇清问："很意外？"

晚嘉老实点头："有点。"

她意外的是什么，祝遇清心里了然。孙晋不在家里工作，也不去大医院待着，而是跑机构当个全科医生，十有九个都会觉得奇怪。

他没有解释太多，直接点出原因："他是玩家，事业上没太大追求。"

晚嘉点点头，又由衷赞道："孙总……他那位姐姐，很厉害。"

"行内公认的女强人，"祝遇清睥她一眼，"而且婚姻和工作，都平衡得很好。"

晚嘉噎了下。见这模样，祝遇清笑着搂住她的腰，俯身问："差不多了？"

晚嘉点头。

"那咱们也走？"

"嗯。"

两人出酒店，坐进了车里。已经是后半夜，路上车辆稀松很多，车速稍稍有些提高。

去的路上，晚嘉怕弄乱发型，连头枕都不敢靠。这时候再不用那么小心，把头枕在祝遇清肩上，找找最舒服的位置，前额的发就散了。想起今晚颇丰的收获，她动了动，使劲嗅了嗅祝遇清的衣领子。

今晚完全是借了他的光，倒弄得他像男伴。感激有，愧疚也有，晚嘉抱住祝遇清的腰，声音放软些："这周末我早点回来，给你做晚饭好不好？"

"我不一定有空。"祝遇清说。

"那夜宵，再不行，早饭也可以。"晚嘉随机应变，又觉得自己有些像在耍无赖，抬眼看他，揉着鼻子笑了笑。

"再说吧。"心猿意马似的，祝遇清回答得有些敷衍，视线往下躺，"别搂太紧，衣服皱了。"

等回到家，他心血来潮，要教晚嘉泡茶。刚得了好处，晚嘉当然不会拒绝。她放下包："你先去，我换衣服，马上就来。"

"不用，就穿这件。"祝遇清翩然站着，然而看过来的那一眼，好似别有深意。

茶室旁边就是书房，上到二楼，晚嘉往书房门口看了一眼，快步钻进茶室。从搬进来起，这里应该还没有用过，但方阿姨打扫得勤，一应茶具都挺干净。

泡的是岩茶，选的是盖碗。盖碗轻盈薄巧，看着赏心悦目，但用这个焖汤，比壶要烫多了。

这么久没用，晚嘉还是有些阴影。从煮水到取茶温壶，注水七分满，待要析汤时，祝遇清教她："抓边缘。"

瓷壁薄，碗口外翻的弧度也够大，以她手指的长度，完全可以扣得住。看着那光洁的盖碗，晚嘉头皮微微发麻。以往烫了，她也有不丢手的时候，但动作摇晃，出汤就断断续续，甚至沿着碗身流到手臂，说不出的狼狈。

但学还是要学的，别的不说，为了她那位婆婆，她也得下一下劲。邹芸是广府人，广府地界，都有泡功夫茶的习惯。

晚嘉吸了一口气，按祝遇清说的，张手去抓盖碗。

"按上面。"祝遇清指了指盖纽。

"这里，壶盖翘太高了。"

"不着急，找找巧劲，不用下大力。"

找巧劲，力要匀，还要控制另一边的壶盖不要翘太高，以免蒸气烫到手心。除了水线和力度外，还要按条索控制出水口大小，不至于让茶叶掉到公道杯里。一遍遍，被烫到再重来过，中途还用空盖碗练习过手法，又重新去注水出汤。

祝遇清坐在对面，语速缓缓的，没有一丝一毫的躁意，不会在晚嘉被烫到就立马指出哪里不对，而是等她过了那阵烫的劲，才告诉她问题出在哪里。

不出声时，他静观默察，或者端杯子喝她倒出的茶汤，慢慢地，晚嘉沉心静气，没那么紧张了。她从耳根子发红，到水线均匀，出汤干净，祝遇清点了点桌面："差不多了。"

晚嘉纾出一口长长的气。她把公道杯里的茶倒给祝遇清，祝遇清摘了眼镜，衬衫袖子推到臂弯。他唇在杯口，山根小痣清浅一点，透着股干净的性感。

"粤语，你会说吗？"晚嘉问。

"你想学？"

晚嘉摇头："想听。"粤语歌和老港片看不少，平仄九声，她一直觉得粤语很动听。

可惜祝遇清似乎并不打算满足她，放下杯子看一眼时间："不早了，该睡了。"

"哦……"晚嘉应了一声。

从进来起，他一直坐在对面，全程没有起过身，更别说什么手把手了，仿佛真的只是教她泡茶，并没有其他意思。可这时候他说去睡，自己却压根不动。晚嘉穿得少，先扛不住了。

"我下去了。"她从圈椅起身，绕过茶台往外走，前脚才经过祝遇清，很快听见一道利落的、裂帛般的声响，肩带应声而掉。

她反手捂住后背，回身，被这行径吓得睁圆了眼："你……色棍！"

祝遇清坦然受骂。他还坐在原地，不过换了个方向，悠悠地问："既然什么都要谢我，今天教你泡茶，怎么不谢？"

晚嘉前遮胸后捂背，看他笑意满满，一时分辨不出这是真话，还是夹枪带棒，别有含义。

"教我泡茶，我泡给你喝了……不算谢吗？"她磕磕巴巴，说完恨自己口拙，把嘴一抿，"那你想怎么谢？"

祝遇清轻松一拽，把她拉过来。人被迫坐下，小腿屈着，露出雪白腿线，全部重量压在他腿面。他摸索着，找到拉链头，替她把拉链重新拉回去。即使薄薄一片布料掩着，肩胛脊背的曲线也很招人。但这么坐着，低头看到领口，他问："是什么？"

晚嘉一窒，伸手盖住祝遇清的眼，嘴巴忽然又活泛了："是你用不上的东西。"说完偎过去，推了推他，"下去吧，这里不合适。"

"这里只比书房小一点，怎么不合适？"

提起书房，晚嘉脸一红，被问住。面积确实差不多，桌子高度也一样，只是灯光要暗上一些。她手成拳，支在他胸前："别，很奇怪。"

"哪里奇怪？"祝遇清把她绾发的簪子抽出来，手从肩胛游到前面，珍珠又退过花扣，露出刺目一片光与洁。

晚嘉面红过耳，心里鼓仗擂得急促。

明明是在自己家，阿姨今天还休息，他们却连说话都这么小声，偷偷摸摸，见不得光似的。

他俯过来，眼睫贴着眼睫："不奇怪，只要是你跟我，就不奇怪。"

声音低又润，磨人的耳。酒气早散光了，递来的是缕缕茶香，晚嘉脚尖点地，带着身体动了下。腰间力度倏地收紧，接着，笑息在腮边一划而过，唇过来时，晚嘉有些眩晕。

下巴被他拿住，人被困在臂弯，舌根好像木了，人更似飘离地心。

半晌退开，祝遇清盯住她，眼亮如漆。晚嘉心跳加速，咽了咽嗓，吐出妥协的两个字："我冷……"

祝遇清脱下衬衫包住她，晚嘉喉头轻颤。正斗争着，有气息呵近："这样，中唔中意（喜不喜欢）？"

悦耳的一句溅到耳上，有过电的感觉。晚嘉听懂了，倒着气，白他一眼。

从冷到热很简单，但规矩了这么些天，时针怎么都得爬一两个字数了。等头终于沾到枕面，晚嘉闭着眼，嘀咕一句"伴君如伴虎"。

"词是这么用的？"祝遇清问。

晚嘉懒懒躺着，哼出单个音节。祝遇清拍她两下，声音里有藏不住的笑意："睡吧。"

忙完周末，晚嘉暂停了工作，但其实，也不尽能休息。

婚礼就在周三，姚敏和姚校长提前到了京北，晚嘉接家人，到祝家的老宅吃饭。

车子匀速驶动，慢慢驶进乔湾春居。虽然是住宅区，但这里的房子都隔得很开。祝家的那一栋，外立面像旋转的魔方，大面积的石材干挂，泳池花园，尽是低调不了的阔绰。

电动门缓缓打开，晚嘉正准备转头，手臂忽然被抓住了。她一愣："妈，怎么了？"

"没，没事……"姚敏讪讪地扯着面皮笑了下，喉头涌动，小声说，"你放心，妈妈不会给你丢脸的。"

晚嘉木了下，很快眼睛发起酸来。

进了院子，祝老爷子领着家人站在不远处，是迎接的举动。车门打开时，姚敏明显瑟缩了下，但很快挤出笑脸，下车去扶老父亲。那一下的畏感，是阶级烙印带来的本能回避，而在那一瞬，晚嘉仿佛看见来自血缘上的复刻。

姚敏当初不让她轻易放弃潘逢启，要说没有一丁点虚荣心，肯定是假话，毕竟对丈母娘来说，贵婿对外所代表的，就是面子。

姚敏虽然不是头回到京北，却是第一次与京北的富人接触。再多的顺心和得意，肉眼面对时，勇气立马被击穿。毕竟不同阶层所带来的直观感受，就是金钱和物质上的实际差距。

怯意成了底色，一切的不自信都被成倍放大。有些事不关敏感度的高低，多少人嘴上坦然，说着你我平等，实际面对的时候，单是找那份不卑不亢的状态，就需要很大力气。强撑之下的勇气剂量是限时的，姚敏骨子里的阶级公式像教条，与亲家面对面接触时缺乏社交货币，为了保持得体，她全程说话很少，怕说错笑错，自己出了丑，更给女儿丢脸。于是叙谈的主力，便成了外公。

老祝董与姚校长，两位长辈很说得来，而对姚校长，老祝董除了对为人师表的敬重外，再就是话题上的投契了。比如前些年，老祝董在外省的山区捐建过一所小学，而从集团退下来这两年，他也抽空去学校看过几次，在育人之上，颇有感悟。

客厅相谈甚欢，晚嘉离场回了几通工作微信，回去时站在隔墙后头，听着里面的动静。出神之际，有人在她腰后点了一下："怎么了？"

她稍稍偏头，见是祝遇清来了。

"抱歉，品牌剪彩流程有点长，拖了一阵。"道过歉后，他弯下腰，低声问晚嘉，"怎么不进去？"

晚嘉扬扬手机："工作的事，忙了下。"

"走吧，进去。"

两人往里走，经过挂帘下面时，晚嘉被穗子撞了一下，祝遇清正好响起来电，他一面拿起手机，一面伸手在她头上摸了摸，是条件反射式的安抚。晚嘉原地站了站，看他把那通电话摁掉，再和他一起走了进去。

虽然上回谈崩了，但今天这餐饭邹芸虽然算不上热情，却也没有摆脸。总体来说，还算过得去。

从老宅离开后，姚敏和姚校长又去了趟湖云堡，也就是老人嘴里的新房。

晚嘉和祝遇清带着，从楼下参观到楼上。二楼地界，姚敏看来看去，奇怪地问："怎么两间书房？"

晚嘉倒也淡定："有时候回家处理工作，我们时间上可能会有冲突，所以分开办公。"

她没有提及的是，她用的这间，原来是茶室。早在开始忙工作的时候，祝遇清就说把书房让给她用，她拒绝了。过后他没再提，但茶室那夜之后，这里就被改成了另一间书房。所以那晚的说法和用意，是赶在改装之前，用它一回。

姚敏还在书房转悠，一时叼咕那个南瓜肚的琉璃花瓶要多少钱，一时又去看升降式的办公桌。

晚嘉站在门后，朝外瞄了下。走廊尽头，祝遇清正扶着外公，在看端景墙上挂的一幅画。他穿浅条纹的衬衫，背影凝沉，发线明晰，脸上表情是面对长辈时独有的谦恭，像披着一层斯文皮囊，酒会后的那股子孟浪劲，早也不见了。

再过两个日夜，婚礼日子到来。

流程不很烦琐，他们省略了接亲的步骤，在同一栋房子里收拾妆发，然后直接赶往宴厅。等到酒店时才分开候场，或是接待各自的亲朋。

婚礼场地很大，宾客众多，晚嘉这边的亲戚少，加上高鸣一家才堪堪坐了满围，剩下的，就是同学和同事。人虽然杂，但出入新娘间的不怎么多，偶尔有进来打招呼的，笑着说几句话就入席去了。

作为伴娘，卢彤时刻跟着。中途她去上洗手间，回来时说了句："刚刚看到汤羽了。"

晚嘉不意外："她给我发过信息，说会来。"

卢彤嘴里"哦"了一声，背手在新娘房转悠两圈，趁人少些了，她冲到晚嘉跟关："你帮我看看，这人是谁？"

手机上是一张偷拍图，晚嘉把图片搓大了看，是孙晋。这场婚礼，他还是祝遇清的伴郎。

"我去！"卢彤低声骂了一句。

晚嘉问她："你认识？"

卢彤用力翻了个白眼："Tinder（国外的一款手机交友 APP）上认识的，哪儿哪儿都好，就是他说我可能有乳腺增生，让我有空去照个 B 超。"

晚嘉收回手，嘴角弧度乱抖。

卢彤还没说完，手机在屏幕一划，又一本正经地庆幸："好家伙，得亏没成。"

晚嘉没憋住，转头笑出眼泪，差一点妆都花了。

紧急收拾一下，等时间差不多了，她换上主纱，由卢彤和祝如曼扶到了宴厅外头。

不多时音乐暂缓，主持人的声音穿过门缝，虽然听不太清在说什么，但一句句的音浪，像敲在人的心尖上。

倏尔声音暂停，厚重的门打开，光也随之铺了出来。长长的喜毯尽头，祝遇清站在舞台中央。他穿黑色西装，同色系的领结，袋口的折巾之上，插着从她手里捧花抽出去的一束铃兰。

在司仪的示意中，晚嘉身披婚纱，慢慢走了过去。

领证是法律上的程序，而婚礼，才是昭告亲朋的最佳途径。

仪式简洁，但场面是盛大的。场地提前一天就开始布置，等于在酒店包了两天的场，现场闹热，宾客围聚。新人交换戒指过后，席开了。

二楼围栏，祝如曼和汤正凯靠在罗马柱后头，拿眼扫着大厅人从。汤正凯盯人明确，很快就招呼祝如曼："瞧，交际花又开始了。"

跟着他的指向，祝如曼往左边瞭坛，见汤羽穿一条斜肩丝绒裙，离了座，正跟一圈人有说有笑。长得漂亮，当然有不少人偷摸打量她，而她一颦一笑都优雅，像是时刻活在聚光灯下，从头到脚，没有半丝松懈劲。

这份精致单是看看，祝如曼都觉得累，拿肘撞一撞汤正凯："她上回不告你状了吗，那事你怎么了的？"

"还说呢！"提起这茬，汤正凯就恼火得很，"我明明是去找人的，才进赌场就被拷了，冤得我没处说理！"他心气郁结，"有后妈就有了后爸，老头子差点没给我抽一顿，得亏我机灵，提前给我爷奶打了视频，这才保住一张俊脸。"

还俊脸呢，祝如曼乜眼过去："拍你后脖颈了？"

汤正凯立马捂住脖子，不大自然地说了句没事，又冲她脉脉一笑："真没事，你别心疼，我这是皮子细才留的痕，明天就消了。"

祝如曼搓了搓手臂，骂了一句："有毛病。你不会正经说话了？"

骂两句，老实了。百无聊赖站一会儿，汤正凯突然皱眉："欸？她怎么找芸姨去了，想干吗啊？"

他指的还是汤羽，祝如曼看了看，人倒淡定："急什么，你看我妈搭不搭理她。"

主围方向，邹芸正跟一位客人说着话，汤羽在旁边站了站，等那位走了才上去打招呼，是长辈们会喜欢的礼貌模样。

可明显的是，邹芸不怎么待见她。隔这么老远，都能看见邹芸眉心起的皱褶，没什么耐心地应了两句，很快抬手招人，直接略过她了。

祝如曼不意外："我妈这辈子，最恨当小三的。"

汤正凯看得真真切切："我懂，包括小三生的，咱妈也不乐意挨。"

说完，他小腿受了一记踢。高跟鞋尖顶的，直直撞在胫骨上，过电一样的痛感让人寒毛乍立。他"嘶"了一声，很快识相地改口："你妈，你妈……"

安分片刻，汤正凯拍着小腿的伤，视线下行穿梭，从布置到酒单，再想想刚才的仪式细节，禁不住又滑了过去。存着几分试探的心，他问："曼曼，你说……你哥是真喜欢你嫂子吗？"

"废话，不喜欢花这么多钱，搞慈善呢？"祝如曼瞪他，"我嫂子戴那项链什么价，知道吗？"

"不知道。"

她伸手比了个数，惊得汤正凯呛了一下："有没有可能，真像大伙说的，你哥有啥白骑士情结？"

祝如曼毛了："你敢说我哥有病？"

"没没没，我不是这意思！"眼见情形不好，汤正凯把手往右头一指，"快看！你表哥什么时候来的？"

大惊小怪，祝如曼拧起眼皮，朝潘逢启的位置看了看："不知道，应该有一会儿了。"

"那就是观过礼了……"汤正凯小声咂摸，眼珠子骨碌碌转了转，余光撞见祝如曼的死亡凝视，登时举手投降，"你别呀，我还什么都没说呢。"

"你还想说什么？"祝如曼阴了脸。

汤正凯干笑："别别，我哪敢啊，你哥哥嫂子大好的日子，我这不是担心嘛……"

"你还想看笑话？上回就怪你，我工作室都黄了！"祝如曼是真气，生日宴脑瓜子一抽干过蠢事，原本谈好能开的工作室，她到现在不敢再提。

见她发火，汤正凯连忙赔笑，好声好气哄了一阵，总算看着没那么吓人了。

他回眼，正好见汤羽站在底下的灯光明暗处，人往右侧看了一眼，且有逗留。楼下或许瞧不清楚，但从俯视的角度，能看出她望向的，明显是潘逢启。

汤正凯来了兴趣："你说她咋想的？我总觉着，她是真对你表哥有意思。"

祝如曼"嘁"了一声："有些人就喜欢不喜欢自己的，有什么奇怪的？"

汤正凯见缝插针，立马恭维："你这绕口令说得好，我爱听。"

臭狗腿嘛！祝如曼想笑，但又不想给他看见，于是打喉咙管里哼了一记，转身走了。

"唉，去哪儿啊？"

"你管不着。"

汤正凯黏她，跟在后面找话茬儿："你别走，你瞧，那男的谁啊？"

"不认识，好像是我嫂子的发小。"

"交际花怎么奔他去了？"

"不知道，不关心。"祝如曼走下楼，快步掠过汤羽，也掠过高鸣一家子。

长桌旁边，汤羽手里抓了两颗巧克力，正递给细细。细细不认识她，抱着宴会给小朋友的公仔，转头向大人求助："妈妈……"

余瑶走过来，对女儿柔声："囡囡，说谢谢。"

"谢谢阿姨。"细细跟着道过谢，才伸手接了巧克力。

高鸣也过来了，余瑶牵着女儿："你们聊，我带细细去外面玩。"

母女二人离席，往休息区去。

汤羽多看了两眼，对高鸣微微一笑："你女儿真乖，你有福了。"

高鸣不同她寒暄："有事？"

"这么久不见了，我过来打个招呼，老同学叙叙旧，不可以吗？"汤羽说。

高鸣朝潘逢启那头看了看，扯着嘴问："怎么就你一个，你男朋友呢？"

汤羽一怔，笑容有些发僵。

"你搞那么多小动作，不就为了个潘逢启吗？现在嘉嘉跟他没关系了，那什么时候，能吃你跟他的喜酒？"高鸣继续问。

说话太刺耳，汤羽面色沉下来，浮现几分娇恼："高鸣，我只是来跟你们打个招呼，有必要这么冲吗？"顿了顿，眉宇平复下来，尽量控制语气，"如果是为了以前的事，我再跟你道一回歉，对不起。"

高鸣凝神看她一会儿，咧咧嘴，笑了。

"假装能看透别人来显示自己很聪明？知不知道这样其实很蠢，很招人笑。"他一只手后撑着椅子，撇头又看潘逢启一眼，"大姐大当腻了，想做小女人？只可惜姓潘的身边，好像也没有你的位置？"

"高鸣，"汤羽牙齿微扣，加重语气喊了一遍他的名字，"你说话很难听。"

高鸣笑出声："你知道的，我高中没毕业，肚子里一包糠。要文凭没文凭，要文化没文化，更比不得你这样的大小姐有教养，所以说话就是这么直接，不懂怎么拐弯，如果听得难受，你多担待。"

他一句一刺，汤羽气透了，转身就走。等到避光处，她闭了闭眼，胸廓起伏几下，心绪将将平复时，听得一阵笑闹，是新人返场了。

着装这事上男人总是相对轻松，外套一脱，衬衫马甲干净利落。再看新娘，丝青缎面的小礼服，两道薄削的肩，微微掐褶的胸领，撞出独特清娟感，衬得人像一樽致密的瓷。

哄哄闹闹，一片花天锦地中，两人被纷拥着，举杯敬谢亲朋到场。一桌桌过去，很快，就见到了潘逢启。

浅灰西服，象牙白的马甲，难得见他穿这么正式。

返场敬酒是满桌的事，没有挨个敬谁的。等新人敬完，潘逢启握着杯子，喊了声"大哥"。他先是笑说恭喜，接着，又盯住祝遇清："为了这一天，大哥真是挖空心思没少筹划，你费心费力，实在是辛苦了。"

仿佛别有深意一句话，气氛越加起了些异样。他似不察觉，端着杯子递向晚嘉："我们喝一杯？"

这是要搞事呢？卢彤在心里狂翻白眼，身为伴娘，她迅速挺身而出："学长，我们新娘子小嘴小胃的，哪儿喝得过你？来来我陪你喝，咱俩一块沾喜气！"

她豪气干云，说话间就要先喝，可还没碰杯口，手腕先被人捏住，很快一堵人墙挡在跟前："潘少，跟姑娘家拼酒多没意思，来，咱哥俩走一个。"

卢彤还愣呢，就见孙晋一臂勾上潘逢启的肩："那晚在明会的场子里就想找你来着，后夜没找见你，总惦记要跟你喝一场，今天可算被我逮住了。"

都是有交情的，孙晋跟其他伴郎打配合，拉着潘逢启一杯接一杯地喝。几巡下来，都喝得脖子通红，走路打跌。

孙晋和潘逢启勾肩搭背，坐到角落的备餐台上，眼睛发直地看着前方。南向，一对新人并肩立着，潘逢启眼也不眨，目光长久在晚嘉身上停留。

朱口细牙，说不出的娇俏。分明是同一个人，又或许是他醉眼发蒙，这么跟着瞧着，感觉她从头到脚，都有了变化。感觉陌生，但心绪清晰，如故的眉眼越发鲜明起来，在他心里反复勾勒，内心几多撕扯。

视线中，她往后踏了半步，同身后的伴娘说话。大概以为她是站不稳，祝遇清很快伸手护住她的腰，举动着紧了些，很快招来一片起哄的笑。此情此景，是比她的头纱被掀起时，婚戒彼此交换时，更强波动的痛感。

潘逢启手往后撑，不小心碰倒一只醒酒壶，醇红液体泼湿他整只手。

"没事吧？"孙晋侧头。

"没事。"潘逢启喘着粗气，不耐烦地用桌布擦了擦。

视线尽头，新人十指紧扣，继而相视一笑，交换坦荡与羞赧。

潘逢启晃了一瞬，心里有什么东西清清楚楚地裂开，绞得生疼。心情跌到谷底，他跃下备餐台，往外头走去。脚下虚浮，被地毯绊得趔趄时，被人从后面搀住。

他抬头一看，是汤羽。

"没摔着吧？"汤羽担心地问。

潘逢启没说话，倒是后面跟来的孙晋代替答一句："他醉了，需要人照顾。"

汤羽蹙眉："怎么喝这么多？"

孙晋没答她，松了松领结，往洗手间去了。

到洗手间放完水再抹一把脸，人稍稍清醒了些。孙晋直起身，到户外餐区站了站，恰好遇见卢彤。

卢彤半踮着脚，正眺望角落里的汤羽和潘逢启："真有意思，又搞到一起去了。"语气感叹，鄙夷里透着仗义。

孙晋蹲在地上，张开手去捏太阳穴："放心吧，那两个难有结果。"

男人最了解男人，他虽然跟潘逢启不算同一类人，但某些方面来说，大体是相近的。浪子嘛，桃花源里的头号玩家，只爱花香，不爱花。

等头好歹不晕了，孙晋抬高眼："你一女孩，跟人拼什么酒？"

"我不是担心他闹事？"

"放心，他妈在，孝顺着呢。"

卢彤撇嘴，垂眼一扫："你酒量也不怎么样嘛，几瓶啊吹成这样？"

"一瓶，酒量确实不行。"孙晋没什么包袱，撑着膝盖站起来，冲她笑了笑，"挺巧。"

"巧什么巧？"卢彤右手往后腰一背，扭头走了。

孙晋摸摸鼻尖。脾气真够烫的，跑得比那天晚上还要快，当他身上有瘟呢？

天蓝得很，太阳拖着一点云丝，已经到了下午。宴差不多，有宾客陆续离场，他们这帮子伴郎伴娘也该下岗了。

卢彤踩着高跟鞋，上了二楼的新娘间。晚嘉在拆头发，她拿起首饰盒子，到跟前帮着把东西放回去。

高鸣一家也在，看着那些个亮灿灿的珠宝，高鸣人都傻了："知道你男人有钱，不知道他这么有钱……"

他夸张地咽口唾沫，一把抱起女儿："细细，爸爸怎么教你来着？快，到你表现的时候了！"

细细有样学样："嘉嘉姨，爸爸让我跟你说，苟富贵，无，嗯……别忘了我们。"这童声稚气，逗得满屋子人齐齐笑开。

忙碌一天，等安置好宾客，从酒店回到家里，霞光已经渲染半边天了。

晚嘉脱了鞋，往客厅的沙发上一躺，行将就木的姿势。

祝遇清回房换衣服，半晌讲着电话走出客厅。电话讲到尾声，晚嘉只听见他一句："好，等你回来。"

挂上电话后，接触到晚嘉的视线，他把手机放到茶几上面："一个朋友，没来得及赶回国。"所以打电话道贺。

晚嘉摆正头，把脚收到沙发，蜷着坐。

"脚疼吗？"

"疼。"

祝遇清坐下，伸臂把她脚拉过来，慢慢地揉。

晚嘉枕着他的肩，心思不受控制，想起白日里，潘逢启说的那句话。稀奇古怪，仿佛话里有话。

晚嘉神绪浮离，正驰思间，足心被挠了两下，电流般的酥麻感向上蔓延，瞬间蹿到头顶。她浑身起栗，吓得转头，被一双清澈的眼，不偏不倚给捉了个正着。

"在想什么？"他问。

"没想什么。"她答话是下意识的。

第九章
同床异梦

祝遇清视线仍躺在晚嘉的脸上，一双眼漆黑深邃，似有探究。

晚嘉被看得直眨眼："真没想什么，刚才是累的，差点睡着了。"

祝遇清没说话。对视两秒，晚嘉主动去环他的腰："你不累吗？"今天从早到晚，还要接待一些特殊宾客，他应该比她累多了。

"还好。明天能休息一天，这点精神补得回来。"

话是答了，但或许晚嘉心虚，听不出什么变化来。她有些悔，不该为潘逢启一句没头没脑的话而上心，于是想了想，微昂头，贴近眼前那双唇。

结束一个吻，祝遇清揉了揉她的肩："不早了，去睡吧。"

确实困了，晚嘉打着呵欠回房洗澡，祝遇清在客厅逗留片刻，回过几条消息后，才也进去洗漱。

从浴室出来时，他脖子后搭了条毛巾，正打算去外面喝点水，视线一偏，瞥见床面躺着的人。被子盖到锁骨，蒙了眼罩，一条小腿垂在床边，腻光光的。

祝遇清站着看了看，牵起毛巾擦会儿头发，最后走到床边，一手捞起那条不安分的小腿，同时跪到垫边。

躺着的人头歪了下，但没大动作，像是已经睡着了。手心指腹都接触到同一片的莹滑，祝遇清低头吻了下去。

次日早，晚嘉醒了。看一眼壁钟，难得这么晚，两人还都睡在床上。

身边的呼吸匀停，她偏头，见祝遇清规矩躺着，手在腹部交叠，长腿伸直，睡姿很斯文。

她有时候觉得热或沉不想抱，他就睡在自己那边。而这回，她是纯粹有点闹脾气，不许他再挨过来。

昨晚被他从梦里闹醒，她吓得不轻，第一反应就是要摘眼罩。可他心坏，为了不让她取下眼罩，全程扣着她的手。黑暗实在让人恐惧，五感齐开，一度像溺水，又像被架在火上，由里到外要烧个彻底。

他强势得让人害怕，那股子狠，更透着说不清道不明的邪劲。到最后了，才替她把眼罩拿掉。

一片"嗡嗡"响声，床头柜上，手机屏幕亮了起来。祝遇清被吵醒，摸到手机看了看。

应该是工作电话，他坐起来接。即使清过嗓子，声音还带着睡意，像轻微感冒，咬字沉稳，但挟着不重的鼻音。

晚嘉重新闭上眼，躲在被子里用各种姿势伸懒腰，期间手伸长了些，被他拾住，送到唇边碰了碰。

不久祝遇清讲完电话，在她虎口摁了摁。晚嘉欲要抽手，被他轻松捏实："生气了？"

"……不想理你。"晚嘉干巴巴骂一句。

祝遇清笑，把她抱起来，压向心口，他喉间无声滑动，在她背上一下下地抚弄，最后放到旁边亲亲眼皮："我先起，你再睡会儿。"说完翻身，从地上捡起睡袍，趿鞋往浴室去。

窗帘遮光性能好，只露出一点点的亮，晚嘉像得了软骨病，赖到十点才起。

还是休息天，两人陪家里长辈去了百望山。

枫叶煞红，漫山斑斓的景，祝遇清和外公在前面走，后面姚敏左看看右看看，话不过几又开始敲边鼓，嚅嚅提起孩子的事。

高鸣也在，打旁边截了话，更吓唬姚敏："姚姨，这怎么好催的啦，生孩子都是顺其自然，当心越催越没有。"又打趣晚嘉，"不过说真的，你什么时候生？要生个小子，先考虑我们细细吧，俗话不是说'女大三抱金砖'……"

"女大三十送江山，女大三百还送仙丹。"余瑶没好气地接嘴，又去劝姚敏，"姚姨，别看高鸣现在笑嘻嘻的，态度好像还不错，但如果生孩子后我不工作，天天在家待着，您看他怎么对我。"

"唉？别抹黑我啊？"高鸣连连叫冤，"我在你面前就快五体投地了，要不是托你的福，我哪有今天的好日子，哪敢怎么对你？"

余瑶横他一眼，把女儿牵过去，又冲他使了个眼色。

高鸣摸摸脖子，拉着女儿，嘴上开始逗趣，吸引了姚敏的注意力。都不用晚嘉出声，夫妻两个一左一右，把姚敏给支走了。

余瑶拉拉晚嘉："别听高鸣胡诌，我支持你，不要太早生孩子。"

晚嘉笑看了眼高鸣："他回头呢，耳朵尖，肯定是听见了。"

"不管呢，不理他。"

队伍一溜，两人押在后头慢慢走着。唠几句散的，余瑶说："那个汤羽，我昨天看到了，真人确实漂亮，比视频和照片上还要好看。"

"她找你说话了吗？"

"没说上，跟她也没什么可说的。"余瑶晃了晃头，略带讽刺地叹了句，"世界上没有那么多公平，原来只要家境够好，坏种也能越过越得意。"

晚嘉眉头压了下，正想说些什么，手机动了动。

点开一看，是祝遇清发的微信：过来点，别跟丢了。

晚嘉抬头，看到他往回看了一眼，正用目光确认她的位置。

这么大的地方哪至于跟丢，晚嘉扔了个表情包回去。她收起手机，又拉着余瑶的手摆了摆："好在，咱们过得也不差。"

送走亲朋后，晚嘉重新投入到工作中。

项目初期，大家都发动关系，努力签客户获单。但对平台来说，企业放职位只是第一步，接下来，就是吸引猎企或居家猎头入驻做单了。

而除了宣传层面，再有的一步，就是培训分析师。作为企业和猎头之间的纽带，分析师的专业性和沟通能力，是提升响应速度、促成交付的重中之重。

摸培训模型，跟进关键指标，晚嘉比之前忙得更凶些，但即使这样，周末还是会抽空，约邹芸去茶楼喝茶。

老矛盾还在，邹芸并不怎么愿意跟她相处，好在祝如曼精怪，直接让晚嘉开车去接。一般这种情况，邹芸早被哄得精心打扮过，只能不情不愿地上车，一起去到茶楼。

至于祝遇清，工作上的节奏比晚嘉还要快。除开总部的事，外城有项目翻新，要听设计院报方案，林林总总的事压下来，出差成了家常便饭。

聚少离多，忙得碰不着面时，两人只能靠电话或视频保持联系。

这天中午，晚嘉边吃饭，边在办公室跟祝遇清打视频电话。祝遇清不比她空闲，二十分钟后还有个午餐会，这会儿只能看着她动筷子。

"吃的外卖？"他问。

晚嘉摇头："方阿姨早上做的饭，特意给我带的。"说着，她拿起手机，把饭菜都照了照。

祝遇清说："不是外卖就好，多吃点。"

秘书新冲了咖啡送进来，他点头道谢，端起来喝了一口，用以提神。

见他这样疲沓，晚嘉心里一揪："什么时候能忙完啊？"

祝遇清睇她："怎么，想我了？"

他问得这么直接，晚嘉嚼着半口饭，眼神飘忽："我昨晚梦见 Brandon 了，它说想你。"

祝遇清眉头一舒，靠在椅背说了句："那就好。"

"好什么？"

"不是你想我，我就不着急回去了。正好这边有个团拜会，我去逛一圈，下周再回。"

晚嘉举起筷子，用力把杏鲍菇卷夹成两块，小声嘀咕："干脆别回了。"

她埋头吃菜，隔着屏幕能看到额角新生的碎发，像日头底下的蒲绒，簇簇的，松松的。祝遇清眼尾流出几分笑意，在敲门声中跟她暂别："开会了，晚点聊。"

结束视频后，晚嘉很快也吃完了饭。她放好餐盒，打算去公司冰箱取一盒水果吃，中途见几个同事在窗口拍照，也过去看了看。面向的是玉棠城，而拍的，是中庭那一圈长幅的围挡。

马上就是十三周年庆，玉棠城整个商场店面设计都在进行升级，还有吊旗和道旗做预热。

而这圈围挡外，贴的是一位才女画家的介绍：Clare 何。

Clare 何全名何思俞，不仅天资良好，还师从名笔。早年她在德国一所名校留学，没毕业就有了许多重量级签约。这些年来，作品广受业界肯定和大众喜爱。

晚嘉刷到过关于这位画家的动态，据说她刚在美术圈 Top 级的盛会上拿了金奖，正是名声大噪的时候。而玉棠城这场展，是她作品得奖后的国内首秀。

基于名气与最新的动态，玉棠城这回的周年庆，除开大牌的主题市集外，最受人瞩目的，莫过于这场作品展了。

"嘉嘉姐。"公司有关注文艺圈的同事拉着晚嘉问，"何大神这场会办签售吗？我手里有她的画册，要有签售，我带着去排排队。"

晚嘉被问到，不大好意思地摇摇头："这个……我也不清楚。"

"哦，那没事，晚点我关注他们公众号看看。"

大家站了会儿，各自回位置午休。

到下午，晚嘉出了趟外勤。

办完路经得聘，一看离下班时间差不多，正好她晚上约了周柯和林苗苗，干脆跟那两人提前通个气，把车开进公司楼下。

等到点了，林苗苗先下来，跟她一起的，还有个杨璐。

杨璐脚踩尖头鞋，手臂挎了只象灰色的爱马仕包，和上回在酒店碰到的姿态不同，这次有点趾高气扬的味道。透过车子的前挡风玻璃，两人明明对视了一眼，她却假装没看到晚嘉，拿手机拨了个号码，开始用那条微尖的喉咙讲电话，边讲，边往这边走。

车窗开着，她的声音顺风飘了过来。

"……哪里像有些人，转头就开了自己的公司，还从老东家挖人。命啊运道啊，我嘛还是命苦，老实了些，那顺风顺水的人生，咱们是比不了的……"

讲着电话，她目不斜视地走了过去。

林苗苗慢她两步，死皱着眉头跟晚嘉打招呼，上车后简直无语。

"有毛病，傲什么傲啊？"林苗苗扭头去看，"瞅她那得意嘴脸，听说潘总压根不理她，要不是她死皮赖脸扒着老太太，哪有什么好日子过？借孕上位这么不光彩的事，她倒还飘起来了。"

晚嘉看看手机："周总说还要十来分钟。咱们等下去吃椰子鸡，可以吗？"

"可以可以，我都行。"林苗苗点头如捣蒜，见晚嘉面色如常，像是压根没拿杨璐的话当回事，这才把心放了回去。

晚点接到周柯，三人去了最近的商场吃晚饭。

说说闲事，再聊聊工作。

对于林苗苗离职的事，周柯早也表了态："这有什么的，人员流动再正常不过了，苗苗有了更想去的公司，强留也没意思。"说完，又对晚嘉开玩笑，"宋总考不考虑，把我也给接收了？"

"那不敢，周总来了我得让位，我可舍不得。"晚嘉眼里一团笑意，举起手来，三人碰了个杯。

聚完回家，时针指向"10"。

在玄关换过鞋，晚嘉取出电脑放在茶几，进办公系统里收了封邮件，打开快速浏览了一遍。

觉得口有些干，她起身去冰箱拿了支水，边喝边往客厅走，屁股才挨到垫面时，忽然玄关传来些动静。

怀疑是听错，她一开始没当回事，直到听见脚步声。她吞下水，身子往外欠了欠，一个探头，惊得哑了片刻："……你怎么回来了？"

"回来看看 Brandon。"祝遇清说。

晚嘉本来都撑起来了，一下又坐回去："那你走错地方了，它不住这里。"

祝遇清不说话了，探手解开西装扣子后，回房摘表脱外套。再次出现在客厅，他随口问一句："怎么不去书房？"

"太累了，懒得爬楼。"晚嘉坐在地毯，一条腿屈在胸前，另一条往外伸，呈现怪异的姿态。

祝遇清也取了一瓶水，站在岛台后，边喝水，顺便欣赏她散漫的模样。

晚嘉到底不如他淡定，被看得耳根渐渐红起来，羞恼地偏头："不是要去看狗？"

祝遇清"唔"了一声，不疾不徐地答她："歇会儿，不着急。"

"……"晚嘉干脆撑起脑袋，连余光也不赏了。

祝遇清站在原地，慢慢悠悠喝完水，才坐到沙发，把她夹抱起来："怎么回事，最近脾气越来越大？"

"生理期。"晚嘉力气拗不过他，只好拿后脑勺对着。

"不是刚完？"

"又来了行不行？"

"行，不过听起来不大正常，明天去医院查一查？"

晚嘉扭头："以前怎么没发现，你这么吵？"

"你没发现的多了，不奇怪。"祝遇清答。

他是很有条理的人，斗嘴也一字一板，从从容容。晚嘉绷着脸看他，憋不住劲，先笑了。

祝遇清眉眼漫开，托着屁股把人转了个向，扳着她的下巴吻上去，直到手机"咚咚"响，才往后退开。

刚才那一场吻得太久，晚嘉紧紧巴着他，好一会儿气才匀顺了。

祝遇清回着信息，还抽空摸了摸她的脚："太凉，以后不要坐地上。"

"地毯厚，没事。"

晚嘉才翚了句嘴，听他摁出一句语音外放："弟妹那叫一个体贴，生怕我们祝总醉，喝完就给茶，看得我都嫉妒了。"

突然来这么一出，晚嘉微微怔，祝遇清看她："夸你的。"说完，又把手机递给她，"翻一翻，还有。"

晚嘉接过来，往上拨了两下。这是一个聊天群，突然提起她，是有人放了婚礼上偷拍的一张合照。

照片中，祝遇清正仰头喝酒，而她跟在旁边，眼也不眨地盯着看，揪他袖子的动作透露了内心的紧张，难怪被人拿出来调笑。

再划拉几屏，除了起哄外，再就是对她的赞美。除了贤惠，就是温柔，只差没把贤妻的帽子直接给她戴上了。

晚嘉发笑，祝遇清环住她的肩，有一下没一下地拨着她的耳垂："不过有些话听听就好，人情世故里的夸奖和欣赏，多数时候是一种雕刻。还是警惕些，保持戒心。"

深更半夜，他突然教起心理学来了。

晚嘉佯装认真："本质是一种贴标签行为，听多了，我会慢慢接受和依赖这种雕刻，不自觉把言行往那上面靠，对吗？"不等祝遇清说话，又举一反三，"所以夸我贤惠，我以后连杯水都不能给你递，对不对？"

祝遇清看她，半晌问："按这么理解，如果别人夸你坦诚，你以后是不是满嘴假话，什么都藏着掖着，不打算说？"

他音无波澜，但目光透着一丝认真，晚嘉自觉说不过他："那你呢？"

"什么？"

"你也有这样，被别人拿话雕刻的时候？"

祝遇清笑，慢条斯理地问一句："你终于想起来，要了解我了？"他眉峰不动，视线轻飘飘挪过来，"证领过席也摆了，现在才对我这个人感兴趣，是不是晚了些？"

晚嘉直着眼看他片刻，这口吻，有点分不清真还是假，玩笑还是……幽怨？她屈起腿，身体往外歪了歪："那也不一定，如果察觉不对……我还是能跑的。"

说完就想落地，被拽着腿拉回来，祝遇清笑了笑："你跑一个试试？"虽然在笑，但嗓音沉着，一字一顿，多少有些凉飕飕的。

晚嘉不想再跟他打嘴仗，使劲收了下腿，手机又"咚咚"响起来。

那群里都是真名，新动静来自一个叫赵仁的，这位接连发好多实拍的风景图，把话头给挑开了。

赵仁……晚嘉回想婚礼那天，对这位好像没什么印象。

祝遇清看了眼，介绍说："发小，一起长大的。上次说没能赶回国的，就是他。"

"哦。"晚嘉点点头，把手机递过去，心里却存留一点微妙的观感。

既然是发小，感情应该挺不错，但刚才突然冒出来，确实有点像对刚才那个话题不大耐烦，或者说，不怎么屑于参与。

仿佛洞见她在想什么，祝遇清开口："不用理他，这是个豁嘴的，说话做事从来不经大脑。"顿了顿，又添补一句，"所以至今没有毕业。"

晚嘉想了想："跟你们一样，他也在德国留的学？"

祝遇清点头："本来在美国，他脑子发昏，非要也转过去。"

怪不得。晚嘉恍然大悟，德国学期短，但毕业要难上不少。

口舌之争过了，房子里安静下来，窗外明月直窥，在地面泻满月光。

晚嘉捧着祝遇清的脸看了看，手指摸他眼下浅浅的青印："干吗赶这么晚的航班？明天回来也可以，在那边好好睡一觉。"

"明早还要赶回去。"

晚嘉呆了下："那还回来？"

"来见你一面，不可以吗？"祝遇清垂眼，跟她鼻碰着鼻，嗓音黏稠，"真不想我？"

晚嘉鼻头作痒，向右躲了躲："想的……"

祝遇清含笑看她："那，回卧室？"

晚嘉以明闪闪的眼回看他，哪里说得出个"不"字来。

"以后不要这样了，身体扛不住。"

"好，下回打视频。"

晚嘉一愣，狠巴巴地瞪过去："谁跟你打视频？"

祝遇清也顿了下："我说视频，看看你说说话而已，你想的什么？"

那瞬，晚嘉的脸涨得通红，想自己实在是被卢彤带歪了，脑子里被她灌太多废料，没留神出个大糗。

"没想什么……"她跨坐着，把脸藏在祝遇清肩窝，撼他两下，"我困了，你快点。"

"突然这么心急？"祝遇清把她抱起来，往卧室去。

晚嘉在他后背捶了下，不轻不重的力道里，骂了句"神经"。

灯没开，客厅的光也漏不进来，一切声响都是嘈嘈切切的，在耳郭乱扫。

晚嘉触到枕面，祝遇清的手撑在她的脸旁，那双乌沉沉的眼里，情绪直白又浓烈，能把人贯穿。

说待一夜真就一夜，转天大早，祝遇清换好行装，临走前跟晚嘉道别："这周日，一起去看看 Brandon？"

他刚洗完，身上有干净的皂香，味道很好闻。

晚嘉小臂发酸，人睡得也有点迷，勾着他的领带往上，嘴一歪亲到下巴："飞机上睡会儿吧，别硬撑。"

祝遇清拧她鼻子："好。"

晚些时候，祝遇清被司机接去机场，晚嘉倒回梦乡，再被七点的闹钟叫醒，起床打工。

忙到周五，晚嘉的公司开了场会，商务汇报新单的时候，列表中有一家比较显眼：元昌地产。

元昌地产背靠元昌集团，也是商贸圈子佼佼者，地位不俗。实打实地说，跟 E.M 算是对家，在人才和项目上都有竞争。而这家企业的负责人，是汤羽的父亲，汤和丰。这也算大客户了，会后晚嘉带着团队，把元昌的组织架构和岗位都列出来分析了下，再与人资团队约了下周的面访时间。

手头事忙完，她当天加班到了深夜。

祝遇清是周六晚上的航班，晚嘉回家抓紧时间睡了一觉，等天亮了，开着车去接邹芸。

人在上了年纪之后，最常面对的状态，是孤独。对于衣食无忧的人来说，这种孤独尤其藏不住。

祝如曼好玩,押着她在茶楼待个把小时可以,过了这个点她实在坐不住。一是无聊,再就是跟她妈坐着,耳朵里刮来刮去总是那老三样:学习、听话和"你爸"。

从岭南远嫁北上,先后经历丈夫的不忠和早逝,邹芸有过很多身心俱疲的时刻。耻辱、怨怼、旧伤穿肠。好在儿子争气,年纪轻轻就能接手家里事业,能独当一面,给她这个妈的挣足了面子和安全感。

来京北这么多年,她当然也有自己的交际场合,早不用费心融入所谓的京圈。如今一年叠一年,最想念还是简单的一盅两件和沁凉的西关大屋。然而离家千里,闲暇之余,只能靠尝尝老家的味道,再捕两句乡音来听听,聊作慰藉。可身边能陪的人少之又少,女儿又是个坐不住的猴子,就算不找借口开溜,坐着也不会太安分,要么聊微信,要么刷视频。当妈的管不住嘴总想唠叨上两句,而即使是对女儿的叨念,也有晚嘉坐在旁边,安静地听着。

晚嘉不主动搭话,安安静静地冲茶,屁股沉,比她还坐得住。诚然她并不多想要这份陪伴,但从一开始的刻意回避,慢慢地,添茶叫毛巾或是加点,习惯有人帮忙安排。而且这人明明带着目的,却又让人看不出有意的讨好。

贴心归贴心,但想起潘家,再想起那次不愉快的对话,邹芸仍然如鲠在喉,所以这次早茶结束,还是下车就走了,没有开口叫晚嘉进去坐坐。

晚嘉早也习以为常,听到锁扣声后,发动车子回了湖云堡。她快进小区时,卢彤来了电话。卢彤:"你在干吗?"

"开车。"

"那正好,你调个头来我家,送我去趟医院。"

"你怎么了?"

"你来就知道了,尽量快点,一个人,单独行动,懂?"

"……懂。"

听卢彤声音有些虚弱,晚嘉到下个路口转向,往卢彤家里开去。

等上了楼,卢彤撅着屁股给开的门。

"脚崴了吗?"见卢彤一瘸一拐,晚嘉忙问。

卢彤扭头,指着被关进笼子里的猫,咬牙又切齿:"总有一天,我要把这玩意儿的毛给剃光了。"

要说也真是倒霉催的,今天她难得勤快一回,打算把窗帘给洗了。结果趁她忙活,家里妖猫作怪,把仙人球推到飘窗台下,又那么正好,她拆完脚下一滑,直接坐到球面上。

晚嘉震惊了,目光绕着她看:"所以……"

"所以你赶快送我去医院……拔刺。"

还好附近就有一所三甲医院，锁上门，晚嘉扶着卢彤下了楼。她把后座推平，让卢彤趴在上面，挂起导航，往医院开去。

卢彤一路骂骂咧咧，声称回去就要把猫给送走，还不忘盯着晚嘉，不许她笑。

等到医院，晚嘉把卢彤搀下来，正想是不是弄张床来推一下，隔壁车子响起开锁声，接着有人跟她打招呼："嫂子？"

她看过去，是孙晋。

卢彤立马僵住。

不知该不该说个巧字，孙晋外公外婆，就在这医院工作。虽然丢脸，但有个男人帮忙，而且还是熟悉这间医院的，事情办起来方便不少。

卢彤被扶到诊室，拉帘拔刺。隔着一道帘子，都能听见她疼出了颤音。

值班医生跟孙晋相熟，出来找膏贴的时候，探头问："女朋友？"

孙晋摇头，搭着鼻子虚咳一声："别瞎猜。"要是女朋友，他自己就上手处理了。

医生回去继续操作，嘴里夸人："你俩还挺有安全意识，有些自己拔的，留着小刺容易化脓，消毒不到位，还可能造成皮肤感染。"

看卢彤憋得脸都快紫了，晚嘉出去等。

孙晋站在诊室外，手里正翻看一本画册。见她出来了，孙晋扬扬画册："以前同学的作品集，我外婆喜欢，让等人回国了，找去签个名。"又笑着问，"祝老板什么时候回来？"

晚嘉看了看时间："晚上吧，这时候应该还没上飞机。"

"他最近可真忙，难见人影，我们公司都快被放养了。"孙晋夸张地叹了一声。

小聊几句，卢彤好了。晚嘉去扶卢彤，孙晋去拿药，回来时，卢彤乌眉灶眼地道了句谢。

孙晋看着她，洒然一笑："客气。"

医院跑一转，晚嘉又陪卢彤吃了顿饭，再给她家里的猫喂点猫粮。

晚嘉回到家，已经是晚上的事。钻进书房加了会儿班，又回浴室舒舒服服泡了个澡，她躺床上休息去了。

转天起床，祝遇清已经躺在她身边了。

按早前定好的，两人去看那条史宾格犬，Brandon。

两人到地方时，负责看护的人举着手机，而Brandon则半坐着冲屏幕在叫，状态异常兴奋，像在跟谁打视频电话。

他们走近些，视频挂断了，Brandon见到祝遇清，更带劲地冲了过来，开心得直摇尾巴。

祝遇清蹲下身，抓着颈圈看舌头看瞳孔，又去试它鼻子气息够不够湿润，细心程度，像晚嘉当初观察家里老猫一样。

史宾格是亲人的犬种，这么久没见，Brandon雀跃得不行，一直缠着玩。

祝遇清领着它，平地慢走或跑动爬坡，或挥臂带着玩飞盘，举手投足，高挺舒朗。

晚嘉喜欢他这副模样，像是透过这份肆意，能看到少年时的他……和她还不相识的他。

少年时，祝遇清该是什么样的？瘦高斯文，眼神聚光，没现在这么稳重，通身凝首一股劲，自负或桀骜，一笑就溢出来，却不令人反感。

视线里的人带着狗狗走回来："累了吗？"

晚嘉摇头。祝遇清摘下墨镜，架到她脸上："喝过水没有，渴不渴？"

晚嘉有些失语："累了我会坐，渴了我会喝水，又不是小孩子。"

祝遇清俯低些，视线穿透镜片："有人一直盯着我看，我以为被太阳晒傻了。"

晚嘉蹲下去逗狗，现扯一句谎："才没有看你，自作多情。"

"那就自作多情吧，也不差这一回。"祝遇清从善如流，似乎格外享受这种打嘴仗的不正经时刻。

玩了半天，到狗该吃药的时间，晚嘉跟着祝遇清离开了。

两人慢慢朝停车的方向走，祝遇清牵她的手："你最近总去陪我妈，辛苦。"

晚嘉说："没，不辛苦。"他陪她回了老家，婚礼时家人朋友来，也抽时间陪了，她不过每周跟着邹芸喝个茶，有什么辛苦的。

祝遇清笑着，把手举起来蹭蹭鼻梁："下周别去了，不用总在她身上扔时间。"

晚嘉撑起眼皮，不大理解。

"你家里养的那只猫，什么习性？"祝遇清问，"你总黏它，它是不是不怎么理你？"

"……那倒是。"

"晾它几天呢？"

"会主动些。"猫会扒扒门坐坐鞋，搞些类似小动作，引人注意。

祝遇清点点头，拢住她："人跟猫，有时候没多大不同。"

晚嘉哽了下，这是……在教她晾着他妈？

到车子旁边了，祝遇清开门，把她送上副驾。他倾身，岸然身影压在她的额面："跟人相处，有时候用一点计策，事半功倍。"

回程路上顺顺利利，然而进小区，发现了守在楼下的潘逢启。见到车了，他电话拨进来，让祝遇清下车说话。在他旁边的，还有个杨璐。

祝遇清摁断电话，侧头看晚嘉："一起去？"

晚嘉嘴角微沉，和他左右下了车。

两两立着，像在对峙。

没有寒暄，潘逢启直接拎着杨璐问："当初校招你明明去的是 E.M，但 E.M 有人告诉你，说得聘有缺口，让你去我的公司，对不对？"

杨璐体态瑟瑟，垂下头，是默认的姿态。潘逢启再问："会所那天晚上，是谁告诉你，我在哪一间房？"防着杨璐不肯答，他拿出手机，"要么你说，要么我再打电话，问一问其他人。"

"别……"像是被吓到，杨璐面色发白，目光前后飘忽几下，最后咬着唇看了看祝遇清，"是……祝总。"

离夜还有一段，清风徐徐，掀人衣襟。

被人点名，少顷，祝遇清看潘逢启："所以，你来的目的是什么？"

"揭穿你苦心积虑，到底有多卑鄙，多不择手段。"潘逢启压着眉梢，字句咬得格外重。

祝遇清笑了笑："那要说清楚了，我当初给指的是包厢，不是房间。"他气定神闲，一派迤迤然，"替人指个路而已，逢启，我没有把人往你怀里送，对不对？"

话很直白，潘逢启咬了咬牙，待要出声时，有人说话了。对面，晚嘉往前站了一步，问祝遇清："能不能，让我和他单独说几句话？"

祝遇清垂眼看她，片刻道："当然。"

杨璐回了车上，潘逢启和晚嘉对立着。而祝遇清，则站在几米开外。

须臾沉默，潘逢启眼尾稍稍奔拉着，鞋底磋了磋地："我……"

"我不太理解，你为什么总要这样？"

两人齐齐开口。这回晚嘉没有让，很快问出下一句："你真的……想过自己在做什么吗？"

潘逢启愕住。

晚嘉看着他："你做这些的真实动机是什么？找归因，找罪首，好减轻你的负疚感？还是非要证明自己受害者的身份，会让你现在更舒称，心底更自洽些？"

一时半刻，潘逢启被这些话震着耳鼓，喉咙更像被扼住，发不出半个音。再过几秒，潘逢启侧头，往祝遇清的方向看了一眼："他根本就是在拿你报复我。当年他父亲出事，他总怀疑跟我爸有关……"

"我知道。"

他微怔，又急切起来，说："还有杨璐，她肚子里的孩子不一定是我的，我……"

"那是你的事，我不关心。"

言语连续被堵，潘逢启眉间锁住："他心思沉得很，这样的人对你压根没有真心，你为什么还要跟着他？"

他是很斩切的语气，晚嘉手指末梢微动了动，但仍不避眼："我现在过得很好，你说的那些……"她吸一口气，攥紧了手，"我不在乎。"

过于意外，潘逢启喉结微微提动。

晚嘉不打算跟他多待："一而再再而三，不要这样，别让我觉得喜欢过你是一件很不值得、很难堪的事。"顿了顿，她调门微压，"撇开别的不说，我们也算共事过几年，能不能……不要总是打扰我的生活？"

"我……打扰你？"潘逢启心里一空。

短暂对视，晚嘉深吸气道："今天这件事，如果跟我没有关系，就算我自作多情；如果跟我有关系，我希望……到此为止。"说完向后退两步，转身走了。

日暮将人影一寸寸拖长，原地，潘逢启立在砖面，丢了魂似的。

不算太长的插曲，晚嘉和祝遇清回到家里，换鞋喝水，流程如旧。

方阿姨正在洗菜，晚嘉待不住，挂了围裙去帮忙。油浸松茸，扇贝肉拌黄瓜花，再加个豉汁甜椒，很快晚饭就上桌了。

祝遇清在书房，晚嘉给他发消息，让下来吃饭。等一会儿不见动静，她上楼去找。

书房的门开着，手机放在桌面，人站在阳台，背影颀长但沉默。

晚嘉在门口站了站，走进去，敲了敲阳台玻璃："吃饭了。"

祝遇清回头看她，转了个向，但没动脚。良久，他说："刚才的事，你没有想问的？"

刚被人当面声讨，他还能这么悠着气儿说话，晚嘉摇摇头："没有。"

"不想听我解释？"祝遇清倚着护栏，单手收进裤袋，"为什么，比起他，你更愿意相信我？"

晚嘉耳尖一动："没什么好解释的。"微抿唇，别开眼，是回避的表现。

目光短暂胶着，祝遇清走过来，掌根在她额头按了按："走吧，去吃饭。"

那天到最后，两人再没提起潘逢启。表面安定无事，但分明起了些变化。

一宿，同床异梦。

131

第十章
裂痕

新的工作周，按原计划，晚嘉去了元昌地产。和她同去的，是客服部门主要负责人，江印。

他是十多年的老猎头，对岗位甚至客户，都比晚嘉要熟悉很多。

拜访与对接同时进行，来这一趟，除了与人资团队正式见个面，再就是评估需求的真实性，挖掘企业与岗位的核心竞争力。

在猎头行业，优质客户简单的判断公式"公司实力＋职位待遇好＋反馈快＋回款及时"，甚至有一些，还会支付定金。然而元昌放的职位，总体薪资不算高，要求却异常挑剔，更别提人力资源经理所展现的傲慢一面了。现实层面来说，签的费率也偏低，这直接导致猎头佣金减少，平台的抽成更不用说。

结束拜访，回公司的途中，江印说了一句："商务那边没仔细评估，接得有点急了。"

简而言之，元昌是大客户，但不算优质客户。

晚嘉沉吟了下："应该是考虑到运营。"

江印点点头："大概率是。"

平台刚建，基于宣传层面才把元昌给接了，毕竟在行业来说，元昌也是有名气的。

他点开屏幕，把官网给逛了一遍："元昌地产的 BOSS，是汤家老几来着？"

这个晚嘉倒是清楚："老二。"

与老祝董不同，汤家老爷子膝下两儿一女，虽然都是董事会成员，但各自负责不同事业部，内斗比较严重，而汤羽父亲，在兄弟姐妹里面，算是最力微的一个。这也是为什么，论背景汤羽毫无疑问是有钱二代，但在相对核心的圈子里，又总是差了那么一截。

回到公司，又是几轮会议，跟进培训。

公司架构渐渐丰满，人多起来，平台也正式运营。宣传在做，也引入了用户做单，晚嘉所在的客服部门需要负责两端的沟通，对接过程中不少的磨合与跟进，难有喘息的空当。

再看祝遇清，日程同样排得满满的，时间单位按日来算，两人都在连轴转。日夜相接，婚姻里的那点不安，看起来被忙碌绞杀了大半。

就这么过了大半个月，某个加班的晚上，晚嘉接到祝如曼的电话。

她张口喊了声"嫂子"，声音大得很刻意："最近怎么不见你了？不是病了吧？"

倒霉孩子，一开口就问人病没病，晚嘉有点想笑："没事，就是工作有点满。"

"哦，工作忙啊……"祝如曼拖着夸张的音，"这么忙，那你应该没空休息吧？"

"还行。"晚嘉把耳机戴上，翻了翻纸，"这么晚打电话，有事吗？"

"也没什么，就想问问你，上回去喜粤茶楼带的那个茶，名字叫什么，你还记得吗？"祝如曼问。

笔尖顿住，晚嘉想了想。好像是一款雀舌，她妈从家里给寄的，说是特意找人捎的好茶。她也不懂，上茶楼带过一回。

"雀舌啊？"祝如曼接着问，"那，茶楼有存吗？"

晚嘉摇摇头："没存。"记得邹芸好像不大爱喝，当天就带回来了。

"哎哟，那可不巧，我妈想喝，贼惦记那一口，紧着让我问呢。"电话另一端，祝如曼的声音莫名兴奋起来，"那这样吧，嫂子你周六有空不？咱一块喝茶去，顺便你给那雀舌捎上，让我妈过过嘴瘾！"

她说话像打机关枪，晚嘉从怔愣中回过神："周六……好，我到时候过去。"

"我哥呢？叫上他一起？"

提起祝遇清，晚嘉卡了下壳："他在出差……应该回不来。"

"哦，没事，那咱仨也成，就这么说定啊，周六见！"

"周六见。"

结束通话，晚嘉取下耳机，继续伏案。面前放着 A4 纸，纸面是她头脑风暴时写下的手稿，也是她多年来形成的思考方式。一张张散开，把纸面的字往思维导图的节点和备注栏填，形成电子文档后，再一条条确认。做完这些，她把桌面的碎纸机拉过来，纸张竖进进纸口，再转动摇把。

一张张纸被碎成条，慢慢躺在纸屑箱，等满了，再倒进墙边的纸箱里。按她结婚以前的习惯，箱里存满以后，会连存的纸皮子一起，给小区的保洁阿姨拿去卖。

重复性的动作最容易引人发呆，晚嘉机械式地往里填纸，人有些怏怏的，提不起劲来。

忙完手头最后这点事后，她关了电脑，开门出去。

对面书房开着，里面漆黑一片，数数日子，已经快一周没被用过。也好几天，她没见到祝遇清。视频有过，电话也打过，但十有八次她没接到，回过去时，他要么开会，要么开了飞行模式。

两人分明在同一片时区，作息好像错开了似的，偶尔顺利接通，电话里交谈几句，也没太持久。别别扭扭的对话，似乎有什么被抽走了。

夜极深，晚嘉拿了片面膜，打算往脸上贴。她站在洗手台，看了看镜子里的自己。卸妆之后，眼珠成了脸上最重的颜色，黑滴滴，但没什么神采。

膜纸被展开，牵着拓到了脸上，晚嘉按了按边角固定住，又往镜子里看了一眼，微微怔住。有些情绪好像确实出没过，但伸手一抓就消失，根本容不得你确认。

浴缸的水已经放好，她解掉浴巾，坐了进去。水温恰到好处，液体漫过胸廓，稍有加压感，再一寸寸浸湿四肢躯干。毛孔舒张开来，皱巴巴的一颗心，好像也在慢慢伸展。

晚嘉掀眼，看到挂在架子上那件宽大的男士浴袍时，突然有了打给祝遇清的冲动。她起身去找手机，可一看时间，又立马被理智枪决。又或许，是被心里那一点点的拧巴给阻止住，总之最后还是沉默地躺回了水里。

带着一份无处安放的彷徨，很快到了周六。晚嘉起了个早，开车把邹芸母女接到茶楼。

邹芸还是淡淡的，表情虽然略微有不自在，但总体还是老样子，不怎么跟这个儿媳妇说话。

图热闹，她们坐在大厅。

这家店的老板是粤省人，楼里许多陈设都跟广府的老式茶楼一模一样，有布菲档，还有点心车在推着。

祝如曼也还是活跃气氛的那一个，喳喳呱呱，满脸跑眉毛，比之前还要上劲。明眼人都看得出来，她巴不得当黏合剂，快点把这个妈甩给当嫂子的，好开溜去玩。

半途逛累了，她匀口气，在凤爪笼子里拣了颗花生米，吃完又夹一个榴莲酥，边吃，边看晚嘉冲茶。

秀窄的手，白又洁，鲜净匀长。怪不得会所招茶妹要看手，这么一双手，摆弄起物件来，确实赏心悦目。再看人，眼观鼻鼻观心，安静在泡茶。妆不重，话也不多，偶尔的呆气，却胜过无数个平庸的漂亮时刻。

眼一转，祝如曼想到她哥。男人一个德性，要说找老婆不是先看的脸，她才不信。

杯口靠近，有茶添过来，祝如曼点了点桌面，跟晚嘉说声谢谢。

香气析出到水里，汤色清透，入口不涩，还有些鲜爽。

"口感真不赖。"祝如曼咽下茶汤，笑嘻嘻地看邹芸，"妈，您说好喝不好喝？是不是您上回喝到的那滋味？"

邹芸拿眼梢瞥她："少吃点炸的，热气。"

"哪儿来那么多热气啊……"祝如曼嘀咕，立马又赔笑，"您放心，我多喝茶就冲掉了。"

她端着茶杯，几口把茶吹着喝完："嫂子，还有吗？"

晚嘉搭手，在酒精炉坐的水壶上空试了试热气："稍等一下，水很快好了。"

周末的大厅比平时吵闹，点心车推过，后面跟了两个小朋友，肩膀餐桌那么高，嘴里喊着"霍霍"的拟声词，正在打闹。

走近旁边时，右边那个忽然把手里玩具一挥，动作幅度太大，水壶立马被碰倒。

茶水滚烫，一下泼到手背，晚嘉很快抽回了手。

祝如曼"嘶"地站起来："没事吧？"

滚水溅到手背，痛感堪比刀割。看晚嘉不停抖手，祝如曼立马发作了，气得一指那小孩："跟这儿演武呢？公众场合，当你们自个家客厅？"

她太能咋呼，凶神凶煞，两个孩子都吓得耸起了肩。带孩子的是一对老夫妇，看着也挺斯文讲理的，见小辈闯了祸，赶忙押着一起道歉。

要是熊孩子家长，祝如曼指定不能就这么算，但人家好声好气，她火气再旺也只能硬憋下来。

茶楼工作人员提着医药箱和冰袋来了，紧急处理一下，开车把晚嘉往医院带。挂的急诊，好在烫伤面积不大，避得也算及时。手背起的水泡挑破后，按医生说的，每天按时换药，少吃辛辣刺激，应该不会留疤。

"那就好。"祝如曼松了一口气，又去问晚嘉，"怎么样，还痛吗？"

晚嘉护着手背纱布："没事了。"虽然还有些辣痛，但比起刚开始那一阵，已经好很多了。

她伤到手，车再开不了，从医院出来，还是祝如曼送回家的。

难得，邹芸也跟上去了。她跟祝如曼都是头一回来，扫量过后，眉头缩起来："怎么选了这么小的地方，都挤一起了。"

老太太说这话太不接地气，祝如曼绞着头发笑："妈，您这就不懂了，

135

就两个人住，太大了反而不好，在一个家都碰不上面。"

这话给邹芸说愣了，半晌自己喃喃："确实，太大的地方，人回来了不知道，人走了，也蒙的。"

两个人，地界稍微紧凑，不想见也得见，吵架了也躲不开。

祝如曼逛完，忽然一拍脑袋："差点忘了，给我哥打个电话！"

"别。"晚嘉下意识阻止，引得四只眼睛看过来。

她托着伤手迟疑了下："这时候，可能不方便。"

祝如曼偏头想一阵："也是，这会儿还不到中午，他应该没什么空。"

母女俩没待太久，离开时阿姨去送，回来后对晚嘉笑，说她婆婆挺好的，叮嘱让给她煲汤喝，尽量多补些营养。

晚嘉起太早，刚刚路上跑来跑去也累了，有点犯困，说了邹芸几句好话后，索性躺床上睡了个回笼觉。

人一困，四肢沉沉拔不动，钉在床上像鬼压床，听到电话在响，但醒不过来。好容易睁开眼，捞起手机看了看，有未接来电，也有微信。

消息来自祝遇清：手伤了？

晚嘉：没事。

很快，那边有了回复：我明天就回。

晚嘉打出一个"哦"字，停顿两秒，随之冒出来的表情包隐没了，她抓着手机，视线望向天花板。一分钟后，删掉那个"哦"字，重新敲出：你忙吧，一点小伤，没必要赶。

打完把手机倒扣，她翻了个身，眯眼小憩。

大约有个十分钟，重新把手机抬起来时，界面没有回复。她抿了抿嘴，划回主界面。

第二天，晚嘉起个大早，去了卢彤家里。

卢彤伤差不多好了，只是屁股比以前娇贵很多，坐下来时还要扶个东西，像剧里的老佛爷。

她不知道潘逢启的事，只猜出晚嘉跟祝遇清闹别扭了，不然也不至于捧着伤来她家。闹别扭嘛，可太正常了，相敬如宾，不吵才有问题。

看一眼晚嘉手背的纱布，她支着脑袋问："你说你这手要是留疤了，祝总会不会心疼死？"

晚嘉没理她，腿叠着坐着："有喝的吗？"

"酒？"

"不能喝，奶茶？"

136

"点呗。"卢彤打开外卖软件，下单两杯果茶。

太阳照在沙发垫子上，猫跃过来，卢彤抽出一只手撸毛，问晚嘉："苦肉计玩不玩？"

"不玩。"

"啧，没劲。"

横七竖八躺一阵，外卖到了。两人盘腿坐在地毯喝奶茶，过会儿提起邹芸来。

卢彤说："像这种打小生活好的，只要把毛捋顺了，处起来问题也不大。"又总结，"有钱人家的婆婆没那么难伺候，起码人家脑子里没戏，不跟你玩阴的。"

晚嘉无聊翻看朋友圈："怎么叫阴的？"

"比如一些没钱，又爱作的。"卢彤抱着右腿，嘴上开始举例，"我表姐高校毕业的，家里条件也不错，就是'恋爱脑'想不开，'扶贫'去了。没结婚前，她家婆那叫一个体贴，生理期直接给熬汤送单位，比她亲妈还像亲妈，可婚一结孩子一生，好家伙，态度整个大变样。"

前后还有反转，晚嘉好奇看过去。

卢彤问："你有没有听过月子仇？"

"听过。"

"嗯，那老太太总挑拨离间就算了，我表姐乳腺炎还让坚持母乳，再是算计她自己的钱，甚至她娘家的钱……"

晚嘉皱眉："那，离了吗？"

卢彤眨眼："你猜？"

晚嘉扭头刷手机："猜不着。"

卢彤扒拉她："快别刷了，手机都要发烫了。"

她嘴里说别人，下一秒，却又立马在消息提示音里蹦达起来，转身狂敲键盘。敲完主动招供："弟弟，之前那个大三学生。"

晚嘉回想了下："你们不是分手了？"

卢彤锁上手机笑："成年男女，私下相处谁不是荷尔蒙先行？氛围到了就在一起，感觉松了就分，再见还有波动，就试试续前缘呗。"笑完一哂，"还是弟弟乖，老狗嘛，太阴滑了。"

老狗是谁晚嘉没问，因为电话来了。她犹豫了下，接起来："喂？"

"在家吗？"

"在外面。"

"什么时候回？"

"……晚点。"鼻子有些不通气，她的声音是黯黯的。

祝遇清顿了下："好，那晚点见。"通话结束，他望向窗外，视线轻度游离。

杨槐一梭梭地被掠过，手在扶手逗留着，电话又来了。是孙晋打的，问他有没有回京北，公司团建，邀他去露个面。

确实很久没在兆康出现过，略微思忖后，祝遇清看眼时间，让司机转了向。

团建地点在东大街，四合院改造的一家俱乐部。在场除了兆康的团队，还有合作医院的人，见他出现，都大感意外。

祝遇清举杯敬过团队，又跟合作医院的聊了几句。

半晌眼梢一扫，空调旁边，孙晋正跟一位女士说着什么，举止笑容全是暧昧。

隔着玻璃镜，两方视线接触。没多久，孙晋头微偏，再说几句后，借口跟人错开了。走到户外位置，他半真半假地对祝遇清表忠心："请 BOSS 放心，我坚决不搞职场恋情。"

祝遇清倚着花架，无情无绪地拂他一眼。

孙晋笑了笑，想起个事："赵仁快回来了？"

"下个月。"

"下个月……"孙晋点点头，"那个 S7 美术馆，要落在你们春还里？"

"差不多定了。"

S7 是享誉亚太地区的美术展馆，而"春还里"则是 E.M 推出的新项目，如果能顺利进驻，对于打造城市新地标有极大的帮助。毕竟艺术加商业，早成为消费新场景。美术馆这样的艺文公共空间，对年轻人具有很大的吸引力。直白些说，就是能由打卡引来客流量，促进消费和提袋率。

孙晋分析了下："也是，展都在你们公司，美术馆八成也跑不了，不过……"他目光绕过去，"听说元昌的人也在想办法接触，这是要跟你们争的意思了？"

已经是下午，日头从瓦当漏到肩膀，祝遇清掌心慢慢转着水杯："商业场上，哪有什么争不争，各凭实力而已。"

天空挂的是勾卷云，荡着几道虹彩。鸟笼下头，一只老猫窝着睡觉，浑黑的身体，像一碗漆漆的芝麻糊。

祝遇清喝了口水，水入口腔，在喉咙里盘旋而下。他把杯里剩下的浇到盆栽："走了。"

"这么早？"孙晋投去诧异一瞥，"怕嫂子查岗？"

祝遇清放下杯子，伸手去扣西装扣子："她不在家，也不查岗。"

离开四合院时，腕表上的指针过了四点，一道道的树荫里，车子驶出胡同。

这个点，晚嘉和卢彤搬到飘窗吹风。奶茶喝完，又叫了六寸的抹茶提拉米苏，晚嘉只吃了一块就说腻，卢彤就算是个铁胃，也没办法吃掉这么多。看着剩下的体积，她有点愁："这怎么办？不然你带回家，给祝总吃？"

晚嘉摇头："他不吃甜的。"

卢彤放下叉子："算了，我随机选一位男嘉宾，晚点让他吃了吧。"她拿起手机，点进朋友圈找人，却最先看到汤羽发的动态。

地点是元昌旗下的购物中心，而照片内容，是在参加一场美妆届的活动。汤羽所代表的美妆品牌，是某档热名综艺的大赞助商，经常送人去节目里露面。

"有意思，汤大小姐这是要进娱乐圈了？"卢彤琢磨。

晚嘉看了看："也许吧。"别的不说，单论外形条件，汤羽确实合适。

卢彤把那九张照片划来划去，突然来一句："哎？我想起个事。"

"什么？"

"要是你没结婚，还可以学她当年作过的妖。"

晚嘉分来个余光："你说哪件？"

"还能是哪件？她拆散你跟潘的那件呗。"

卢彤小心地挪了挪屁股："咱有样学样，让人约她出来，再让她看见你跟潘在一起，摸摸脸勾勾手，顺便套潘的话，让她知道自己只是个工具人……"还没说完，她脑袋一歪，嗤地笑道，"哦不对，汤大小姐这会儿连工具人都算不上。那时候你跟潘好歹还是男女朋友，她呢，这会儿真又上赶着给人当三了，真是女承母业，孝顺得不行。"

经卢彤提醒，晚嘉分出心神，想起一切的过程和细节。只是当时的难受，现在想起来，好像只是无关痛痒的一件小事。

正晃神，方阿姨打来电话，问她回不回家吃晚饭。拿开手机看一眼时间，晚嘉想了想："回的，晚点就到。"她单手撑住桌面，腿挂到地面找鞋子。

卢彤看破不说破，但捣乱："说好的烛光晚餐呢？你走了，谁跟我餐？"

"随机选一位幸运嘉宾吧，顺便让他把蛋糕吃了。"说完，晚嘉打开叫车软件。

周末不堵车，晚嘉回到家时，余晖还未收尽。放包换鞋，走到客厅时，祝遇清正好从楼上下来。他穿一件圆领毛衫，浅驼色休闲裤，站在楼梯口，也不说话，就那么照视她好半晌。

回来的路上，晚嘉一直在反思，反思昨晚和今天的两回沟通，自己是不是太生硬，太带情绪。可奇怪得很，看见他的这一刻，她心绪忽然又变了。

她跟方阿姨打声招呼，转进卧室洗脸。因为单只手不方便，这个脸洗得比平时要慢一些。

等回到客厅，刚好开饭。青橄榄龙骨汤，水蒸蛋，还有一碗小米粥，适合右手不方便的人。

晚嘉埋头舀粥喝汤，没跟祝遇清说过半句话。

一场饭沉默吃完，祝遇清跟了上去："手呢？我看看。"

"包着，没什么好看的。"

"医生怎么说？"

"勤快换药，很快能好。"

一句撑一句，祝遇清叹了口气："药在哪里？"

分明也是关心的口吻，但晚嘉鼻子发潮，一颗心更皱得不像话："不用，我自己换。"

拒绝完就要走，祝遇清拉住她："怎么了？"

"没事。"晚嘉压低脑袋，要去解他的手，却又怎么也解不开。

祝遇清扣住她，伸脸问方阿姨拿了药，把人带到沙发坐着。

沙布揭开，手背一片痕迹，敷的不知道什么药，厚厚一层说不出颜色。祝遇清皱眉，朝对面看过去。她垂着脖颈，眉尖微蹙，眉尾向下，一双眼被长长的睫毛遮住，看不出表情。

"还痛吗？"

"没感觉。"

声音有些板，肢体有些僵，像是重新回到刚结婚时的那段日子。

祝遇清把原来的药清理干净，再重新上药。手背轻轻扫动，触感能显示有多小心，晚嘉微微掀起眼皮。他眉目认真，鼻子是拔地而起的挺，鼻背盖着她发丝的一点阴影。

上完药后他取纱布固定，指面温温的，手指伸直，骨节很好看。感受到被照顾的体贴，晚嘉眼角有些发胀，在祝遇清视线撞来时，她先逃开视线。等纱布的边角被固定好，小声说了句"谢谢"，起身离开。

这一刻心里长草，好像患上情绪无良症。相互都拧着一股劲，动荡之中，没有谁的言行经得起推敲。

到第二天，晚嘉很早爬起来，洗漱出来，祝遇清也起了身："我送你。"

"不用，我已经叫到车了。"逃难似的，她抓起包就走。

看着那个仓皇的身影，祝遇清站在门后，摸了把脸。

上午到公司，他听运营做了场汇报，听咨询公司报过方案，到下午，又听召回了趟家。

陪着坐坐走走，邹芸犹豫着问："你们……是不是闹矛盾了？"

"您还关心这个？"祝遇清好奇地看过来，又挑着嘴角问，"怎么看出来的？去过家里，问过阿姨？"

邹芸没什么好气："你妈不聋也不瞎，有些事不用非等别人说才知道。"

祝遇清笑了笑，操着懒洋洋的声口："我惹她不高兴了，您替我哄回来？"

邹芸才不作兴："那些事我不理，但你得守住你的底线。"

"什么底线？"

"不能学你爸。敢在外面有花头，出轨养人，下半辈子别想让我搭理你。"

祝遇清眼皮垂落，没什么情绪地笑了笑。他有底线，她也有界限。比如内缩和后撤，就是她长期习得的反应。遇事自己消化，自我缝合，不响应伴侣的问询，不愿意展示内心的真实想法，自觉织成界限感。这是自我保护的方式，也是一种划地盘意识，把他隔绝在心壁之外，不愿坦诚。

想来想去，或许还是他太贪心太着急，总想确认，盼着她主动再主动。爱是接近联结，很显然，她对他远远不到这种程度。非要总结，大概只是刚刚过了脱敏期。

难得关心儿子的婚姻，邹芸想了半晌，还是叮咛一句："有什么矛盾两个人直说就好了，不要藏着掖着。"

祝遇清点点头，囫囵应了。

直说，哪有那么容易。有人看起来是耗子胆，可被激到了，也能干出骇人大事，让人意想不到。说到底，她也不过是在一个困惑的时间点选择了他。没有感情根基的婚姻，大概还是不能太急进。

溜达一圈，祝遇清看了看腕表，准备离开。

邹芸留他："也不吃个饭，这就要走？"

"下回。"祝遇清摆摆手，离开了。

上车不久，孙晋发来信息：昨天说的那个交流会，还来吗？

祝遇清：有事，不去了。

孙晋：什么事？

祝遇清：接老婆。

明净的天，红云浮荡。

离下班不到一小时，中禧国际二十三层，梁进伦从隔间走出来："同志们，时泰的款已经到账了。"

办公室先是静了下，接着，爆发一阵热烈欢呼。

"时泰！晚嘉姐，是你拓展的客户！"林苗苗抓着晚嘉的手晃了晃，喜劲儿直上眉梢。

晚嘉刚对完一份长长的简历，听了林苗苗的话才反应过来，眼里蹿过亮亮的笑意。

141

不过拓展只是第一步，引进猎头做单，跟进面试，才是完成交付的重要步骤。毕竟作为凛有知名度的房企，时泰虽然佣金不低，但要求也高。这岗位前后推了二十多位候选人，进入流程的只有四位，总算拿下入职，真的是好不容易。这对平台来说，不仅是头彩，还是具有纪念意义的一单。

趁着热闹，梁进伦笑说："晚上一起吃个饭吧，大家聚聚，庆祝下。"

这样的好事，当然得到了满公司的附和。

才来就碰见这么件好事，林苗苗厚着脸皮给自己封了个福星体质，走两步看见桌面手机亮了，扭头喊："晚嘉姐，电话。"

晚嘉回身，看见来电显示。在好些暧昧打趣的视线里，她一边接起，一边往茶水间走："喂？"

"几点下班？"听筒里传来祝遇清的声音。

正常是五点，晚嘉看了眼时间："今晚有聚餐。"

"会很晚？"

"不知道……"说完听见些微动静，像是车子熄火的声音。她把听筒往耳边压了压，"怎么了？"

"没事，结束了给我电话，我去接你。"

"不用，太麻烦了。"

"不麻烦，晚点到地方了，先把定位发给我。"

"……你不用加班？"

"工作而已，还没到比老婆重要的地步。"

晚嘉步子一顿，几乎以为自己听错了。这人吃错药了吗？这种话，他是怎么一本正经说出来的？

心口"咚咚"急撞，晚嘉摩挲着手机壳，磕磕巴巴吐出四个字："……说了不用。"接着，点了红色的挂断。

站在茶水间的观景位置，她脑子里回荡着那句烂情话，脸色喷红，胸口都发起烫来。片刻，她咬着唇壁，啐一声"老滑舌"。

到下午五点，一众人出发去了聚餐。

聚餐的地方在元昌商场，整体建筑走的是横平竖直的盒式风格，出自港派设计师的手笔。

乍寒的天适合吃火锅，他们找了间音乐餐厅，人不算多，两张长桌就坐下了。等菜的空当，晚嘉回了卢彤几条信息。

先是卢彤向她打听孙晋：这人是不是有点脑炎啊？

晚嘉：怎么了？

卢彤：我晚上练摊不是开直播吗，最近有个人总爱给我刷礼物，我还寻思这哪儿来的冤大头，结果你猜怎么着？

晚嘉：？

卢彤：今天姓孙的来我们这儿开会，跑前台找我带，又看着我笑，问我今晚还出不出摊。

有点饿，晚嘉吃着小菜垫肚子，回道：所以，榜一大哥是孙晋？

卢彤：死变态，就是他！不知道打哪儿知道我账号的，死偷窥狂！

晚嘉惊讶了下，但又觉得孙晋不大像这种人。她想了想：软件上，你是不是没关通讯录推荐？

这回轮到卢彤蒙了：？？？还要关这玩意儿？

晚嘉给她指路：一般都在隐私设置里，你看看，关了就不会推送了。

那边傻了半分钟，发来个"阿巴阿巴"的表情包，没再继续发躁，应该是歇火了。

汤底很快开了，汩汩冒着烟气，食材一碟碟往里下，烫出诱人香味。

对整个团队来说，开单是莫大的激励，象征着顺利的开始。这晚气氛好到顶，说说笑笑，晚嘉也喝了一杯。喝完被林苗苗按下，指指她的伤手，把酒换成了饮料。

饭吃差不多了，江印几个被团队拥着上台献唱，而梁进伦则脱掉外套，抢了鼓手的位置。

工作时有条有理的人，打起架子鼓来却是不一样的狂野，惹得女同事们捧脸尖叫。

管理团队中，只有晚嘉因为手伤而躲过一劫，但很快在看手机时被人捉到，好好闹了一通。

起因是祝遇清发了信息：十点了，还不回？

简单六个字，像独守空闺的怨夫。晚嘉还想着怎么答，旁边就有此起彼伏的闹哄声。喝了酒的都比平时要闹腾，迭声问："是祝总吗？"

"那啥，下回聚餐带家属啊，不带要罚酒。"

"支持，赞同。"

一言一语，都透着对祝遇清的好奇。

晚嘉险些招架不住，再过一小时，聚餐散了。出到门外，不远就看到了祝遇清。

他里面穿一件白T恤，外套和长裤都是黑色的，头发好像短了些，修长的一个人站着，让人难以忽视。这人总有一种难被撼动的正态，即便是在人烟川流的路边，也透着不予亵渎的清贵样。

见了晚嘉，他走过来。

连绵的动静再次响起，大家都把视线投向晚嘉。

"祝总来得可真及时，肯定是怕我们嘉嘉等，两口子感情可真好。"

"人比人气死人，我男朋友一晚上连个电话都没有，只会发红包让我自己打车回。"

"有红包就知足吧，我老公还让我给带夜宵。"

等到跟前，梁进伦上去打招呼，祝遇清跟他说了几句，目光往后看。

晚嘉脚尖磋地，慢吞吞走了过去。祝遇清先是把她的包接过，再牵住手。一个高大一个细挑，就这么贴臂站着，除开"般配"没别的形容字眼。

跟团队挥别后，两人上了车。她进副驾，他帮她系安全带时，低头一嗅："喝酒了？"

鼻子真灵。晚嘉抓着安全带，微偏头："喝了一杯。"

祝遇清看了她几眼，但没说什么，绕去主驾开车。

影子离开额面，晚嘉心神稍松，深深吐纳了一口。她毕竟不像他，有一颗永不慌张的心。

潘逢启的话，她没想过要问，多少些难以启齿的成分在里面，剩下的，大概就是恐慌了。

为什么恐慌，她不想去深挖原因，于是给自己织了个茧，蒙起头假装不知道……可面对他的时候，却忍不住滥找岔子，这样不行，那样也不行。

见到人时，是委屈还是什么她说不上来，只感觉好几种情绪交织，乱得不成样子。这状态非要捋一捋，大概是低自尊在作祟，但又犯矫情，总结起来，就是拧巴。在所有的性格特征里，这是她最不愿意展示的一面，以往大都能控制的，这回却怎么也控制不了了。

就像这时候，红灯前他问她："气还没消？"

"我没气。"她扭头看窗外。

旁边人"嗯"了一声："你没气，只是突然不想理我。"

不温不火的语气中，晚嘉望向窗外的景。越过隔离护栏往马路边，路灯不太强烈，里侧停着几辆电动车，而车镜最黑的那一片，倒映出她的脸，和他的轮廓。

在十字路口，红灯比较长，祝遇清过来拉她的手："怎么喝了酒还这么凉？"又问，"今天什么好事，需要聚餐？"

"开单了。"

"那挺值得恭喜。"他平常音说话，手里力度不轻不重地捏揉，一下下，揉乱了她的心。

红灯转绿，他的手收了回去，继续开车。

一泼路光，马路牙子时明时暗，几十分钟后，回到了湖云堡。

车子停好，晚嘉松了安全带，左手要去开门，可车内响起清脆的落锁声。她挪动，怒视下了全锁的那人："开门，我要回家。"

"急什么，"祝遇清也松开安全带，侧了侧身，一个肩头靠着椅背，"再坐坐。"

晚嘉看了眼中控台的石英表，把头摆正，不说话了。

祝遇清有大动作了，一臂抄腿一臂勾腰，硬生生把她抱过来，放在腿上。

晚嘉挣扎，两只手在他胸前撑起个十字扣，把自己隔开。

他在她鼻尖轻轻捺一下，单手包住她两只腕子，轻易化解她的防御动作。人压过来，满满都是他的气息，再伸手摸她的衣服领子："有什么不满意的，打骂随意，不要冷暴力，行不行？"

声音低低的，商量的语气，尾音落下时，让晚嘉心间一搐："我没有……"她嗫嚅着，仰头对上那双黑浓的认真的眼，忽然厌恶起这样情绪化的自己。

眼里有什么要往外跑，她赶忙低头："我也不想……这样。"

祝遇清把她往前提了提，手指慢慢游到下巴，把脸顶起来。她化着通勤淡妆的一张脸，眼里悬着两盏通亮的灯，却又同时伴着浓浓水汽。

他触上她的唇，随着一滴泪的落下，刹那后悔。人在身边就好了，为什么非要贪得无厌，抓住一点点机会就想确认些什么。他叹了口气，声音矮下去："哭什么，是我说错了，你没有冷暴力，是我故意夸张。"

晚嘉气又窒，控制不住地哽咽："烦你。"

祝遇清捞起她落在肩膀的碎发，替她绕到耳后，嘴上忍不住逗她："怎么烦我？结婚才多久就烦我，像话吗？"

晚嘉把手抽出来，又去推他，反被擒住。

五指打开，被迫贴上他的脸，那双唇开合着："再烦也没办法，你多担待，我以后尽量不这么烦。"鼻音泛哑，鬓边微茬，在指肚蜇出些磨边感。

晚嘉吞下哽咽，手指移动到他的鼻脊，从山根到鼻尖，两指用力捏住，又松开。

祝遇清由她捉弄，脾气好得没边了，最后问："手还痛不痛？"

晚嘉倚在他臂弯摇了摇头，眼尾稍稍耷拉着："困了。"

时间确实不早，祝遇清打开主驾的门，这回两手一抄，把人打横抱了起来。晚嘉失重，连忙揽住他的脖子："我自己走，你别……"

"那怎么着，我本来是哄人的，结果把人哄哭了，已经没有别的办法，只能卖卖体力了。"说着，他颠了颠肉实的臀，"天冷了，怎么还穿这么少？"

说话间走进电梯间，晚嘉还在想他前头卖体力那句，胡乱踢腿："我手

145

还没好！”

"放心，这次不用你的手。"

这回，晚嘉的愠气迟了好几拍。进了轿厢，她松开手想下地，被他由横打竖，逼近亲了一下。

分明是领了证的夫妻，他亲这一口，笑得像偷到腥的猫。

晚嘉两腿被迫挟在他左右，咬牙看他："流氓。"

流氓就流氓吧，祝遇清无所谓地笑笑。

等回到家，他直接把人抱进卧室，再度追了过去，无非是股与掌的游戏。

呼吸乍起乍伏，晚嘉像被蛛丝绑缚，远不及他那样游刃有余。

"头发……修了？"她抱住他，四个字半分钟才说完。

祝遇清倒是流利："老婆不理我，我想来想去，原因大概是头发太长，碍眼了。"

"……油嘴滑舌，不要脸。"

夫妻夜话，断断续续，好像就这样和解了。

没能波动起来的暗流，为的什么彼此心知，但谁都没有再提，似乎只是无关紧要的一件小事，而这回的摩擦，也不过婚姻生活里的小小调剂。

由于刚和好，总还是有些别扭，晚嘉有时候觉得不对劲，但闷头想想，又说不上来哪里不对。

工作日过了大半，到周四，祝遇清问出她不加班，次日晚上突然打来电话，让她给他送份文件。

冷不丁让跑腿，晚嘉纳闷："你让人来拿不就好了，为什么非要我送过去？"

第十一章
旧闻

电话那端，祝遇清理由充分。

马上开会，要得比较急，文件保密程度又是 A+，只能麻烦她亲自跑一趟。

晚嘉没办法，只能去楼上书房，到保险柜里找着他说的文件袋，打车去了 E.M。

晚八点，小广场有散步逛街的行人、全副武装学轮滑的孩子，而楼栋之上，也还有不少灯亮着。夜色下，E.M 大楼像一方环型水晶体，有明有暗，发光的格子间是凹槽，灯色莹莹。

祝遇清的助理早等在楼下，见她到了，忙过来接应。搭直乘电梯，三十一层，很快就到。

晚嘉不是头回来 E.M，以往去最多的是人资部门，但到祝遇清所在的办公楼层，却是第一次。所见之处都铺着吸音地毯，走过接待台，再经过会客区，进了祝遇清的办公室。

助理给她准备了喝的，拿着文件笑说："应该再有半小时会议就结束了，祝总让您等他一下，晚点一起回。"

"好的，麻烦了。"

助理走后，晚嘉立在毯面，打量起这间办公室。极地白与岩灰，再就是实木的原色了，简明清爽，入目没有堆砌感。比起挑婚戒，祝遇清在设计空间的品味上，明显要高出不少。

办公室不止办公区，推开隐藏门，有个小型的接待室，再往里就是休息区。有床有被，还有衣柜和浴室，一圈逛下来，像酒店套房。

逛完后，晚嘉回到办公区。她百无聊赖地踱着步子，正打算看看书架时，视线被办公桌面的东西吸引。

最先看到的，是个相框。框里的照片晚嘉见过，就是那天群里人发的，祝遇清喝酒，她抬头看。一句句的戏谑声隐约又在耳畔，晚嘉脸上有了些微烧灼感。明明婚礼当天也有正儿八经的合照，他非把这张摆在台面叫人看，也不晓得存什么心。

视线划开，旁边躺着一本美术作品集。封面很熟悉，是那天陪卢彤医院拔刺时，孙晋曾经拿过的。

晚嘉走近，见封面右侧印着创作人的名字：Clear 何。

她翻开，一幅幅作品展现眼前。晚嘉不怎么懂画，但看着看着，突然想到曾经看过一篇文章里，对这位何小姐的介绍——创作没有公式，而留白，是一种天赋。色块疏密有间，用笔扎实，纹理也很生动。细致入微的描绘，色彩与光影，空间感与意境，全是恰到好处的勾勒。

晚嘉翻册子翻到一半，被祝遇清的来电打断。她接起，刚想问他是不是开完会了，却听他指挥："去窗边，遥控在茶几上面。"

没头没脑的，晚嘉照他的话，在茶几上找到窗帘遥控。找到打开的图标，窗帘与窗纱在左右轨道分开。

几乎同一时间，对面的塔楼有了动静。原本只亮着大厦 logo 的外屏，毫无预兆地暗了好几秒，接着润开一片荧光，荧光又化作一条笔直的红线，像游戏里那条贪吃蛇，上下左右地游动，嚣张得很。大概一分来钟，屏幕静止了下，红线像分裂似的变成好几条，呈回字形，一阶攀一阶。纵横交错间，首尾相连，红线慢慢组成一个硕大的嘉字，旁边则留出三个点，慢得像微信图框里正在输入的省略号，看得人心里发急。

这么点时间，晚嘉站在窗边，扫见广场有行人驻足，甚至听到楼上楼下呼朋引伴的声音，以及手机拍照时，闪光灯的光晕。似乎听见一声清晰的"咔嚓"声，屏幕里那几个红点，终于变作文字后缀：生日快乐。

晚嘉抓着手机，愣在原地。很快，屏幕下又横空出现一行字：礼物在你左手边的架子里。

陈述句扑面而来，晚嘉回神望向左面，几步之外，确实有个立架。立架半人高，上面摆了一樽细长的、抽象感的雕塑。

她走过去，拉开立架下方的抽格，看见一只紫色的八角绒布盒子。余光忽闪，上下楼的欢呼又是一浪，晚嘉侧头，就见对面的屏幕上，再度推出四个字：看到了吗？

彼时朝下望，行人纷纷仰头，四下里寻找着什么。而上下楼层，则有人打开窗，兴奋地开始喊话交流，猜测此刻的主人公，到底是在楼体的哪一层。

"看到了吗？"听筒那头，有人复述这句问。

晚嘉直了眼，喉咙太干了，以至于她清晰地听到自己口水的吞咽声："看到了……"

"打开看看。"

晚嘉依言，掰开盒盖。是一只玉镯子，颜色匀，质地细密，通透得像玻璃。

"喜欢吗？"

"喜欢。"

简短对话后，有人进来了。晚嘉回头看他，短暂失神。这种感觉就像小时候闹脾气，课间的时候，外公把她骗到栅栏旁，再拿出给她买的新发卡。

这份意想不到，给人不真实的飘浮感。可强烈的浪漫，就是有点……

"老土。"

祝遇清听到了，他走近来，压下眉梢："除了老土，就没别的要说？"

晚嘉放下手机，另一只手被他握住。他小心避开她的手背，手心交握。婚戒碰在一起，摩擦也是坚硬的，但皮肉贴着皮肉，骨节挨着骨节，温度慢慢趋同。

"你办公室装了监控？"

"监控谁，我自己？"

晚嘉一窒，发现自己迟钝得开始说傻话。她撑起眼皮，在祝遇清促狭的笑意里支吾："谢谢……老公。"说完，脸红过耳。

"老土"这样的话，不止晚嘉说，卢彤也深以为然。

不过一天时间，平台上的短视频、朋友圈小视频，风暴般传播。

周六，卢彤来了湖云堡，她坦诚，看过视频后同样觉得陈旧过时，是老掉牙的惊喜。但对观众来说，事件本质，还是罩在罗曼蒂克滤镜下的。

"你到底给他灌的什么迷魂汤，好家伙，五迷三道。平时天仙一样不接地气的人，哪里像会玩这一手的？"参观完房子，卢彤窝在沙发里，"果然爱情使人盲目，我们祝总可算栽你身上了。"

晚嘉被"爱情"这个字眼打中，发了好一会儿的呆。良久，她摇摇头："哪有你说的那样，少夸张。"

音才落，电话响起。看了眼来电显示，晚嘉接通："喂？"

"在家……吃过了。"

"先别回来，让我们两个人待一会儿。"

"你太吓人了，别吓着她。"

很明显，是祝遇清的来电。卢彤抱着腿，脸躺在膝头，听小夫妻打电话。电话另一边说的听不清，但接电话的人，她看得清清楚楚。

眉眼灵动，有喜有嗔，玉镯子挂在小臂，同戴的还有一条银链子，动作间撞出点玲珑轻响。她的声音上扬，小小的啐声也是不经思考就能说出来的，一通电话到最后鼻音频频，明显是在斗嘴。

已婚男女，酸臭，太酸臭了。

等电话挂断，卢彤掰着脚丫子，眼睛快眨两下："祝总有没有说'我爱你'？"

晚嘉拿抱枕扔卢彤："肉麻什么，你当演电视呢？"

她表面镇定，实际心思被卢彤一秒看透，卢彤抓住抱枕："怎么着，还不信祝总爱你？"

晚嘉往后靠："我们才多久……哪有那么快。"

卢彤给她支招："你直接问祝总啊，问他爱不爱你，有多爱，为什么爱。"

晚嘉转着手腕上的镯子，没说话。见状，卢彤也没再追着问了。这么些年的友情，对彼此的了解不是盖的。不算正经谈过恋爱，没怎么经历过完整男女关系的人，稍微加速让她亲啊抱啊可以，提速太狠，容易烧了CPU，会宕机，会格式化，会找不到路径。

晚嘉现在这样已经好不少了，以前跟潘逢启在一起，那会儿的神情姿态，谁看都是辛德瑞拉，眼下可不一样了，接电话都能颐指气使，隐隐显现一丁野蛮女友的潜质。

果然应了那句话：对的人让你自觉矜贵，错的人，只会让你觉得自己哪儿哪儿都不配。

午饭好了，方阿姨招呼他们吃饭。

卢彤在老板家蹭了餐饭，顺带把方阿姨手艺夸出了天。南城长大的姑娘，满嘴跑着带有表演性的客气，一口一个您，话说得漂亮又真诚，逗得方阿姨当场削了个漂亮的果盘。

消化完果盘，卢彤从包里拿出礼物给晚嘉："生日快乐，要不是祝总，我都差点忘了你生日。"

晚嘉问她："你这就走了？"

"约了人。"卢彤站起来伸个懒腰，再冲晚嘉轻佻地叼了下舌，"这么冷的天，不得找个男人抱抱？"

"……"

第二天，晚嘉跟祝遇清晚起，赶去跟邹芸吃饭。

车子开进最后一里路，远远看见祝如曼跟人站在路边，有说有笑。那人扎一个小辫，五官立体得像混血。晚嘉认出来，是汤正凯。

他旁边停了辆红色的超跑，人支着车子，站姿不直，一只手要么勾祝如曼的头发，要么玩她衣服上的穗子。祝如曼呢，不时拍拍他的脸，或者踢踢他小腿，俨然一对黏黏糊糊的小情侣。

等开近些，祝遇清让司机停车，并打开远光灯闪了两下。

大白天挨人劈脸照两下，小情侣都怒目望来，一脸要骂人的样子。等看清车牌后，祝如曼立马吓得把汤正凯一推，连招呼也不让打，踹他滚蛋了。

"哥……"祝如曼挂着笑脸接近，扒着车窗打招呼，"嫂子，你们来啦。"

祝遇清漠声："我跟你说过，少和汤家的人来往。"

祝如曼嘴皮子几动，垂低了眼。平时鬼灵精的姑娘，在哥哥的威严下开始捏衣襟，嘟着嘴反驳："汤家的人多了，也不见得个个都不好……"

祝遇清侧头，直直看出去。晚嘉眼皮一跳，起身挡在这对兄妹之间，问祝如曼："包怎么这么鼓，重不重？"

"不重，就是两件衣服……"祝如曼往车窗后缩，不敢看祝遇清的脸，伸手牵晚嘉，"正好，嫂子帮我试试。"

"我看看。"晚嘉拉开车门，扭身跟祝遇清说，"你先去，这么点路我们走着。"说完也不管他什么表情，直接让司机开车，把这瘟神给带走了。

祝如曼松一口气，腰杆子又直起来，问晚嘉："手好了吗？"

"快好了。"

姑嫂两个往前走几步，祝如曼拍拍自己的包："我新做的裙子，前儿取样，我们副院还夸了一嘴。"

晚嘉点头："那毕业应该顺利了。"

"那还用说，必须的！"祝如曼敞开包，手一勾把晚嘉带到身边，"正好，我哥公司周年庆那个酒会，你不是要去吗？一会儿试试，干脆穿我的去，我特意按你尺码裁的。"

晚嘉好脾气地笑笑："行，我正愁没衣服穿。"

两人进了家门。老祝董也来了，跟祝遇清站在阶上。

长辈跟前，祝如曼一向嘴甜得很，抱着包跑过去："爷爷！"

老祝董伸手接住她，也朝那包瞟了一眼："什么东西这么宝贝？"

"礼服，打算给嫂子穿的，以后嫂子就是我头号模特！"祝如曼露一排牙，笑得得意。

客厅方向，邹芸站在厨房动线外，张罗着午饭的摆和递。晚嘉进去打了声招呼，又主动问有什么需要帮忙的，邹芸没怎么搭理。但晚点开餐时，桌上出现了她曾经喝过的青橄榄龙骨汤。

晚嘉专心喝汤，听旁边爷孙两个聊天，提起元昌地产的事。因为是公司甲方，即使他们只提了几句，晚嘉也大概清楚指的是什么。元昌做了个网贷产品，因为背靠集团，可信度比一般的网贷平台要高上不少，标多出资人也多，作为平台方，自然也赚得盆满。

"赚快钱有快钱的乐子，但一个不好，腿拔不出来，连脑袋也要浸湿了。"老祝董说，"做生意还是要守点本分，不该碰的，咱们不碰。"

知道是在嘱咐自己，祝遇清点点头："爷爷放心，我明白。"说完，他有意无意地，又看了祝如曼一眼。

祝如曼瘪嘴，腰抻直来，往晚嘉身后躲。

正吃饭呢，这对兄妹弄得猫和老鼠似的。晚嘉没看祝遇清，但小腿移动，轻轻碰了碰他的鞋。祝遇清面上不显，但压了压嘴角，慢慢收回目光。

这点子小动静，全落到了两位长辈的眼里。邹芸没说什么，老祝董关心晚嘉："工作还顺利吧？"

晚嘉笑了笑："爷爷放心，我这儿都挺好的。"

"那就好。"老爷子笑得一团和气，"有事多和遇清沟通，你们夫妻之间，有商有量的最好。"

"会的，爷爷放心。"

吃完午饭坐了会儿，一家人散了。

车子驶上立交桥，四平八稳一路通畅。后排座椅，晚嘉提起上午的疑问："那个汤正凯，你不想让曼曼跟他在一起？"

"那小子心邪，不是可以深交的。"

"怎么看出来的？"晚嘉好奇。

祝遇清没答这话，反而看她："你这个嫂子不错，还会给人当保护伞了。"

晚嘉听出挑逗，上手拧他的腰，本来想死绞皮肉的，没舍得，还是摸了摸："不要总那么凶，而且恋爱这种事打不住的，她这个年纪，动了心就难收回。感情的事，哪里是你一两句能掰得正的？"

明明也比大不了几岁，还真拿出长辈的姿态来了。祝遇清想笑，但转念又想起些什么，唇角一牵："也是。"

低低两个字，似共鸣，似追忆，让晚嘉捕捉到些微妙的情绪："那你……"

似有所感，祝遇清抬头，两双眼撞个正着。

"要问什么？"他盯住她。

晚嘉心头一慌，话到舌尖却打了个转："听说有钱人留学都喜欢去英美，你当时怎么会去德国？"

车速降低，车子开始拐弯，窗外视野被几道桥面横亘。

祝遇清目光微闪，未几，屈起手指敲了下她额头："因为我父亲不让，所以我要去。"

一句话，晚嘉脑中迅速勾勒出一个反骨的，倔强的祝遇清。

她眼睛轻转，脑子里有关联的疑问呼之欲出，最终却还是化作一个单音节：

"哦……"

祝遇清眼底露出无奈笑意，微微摇头，动作不怎么明显。他心内叹息，伸手把她揽到怀里："困不困？睡会儿。"

"嗯。"

立交桥口稍微有点堵，一辆辆车半刹住，有序地下。叶子在枝头留不住，被冷风带着不停翻飞，连着沙粒一起停在车顶。

秋末，日短夜长。

晚九点，夜场还在预热。接到祝如曼消息，汤正凯立马出去接人，把小姑奶奶引到二楼。想起白天的事，他悄声嘀咕："你哥是不是对我有偏见啊？"

祝如曼从来护短，横眼瞧他："那赖谁？"

"赖我赖我。"汤正凯点头哈腰，"赖我长得不像咱们国人，这张脸，忒招人嫌。"

"喊。"

站一会儿，场子里开始热闹了。

祝如曼手里提了瓶啤酒，左左右右望了望："最近好像没怎么见我表哥了，以前他不是最爱来这场子？"

"启哥最近躲着不见人呢，交际花可急死了。"汤正凯发笑。

祝如曼喝了口酒："他跟你那个姐，现在到底什么关系啊？"

"什么关系？"汤正凯朝她龇牙，幸灾乐祸地揣测，"反正不是正当关系。"

"哟，那你姐还挺能豁出去的。"

"别，她才不是我姐。"

灯红酒绿，音浪泼地。近零点，到处鬼哭狼嚎，场子里跟要炸开似的。汤正凯搭着栏杆站，墨镜反戴在脑后，跟着音乐节奏耸动着肩。

玩了一会儿，他顺着栏杆滑到祝如曼旁边，问她："那个 Clare 何，是不是跟你哥有过一段？"

冷不丢地，祝如曼眼皮动了一下，脸慢慢挂下来："你听谁说的？打哪儿来的消息？"

"没，没谁。"汤正凯嘴上否认，视线飘忽起来，"这不是猜的嘛，他们在一个学校，一个国家，甚至同个地方的，共同话题肯定不会少……学长学妹，同胞同乡，发展点什么不也挺正常？"

祝如曼冷笑，睇着他："同胞同乡，一个学校的就得谈？那你该谈过多少了？"

"我哪有，我冰清玉洁，一直惦记你的……"汤正凯扭怩地表白，又牵着她衣角搓了搓，"你对我上点儿心，温柔点，别老是凶我成不成？"

153

死贼丁。祝如曼端庄地剜了他一眼："喜欢温柔找温柔的去啊，谁让你巴儿狗似的总跟着我？烦人劲儿。"

汤正凯当然不肯，龇出一口大白牙，往她肩上拱了拱，娇得不行。

小打小闹一会儿，汤正凯哀愁地吐了口气："交际花最近可风光了，上节目还给我爸公司宣传。我爸可劲夸她，还带她参加酒会，我只会挨嫌弃，嫌我没用，没给家里做过点儿什么。"

祝如曼斜眼，见他一脸落寞的可怜样，有些心疼。她虽然没爸了，好歹还有个哥。他不同，亲妈没了，又来一后妈，还是小三儿扶上位的。

惨，真惨。

"你还要做什么？进公司熬着，等你接你爸的班不就得了？"祝如曼安慰。

汤正凯把头靠在她肩上，嘴巴动了动，又动了动，似乎有什么话，但吞吞吐吐，还是没说。

新工作周，鸟都起得比平时早。

大清早，人的反射弧会慢上一些。晚嘉被一阵细密的啄吻闹醒，先还以为被子盖高了，过会儿才意识到，有人在使坏。她躺平，往床头躲了躲，影子跟过来，也不说话。

起床洗漱后，晚嘉去了趟洗衣房，把湿掉的床单塞进洗衣机。

这是她的习惯。让方阿姨捡去收拾，她抹不开脸。

等重新回到卧室，窗帘已经拉开了，室内被沐浴后的气息冲散。

祝遇清从衣帽间走出来，手里在扣衬衫扣子。他没戴眼镜，头发半干，带着一簇清旷的水汽。留意到晚嘉的目光，他理袖口："怎么了？"

"头发还湿的，不擦干，一会把衣服浇湿。"

"估计天冷了，风干得慢，"祝遇清招她，"你帮我？"

晚嘉去了趟浴室，把吹风机拿到床头。祝遇清坐在床边，配合地垂低脖子，任她拨弄头发。

最低档的冷风，慢慢带走头发上的湿气，晚嘉站在祝遇清分开的两腿之间，腰被他圈着。

一开始还安安分分，过不多久，这人开始乱动。

门开着，晚嘉不好大力拍他，只能往后退："别动。"

祝遇清没动，只是手停在她后腰："好些了？"

晚嘉干脆把吹风机开到热风，几下给吹干："行了。"

祝遇清就此被打发。

吃完早餐，两人各自去上班。

到公司不久，林苗苗递了杯咖啡过来："晚嘉姐，给。"

"谢谢。"晚嘉正好有点困，今天就靠这个续命了。

林苗苗手里也一杯，揭开盖子喝了口："薅羊毛来的，不花钱。"她指指对面，"最近不是周年庆活动嘛，我昨天去给家里狗子买了个航空箱，正好抽中咖啡券。"

她说的是玉棠城，晚嘉往外看了眼。

周年庆正日是周六，但活动已经提前开始了。该升级的店面都有了新形象，中庭的围挡也撤了，最招眼的艺术展廊外，几名工作人员正在做着开馆前的准备。

门开以后，站在高楼层的窗边，能看到大概里面的情况。

布展和美陈都是出自知名的策展公司，而玉棠城早已全面投放宣传，加上艺术家本身的名气，确实带去不少客流。

在窗边站了站，九点半，晚嘉去了会议室。

周一的部门例会，议程都是固定的：跟进上周的职位推进，罗列工作重点。

在最新标急的一批职位里，元昌有个品牌总的缺口，工作地点在羊城。人事催得紧，还主动把佣金往上提了五个点。会后跟企业沟通完，晚嘉把优先级往前提了提，立马联系了几位活跃的猎头，让看看有没有合适人选。

平台陆续有成单，运营花了时间在宣传，做单的人也越来越多。系统方面，技术团队相对成熟，框架和开发逻辑慢慢在完善。总之，工作开始步入正轨。

多数职位都避免不了盲推，为免不合适的简历流入企业，令企业人事觉得顾问不专业，每天，客服部门都要花上三分一的时间筛选简历。

晚嘉带着团队，除了教教辨识简历外，就是把把推荐报告的关、跟跟重要的谈薪环节，同时整理一些可以用来培训的案例。

工作日一天天就这么过去了。加班的日子相对少，时间就富余出来。这一点，祝遇清是最大受益人。

某个晚归的夜晚，他进门后，有人帮他拿外套，替他解领带，再递上一杯温水。衬衫扣子解开两粒，鼻端清芬，是熟悉的气息。

祝遇清慢慢喝着水，目光始终追随那个在动的身影，恍惚间忽然想起爷爷的话：下班了应酬后，有人给递双鞋都是好的。

更何况这个人，还是他认真想过的。

再扫眼看看，鞋柜里各色女鞋，置物盘里的发圈，茶几上的手机支架，还有长在地毯上的坐垫。整个家里，到处都有她的痕迹。

喝完一杯水，祝遇清挽起袖管，进了卧室。人一满足就贪心，兴致起来，难免轻狂。

晚嘉不理解，忙得觉都不够睡的人，到底哪里来那么多精力，半点不懂节制。

在经历几晚的被动后，周四夜里，她比平常更主动些。

揽脖子挟腰，那只手东游西逛，她没有丝毫抗拒，一把细嗓更是表现得无比投入，只是在他打算撕包装时，伸手过去拍了下："我生理期。"

祝遇清一顿。

"困了，睡吧。"晚嘉小声说话。床头灯只开了一盏，却挡不住她眼里冒出的，细碎又狡黠的光。

明白被耍，祝遇清喉结滚动："你睡了，我怎么办？"

音节扫过耳郭，晚嘉被捻得直缩，隔衣打他："去洗澡，我不管。"

"低温天洗冷水澡，你还挺不怕我感冒。"祝遇清把她翻过来压向心口，"我生病，你也跑不掉。"

晚嘉在他明晃晃的暗示里大惊失色，手一撑，泥鳅似的要往外跑，但鞋还没捞到就被顺势压在床尾："去哪里？"

"楼上。"

这么晚肯定不会是去书房，看起来，是吓得要睡次卧了。祝遇清笑出声，两手用力，把她固定在怀里。

夫妻两个躺在床尾，话声喁喁，不时发出些笑。正温存呢，床头柜"嗡嗡"响动。祝遇清拍她："电话。"

晚嘉支起身子，回头看一眼："你的电话，又不是我的。"

"是吗，那不接了。"

晚嘉爬起来，去给他拿手机，屏幕闪着两个字：赵仁。

祝遇清接起："有事？"

电话另一头，风声广播声加上大嗓门，声音格外清晰。

"哥们儿回来了，刚下飞机，出来喝一杯！"

"太晚了，改天。"

"才几点，算什么晚？"

"在家陪老婆，没空。"

那边骂了句脏话，直接被祝遇清掐断，手机扔到一边。

电话又拨了过来，晚嘉看过去："不接吗？"

"没事，不用理。"祝遇清重新把她按下来，摩挲着她的腰间，"周六穿什么？"

"曼曼给的衣服。"上回试过能穿，只是尺码有点不对，祝如曼拿去改了。

祝遇清点头："我呢？"

"你的今天送过来了，在柜子里。"

祝遇清没再说话了，合眼抱着她，手指一下下打圈。安静片刻，他再问："忙过这一段，出去走走？"

知道他指的是蜜月，晚嘉思索了下："明年吧，明年时间应该松一点。"

"应该？"祝遇清没睁眼，但这两个字透着浓浓不满。

晚嘉摸他鼻梁："那……春节？"

"春节不用回家？"

"要的。"

单个音节中，祝遇清付之一哂，但没再逼问着非要个回答。晚嘉慢慢把心放下。

时间流速好像快了些，两人叠在一起，呼吸都逐渐是同个节奏。祝遇清问："外公怎么样了？"

晚嘉换一边趴着，声音被脸腮的肉挤压："今天来电话，说好很多了。"

外公血压高，前段时间有点手麻脚肿。这么个慢性病和症状一结合，网上一查就是尿毒症、肾衰竭。姚敏吓坏了，赶忙给女儿打电话，到最后，祝遇清联系了心内的专家飞去面诊，接医院查一通，再把口服药调整过，已经有所缓解。

"那就好。"祝遇清说。

问问老人，聊两句有的没的，不久祝遇清说话没人答，睁开眼，发现趴在身上的人呼吸起伏平稳，已经睡着了。他把人抱住，轻轻起身放回床头，盖上被子。

床头灯芒一星，擦在她面容之上，祝遇清伸手，划过那道眉与眼，动作万分珍重。

第二天微晴，云头有些重，像要下雨。万幸晚嘉身体底子还算好，没有痛经的毛病，生理期也不觉得多难受。

周五的会，总结工作进度。

常规职位有敲定入职通知书的，急单也有进入谈薪环节的，而元昌地产那个品牌总，又回到了原来的流程。精挑细选十几位，也有四人进入面试，但都没最终谈成。

林苗苗拿了份简历，想破脑门都想不出原因："这人不挺好的吗？各方面都匹配，薪资人家也能接受……真不晓得他们到底想找什么人，总不能五十万的岗，给个百万候选人？"

这是跟单跟出情绪来了，好在她也不是有意发牢骚，被安抚几句，很快也有了新方向。

会开完，临近下班。从会议室出来，晚嘉看到卢彤的微信。

奇怪得很，卢彤上回还说要找代骂，这回居然跟她讨论，怎么才能和孙晋在一起。

晚嘉：你不是正跟弟弟？

卢彤自有她的一套说法：不行，弟弟差点味道。前人栽树后人乘凉，还是男人有意思。

原来男人指的就是孙晋。

起因是卢彤表姐查出甲状腺结节，想挂老专家门诊总抢不到号，后来听说那位专家在兆康也有坐诊，就联系孙晋，让帮忙挂了个号。孙晋人不错，当天还亲自下楼接。

据卢彤所说，孙晋一身白大褂出现时，她突然被帅晕，并且激发了她的制服迷恋。

孙晋呢，被约也见，调情的话也接，只是举止像得了绅士病。

熟男熟女的游戏晚嘉不是太懂，只能给她加油：祝你成功。

聊完正好到点，晚嘉打算去取明天要穿的礼服，正要走时，祝如曼的电话适时响起。

"嫂子你出发了吗？"

"还没，正准备出发，怎么了？"

"哦，那正好不用来了，有人顺路，衣服我让他给你捎过去，省得你堵车。"

结束通话，祝如曼发了个号码过来：这是他电话，汤正凯的，你留意手机就成。

汤正凯到的时候，雨将好落了下来。车停在露天车场，不等晚嘉过去，他抱着老长的盒子冒雨过来，被淋成了大背头。

"谢谢，麻烦你跑一趟。"晚嘉挺过意不去，连忙找纸巾给他擦。

汤正凯把东西放好："嫂子甭客气，我也是顺路，经过这儿。"他抹了把脸，拧着发梢上的水，下巴往对面一指，"我跟朋友约了去看展。"

小伙子话挺密，一边忙活还一边问："那个展，您去看过吗？"

晚嘉只当他礼貌搭茬，摇摇头："还没进去过。"

"哦，这样啊。"汤正凯漫应一句，两眼睩睩，有些心不在焉。

包里面巾纸很快用完，汤正凯还跟个落汤鸡似的。晚嘉正想去旁边便利店买一包抽纸，突然听他重重咳了下："那啥，嫂子，有件事我想跟您说一下……您别嫌我多嘴。"

晚嘉拢起包，看过去。

汤正凯看了看对面："那位 Clare 何，不知道您之前……听过她没有？"

158

"什么意思？"前言后语已经很不对劲，晚嘉眉心微紧，看着汤正凯。

这人眼神闪躲，嘴里结结巴巴要说不说的，也不像卖关子，更像挣扎。

半分来钟，汤正凯牙关活动了下，脸上出现一种浑不憬、豁出去的笑："嘻，也没什么，就是她跟祝哥……好像在一起过。"

话说完，陷入安静，旁白只有淅淅沥沥的雨声。

第十二章
故人

汤正凯没敢喘气，而对面的人直视着他，不见任何的表情变化。

停车场出口拥堵，有人摁了下喇叭，吓得汤正凯一个激灵。他回过神来，忽然心虚得厉害。

他嘴瓢，开始往外倒一些乱七八糟的话："嘿，我就是、就是提前跟您通个气儿，明儿您捯饬漂亮些，见了人，咱也……不怵是不是？"

说完这些，汤正凯喉管枯干，费劲咽了下唾沫："那么么，我、我先走了。"他转向，一头扎进雨里，鼠窜般回到车位。开锁拉门，坐上主驾，腿有点软，耳朵里像在打雷，以至于好久才看到有电话打进来。

做过心理建设，他接起来："曼曼。"

"怎么才接电话啊，东西送到没有？"祝如曼声音有些恼。

"送到了……"

"送到了你……你声音怎么了？低血糖没吃饭？"

汤正凯开口，打了个喷嚏。祝如曼听见动静："搞什么，你感冒了？"

"没，淋了点雨。"

"手呢，不会打伞？你是不是傻？"

秋雨势大，下个没停，电话里凶巴巴，骂个不休。

汤正凯挨着骂，反倒慢慢恢复了热乎气儿。姑娘横，总对他又掐又拧，但也真心惦记他。

人精神了，汤正凯缓过来，跟祝如曼聊了几句，嬉皮笑脸，没心没肺。

电话挂断，刚好看到微信提示新消息。是他那位同父异母姐姐发来的定位，家里聚餐的地址。

汤正凯点也没点，把手机往后一扔，打开雨刮，转着方向盘开出去。开到道闸，等前面车缴费的空隙，汤正凯扶着脑袋，扭头看到展馆门口的人流，再想起刚才假惺惺的样子，狠狠啐了自己一口。真无耻，不就是个美术馆吗，爱开哪儿开哪儿，他才不操那份心！

车牌感应，自动扣费，杆子一抬，汤正凯搭着方向盘，潇洒地溜了出去。

风不大，雨声均匀又单调。

八点半，晚嘉回到湖云堡。锁好车，她抱着东西走进电梯厅。

光可鉴人的砖面，有人揣兜站着，正在等她。

"门口堵车了？"他问。

晚嘉："……没有。"

祝遇清当然知道没堵车，他只比她领先一个红绿灯，却在电梯间等了她快二十分钟。其中倒车，就花了她大半时间。

他真诚建议："车位足够，你可以轧两个，也可以把车头栽进去，没必要非停中间。"

倒车入库确实没学好，晚嘉羞又愤："我有强迫症行不行？"

"行，但明天还是让人把车线画大点，省得祝太太东张西望，一遍又一遍。"话毕，祝遇清来接盒子和包，顺便摸到她的手，"在水里摸鱼了？这么冷。"

手凉凉的，晚嘉也发现了，她想搓热，却坏心伸到他鼻子底下："哪个摸鱼了，你闻闻，有腥气吗？"

祝遇清配合地嗅了嗅："还行，有点香。"说完，在她手指中段吹了口气。

指关节一痒，晚嘉边缩边笑，麻又颤。

进电梯，祝遇清看一眼盒子："衣服调了哪里？"

"胸和腰。"

他扫眼看她上半身："确实瘦了，得抓紧养回来。"

晚嘉假装没听懂，电梯门一开，头也不回地跑了。

进家门换鞋放钥匙，她到卧室换上宽松的衣服，祝遇清也把东西提进来了。

打开盒子，晚嘉把裙子提出来，挂进礼服柜，多看了几眼。

"怎么了？"祝遇清问。

晚嘉没说话，习惯性伸手去接他的西服，撑起来挂进柜子。挂完，她吐露苦恼："我在想，明天该配什么首饰。"

这种事上，男人思维要简单许多："没找到合适的？"祝遇清看钟表，"时间还很多，让人送过来挑一挑。"

见他摸手机要打电话，晚嘉摇头摇得飞快，说不用。东西已经够多了，除开婚礼戴的和他当面送的，首饰柜里，隔三差五总能发现里面躺了新的、没见过的饰品。

说起来，按协议的话，婚礼所得，还有婚内的一切赠予都属他自愿，全归她所有。所以就算离婚，她也是实实在在的有钱人了，跻身富婆行列，不成问题。

脑子里突然冒出"离婚"的字眼，晚嘉愣了下，心头渐渐跳成一团。好在很快，又被她压了下去。

客厅简单吃顿晚饭，祝遇清上楼忙活，晚嘉在楼下溜达，或站立消食。她带着手机，被迫关注卢彤的追孙晋进展。

卢彤昨晚想约孙晋，但孙晋说临时有朋友聚会，没应。因为坚信这是借口，所以今晚，卢彤也没答应孙晋的邀约。

想到被祝遇清拒绝的赵仁，晚嘉猜测说：应该是真有局。

卢彤：得了吧，肯定是玩若即若离那一套，故意钓着我。

对此，她耐心告急：就恨我没有那个财力，不能直接买他同意。

胡侃一通，卢彤消失一阵，大概被别的事中断。

就着聊天界面，晚嘉往上翻了翻，翻到昨天那句话：前人栽树，后人乘凉。

卢彤特意给她解释过当中的意思：被前女友调教过的男人，熟得正好。

等几分钟，晚嘉钻浴室去洗了个澡。她有点心不在焉，澡洗得很快。她洗完出来，看一眼手机，卢彤说刚刚接了个电话。

重新提起孙晋，大概上头了，卢彤不耐又急切，求助起晚嘉这个场外观众，让帮忙打探打探孙晋过往，以便判断这男人到底什么品种。

这要怎么探？晚嘉毫无经验。

吹完头发抹完精油，卧室空荡荡，人还没下来。她找来睡裙外套，胸前的结系好。

出客厅上二楼，隐约听见讲话的声音。她顺着走廊，走过去。

开着门，应该不是视频会议。她走到门口，朝里看。

祝遇清本来是背对的，察觉到动静才转回来。

见了来人，他稍稍挑眉。晚嘉站在门框处，没有进去。

祝遇清也没起来，依旧坐着，甚至依旧懒洋洋靠在椅背，一边讲电话，一边看过来。他支开一条腿，说话时噙着点闲散的笑，视线直勾勾，看得人理智渐失。

晚嘉有点吃不消，往后一退，去了自己的书房。

很快，隔壁收线了。跟着，墙壁被敲出声响，"咚咚咚"，三下。

晚嘉没理。电脑打开时，隔壁的人起身过来。

他伸手，叩了叩门："夜间服务。"

晚嘉憋笑："我好像没叫？"

"免费的。"

晚嘉没忍住，"扑哧"乐了："那请进吧。"

得了许可，祝遇清走进来。

"有什么服务？"晚嘉板起脸发问。

"推背按摩，或者……"祝遇清看她，"这位女士想要什么服务，我看看能不能满足你？"

晚嘉瞅他："什么意思，是正经服务吗？"

"正不正经，全看客人您了。"祝遇清从善如流。

晚嘉彻底绷不住了，一笑，露出几颗洁白的牙。

祝遇清仗着腿长，靠着她书桌，两只手全收在裤兜："在忙什么？"

"不忙什么，待着。"

"这么晚了，不困？"

"还好。"

"嗯。"

几句口水话后，没人再吭声了。晚嘉偏头，祝遇清笑而不语，似乎在等她说话。

他有一双黑黢黢的眼，看人时，严肃的，打量的，挑逗的。姿态松散，但压迫如山，且哪一种都透人心肝。晚嘉甚至怀疑他是故意的，因为知道她坚持不了多久，所以总要勾她。

这回，她打算抵抗到底，于是缄默，半个眼神都不给。

安静着，书房里陷入莫名的僵持，以及男女独处时，那种说不清道不明的暧昧。片时，祝遇清笑了笑，伸出左手去揉晚嘉的头发："下周空了，去泡温泉？"

晚嘉正刷手机，闻言抬眼："怎么突然想去温泉？"

"也许，是想看你穿泳衣？"

晚嘉脸一烫，探手重重拍了他两下："色狼。"

祝遇清笑，抓住她的手："说真话，想看你游水。"

游泳就游泳，还"游水"，晚嘉挠他手心："我怕水，不会。"

祝遇清定定看她："明明很会，游得也很好。"

又没见她游过，干吗这么笃定？晚嘉狐疑："你怎么知道我会？"

祝遇清捏捏她的手骨，视线悠远起来，作势回想："大概……梦里看过？"说完伏低些，托住她的下巴，亲上去，浅啄变深吻。

结束时，晚嘉身上挂了一层薄汗。

祝遇清搓搓她好几重的领口，在"沙沙"的衣料声中调侃："穿够多的，防我呢？"

"我冷。"晚嘉撇嘴。

"嗯，那你该套毛衣。"

"……你管我。"

闹一阵，晚嘉记起来由，伸手环住祝遇清的腰："你们以前留学，伴儿多吗？"

"不算多。"祝遇清俯眼看她，"怎么，关心我的求学经历？"

说得太直接了，晚嘉就是真想，这下也问不出口。她把探究压回心底，干脆替卢彤打探："孙晋跟你同级？"

祝遇清点头。

晚嘉跟着就问："那他的情史……"说完见丈夫表情不对，赶忙补充，"替人问的，不是我。"

祝遇清面色稍缓，回想下："大学课业重，谈得不多。"

"那……大学以前呢？"

"不清楚，以前不认识，到学校才熟起来。"

"哦……"

听出失落，祝遇清把她拉起来，圈到身前："高鸣说跟你同校，也同级？"

晚嘉点头："他本来比我高一级的，后来学习没跟上，留了一级。"

"他为什么退学？"

提起这个，晚嘉嘴角微微一撇："打架。"

祝遇清想了想："方便仔细说说？"

仔细说说，也不是什么很难捋清的事。

读书的时候，高鸣喜欢上了汤羽。

长得漂亮又时髦，家里也有钱，汤羽那会儿就已经是当之无愧的天之骄女。在她的爱慕者梯队里，有戴着眼镜斯斯文文的好学生，也有流里流气有着小霸王名头的差生，比如高鸣。

汤羽把身边爱慕者的关系处理得很好，很会平衡。因为有小霸王的光环，高鸣跟她还能有更多一些的交集。

后来那件事的起因，源自一位学长。因为偷拍到汤羽违纪的照片，那位学长以此为由，威胁汤羽当他女朋友，不然就报给学校。汤羽不愿意，但害怕受处分，所以假装答应，并与之定了约会的时间和地点。而在那之前，她找到高鸣，说有人恐吓她。为护女神，他撸着袖子跟过去，和那位学长发生殴斗。

老师闻讯而来，把人捉个正着。那年代学校管得严，打架是绝对不允许的事，严重到要开除。

在双方都恐慌的当口，汤羽找到那位学长，私下有了交易。在看着学长销毁照片后，汤羽改了口述，说高鸣敲诈她的钱，那位学长只是路过，为了保护她才跟高鸣动手，无妄之灾。

这套说辞一出，高鸣整个傻了，可他当时已被停学，连和汤羽对峙的机会都没有。而那位学长家里有钱，打点一番走了后门关系，最终借着"自卫"的名头，顺利留了下来。到最后，高鸣成了唯一被开除的那个。

…………

听完始末，祝遇清沉吟："挺惨的。"

"是啊，挺惨。"晚嘉调门微压，喃喃说，"我们那时候在阳康，都算外来子弟。高鸣的爸妈是老实巴交的菜贩，靠卖菜供他上学，知道他被开除，把他狠狠抽了一顿，那身伤养了好久……再后来，他就去省会打工了。"

声音越来越轻，晚嘉靠在祝遇清身上，微微失神。

"还有吗？"祝遇清问。

"什么？"

"高鸣离开以后，你怎么样？"

"我？"晚嘉一怔，明明最开始是问他，怎么话题绕她身上来了。可再绕回去，又找不到话头，她只好扯了扯嘴，敷衍一句，"照常学习，还能怎么样。"

祝遇清半开玩笑："高鸣那时候既然是有点威慑力的，他罩着你的时候，你应该也过得很舒服？"

晚嘉正把玩他的手指，半晌说："在学校都学习，有什么舒服不舒服的。"

祝遇清"嗯"了一声，揽紧她。

学校并非净土，小社会属性，集体生活同样充斥着不可说的现象。攀高踩低，仗势压人，学生们玩起这些来，只会比成人社会来得更直接。一个能靠钱颠倒黑白、庇护脏恶的学校，又怎么会只有学习的主线。

如果一切照常，确实没什么好说的，但如果高鸣走后真遭遇过什么，或许，是她不愿提的过往。既然这样，也不该非要问到底。

时间不早，祝遇清拍拍晚嘉的背："困不困？"

"困了。"

"那走吧，去睡。"

关掉灯，两人牵着出去。下楼时，祝遇清把交握的手抬起："不嫌重的话，明天戴另一只。"

说婚戒呢，晚嘉迟疑："会不会太张扬了？"

走到一楼，祝遇清笑她："自己的场子不张扬，难道等着，以后去别人地头显威风？"

好像有点道理，但晚嘉眼珠轻轻转了转，扯他："你也戴？"

夫妻应该同甘共苦，如果明天被笑，好歹有他一起。

祝遇清视线挪过来，轻飘飘看她一眼，藏着点似笑非笑的神情。晚嘉耳尖微红，有种小心思被看透的羞臊。

须臾，手被搓弄两下，他说："好，陪你一起。"

明明次日有大活动，但两人跑楼上折腾一遭，入睡时，早已过了零点。

这晚梦里，晚嘉又回到那所中学。

戴在手上的链子被人扯脱，书桌被人推倒，文具课本撒了一地。

她独自蹲在地上，一步一挪，在别人的课桌底下捡自己的东西。斜阳打在她的背上，明明还是白天，但那间教室，静得让人感到绝望。忽然听见桌椅挪动，晚嘉被人搡得向前一扑。

她心跳失常，蓦然从梦里醒来。眼前一片黑，怔怔两秒，一只手臂横过来，把她往怀里拢了拢，又在她锁骨处拍了拍，是下意识的安抚。

熟悉的怀抱，不再陌生的温热，是安全感的具象化。

晚嘉渐渐心平，后半夜，好梦到天明。

赖床赖到十点，她起来吃了个饭，把昨晚探来的一点消息发给卢彤，再跟家里长辈打过视频电话，时间差不多了。

因为是重要活动，晚嘉约了妆发师上门，坐镜子前收拾两个多小时，才将将弄好。正好祝遇清打来电话，问她准备得怎么样。

"准备出门。"晚嘉说。

"先吃点东西，省得忙起来饿着。"

晚嘉对着镜面苦了下脸："裙子比较紧身，吃吃喝喝容易显小肚子。"

祝遇清想也没想："那换一条。"

答应了祝如曼要穿的，哪里好说换就换，晚嘉不得已，只好骗他："阿姨煲了肉圆，我吃一点。"

祝遇清这才放心："这一段堵车，我可能要晚点，你如果先到，让人领客房先休息。"

"好。"

收拾妥当，晚嘉上了车，被司机送往酒店。

离得不算远，路上也顺畅，不出一个钟就到了地方。在负三层停的车，来开门的是祝遇清助理，上回见过的那位，姓邓。

晚嘉被他搀下车时，后面紧跟着也来了一辆黑色商务车。

走进电梯间，梯层已经按到负三，因为鞋子有点磨脚，晚嘉停下调整，耽误了一阵。等她重新往里走，身后同样传来清脆的高跟鞋声。眼睫交错，她见到一位女士穿过感应门，也走了进来。珍珠缎纹的长裙，裙面是竹叶勾绣，很有文艺贵气感。穿成这样，明显也是来参加酒会的。

受直觉牵引，晚嘉多看了两眼。很快，她听到身边的邓助理称呼来人："何小姐。"

人到跟前，向邓助理微微颔首："你好。"

邓助理出声介绍："这位是我们祝总的太太，宋小姐。"又给晚嘉引见，"这位是何思俞，何小姐。"

晚嘉心知，就是那位 Clare 何。她主动伸手："何小姐。"

"你好。"对方礼貌握了握，轻轻一触，很快收回。

谦让着先后进了电梯，梯门合上，显示屏数字开始攀升。空间足够宽敞，但中间的两人皆是一袭丽裙，长摆华缎，把轿厢踩成争艳的展台。气氛有些微妙，好在无须客套，因为在进电梯后，何思俞就接个电话。

与想象中不同的是，她语速不快，声线也听不出清冷，反而有些细柔劲，与大众想象中的艺术家形象有些出入。当然，这也体现出身为圈外人，在认知上的刻板和狭隘。

从负三楼到七楼，不过分把钟，晚嘉目不斜视。然而同个空间，同样的两扇镜门，她能感受到身边同等的情绪和注意力的停留。以及最初那刻，对方视线里那份过度的打量。

到七楼，电梯平稳停住，何思俞侧身跟晚嘉点了个头，算是打过招呼。接着，她挂断电话走了出去，背影优雅，步伐干脆。

梯门重新合上，到五十七层，晚嘉也出电梯，去了客房。

待上一阵，门铃被按响了。晚嘉起身开门，门外，站的是祝遇清。

他穿着她挑的那套西服，黑色戗驳领，笔直折线，像开了一个指向天空的枪尖，也衬得整个人挺拔向上，说不出的俊逸感。

只是从开门那一刻起，他的视线就笔直打在她身上，瞬也不瞬。晚嘉被瞧得发毛："干吗这样看我？"

祝遇清走进来，反手把门关上，人就那么站在门后，目光灼灼地盯着她："好看，像美人鱼。"

对她今天的着装，他展现出了不能再明显的喜爱，眼梢的笑意压也压不住，上前抱住她说："还有四天，对不对？"

"什么四天？"晚嘉轻轻推他，"别弄皱了，又要烫，好麻烦的。"

"到时候，再穿一回？"熟悉的音调，声音是被沙粒淘过的，磨人耳郭，饱含情欲。

晚嘉这才醒过腔来，这厮是在算着她的经期。脑门"轰"地一响，她红起脸啐："别闹，该下去了。"

看看时间，确实差不多了。祝遇清抱住晚嘉，高高大大一个人，趴在她怀里蓄了蓄力，起身牵起她往外走。出现在人前时，又切换了一袭正经皮囊。

晚七点，酒会正式开始。

宴厅宽敞明亮，流程未几，祝遇清上台致过谢辞，场中掌动。

品牌代表、站台艺人、上下游合作方等，现场宾客云云。作为主方，晚嘉打起十二分精神，跟着祝遇清与人寒暄。也有婚礼上见过的，脸上挂着热络的笑，称呼她为"祝太太""祝夫人"。

晚嘉要端着仪态，要频频举杯，这样的社交场合，太算体力活了。

走过一圈，有几位重要宾客要接待，祝遇清舍不得妻子再陪着走一趟，让先去吃点东西。晚嘉正好觉得累，也撒了手打算休息会儿。路上，她接到高鸣电话，说账面又攒钱了，问还要不要。

晚嘉说："不用。留着吧，或者选址，看看新店面。"之前投资公司的时候，她找高鸣挪过一笔款，这会儿平台开始盈利了，短时间应该用不着增资。

结束跟高鸣的通话，晚嘉又撞上个突然出现的祝如曼。

"你怎么，不是不来吗？"晚嘉有些诧异。

"来拍照啊。我突然有了路子，打算搞个作品集，找人投资去。"祝如曼绕着她转两圈，"挺好挺好，妆发也配。来，就这个全妆，咱们拍几张！"

很快，晚嘉被拉到找好的角落。到底不是专业模特，她摆姿势拍照，实在说不出的别扭。

好在祝如曼选的是一弯阳台，也没安排什么奇怪的姿势，只是站着吹风，或跟上回一样，偏头出神。

拍完后，祝如曼翻出照片给她看，又指她的手："这戒指真亮，一看就是我哥的审美。"

语气听得晚嘉发笑："所以，他从来都这眼光吗？"

"遗传吧。我爸也这样，给女人选点首饰，只选贵的不选对的。"说起已故父亲，祝如曼老成地叹了口气，"不过你放心，我哥没我爸那么花。"

晚嘉好奇："你怎么知道他不花？"

"因为我爸出轨那些年，他反应最大。"祝如曼低头玩手机，熟练地开始给照片找适合的滤镜，"你别看我妈表面挺能耐的，其实只会忍，被外面女人找上门她只会生闷气，害怕闹大了出丑，也不敢跟我爸撕破脸皮，嫌丢人。"

居然还有找上门的，晚嘉皱了皱眉："那这样的事，后面怎么解决的？"

"我哥呗，他心眼儿可多了。比如找上门那个是一小明星，他就找人挖黑料。"祝如曼腾出一只手，拇指和食指搓了搓，"那个圈子的，某方面多

168

少都有点问题。"

当时的祝遇清,先是撬动那位女艺人身边人的口,接着,到处搜罗其出道前的黑料。这两项得手后,他通过朋友投资网剧,以高片酬签了那位当女一号,而且拍的时候特别供着,吃喝玩乐全包,要什么都满足。

戏拍一半,他把黑料放给营销号,并在工作室顾着处理黑料的时候,举报了税的问题。结果最后黑料是盖下去了,但税一被查,死得透透的。

这还不算,他又按原来签的合同条款,向彼时声名狼藉的女艺人,索要双倍赔偿。

说到这里,祝如曼"嗤嗤"地笑了下:"她哪赔得起那么多钱,就找我爸要呗,但那会儿正好玉棠城翻新,又到处摘地,我爸的钱也挪不动,她没办法,就去找以前金主……"

晚嘉想了想:"然后这事,让人捅给你爸知道了?"

"聪明。"祝如曼在她跟前打了个响指,"还有我爸,回回挨我爷爷骂,我哥可没少给他上眼药,那当儿子的啊,可坏着呢。"

那样的祝遇清,是晚嘉比较陌生的一面。怔几分钟,她问祝如曼:"你哥跟你爸,关系一直很不好吗?"

夜里风大,祝如曼转了个身,面向窗户:"以前挺好的,后来我爸被姑父带得开始犯浑,他们爷俩就总是斗……"

沉默一阵,祝如曼又继续说:"不过我爸出事的时候,是我哥从德国赶过去给他收的……尸,后来我哥颓了挺长时间,天天没情绪,消沉得没法看。"

晚嘉心里抽痛了下,沉甸甸的,不大好受。她忽然想到阳康的那夜,祝遇清跟她说起这么一段往事,现在想来,有点后知后觉。

比如那时候,他是不是在向她揭露创面。只怪她太迟钝,当时和他关系也生硬,没怎么意识到。不过仔细想想,这样哀恸的过往,如果她是他,大概也会把一切矛头,都指向潘逢启的父亲。

横风吹乱额发,风里湿气有点重,大概又要下雨了。晚嘉鼻敏感,打个喷嚏时眼皮也跳了跳。她往里站,见祝如曼飞快修图,问了句:"你的工作室打算找谁投资?"

"阿凯说给我介绍,他朋友多,干投资的也有。"

汤正凯。

提到这人,晚嘉微微含了下眼:"那你打算开在哪里?几个人做,团队怎么分工?除了门店生意,其他单源从哪里来?还有,消费定位在什么档次,瞄定客群是哪些人?如果拿到预算,打算怎么分配?"

一连串的问抄进耳道,祝如曼神经吊起:"干吗?你要投资我?"

"我没钱，但说服你哥，我可以试试。"

"真的？"祝如曼眼神一亮，声调也拔高了些。

晚嘉点点头："但我刚刚问的那些，你有没有认真想过？最好有可行性的文字方案，把握能大一点。"

这有什么难的，祝如曼收起手机："我这就回去整理！"

她是急性子，说话就要离开，晚嘉留她："你饿不饿，要不要吃点东西再走？"

祝如曼舔舔唇："那吃点吧，我车里只剩一瓶奶了。"

晚嘉带她去布菲台取吃的。到冷食区，刚好碰见何思俞。晚嘉和她刚认识，两人不过点头之交，互相笑笑就错开了。

倒是祝如曼，盯着人看了几眼，先是说她礼服还不错，接着嘴里咕叽一句："奇怪，怎么感觉这人有点眼熟？"

是眼熟，不是认识。晚嘉嘴角动了动，祝如曼已经往前淋沙拉酱去了。替她取杯果汁，晚嘉把人带到长桌区。

祝如曼惦记投资的事，巴不得今晚就出方案，让这个嫂子哄着亲哥给钱。

她又吃又喝，花了极短的时间吃完一餐，立马摆手告别。大概吃得太猛了，她走前又说要去洗手间，刚好晚嘉也去补妆，懒得再跑楼上，姑嫂两个又同行一段。

到了洗手间，晚嘉重新盖了一层粉，把眉毛边际稍微补补，再点几下口红。到收拾化妆包时，忽然一句悻悻的话飘到耳边。

"损不损啊你，能不能盼我点儿好？咱们祝公子都结婚了，还怎么续前缘？除非他也离！"

声音来自一道门外，应该是公共的洗手台前。而且这道男声，还有些熟悉。

冲水声响起，祝如曼走出来招呼："好了吗？"

"好了，走吧。"晚嘉扣上手拿包，跟在她后头。

女间的门一开，祝如曼顿了下，看到外面还在洗手的人："哟，这不是我赵哥吗？"

那人举起眼，也挺稀奇："哟，曼曼？"

浓眉配单眼皮，一张硬朗的脸，长得有点像一位老牌港星。

他跟祝如曼两个大嗓门，在洗手台来去几句。

"该毕业了吧？"

"还没呢，这不是等您一道？哪好给我赵哥撇下，是不是？"

"得，存心戳我肺管子？回头跟你妈告状去。"

一番寒暄逗趣后，那人把视线调到晚嘉身上。

"赵哥，这是我嫂子。"祝如曼忙两边介绍，"嫂子，这是我哥的发小，叫赵仁。"说着，她跟晚嘉压低声音，"当时就是他跟我哥一起整那小明星，可贼了。"

"欸？我可跟这儿杵着呢，说我坏话也背个身吧？"赵仁提醒。

祝如曼摆手："哪能，跟我嫂子夸你呢。"

这两人话太密了，晚嘉主动打招呼："你好。"

"弟妹好，终于见上了。"赵仁擦把手，爽亮一笑，"果然，弟妹比照片里还好看。"

晚嘉微笑着，挽了两下嘴角。

赵仁目光在她婚戒上停留几秒，很快咧嘴："够闪的，我们祝公子手笔就是不一样。"又看祝如曼，"怎么着，咱做个伴，回场子里去？"

祝如曼摇头："我得走了，咱得空再聚。"

"怎么着，我刚来你就要走？"

"嘿嘿，这不是赶巧呢嘛，我正好有事。"

走出过道，祝如曼去坐电梯，剩晚嘉和赵仁，同往宴厅回。

路上，晚嘉想起祝遇清对这位的评价：豁嘴，说话做事从来不经大脑。

但出乎意料的是，赵仁还挺安静，一路走着，没说过什么话。

等回到宴厅，酒香馥郁，杯声清脆。黑与金的氛围布置，光影倾泻，流动地打在每个人身上。

高脚桌旁，祝遇清正端着杯酒，同几位宾客谈笑着。他脱了外套，穿着黑色的西装马甲，即使应酬这么几圈，还是神采奕然。

而站在他左手边的，是何思俞。长颈瘦肩，颌面偏柔，她的气质很舒服，很雅淡。

不知是不是受祝如曼影响，奇怪得很，流光扫过她半边面颊时，晚嘉居然也捕捉到一丝的眼熟感。但很快，这份眼熟被别的打断。比如，赵仁在洗手间外的那通电话。

话语反复在脑中回旋，像一只手抵在心口，接着攥住她的心，一寸紧过一寸。晚嘉呼吸错拍，心慌与心悸，突然无处安放。

"弟妹，咱也过去？"赵仁开腔，且非常绅士，递出左臂。

社交场合，没什么好扭捏的，晚嘉把气吐匀，轻轻挽上去，借力向前。

那头的几人瞥见，很快停下交谈。一众人中，何思俞也回眼微笑，且大大方方用眼神描她。晚嘉感受到了，她不动声色，咬牙保持端稳。

走近时，祝遇清上前几步，把她从赵仁手里接过。晚嘉冲他笑了笑。他单手扶在她腰后，低头问："刚下来？"

"没上去，刚曼曼来了。"

"哎，我说，就不能晚点再秀恩爱？"赵仁斜插一句，又拍拍自己胸口，"我这么大个人在这儿呢，怎么不先跟我打声招呼？"

他找存在感，祝遇清也给面子，分个余光过去："挺久不见，赵总比以前精神，看来海外业务发展得不错？"

"还成吧，挣点嚼口，比祝总可差得远。"

他们兄弟神侃，晚嘉在旁边安静听着，一个错眼间，却接上何思俞的目光。她几乎是不错眼地盯着晚嘉，视线轻度游离，超出正常的社交尺度。

晚嘉不傻，看得出来视线里头饱含的情绪，不止探究。晚嘉心头乱得厉害，气息一岔，被祝遇清发现。

大概以为冷，他在她手臂搓了搓："加条披肩？"

晚嘉摇摇头："不用，我不冷。"指甲在掌心掐了下，忽又小声说，"鞋有点挤脚。"

"没换一双？"

"忘带了。"

祝遇清低头看她的脚，手收到前面握住她，以十指交叉手腕相搭的姿势，承着她身体倾过来的重量："差不多了，很快结束。"

"嗯，我没事的。"

"渴不渴？"

"有点。"

祝遇清招来侍生，替她拿了一杯水。

这一系列举动，引来在场几声调侃。祝遇清应对自如，晚嘉微报，挨着他默默微笑，同时假装自然地，再次将扫向何思俞，却见那位已经恢复正常神情，在跟赵仁说话，笑容得体，姿态款款。刚才那幽微的涣散，好像只是她的错觉。

不久，何思俞走过来，主动与她攀谈："听说宋小姐是猎头平台的？"

晚嘉站直了，把手从祝遇清手里抽出来，找到名片递过去："何小姐多指教。"

"客气了，是我有求于你。"何思俞与晚嘉交换名片，"我们正好有一批招聘需求，想找我能帮得上忙的。"

晚嘉看了看，她给的是美术馆名片。

"我们目前专注地产和互联网行业，文创行业的岗位相对少一些，如果急招，就怕只能尽些微薄之力。"晚嘉笑了笑，照实说道。

何思俞同样浅笑："宋小姐客气了，我们确实急，团队也确实对国内招聘市场太不熟悉，能多条接触人选的路子，也是相应感激的。"

接着，二人说了几句场面话，约定后续的对接，并现场添加了微信。

做这些的时候，晚嘉没有留意，甚至刻意忽略祝遇清的反应。他表情有没有变化、气息有没有紊乱，她……不大想知道。

这场酒会到了最后时刻，变得分外难挨。

时间差不多，宾客陆续离开，其中有几位重要客人，祝遇清需要送一送。他担心晚嘉，看她的脚："不然先去楼上等我？"

也许是生理期的原因，晚嘉感觉脚确实有点肿了，再跟上去也是拖他后腿，于是点点头，去了五十七层休息。

进门脱鞋，浑身力气像被抽空，晚嘉赤脚爬到床上，摊了个四仰八叉。

眯一小会儿，她睁开眼，摸到手机。心里藏着事，脑子里更有模糊的指令，她打开微信，点进何思俞的朋友圈，像偷窥的贼。

一页页往下，最先令晚嘉目光驻留的，是一条视频，里面是一条史宾格犬。

狗的模样或许有相近的，项圈可能也存在同款，但房子背景，却牢牢抓住她的眼。不会有错，这是祝遇清养的，叫 Brandon 的那条。所以上回，Brandon 确实是在跟人视频，而视频的对象，就是何思俞。

一口气凝在心口，晚嘉指尖快速滑动，眼睛像有雷达。把朋友圈翻到底，她再次看到了 Brandon 的照片。小小的一只，按体量看，应该是还在生长期。而年份上一推，与祝遇清的留学时间，是重合的。

晚嘉愣愣盯着图片，倏地，那口气就散了。忽然间，觉得自己早先那些下意识示威或宣示主权的举动，幼稚且心虚，这时候想来，更感到羞耻与难堪。

她从床上爬起来，漫无目的在房里转了几圈，最后在客厅的落地窗前站定。

车辆各色，一辆辆在地面驶动，形成有序的霓虹线。乌天黑夜，雨不知道什么时候下的，尘烟四起，潮气进了她的心里。

人群散去，酒店大堂，还有零星几簇分散站着，意犹未尽。

第十三章
离婚协议

酒会这种场合，既是商业场，也可以是风月场，就看接下来要不要续摊，以及去哪里续了。

婉拒一位调香师后，何思俞借与人发消息的姿势，把眼旁顾。离她不远的位置，祝遇清侧立着，正和一位高奢品牌的亚太区负责人在交谈。

他肩身笔挺，轮廓硬朗，比起几年前，更显稳练。方巾边缘平整，是重新叠过的，颈下领结，也有人替他扶正过。

或许是距离近，又或是她嗅觉太敏感，还隐约闻到他身上有不重的脂粉味，柔软了他身上木香的干和冷。芬芳因子延长又绵密，来自他那位妻子留下的，淡淡女香。

香气带着画面感，再一次，何思俞想到电梯间，与那位的初见。香槟金的面料，上身胸衣裁剪，连内衬鱼骨也是真丝包边的，腴润的同时，也掐出一段玲珑腰身。明光灿闪，就那样安静站着，也是一身流光溢彩，像曼妙多姿的东方人鱼姬。足够惊艳，让人挪不开眼。

何思俞有理由相信，那时步伐急促，故意制造偶遇的自己，绝对是一脸蠢相，上赶着现眼。更别提宴厅里，她在人眉宇之间找痕迹的那份狼狈举动。

铃声啄破思绪，何思俞看一眼手机，是司机把车开上来的提示。她提裙往外走，赵仁不知从哪个角落钻了出来。

"送你回去？"

"不用，我的车到了。"

"那正好，捎我一段。"

"抱歉，坐不下。"

简短四句来回，何思俞走进旋转门，半点不拖沓。

赵仁看她在门童的伞下，弯腰进了后座。

车辆驶动，很快开出视线。又碰一鼻子灰，赵仁自嘲地笑了笑，站旁边等祝遇清聊完，拐过去："坐坐？"

"改天。"

"得，今天这又晚了？"

祝遇清看了看表："找孙晋吧，他孤家寡人的，随时有空。"说完抬手拍拍赵仁的肩，往楼上去了。

门铃无人应，祝遇清找出房卡，开门进去。电视开着，客厅空荡，祝遇清在卧室的沙发上，找见了晚嘉。应该是洗过澡，她换下了先前的礼服，穿着酒店浴袍。

祝遇清走近，弯下腰，近距离观察。晚嘉动一动身体："回来了？"

祝遇清坐进沙发，拿起旁边的酒杯晃晃："醉了？"

晚嘉没说话，头埋在臂弯。她喝的七喜而已，醉什么醉。

"脚还痛不痛？"

"痛。"

祝遇清拧开台灯，把她的脚放在腿上，慢慢地揉。

其实刚刚泡过澡，人已经没那么乏了，但晚嘉不吭声，默默享受他的伺候。

几分钟后她把脚一伸，人跨坐上去，脑袋靠在祝遇清身前："你为什么娶我？"

祝遇清摸她的头发，反问："你为什么嫁我？"

晚嘉："……因为你有钱。"说完撼他，"轮到你了。"

祝遇清脱掉鞋，抱着她横躺到沙发，嘴巴附在她耳朵边："一见钟情，情难自控，行不行？"

花言戏语，好听话张口就有。晚嘉闷声问："你一直这么能说吗？"一直，都这么会哄女人吗？

"真话，不信？"

晚嘉没言语，手往上，摸他后脑头发的短刺。

再过会儿，她往后退了退，盯住眼前这个男人，然而张嘴过去时，却咬了个空。祝遇清歪着头看她："无事献殷勤？"

晚嘉努了下嘴："曼曼说，想开店。"

"所以？"

"所以我日行一善，行不行？"

祝遇清笑，把她按过来，唇齿磨动，慢慢地哑。喉间缠绵滚动，直到晚嘉一侧肩头暴露在空气里，祝遇清退开，扶住她的肩："行了，别招我。"

衣料被牵回来，晚嘉轻轻匀气，脸上粉成一片。眼前人含笑看她，眉眼高差，

175

连嘴角笑弧都是好看的。她恍然，察觉自己不知什么时候起，已经陷入一场旷日持久的心动。

转天中午，两人回老宅吃饭。

这一回，潘逢启母子也来了。比起之前蔫不丢的模样，这次的潘逢启精气神都好了些，倒是他妈蒋玉芝，看着憔悴不少。

老一辈还是希望子孙亲厚，满堂和气。老祝董存心说和两位晚辈，开饭之前，把祝遇清跟潘逢启都叫上，陪着后园溜达去了。

剩下两代姑嫂，一代在前院闲聊天，另一代，则到了偏厅。

因为开店的事，晚嘉被祝如曼缠住，请教计划该怎么做，市调又从哪里入手。中途祝如曼去找吃的，回来时凑近一句："猜我刚刚偷听到什么？"

见她神神秘秘，晚嘉配合地问："什么？"

祝如曼蜷着嗓子："那个杨璐在逼婚，家里父母都请过来了。姑妈也想让潘表哥早点成家，但表哥死活不肯，还投了国外项目，打算出国去跟。"

是潘逢启的事，晚嘉没搭腔，继续看资料。

祝如曼心神是散的，没八卦够："潘表哥还是不定性啊，都要当爸了还跑呢。唉，这辈子也不知道结不得成婚。"她想了想，搭上晚嘉的肩，"嫂子，你还惦记……"

"曼曼，"晚嘉看过去，"你不是小孩子了，别问这种无聊的话。"

见晚嘉两个眉头蹙成一堆，祝如曼忙赔笑："我不说，我妈也不说。"

晚嘉重新去看她列出的几个选址，一个个地对，笔头顿在其中一行："这里好像挺偏，怎么想过去？"

"偏吗？"祝如曼张眼看，"这条街地段还成，不远就是剧院和海洋馆，人流还是有的。"

晚喜仔细回忆了下："海洋馆基本是家长带孩子去的，应该很少有时间逛……剧院的话，你是想做演员的生意？"

"演员和观众都成吧，有些来得早的，或者散场了想在周围逛逛……"祝如曼把手上卷尺拉长一点，"其实我是想半工作室半店面，太热闹了也影响干活。"

晚嘉想了想："也行，那你有空都去踩踩点。"

晚些时候，一家子人上桌吃饭。

饭桌上，祝遇清和潘逢启虽然没有搭话，但总体也算相安无事，没有破坏融融气氛。

吃完饭再待上一会儿，老爷子要休息了，于是众人各自乘车离开。

上车不久，晚嘉的手机有了一通来电，是潘逢启的。她愣了下，好在对方并不执着，响了几秒，很快掐断了。就在晚嘉以为是打错电话时，潘逢启发了条微信过来，大意是他打算出国待一段时间，没别的意思，只是刚才在老宅没找到机会，这会儿想起，跟她打声招呼。

一目扫完，晚嘉别开眼去看祝遇清，见他视线躺在他自己的手机屏幕上，似乎没留意这头的动静。

她想了想，待把这信息给他看看，又觉得有些此地无银的意思，何况内容清清白白，她也没有回复。

转眼周一，各自投入工作。

本来只是个平常的工作日，然而情绪像鬼打墙，晚嘉脑子里纷纷乱乱又密密疏疏，想象中任何的细枝末节都快凿穿她的心，闹得人很不在状态。放空、走神，午饭食之无味，连水都喝得比平时少。

不想带着这样的情绪继续，于是下班后，她赶去找卢彤老师。

卢彤下班比她晚，等回到家，看见桌子上几瓶酒后，下巴惊出双层："借酒浇愁，这么严重吗？"

晚嘉点头："我可能需要睡一觉，昨晚没睡好，但又困又睡不着。"

卢彤见她拿杯子，连忙竖手制止："我不能喝，大姨妈快来了，浑身不得劲。"

卢彤读大学那会儿在海洋馆兼职过美人鱼，下水多了，弄得经期前就会开始有症状，又坠又胀。说起这个也挺纳闷，明明那时候她俩一起去做的兼职，甚至跟前这位因为身材好游得漂亮，被安排的钟数都比较多，怎么她就没事？

卢彤郁闷："明明你还比我下水时间长，怎么你体格这么强？"

"遗传吧，我妈也不痛经。"没人陪喝，晚嘉只好自己闷了一口。

卢彤嫉妒："你不会以后生孩子也不痛吧？"

晚嘉说："你好歹披件白大褂再来扮演医生，这种话，再没有医学常识的人也不会信。"

本来也就信口一绉，卢彤放下包："祝总呢？"

"陪老爷子见客，很晚才会回。"

"哦，那你先喝着，我换身衣裳。"

卢彤换了条吊带裙出来，一看，客厅里晚嘉盘腿坐着，脑袋靠在手臂上。高脚空已经空了，她指尖倒勾着杯脚，"叮叮叮"，敲出慢慢的响声。这风情这体态，像乖女喷了"黑鸦片"香水，看得人大为稀罕。

"怎么回事啊？瞧给我们祝太太愁得。"卢彤迫不及待，想替她参透感情迷局。

晚嘉换了换姿势，眼睛发直："前两天，我看到他前女友了。"就着这个状态，她把事情和盘托出。

听完，卢彤搓搓下巴："女艺术家啊，名头可够唬人的。"

晚嘉坐起来，重新往杯子里倒酒，喝一口，点点头："还是美术馆馆长，真的很优秀。"

卢彤看她："祝总有前女友这事，你很介意？"

晚嘉摇头。恋爱嘛，她也不是没谈过。

卢彤拖音："那……您这是？"

"我知道没什么好介意的，就是……难受。"晚嘉对着杯子，又喝了一口。

高泡酒，本该有甘甜留在舌面的，但这口下去，只有气泡在舌根关卡密集堆叠，有点苦，有点酸，像能攒出她心里攒了好久的蜜。

"难受就对了，他是你老公，冷不丁蹦出个前女友来，不难受才怪。"卢彤瞄上了鸭脖，一边戴手套一边分析，"你俩闪婚，婚前对双方了解都不够，这都正常状态。"

晚嘉垂低头，片时，"嗯"了一声。就是正常，才显得不停钻牛角尖的她很小气。不就是前女友嘛，不就是……一起养了条狗嘛。工作上两人也是正常往来，起码在那场宴上，看不出他们有什么暧昧。

可是，她真的很难不在意。她想要弱化这份情绪，但一想起这些日子跟他的亲昵时刻，就更揪心。甚至于，又一度关联起之前，潘逢启说过的那些话。而这一切，事关这场婚姻的动机，也事关……他的感情归属。

但排除潘逢启所谓的阴谋论，仔细想想，好像也不是什么了不得的事，所以她没有在他跟前提过，想要忽略，想要慢慢消化。只是这两天的状态告诉她，要想平地跨越，此路暂时不通。

卢彤啃鸭脖正带劲，嚅出些声响说："你不是想要忽略，你是不敢问，怕呢？"

被一语道破，晚嘉嘴角小幅度拉动了下。确实是怕，怕这些日子的亲密，还有他所谓的在乎，只是她荷尔蒙弥漫的一点贫瘠想象。

"你完蛋了，你爱惨你老公了。"卢彤总结她，笑得眯起了眼。

拖着一身的酒气，晚嘉认了。现在回想，刚结婚那时候面对他的引导，她最先是一种客气甚至迎合的尝试，但说不清什么时候起，真就投入了，动心了。

"怎么办呢……"她眨着眼，喃喃自语。

"什么怎么办？"卢彤很直接，"这又不是谁先动心谁输的恋爱游戏，人都是你的了，只要没出轨，来十个八个前女友也犯不着怕！"

话糙理不糙，几分钟的沉默后，晚嘉重重点了头："你说得对。"

其实有些事自己静下心来也摸得通，只是这两天她进了死胡同，总想找开解甚至找答案，但如果这压根不是问题，又要什么答案？

阳台门开着，猫大摇大摆走进客厅，也把风带了进来。

卢彤打了个冷颤："你不冷吗？"

晚嘉摸了摸脸："有点热。"

脸都红了能不热嘛，卢彤起身："少喝点。"

窗户关上后，卢彤点她："别把自己逼得太紧，吃醋是正常的，别搞那些完美投射。喜欢一个人就是会患得患失，再说情绪这事儿上，还要当什么道德模范不成？你又没背指标。"

猫趴到腿上，晚嘉"嗯"了一声，往后靠着沙发："有点晕，借你地方眯会儿。"

"您随便。"

一人醒酒一人啃鸭脖，客厅安静了会儿。

卢彤填饱肚子，问起孙晋的事："祝总说他大学谈得不多，不多是几个？"

"嗯？"晚嘉勉强睁开一只眼，"谈什么？"

"……弹棉花。"

晚嘉笑了笑，手机响动，她拿起来看，再接着，点进去回信息。

"谁？祝总吗？"卢彤问。

晚嘉眯着眼打字，迟迟点头，动作像被按了慢放键。卢彤拿眼瞧她，脸上两团腮晕，目光还不会拐弯，明显是醉差不多了。再严重点，能发酒痴。说起来这人发酒痴，可比下流星雨还罕见。

"睡会儿吧，晚点不行送你回去。"说着，卢彤就地一躺，开始"贤者时间"。

晚嘉说不用："他会来接。"

"那成，你安心躺着吧。"卢彤架着腿，想起问一嘴，"那个何什么的，长什么样？"

晚嘉说："很漂亮，很有气质。"

"是吗？"卢彤起了劲，"我瞧瞧，多有气质？"

晚嘉点进何思俞的朋友圈，递给她看。

卢彤探身接过，顺便把猫抢回来撸，栽在地上开始划动，参观艺术家的朋友圈。

大自然，狗，创作碎片……

忽然，她视线锚定几张照片，点开来，再拿手指搓大，又缩小，再去看下一张。就这么来来回回看几遍，她打地上爬起来，照着晚嘉的脸对来对去。

感受到视线，晚嘉睁开眼："怎么了？"

卢彤举起手机，又看了几眼，最后犹豫着开口："你觉不觉得……你俩长得有点像？"

晚嘉一怔。

"也不是特别像，就是不说话的时候，眉眼气质有点像。"卢彤试图形容这份感觉。

晚嘉接过来一看，是抱着小史宾格犬的何思俞。几年前的照片了，都不是正面照，但低头或侧脸，眉宇鼻线，确实熟悉。

她眼睫交错，电光石火间，蓦地捕捉到什么，随即，胸腔浮起一股恶气。

"咚"的一声，卢彤怀里的猫蹿出去，把沙发旁边的铜摆件给带倒。摆件是圆滚滚的，在地上滴溜溜跑了好远。

"这个'逆子'，皮痒了是不是？给我回来！"卢彤喝骂两句，爬过去把摆件捡回来，重新摆好，等回到毯面，就见晚嘉趴在桌子上，嘴里嘀里嘟噜说着什么，瓮瓮的，听不太清楚。

"念经呢？"

卢彤伏过去，正好听见她半吞半含，好像骂了句脏话："去他……的……找……替身呢？"

半夜十一点，祝遇清来接人了。卢彤很尴尬，借口说跟几个老同学视频，聊得上头，所以多喝了几杯。

祝遇清向她道谢，把晚嘉带上了车。

BOSS 的压迫一离开，卢彤松泛下来。她在单元楼下站了站，看着那对走远的夫妇，试图捋清这里头的逻辑。听起来，何思俞似乎是离过婚的，所以，因为她另嫁，所以祝总才回国找替代品？

车门关上，车尾灯亮起，驶出过道。

卢彤往回走，夜风从裙摆钻进来，她裹紧外套的同时，又隐约觉得哪里不对劲。比如……怎么就这么巧，和前女友相似的人，就是自己表弟的女朋友？

事情未免太奇怪，她脑筋一转，盘算着找机会问问孙晋。

想什么来什么，到电梯间，手机在手心响动起来。卢彤看了眼备注，故意等了会儿，进电梯后才接起。

第一秒，她故意打了个呵欠："喂？"

"睡了？"

"嗯……"

"这么早？"

"我四大爷刚给我批过八字，让我下半年早点睡，说超过十点有危害。"

"什么危害？"

"晚睡的危害。"卢彤佯作不耐，"困得很，没事挂了。"

"别，"电话里，孙晋笑了笑，"明晚一起吃饭？"

"没空。"

"那什么时候有空？"

他要送上门了，卢彤心里一阵跳，这些日子的主动，在此刻悉数化作矜持。她掐了掐日子："周四吧。"

"叮！"

刚说完，电梯响起提示声，清脆到让电话那头的人扑出笑来，好在他没有拆穿："行，那周四见？"

卢彤脚趾抓地，故作镇定地"嗯"了一声后，抢先挂断。

到零点，万籁俱寂。

回到湖云堡的家里，祝遇清把晚嘉送回了房。她不吵不闹，忽略红脸和酒气，不大像喝醉了的人。

"要不要泡澡？"祝遇清问。

晚嘉摇了摇头："好困。"说困，但还是去浴室刷牙卸妆，冲洗一遍后，才又回到卧室。可能是因为在卢彤那儿睡过，这回躺了好久都还是浅眠。

闭眼神思乱游时，床的另半边低陷一下，腰间多了只手，带着干净皂香的气息贴过来："头痛不痛？"

"不痛。"

"嗯，那睡吧，渴了叫我。"声音在颈旁嗡嗡地动，像细碎的吻。

旁边呼吸渐平，晚嘉眼尾几动，慢慢也跌进梦中。

第二天早晨她故意晚起，在房子里拖拖拉拉，等祝遇清离开家后，给公司请了假。宿醉过后，头是真的痛，太阳穴一阵紧过一阵。

晚嘉进书房捣鼓半天，通过法律咨询平台，花钱要来一份标准版的离婚协议，并预留了足够的补充条框。打印选项，填了三的倍数后，打印机开始一张张地吐纸。"唰唰"和轻微的"咔嗒"，是定影器分离爪跑动的声音。

晚嘉扶着太阳穴，拿手机边角敲了敲，发誓以后再不那么喝。

纸出得差不多时，祝如曼发来信息，问她什么时候有空，约她周末一起去看看店址。

晚嘉脑子发胀，一时不知道怎么回复，干脆跳过去了。

等纸出完，她拿订书机装订过，在房里没找着文件袋，于是走去隔壁。

人不在，但空间里有他的味道。

桌面摆着婚礼当天的照片，他撩开头纱，扶住她的腰。亲朋闹热，道贺声一句接一句，现在想想，其实也就不久前的事。

晚嘉眼也不眨，在那张靠椅上坐了一会儿，才找到牛皮袋，再把文件装进去，系好纽子。

她出门，叫了辆网约车，往 E.M 去。

临近午休时间，几个街区稍稍有点堵。等在十字路口时，家里打来一通电话。

也是卡着中午这点时间打的，妈妈和外公问她有没有吃饭，说昨天去复查，报告结果出来，肌酐降了些，数值已经接近正常区间。

"那就好。"晚嘉稍稍松心，叮嘱外公少吃咸，每天下楼转转，但不要转太远了。

姚敏应着："我都控制盐量的，你放心，重口的不给外公吃。"她边打电话边忙，不时跟旁边吃饭的学生说一句，让别挑食。过会儿，又叮咛晚嘉，说祝遇清周天打电话问过外公身体，让跟他说一句，不用总记着。

晚嘉顿一下："知道了。"

姚敏以为女儿午休没事，又唠了些别的。晚嘉半半失神，敷衍地听了会儿。到地方时，通话正好结束。

正值下班时间，广场有外出觅食的白领，也有吃完在楼下抽烟或消食的。晚嘉从侧门进去，溜进专属电梯间。

上回过来的时候，祝遇清让邓助理给了她一张权限卡，当时还戏言，欢迎她随时来查岗。没想到头一回，居然是这种用途。

从底层到三十一楼，一路通畅。

晚嘉特意选的这个时间，想着祝遇清应该忙完工作在吃饭或休息的，但遇到邓助理，却说他办公室还有人。

晚嘉以为是商务洽谈，邓助理连忙说清："也不打紧的，是祝总一位朋友……您看是在这边坐坐，还是进去等？"

晚嘉迟疑了下，这层的接待礼仪很严谨，只要公区有人，前台就得站着。她略一思索，打算去里面的小客厅等着。

动静全被地毯吸走，晚嘉进入办公室。窗帘拉着，对面是那天的红字大墙，玻璃幕墙，被太阳照出一派明光。

小客厅在接待室的方向，晚嘉往暗门走，尽量不发出打扰的声音。然而她轻手轻脚，接待室的动静却难以忽视。

一个声音丹田劲很足，而另一个，声音她太熟悉也太敏感，两人的言语直往她耳朵里钻。

先是赵仁："逢启确实挺浑的，也挺不知足。有个共患难的好姑娘，还跑外头摘什么花？"

不用想也知道这是在说谁，晚嘉有些尴尬，屏住呼吸，连影子都移得更慢了些。

几秒后，又听见赵仁的嗓门："都说你大发善心，看不得她被逢启抛弃……"稍停，又揶揄地问，"你不会真有什么'白骑士情结'，玩拯救'灰姑娘'的戏码？"

听到这里，晚嘉步子停滞，忽然意识到自己的剧本被二改，原来和潘逢启共患难的"糟糠"，到他这里，又成了鞋子挤脚的灰姑娘。

把包袋往肩上送了送，晚嘉开始后悔进来等人。

她正犹豫时，里间，赵仁留意观察着祝遇清的神情。从提到他那位妻子，他就没说话了，喝茶抽纸，举止都是让人看不透的悠然。再仔细回忆下，姑娘确实长得比照片上要好看，就是不知道……

想不如问，赵仁叠起腿，试探道："真动心的话，当小情人养起来就成了，怎么还非得娶？"

"什么拯救灰姑娘？明明，是想让她来救一救我这单身寡汉。"祝遇清微含起眼，话中带笑。

赵仁目光蹿起亮光："所以不是'接盘'，你真就是郎心暗许了？"

话太粗，祝遇清嘴角重重一捺："有问题可以医院去挂个专家号，满嘴乱跑什么？"

赵仁理亏，认错倒也快："呸呸，不是'接盘'，我嘴瓢。"他歪着嘴笑，"这不是着急关心好兄弟嘛，咱俩谁跟谁，你知道我就这德行，别介意。"

"赵仁，"祝遇清皱眉，"我不会拿婚姻当儿戏，也没有病态的喜好，以后少说这种无聊的话。"

他语气严重，赵仁心头却是一松："瞧你，急个什么劲。"又笑着说，"本来嘛，婚姻就不该是儿戏，这头结了转头又离，像什么样子……那什么，时间不早了，一会儿去哪儿吃饭？"

相隔的一道门外，晚嘉石像般凝住，擎立原地。思绪愣了好几拍，直到听见祝遇清的声音，说是要叫秘书订餐厅时，她抱紧文件袋，脚尖踮起，匆忙离开。

从三十一层到地面，晚嘉几乎落荒而逃。等叫车到了家里，她更像做贼一样钻进书房，连挎包都忘了放。

她坐在椅子上，无意识地咬着手指关节，一颗心像刚从云霄飞车下来，紧张到要蹦出嗓子眼。

方阿姨不清楚她出了什么事，上来问要不要吃午饭，说煲了粤式的老火汤，料是邹芸叫人送过来的。晚嘉魂魄出窍，呆呆地应了句："晚上再喝吧，现在还不饿。"

等方阿姨走了，她渐渐回过神，脑子里那点吵闹劲退去，真实的噪点进入耳道。

她拆开文件内袋，把那几份协议拿出来。起钉器没找见，她直接用剪刀把书钉绞掉，再把桌面的碎纸机搬过来。晚嘉转动拧把，纸张竖立，被齿轮破成一条条纸屑。

才碎到第二张，公司有电话打来。

"晚嘉姐。"林苗苗声音有点慌，"你方便回来一趟吗，出了点事……"

"怎么了？"

"有个单子，被黑……不是，被人截了。"

听着不对劲，晚嘉打开微信群，粗略浏览一遍，很快抓包起身。临离开前，还记得把没碎掉的协议塞进包里，一起带去公司。

见她下来，方阿姨说洗了盘葡萄，问要不要带上吃。晚嘉摇头说不用，人风风火火，抓了车钥匙就下楼去了。

等进到地下层，车门才拉开时，又有了电话。这回，是祝遇清打的。

听声音他似乎在走动，问她："刚来公司了？"

车门关上，晚嘉把包放到副驾。电话那头还在等，她摸着方向盘，很快想出个理由："呃……本来想找你一起吃饭的。"

"那怎么又走了？"祝遇清问，"今天没上班？"

"头痛请假了，但公司突然有点事，又得赶过去。"

"这么着急？"

"嗯，要去跟进一下。"

听见车子启动的声音，祝遇清点头："好，慢点开，晚上见。"

结束通话，电梯也刚好到达一层。赵仁耍贫嘴："弟妹不会是听到我来了，所以走人？"

"她跟你不熟，少往自己脸上贴金。"走过感应门，祝遇清收起手机，"你这次回来，不打算走了？"

赵仁点头："不走了。"

"不说要去第三世界国家挣钱？"

"钱谁挣得完？"赵仁两手揣兜，散漫地瞥着大堂环境，"我在外面也漂够久了，是时候回到祖国母亲的怀抱，忙点儿别的了。"

"比如？"

"比如你都娶老婆了，我不得抓点紧？"

祝遇清点头："那祝你成功。"

"放心吧，再不成，这辈子我都耗着。"

半小时后，到了订好的餐厅。

从小一起长大的，跟赵仁再是打嘴仗，祝遇清还是让人精心挑了地方，为他接一回风，弥补前两次的缺位。

餐厅在会所里面，出电梯不远，迎面走来几个小年轻，一路走一路闹，而领头那个，正好是汤正凯。认出人后，他立时摘掉耍酷的墨镜，站直身喊："清哥，赵哥。"

祝遇清微一颔首，赵仁则笑："成啊小凯，连'亲哥'都叫上了，几时跟曼曼摆酒啊？"

汤正凯小心地觑了眼祝遇清，挠着额角说："您瞧您，甭取笑我了……哪时候回来的？"

"有几天了，"赵仁招呼他，"一块儿喝两杯？"

有祝遇清在，汤正凯哪里敢，声怯气短说："您二位吃，我、我送人去，咱下回的，下回哈。"

赔笑过后，他麻利开溜。

赵仁奇怪："这小子怎么一见你，跟耗子似的溜缝走？"

祝遇清没理他："走快点，我下午还有事。"

两人往包间去。

差不多时间，晚嘉也回到了公司。

过玻璃门，猎引的招牌亮晃晃的。跟前台打过招呼，她往办公室去。

"晚嘉姐。"林苗苗捧上来。

"怎么回事？"晚嘉兜头问了句，见林苗苗着急得很，又安抚，"别慌，不是你的问题，把话说清楚就行。"

林苗苗点头不迭。

这场突发事件，起因是元昌之前放出的岗位名额，那个品牌总的岗位。当时专人跟进一周有余，后来职位关闭，说是人已经招到。

人才寻访本来也是多线进行，这种情况不出奇，所有流程都正常。而事情的波折，是平台有位猎头做回访，发现这个岗位所录取的，正是他之前推荐给元昌，且简历本来通过，但后来又无缘无故被刷掉的候选人。这种情况，就相当吊诡了。

会议室内，一众人坐定后，出外勤的梁进伦也驱车赶回。他夹着眉头往前，确认联系过程："元昌怎么说？内推？还是内部人才库？"

甲方是林苗苗对接的，她忙答道："人力说那位人选确实来自猎头，但不是咱们平台的，而是当地另一家猎企。"

185

"推荐记录，跟候选人接触的证据呢，有没有跟企业对过？"这是出现争议时，确认人选归属的重要环节。

林苗苗苦了下脸："他们不肯提供，说服务费已经付过了，让咱们有问题的话，去找那家猎企对线。"

连基本的沟通都不愿配合，晚嘉抓着笔，陷入思索。

甲方私下录用人选，是行业里常见的现象，也是令人鄙视的现象。做这种事的企业，别谈契约精神了，压根就是拿猎头当免费工具。但元昌这回不是绕过猎头，而是扯出个第三方，而且态度傲慢，实在是不够坦荡，跟企业名声相去甚远。

这情形着实古怪，细想想，要么是怕麻烦所以推卸责任，要么……

晚嘉才想到这儿，就听梁进伦叫林苗苗："那家猎企名字发我，我找羊城同行打听下。"

"也发我一下，我看看。"晚嘉跟上。

名称发来，她打开天眼查，再找到一圈社交和招聘网站，在界面刷几遍后，捏了捏脖子。

林苗苗凑过来："怎么样，查到什么了吗？"

"是家小猎企，注册资金只有十万，团队恐怕一只手能数过来。"

"十万？元昌这么大家公司，也太不挑供应商了吧？"林苗苗诧异。

晚嘉"唔"了一声："小猎企不挑单，几乎给钱就做，而且普遍费率低，甚至还有签固定佣金的，费用上相对有优势。"

门推开，梁进伦打完电话回来了。他眉心微皱："小团队，不到五个人。"

"还真是！"林苗苗惊呼一声，"不会故意截单吧？要钱不要脸，太下作了！"

恶性竞争，确实不是什么上得台面的做法，会议室内其他同事都愤愤不已，觉得晦气。

梁进伦沉吟了下，让林苗苗再跟元昌的人力联系一回，同时找那位做单的猎头，把和人选联系的截图收集上来，时间点标好，做成证据包。

会后，晚嘉又去找了梁进伦。两人单独聊了会儿，梁进伦说出自己的猜疑："可能真是元昌人资系统的错漏，让同一个人选进了流程，但也可能，问题出在那家猎企身上。"

晚嘉想了想："梁总的意思是……那家猎企，也许跟元昌有关系？"

"概率是有的，不排除这种原因。"梁进伦缓缓点头。

之所以不在会上提，是怕团队团队有人憋不住气，一不小心漏出半句。

元昌到底是甲方，手上还有项目在合作的。就算以后终止合作，在目前没有事实证据的情况下，对平台到底影响不好。

"先尝试沟通吧，我找人细查一下那家猎企。"

"好的。"

因为这么件事，晚嘉在公司加了场班，忙得水都没怎么顾上喝。

夜灯几盏，办公室走得七七八八，她觉得口干，起身去接水。站茶水间喝完半杯时，林苗苗举着手机跑过来："晚嘉姐，电话！"

"谢谢。"晚嘉接过来，划开接听，"喂？"

"还没忙完？"

"差不多了。"

"二十分钟？"

晚嘉看了眼时间："……你是过来了吗？"

"嗯，大概二十分钟到。"

挂断电话，晚嘉回到位置，把工作收了个尾。下楼前去趟洗手间，从包里拿出口红补了补，手往粉饼盒子伸的时候，倏地感觉不对，一下又缩回来。

洗手台前的半身镜，照着她一张加班脸，全脸色彩都在唇上，打眼的口红，泛着新鲜的珠光感。晚嘉拿出纸巾印了印，嘴是淡些了，可脸上却红晕悄生。大半夜发蒙怔，神经。

因为不放心林苗苗自己回，晚嘉也叫上她一起，顺道给捎回去。

能蹭车，林苗苗也不客气，乐乐呵呵地应了。上车后，祝遇清把买的咖啡递给二人。

"谢谢姐夫！"林苗苗清脆道谢，声音响彻车厢，把晚嘉弄了个猝不及防。

祝遇清看了眼晚嘉，唇一拂："不客气。"

开出主道，一路气氛挺好。林苗苗虽然活泼，但说话很有分寸，而且大都围绕晚嘉，不会打扰开车的祝遇清。晚嘉坐在副驾，不时被逗笑，连带着话也密起来。

宿醉的劲已经过了，说说笑笑中，加班的疲惫也渐渐扫空。后视镜里，林苗苗笑得腮肉向上，嘴角梨窝像两粒小小的酒盏，鲜妍可人。阳光外向，笑容很有感染力，这样的女孩子，晚嘉从来都很羡慕。而羡慕本身，大都源于自己的欠缺。

从小到大，不管是学校受的教育还是社会环境评价体系，都在给她灌输一份认知：内向和慢热，都是种性格缺陷，安静与不合群，更是怯弱的表现。这种标签令人不适，偏见使人更沉默，更不热衷表达，于是日久天长，又好像变作了性格上的顽疾。

因为交际能力欠缺，到潘逢启公司后，她适应了很长一段时间。跟甲方和候选人沟通时，哪怕提前拟好清单，还是会紧张；应酬场上，会因为礼仪不到位，或自己发抖的声线而羞耻。

现在回想起来，最自在的，还是在海洋馆兼职的日子。

安徒生的童话世界里，美人鱼是安静的。而扮演一个不会说话的角色，是她最舒服的状态。在小朋友纯真的呼唤中，她连笑容都是发自内心的。不被动，没有负担，连互动都变得自然，甚至享受。

路灯抚过车身，在一条巷子前，林苗苗往前坐了坐："姐夫，就停这里吧，开不进去了。"她背包下车，"晚嘉姐，姐夫，我回去啦。"

"好，到了家给我发信息。"晚嘉叮嘱她。

"嗯嗯，再见！"林苗苗摆摆手，进了巷子。车原地停着，等她越走越远，没多久发了信息来报平安，才调头出去。

接近十二点，道路顺畅。

刚刚有林苗苗在，现在她走了，车里一下子安静下来。晚嘉坐在副驾位，竟然有种不明不白的掐巴感。像头一回给他当女伴，结束之后，在车里如坐针毡。又有描述不清的心跳，以及那点还没有完全蒸发的别扭，抓心挠肝，度秒如年。

她把座椅调低，又开了按摩模式，舒缓肩腰的酸胀。是想装假寐的，但又被车里放着的歌吸引。

一首粤语歌，不熟悉的语言，反而显得更有嚼头。

"这歌好老。"晚嘉说。

祝遇清："老歌才耐听。"

晚嘉抓着安全带："有一种说法，欣赏不来流行音乐，也可能是因为……人老。"

以前不懂，为什么男女在一起时，即便男方比自己大不了多少，却总能听到上了岁数的调侃。轮到自己，这种蹩脚且无聊的口水话却张嘴就来，一下出溜到舌尖，自然得找不着动机。

果然，祝遇清揶揄看她："老就老吧，反正讨到了老婆，岁数不重要。"又打量她一眼，"酒还没醒？"

"醒了。"

"酒量不行，以后就悠着点，尽量少喝。"

"哦……"

红灯，车停下来。祝遇清游越操作杆，拉住晚嘉的手。晚嘉不肯配合，又躲又缩，握住后又跟他角力，直到祝遇清往她手腕敲了一下，这才乖了。

静静牵了会儿，晚嘉问："你醉过吗？"

祝遇清认真想了想："这几年很少。"

晚嘉偏头，听他回答："我爸刚走那会儿，醉过几回。"

灯转绿了，两人分开，温度撤离彼此的手心。

开出一段，祝遇清问："在想什么？"

"在想你醉了什么样子。"

"说说看？"

晚嘉身子倾斜，十根指头搁在裙面，慢慢说："应该还是很沉得住气，能走直线，举止得体，说话不会大舌头，更不会发酒疯……"

一缕视线飘摇过来："嘴这么甜，撒糖衣炮弹呢？"祝遇清睨她，"使劲美化我，难不成提防我以后喝醉，跟你耍酒疯？"

晚嘉哼一声："你疑心病太重了，这样不好。"

祝遇清摇了摇头，嘴角挂着点笑，那股无奈样，刻进人的心里。

第十四章
不吃回头草

　　晚嘉收回目光，裙面上的手绞了松，松了绞，最后摊开，看着淡淡的手纹。她想过了，其实倒退回领证头一晚，彼此都有共识。这场婚姻本身就是没有情感底色的结合，打从一开始，就是彼此冲动之下的约定。所以就算他有目的，她动机也不纯，半斤八两嘛。就这样，也挺好。

　　想开了，人舒舒服服伸个懒腰："外公的检查报告出来了，挺好的，让跟你说一声。"

　　"那就好，等过年回去，刚好年底肾内科有位泰斗从国外回苏省，到时候让他帮外公再看看。"

　　"行。"

　　车身驶入地库，轻松归了车线之中。

　　男人倒车一把进，真的很帅。晚嘉顾着回味，直到祝遇清拎起她的包，神经一下高高吊起。

　　今天太忙了，忘记在公司把纸碎掉，就这么带了回来。心虚占主导，晚嘉贴上去，牢牢勾住祝遇清的手臂。

　　梯门一开，他把人半提进去："突然这么忙，周末的温泉要泡汤了？"

　　晚嘉脸黏在他手臂上："既然祝总盛情邀请，那我想办法挤上半天……陪你。"

　　祝遇清悄声："是我想的那种陪？"

　　"没准呢？"

　　梯级上升，祝遇清抽出手揽住她，低低说："那我这几天多跑两圈，把体力拉上来。"

　　"拉上来干吗？"

　　"大概是……抓鱼？"

晚嘉抬头，撞进他乌黑的眼里。他嘴巴说着不着调的话，笑容却明朗、温文尔雅。

梯门打开，晚嘉趁机把包抢回来，抱在怀里先跑掉。

转天上班她到得很早，趁公司还没人，把包里的离婚协议给碎了。公司碎纸机保密级别高，出来一粒粒，纸屑箱里攘两下，什么也看不出来。她又想起躺在家里书房的那两张，惦记着今天下班后，一定要再捞出来处理下。

如常投入工作，早会时，还说了下元昌事件的进展。

元昌的人力还是老态度，今天得继续磨，而按昨天的沟通，那位被抢了单的猎头也被安抚住，答应等他们的调查结果。

只是到中午，事情却杀出一个岔子。好几家社交平台突然有人转发这件事，而来源，就是那位被抢了人选的猎头。

他态度很暧昧，要说也不算反水，毕竟只把事情复述了一遍，并没有说别的。但留言和转发，矛头都指向猎引平台。要么怀疑是平台黑单，要么，就是平台不够专业，坑了猎头。还有一些业内人士的口吻，在底下怀疑商业模式，质疑平台的安全性。

再探究那位猎头的目的，如果只是为了钱，他们可以垫付，但钱款次要，维护保障与可信度才是最紧急最根本的。损失这些，就损失了愿意来做单的用户，没有猎头推人交付，接再多的单也是徒然。所以这回对平台来说，是一场实打实的公关危机。一个处理不当，团队几个月的心血泡汤，将来更要用加倍的时间，才有可能挽回平台形象。

事情发酵得太快，管理层商量了下，怀疑有对家的参与。

比如梁进伦的老东家LP，因为LP原来的技术经理也来了猎引，所以那位唐总没少在公开场合诋毁，甚至直接唱衰猎引。

于是紧急会议后，最终作出决定，派人去羊城走一趟，与那位猎头，甚至候选人、元昌的人力当面沟通。

紧急公关是有时效性的，作为出差的一员，晚嘉直接给方阿姨打电话，让帮忙收拾东西，再叫司机送到机场，连家都没回。

晚嘉拿到行李且取了登机牌后，正好广播响了。她站到队伍验票，给在"春还里"巡场的祝遇清发送留言，告诉他这趟出差。

验过证件与卡，进机舱放了行李，晚嘉坐下来，好好喘了口气。

航程三个多钟，到达羊城时，天已经黑透了。着陆后，跑道灯光抚上眼皮。飞机还没停稳，已经不少人取了行李，把过道站得没地下脚。

地方到了，也不急这一时半会儿，晚嘉解掉安全带，等飞机停稳后，开了手机。

同身边人一样，屏幕刚亮，各种消息提示接连响起。她点进微信，正好两条新鲜滚烫的信息，来自卢彤。

第一条，是她发的夸张表情包，第二条则是张牙舞爪的激动：我刚刚问过孙晋了，他说祝总跟那个谁何的，压根没谈过！！！

将近十点，晚嘉到达住处。

作为广府最早的商都，羊城繁华不输京北。从荔湾到天河，高楼林立，外墙与室内的灯光辉映，营造出具有内透感的夜景。

为方便转天的沟通，他们选了元昌旁边一间酒店入住。

这趟出差除开晚嘉，还有江印和林苗苗。三人到楼下餐厅吃了顿简餐，顺便通个气，定好次日的行程，以及沟通对策。

吃完回房洗漱，晚嘉手头还有点工作，让林苗苗先洗。

十来分钟后，她把资料保存好，关上电脑，拿起手机。

卢彤忙着和孙晋约会，沉浸男色，后来没再细聊。晚嘉窝在转椅里，反复盯着聊天界面的信息，不自觉咬起了指甲。

屏幕倏地一变，是祝遇清打来视频电话。晚嘉往后退了退，借着找耳机的时间深吸一口气，连上后，才点了接听。

"到酒店了？"他问。

晚嘉点头："到了。"

"吃饭没有？"

"吃过了。"

"大概什么时候回来？"

"不确定……要看事情办得怎么样。"

"很棘手？"

"有一点……"

祝遇清点点头，看她一会儿，伸手拿杯子："我去接口水。"人离开一下，镜头空了。

晚嘉把手机靠到水晶卡座上，人蜷在椅子里等。工作上的事情，他们很少聊。她不提，他也不会深问，保留分寸，给足了空间和尊重。

等几分钟，人端着杯子回来了。接的是热水，杯口还在冒气，祝遇清撕开一包冲剂，倒了进去。那冲剂晚嘉眼熟，是用来提神的。看来，今晚他又有得忙。

他表面风光，其实掌着那么大的企业组织，绝对不是容易的事。预期的，长期的，残余的，他有他的压力源。股东回报，架构调整，该顶的风险要顶，掌握和识别内外部信息，在紧迫的时间下必须作出决策或调整方向。

老祝董身体不好只能半退，头上也没有能帮忙分担的人，他要足够敏锐，也得充分勤谨，才能让公司保持良性运转，才扛得起背着的指标。

"唉……"

晚嘉轻轻叹口气，引来祝遇清注视："累了？"

晚嘉摇头："你打算忙到几点？"

"心疼我？"祝遇清问一句，眼里笑意晃眼。

晚嘉没好意思，小声："我出差呢，比你辛苦。"

"那等你回来，好好慰劳你。"

闲聊几句，水温了，祝遇清拿杯子开始喝水。他侧着身，喉结上下耸动，颚转角是灯光投出的暗影。那一瞬，晚嘉忽然体会到卢彤在这种事上的沉迷。男色，有时候的确会令人心驰神往。

喝过水，祝遇清问她："住在哪里？"

"天河。"

"天河夜景不错。"

"刚刚看到啦，很漂亮。"晚嘉拿起手机，"要看吗，我拍给你？"

祝遇清笑着摇摇头："我突然想起来，上回是不是有人说过，视频时候，可以拍点别的？"

那笑里别有深意，晚嘉额角神经一跳："什么别的？"

"你说的话，得请教你了。"祝遇清徐徐答道。

他眼直看着屏幕，像一汪黑深的潭水，像要穿透人的心肝。

晚嘉本能地掖了掖衣服："不是单间，还有同事一起。"

"意思是以后住单间，就可以了？"

"……臭男人。"晚嘉没忍住，啐了一句。反观祝遇清，挨骂半点反应都没有，像被她挠了下痒痒，毫不在乎。

浴室的门打开，林苗苗喊了声："晚嘉姐，我好啦。"

晚嘉坐起来，宣布："我得去洗澡了。"

祝遇清也没继续缠她："好，早点睡。"

视频结束前的最后一帧画面，是她戳过来的手指。那动作之利落，仿佛令人听见"啾啾"的鼻息。祝遇清笑了笑，锁上手机，继续工作。

过上一份投标报告，再翻几页项目翻新的效果图，他摸出一支铅笔，看了看头，往削笔器里伸。齿轮不动，原样进原样出，祝遇清拿起来看了看，确定是坏了。

他起身，找到上回借的起钉器，去到隔壁书房。

开了灯，满室锃亮。桌面干净，文件架也整齐。常用的文具都摆在桌面，颜色上她比较博爱，既能看到磨砂的黑，也能找见轻透的黄。这样斑斓地挤在一起，像打翻的调色盘，更令他想起阳康家里，她卧室那本花花绿绿的小说。认认真真的注解，秀且圆的字体，曾令他一窥她的少女时期。

削笔器放在正中间，手摇式的，造型像老式邮筒，可以调节笔尖细度。

祝遇清站在书桌后面，慢悠悠削好铅笔，放回去时手肘一个疏忽，把角落的物件给带了下来。东西摔出沉闷声响，好在有地毯垫着，没摔坏。

是个碎纸机，同样手摇式的，以前见她用过，还以为是特意收集来的老物件。

祝遇清蹲下身，把摔脱的纸屑箱扶正，又去收拾那些面条一样的纸段。纸段不多，松松地掉在地上，抓第二把时，被他瞟见些敏感字眼。

他捡起一条抻开来看，因为字体不大，所以字块虽然缺头少腿的，但那一行的意思，却敏锐地被捕捉了七成。

把纸段全倒出来，祝遇清在地上扒拉一阵，找到几条摊开看看，他慢慢眯起了眼。

羊城，晴空邈远。

一天时间，晚嘉等人分头见完猎头与甲方，最后在茶餐厅碰头，交流进展。

先是那位做单的猎头，面对面谈过，对方表示不想抹黑平台，只是把事情发出来而已。按他说的，如果平台最终妥善处理，追回了款项，当然皆大欢喜；但万一掰扯不清，也刚好让同行们做个见证。

至于元昌在羊城这边的人资部门，态度上倒没总部那么傲慢，但口径也是一致的：猎头费用已经付过，有什么问题就找猎企对线。

那家猎企叫旺通，晚嘉也联系过，曾试图沟通，但对方态度阴阳怪气，谈话一句没一句。那样来回扯皮，根本就是浪费时间。

至于人选，因为已经入职，当然不想得罪新东家。让他出面做证，显然不太可能。

"要不然，直接按合同告元昌算了！"林苗苗直言，"反正传票一到，他们怎么都得配合。"

江印摇摇头："把事情想简单了。"

刚运营不久就打官司，要承担的舆论，来来回回的牵扯，平台耗不起。一场官司几个月半年，就算最后赢了，长时间下来所损失的声誉，背后所带来的成本，是难以计算的。所以把事态控制到最小，并且尽快解决，才是当下的思路。

"那家猎企……"晚嘉回想了下，"有恃无恐的感觉，口水话张嘴就来。"

林苗苗撇嘴："耍赖皮吧。光脚的不怕穿鞋的，几个人小作坊，还搞不好是夫妻档，属于能挣一笔是一笔，才不要脸。"

林苗苗骂得率性，晚嘉听到耳朵里，慢慢斟酌说："态度很老练，不像头一回应付这种事。"她又沉思了下，"要是能有这边同行帮忙查一下就好了，看看他们都跟哪些企业合作过，渠道来自哪里，交付人才又是什么样的。"

"你的意思是，查一查他们有没有前科？"江印问。

晚嘉点头："对的。"

"梁总倒是在找，我也托了这边朋友问……"江印正沉吟着，梁进伦打来电话。

接完电话，江印看向晚嘉："被你料准了，不是头一回干这事，算惯犯。"

半年前，羊城一家同行，也被这家叫旺通的猎企截了单。巧合的是，元昌同样偏向旺通。

事情发生得正是时候，当时那家同行有另一岗位的候选人过了复试，还是 C 级高管，且正好走到发入职通知书阶段。害怕影响那一单，同行只能吃了这个暗亏。

林苗苗脑子快，立马蹦出一句："所以这么说，暗箱操作的可能性比较大！"

江印比较谨慎，拿手指顶了顶眼镜："先吃饭吧，吃完去见见同行，看什么情况。"

点的菜上桌，几人迅速吃完，赶去约好的地点。

会面一直持续到晚上，也终于有了答案。那家叫旺通的猎企，表面只是佣金较低的乙方，实际却是关系户。公司所属，是元昌总部的人力资源总监。

直接来说就是四个字：以权谋私。

"好黑心啊，这算拿回扣吗？"林苗苗问。

晚嘉算了笔账："比拿回扣挣得多。"

"那怎么办？跟元昌举报吗？"

天已经黑了，几人往酒店回。下车后，晚嘉问："那位人力资源总监，是姓许？"

江印点头："听说是'皇亲国戚'，就怕不会轻易动。"

晚嘉回忆了下，"许"是汤羽母亲的姓。所以那位人力资源总监，应该是汤羽外家的亲戚。

事情倒是搞清了，但又要找新的切入点，而且难度还不小，大家一时都有些愁眉锁眼的。

南北跑了一天，精疲力竭。回到房，还是先让林苗苗去洗，晚嘉靠在床上，跟祝如曼视频。

听说她来了羊城，祝如曼可高兴："巧了，我妈老家哎！"又偏出屏幕，朝楼上喊了声，"妈，你快来看，嫂子去羊城了！"

她接连喊了几声，甚至跑到二楼，邹芸最终也没出现。只隐约听见邹芸的声音，训了祝如曼一句，让不要打扰她。

"明明前两天还念着想回老家看看的……"镜头外，祝如曼小声嘀咕完，再回到屏幕前又笑说，"我妈在插花，说不得闲。"

晚嘉调整了靠背姿势，问她："工作室的事情怎么样了？"

"差不多啦，就等选址报价，做成本核算。"祝如曼拿了个眼镜来戴，问晚嘉，"你什么时候回来，能陪我去一趟吗？汤正凯不靠谱，本来答应开车陪我，突然又被他爸抓壮丁，要去陪人打球。"

汤正凯……

晚嘉定定神，问过看场址的日子，尽量承诺："我争取早点回去，到时候陪你。"

通话结束，等林苗苗出来后，她拿衣服进浴室。出来时，看见梁进伦在群里发了消息，说实在不行，只能给元昌发律师函了，先挡一波舆论。其他的，辛苦同事多跟用户沟通，争取把事件影响降到最低。

"嘁，好歹是个大公司，内部可真乱，这种事都有。"林苗苗呼气，开始在软件上订回程的机票。

晚嘉拢着半干的头发，忖量来去，给梁进伦发了个消息。梁进伦回得很快，问把握多大。

晚嘉回：七成吧。

第二天她起个大早，抓紧时间在羊城逛了逛，一路走一路拍，对当地的市容风貌很觉得新奇。拍的照片和视频，全发在一个叫"屋企人"的群里。

群是祝如曼建的，一共四个人，除了她们姑嫂，剩下的就是邹芸和祝遇清母子。

西关大屋是晚嘉停留比较久的地方，门口还有戴着大公鸡模型，吹唢呐卖橄榄的。辣和不辣的，她各买了几包，又在老牌子档口装几只新包好的裹蒸粽，最后往机场赶。

等到机场，晚嘉打开手机，看见邹芸发了一个群红包。她点开领了，跟着打字：谢谢妈。

祝如曼起哄：这点钱哪够啊？打车都得倒贴。妈，您不得给我嫂子转个账什么的？

邹芸训女儿：好好上课，就你话多。

她们母女斗嘴，晚嘉验票登机。到位置坐好后，在群里上下翻了翻，发现这么久，祝遇清一直没说话，连红包也没领。想他大概忙工作，晚嘉也没放心上。

飞机开始在滑行道上低速行驶，拐弯去了跑道。窗外景色移动，低矮的农田，还有被照得反光的稻草人。这个月份，在京北早就捂起来了，羊城不同，室内穿一件外套都有点热，南北气温差异确实大。

三个多钟后，飞机降落在大辛机场。天黑得早，红云已经快要收尽。

回去的路上，时隔半天后，晚嘉终于收到了汤羽的回复：有事？

晚嘉：有点急事，想请你帮帮忙。

汤羽：老同学了，这么客气干什么。

晚嘉：求人办事，应该的。

看到这句，汤羽嘴角挑起些晒笑的弧度，单指敲字：什么事？

晚嘉：方便的话，当面聊？

躲躲藏藏，半点不大方。汤羽想了想，回：行吧，明天我有空，地方你定。

结束这通，汤羽收起手机，眼里嘲意更足了些。有句话说得对，出身不好的人只能富，不能贵。就晚嘉那小家子性格，单是保住手头的富，应该都战战兢兢，过得很不容易了。

再开半程，球车到达俱乐部后厅。汤羽下车，阳帽遮住一张光洁的脸，白色弹力裤包着两条修长的腿，身姿潇洒利落。

没多久，后面也来了一辆车，上面坐着挨了顿骂的汤正凯。停稳后，他丧头丧脑地走下来，经过她身边时，皱眉横来："看什么？"

汤羽漠然扫他半眼，没稀罕搭理。

天彻底黑了，球场内的地灯亮起，照出莹莹一片绿。

机场到湖云堡两个小时，晚嘉下车的时候，楼栋也都亮起了灯。家门打开，祝遇清正好出现在玄关。晚嘉把行李箱一推，跌到他身上，两只手揽住脖子，以热情的姿势诉苦："好累。"

祝遇清一手揽她，一手接住她的行李箱，带着往里走。黏黏缠缠到客厅，看见方阿姨的时候，晚嘉一下子脸红了："方姨。"

"回来啦，刚好吃饭。"方阿姨放下一盘鱼，又笑着说，"祝总特意让多做几样，还有上回没喝的汤，说给你好好补补。"

菜码了两盘，汤也被端上了桌。

热乎乎的汤，热气往上冒，润湿两瓣嘴。一天经历两种地温，晚嘉正觉得有点冷，喝上两口，肠胃暖起来，笑也展开了。

她掀动眼皮，看到对面祝遇清也在喝汤，垂眉低眼，慢条斯理。方阿姨还在灶头洗青菜，淅淅沥沥的水声中，晚嘉膝盖一动，在桌面下搞个小动作，踢踢那只脚。

祝遇清抬眼，一双乌目笔直眺过来，看得人心间一蹦。只是古怪瞬时闪退，快到让晚嘉以为是错觉。

"怎么了？"他问，声线如常。

晚嘉缩了下指尖，隔袖捧着碗："温泉可能去不了了，我这两天……都有事。"

祝遇清点点头："不着急。"

一推再推，他这么好说话，晚嘉反而心里过意不去了。她想起这些天的内耗，想起从卢彤那里听来的"辟谣"，愧疚越是叠加。通过接收到的各种信息碎片，闷在心里瞎加工。蓬勃发展，内耗过度，最后成了一场默剧，又差点搞出一场闹剧。

一种强烈的情绪直涌而上，些许补偿心理。她脱掉鞋，裸着一只足，脚尖动作着，撩开他裤管蹭了蹭，最后顺着小腿，慢慢往上。

脚踝被握住，对面人再次眼直直地看她。晚嘉抽了抽，没抽动，碍着方阿姨在，她只能做口型："放开。"

祝遇清放低眼，单手喝汤，另只手却慢慢往后移，探到她脚心停留片刻，接着，快速刮了一下。晚嘉挺起身子，忍得牙关打颤。

厨房方向，方阿姨已经在捞菜了，随时可能过来。

情趣忽然成了风险游戏，晚嘉脑袋被冻住了，只能用另一只脚频繁去踢祝遇清，眼皮用力，挣扎着想脱身。

祝遇清恍若未觉，被踢了眉毛也不跛一下，就这么僵持一会儿，在方阿姨转身之前，才一根根，慢慢松开了手指。晚嘉大喘气，憋得耳朵根都红了。

方阿姨好心，以为是温度太高，问要不要调低一点。晚嘉奇窘，摸摸脸："没事，可能是喝汤喝的，等下就好了。"

安分一阵，手机在桌面"嗡"地响了下。她摸过来开锁，见是高鸣的信息。简单三个字：没问题。

好，胜算又能加起码一分了。

晚嘉心里盘算着明天的见面，脑筋一动，跟祝遇清说："我可能……跟你学坏了。"

对面，祝遇清牵起嘴角笑了笑，背慢悠悠往后靠："那还真是值得自豪。"

这话是带有深意的，只是晚嘉心大，没能听出来。

吃完饭后，她钻进浴室洗澡，头发也洗了一遍。

等终于把这趟出差的劳味冲光后，晚嘉才包着头发走了出去。卧室没有人，

198

客厅也是安静的，她心里犯嘀咕，回到镜子前吹头发。

等十几分钟，吹风机声音停下后，须臾，手机屏幕亮起。

晚嘉点开，见是祝遇清发来的信息：忙完了，上来一下？

在家还发什么信息？晚嘉莫名其妙。她走到窗边往上看了看，果然见祝遇清的书房拉着灯，锃光瓦亮。

带着满腹疑惑，晚嘉抹好发油，出了卧室，上二楼，踩着过道进了书房。

祝遇清坐在转椅里，正幽幽地盯着门口。

"怎么了，找我有事吗？"迎着那道视线，晚嘉停住。

祝遇清示意她："进来，坐。"

客套又正式，像商务洽谈。晚嘉更蒙了，一头雾水地走进去，等挨近书桌，突然刹住脚。

没了文件架的遮挡，桌面摆着的东西，一下子暴露在人眼前。两个 A4 夹板，造型打眼，不容忽视。

看清是什么后，晚嘉脑子里"轰"地响了一下，差点没拔腿跑掉。夹板上，纸段被一条条粘在板面，边角俱平，笔直得像被熨过，鬼知道这是拼了多久的。

她愣住好久，呆呆地张了张嘴："你，你怎么……"

"我怎么了？"祝遇清盯着她看，脸上还带着笑，只那笑容平和得近乎诡异。

晚嘉就是再迟钝，这会儿也知道，大事不妙。她咽了下嗓子，想说话，但找不见自己的声音。

祝遇清看着她，牙关渐紧。半晌他抬起下巴，指了指黏好的离婚协议："挺有种啊宋晚嘉，还净身出户，所有东西都归还？怎么着，是玩腻了我，准备和你前任旧情复燃？"

头回听他连名带姓地叫自己，晚嘉心里平平仄仄，脑瓜子一下子更不会转了。

无人说话，房里静得可怕。

祝遇清垂眼，协议第一页的甲方端端正正写着"宋晚嘉"三个字，而乙方那栏还是空着的，明显等他自己去填。这东西戳眼窝子里，越看越堵得慌，他坐直身："是不是还差几张？你应该还有备份吧，我签哪里？"

说完，他又尽量装出轻描淡写的模样，一字一句地问："逢启快出国了，你舍不得他？"

不知道怎么又扯到潘逢启身上去，晚嘉呼吸急促，见他真要伸手，一下更是慌了神。她几步上前，"啪"地把手摁在夹板上，硬着头皮说："我不会再吃回头草，你知道的。"

慌不择口的解释，到祝遇清耳朵里，成了要挟。偏偏这要挟，还精准捏住他的要害。祝遇清咬了咬牙，绷起脸，收回欲拿签字笔的手——这要离了，他又怎么不是回头草？

挺好，这下子，连诈她的法子都没了。

他可真窝囊。

蠢死了。

而晚嘉呢，从他顿住的动作捕捉到那一刻的犹豫，急智之下，绕过书桌扑了过去。

见她奔来，祝遇清皱眉想走，却被牢牢实实摁在椅子上。小小个子这会儿力气还挺大，石膏一样坐在他腿上，一双手臂缠在他腰间："我错了，真的。"

"你不用这样，起来说话，说清楚点。"没有哪个差点被离婚的丈夫，能在这种情况下保持绝对的平静与理智。祝遇清别开眼，气到手指骨节都痒得厉害。他想自己真是错得离谱，偏要跟她玩温吞的一套，到最后，还差点被她给"优化"了。

"都到离婚这一步，不打算说说你怎么想的？"祝遇清声音发沉。

晚嘉抱住他，只顾手指攥紧。说什么呢，问他为什么要跟何思俞共养一条狗？为什么会有人说他跟何思俞在一起过？又为什么那么刚好，何思俞跟她还有点像？

他们谈没谈过先不说，何思俞看他的眼神，包括看她的目光，很明显是有过一段过往的。所以他们之间，到底是无疾而终的暧昧，是错位的心动，还是别的什么，她压根不愿意去想。

看着眼前这张冷峻的侧脸，晚嘉着急得伸手去掰。她知道这时候特狼狈，耍赖的做法也很没脸没皮，但除了这个，这会儿实在也想不到别的办法。她冒汗解释："你别当真，那时候是我钻了死胡同，一时冲动……我已经想通了。"

"那如果现在换我想不通呢？"祝遇清终于回视她，只是脸上像挂了层霜。

晚嘉捧着他的脸："那你……多想想？"

祝遇清被气笑，唇齿一磨："所以那天去公司找我，就是为了给我送离婚协议？"

音刚落，手机响了。祝遇清扬眼看了看显示，伸手接起来："喂？"

"怎么回事？"

"医院地址发我，现在过去。"

提到医院，晚嘉紧张起来："怎么了？"

"姑妈发病了，在急救。"

"没事吧，严重吗？"

"还不清楚，得去看看。"

长辈进医院，没有听见了还不去的道理。两人迅速分开，穿好出门的衣服，往医院赶。

一路上晚嘉都没吱声，只敢拿余光偷摸瞄祝遇清，想这事该怎么收场才好。

脑子里乱糟糟，就这么到了医院。

来的人不少，幸好蒋玉芝已经脱离危险，从急诊室出来后，被推到观察病房。

走廊拥塞，晚嘉跟着祝遇清进了病房。护士正在写卡，病床上，蒋玉芝插着氧气管子，人还没醒。

"怎么回事？"祝遇清锁眉，问起缘由。

邹芸往外看一眼，失声叹息。门口正对的走廊椅子上，潘逢启耸低两肩，脸埋在掌中，姿态衰疲得不行。

这场意外，还是来自他的私事。他要出国，一去还不知道什么时候能回来，杨璐急了，杨璐父母更急得不行。一家子不知道怎么想的，在潘家逼婚不算，还跑去搞了个大红横幅，大晚上牵在楼下撒泼放刁，嚷嚷说潘逢启弄大他们女儿肚子还不负责，想拍拍屁股走人。

实在太闹，就算亡夫死了公司破产都没这动静，蒋玉芝试图制止，却被对方噎得一个字都说不出来。她气得直哆嗦，正打电话给儿子，楼下大喇叭又换了声口，说再不给个说法，他们明天就去 E.M，逼老祝董给做主。

就这一句，让蒋玉芝气得心脏病发，厥了过去。

论暴脾气还得祝如曼，听完扭身就去了走廊，鼓起眼瞪着杨璐一家子："你们都哪个犄角旮旯出来的烂人？把我姑妈气成这样，都等着吧，有你们好果子吃的！"

被一个丫头片子骂了，杨璐父母似乎想反驳什么，被女儿拦了一下，还是没说话。

座椅上，潘逢启狠狠搓了两把脸。接着，他起身来到杨璐跟前："跟我去做胎儿亲子鉴定，如果孩子确实是我的，我马上娶你。"

一语出，四下静。

祝如曼眼睛睁得滚圆，杨璐父亲很不满："你这是什么意思？难道怀疑我们璐璐肚子里不是你的种？"

潘逢启不理会他，只望住杨璐："答应的话，我现在就回去拿户口本，结果一出来，马上登记。"

"对啊，既然笃定孩子是我表哥的，做个鉴定怕什么？除非心虚！"祝如曼虽然四六不懂，但还是跟着吆喝。

杨璐父亲被她拱得发火："谁心虚了？明明就是他的孩子还要做鉴定，这叫侮辱！"

"哟，真有意思，敢情您读过书，还晓得'侮辱'这两个字啊？"祝如曼晒笑一道，又顺势恐吓，"脑子里别打卦了，你们要不配合，那就默认这孩子跟我表哥没关系。既然这样，今儿这行为就算寻衅滋事！还侮辱呢，我们可以报警告诽谤，到时候可够你们全家喝上一壶！"

这话管用，杨家父母一下哑了火，嗫嗫嚅嚅地看向女儿。

杨璐手都摁出印来了，她犹豫地看向潘逢启，眼珠霍霍地闪过几下后，最终把心一横："那……好吧。"

这就要走，潘逢启回头，与病房门口的人对视上。祝遇清冲他颔首："去吧，姑妈这里有我们，不用担心。"

潘逢启嘴皮子儿动，似乎想说点什么，最后也只点点头，迈腿往外走。

祝如曼两眼放光，也抓紧跟上了，说是不放心他一对三，跟着当个"碎催"也成。

一下走掉大半的人，病房内外都安静下来。时间不早，晚嘉小声劝邹芸："妈，您回去休息，这里我们看着。"

年纪大了确实熬不成夜，邹芸在她的搀扶下站起来："有保姆在，你们接班躺躺吧，明天我再带人来。"

"会的，不用担心我们。"

这一夜，守到天亮。醒来时，晚嘉发现自己蜷在陪护床上，身上盖的薄被子和一件西装。

她揉了下眼，见蒋玉芝已经醒了，靠在枕头上喝药。看她起身，蒋玉芝喊了声"嘉嘉"。

"蒋姨。"晚嘉过去，细声问她，"好些了吗？"

"好多了。"蒋玉芝缓缓点头，虽然声音还有点弱，但呼吸已经通畅不少。

没多久，祝遇清回来了。熬夜的人多少都有点沧桑感，他下巴冒了点青茬，眼里稍微有点红血丝，但不重。

"医生说问题不大，但还是要住院观察几天。"他走到病床前，轻声问蒋玉芝，"姑妈，您试一试，看现在呼吸还会不会有绞痛感。"

"我自己观察过了，暂时不会。"蒋玉芝摇头，抓住他的手，"辛苦你们一晚上，都回去休息吧，我没事了。"

"那您先吃药，晚点早餐过了，还有检查要做。"说完这些，祝遇清带着晚嘉走出外面。

"你先回，我等人来。"他把她往停车场引。

晚嘉担心他，把西装递过去："你还扛得住吗？"

"放心，我也睡过一觉。"祝遇清接过西装，拎在手里。

到地方，来接的车已经开了车门。见晚嘉还脚步迟迟，祝遇清催她："去吧，你今天不是还有事？"

确实有事，晚嘉伸手，勾住他卷起来的袖子："那……我先走了？"

这样依依不舍，祝遇清凝眼看她，目光有些复杂。

回家后，晚嘉也顾不上那么多，抓紧时间好好睡上个回笼觉，最后在闹钟里起来，收拾好自己，去了赴约。地点定在国贸北区的七楼，视野开阔，窗外是川流的高架。

踩着约定前几分钟，汤羽出现了。她穿杏色风衣，脑袋上架了副墨镜，踏入餐厅时脚步更加放缓，视线直挑，朝晚嘉打量过去。

晚嘉和高中时候相比变化不大，一张纸皮脸，坐在阳光里，淡得像没有边角。底层出生的人，骨子里有抹不掉的卑微气，就算嫁了个好老公，也不过穷人乍富的姿态，登不上台面，更不够看。

汤羽始终不懂，这样市井小家子气的性格，到底哪点能讨人欢心？从第一眼，她就觉得这张脸很淡，淡得没有存在感，淡得让人记不住，横来竖去三个字：平、呆、木。就像一杯白水。可偶然听见身边男生私语才知道，原来毫无特色也能被叫作干净，让那些男同学在私底下讨论时，称之为漂亮文静，甚至拿来和她做比较时，还能压她一筹。

按他们的话：想亲近的是汤羽，想保护的，却是宋晚嘉。

然而嘴上说得再好，真有点什么事了，却个个扮演缩头乌龟，没人敢去当骑士。既蠢又怯，一群有头无脑的人，怪不得眼光差。

"不好意思，来晚了。"离桌渐近，汤羽出声。

"没有，是我到早了。"晚嘉请她坐，又把水单推过去，"喝点什么？"

汤羽瞟了一眼，手指抵着水单推回去："白水就好了，我时间不多，一会儿还有场拍摄要赶。"

在羊城时，晚嘉曾看到过汤羽的代言照，是一家美妆产品的代言人。而刚才那话是让抓紧时间的意思，晚嘉也明白。

她叫来服务生，同时要了两杯冰美。加水的工夫，饮品也在后面上了。

"有拍摄的话，喝点刚好能提神。"

"谢谢，"汤羽勉强牵了牵唇角，"你真体贴。"

喝过一口咖啡，晚嘉笑笑："既然你赶时间，我也不兜圈子了。"说完，她把这回的人选纠纷，从头到尾给讲了一通。

全程，汤羽兴致索然，眉毛动都没动一下。听过后，她拨弄着吸管，搅得冰块"哗哗"响，很久才问："所以，你的意思是？"

"希望元昌能按合同办事。"晚嘉说。

"怎么叫按合同办事？"汤羽望着晚嘉，不勾而翘的眼尾更加往上挑了挑，"你说的那位人力资源总监，确实是我外家一位表舅，但他能力强，人品也很不错，不可能会做这种事。硬让公司查他，这不是抹黑人吗？没凭没据的，好说也不好听。"

安静两秒，有服务员端着桂花味的甜品走过，桂花酱浓得令人皱眉。汤羽厌恶这个味道，扭头去看窗外风景。

中央商务区高楼鼎立，幕墙流丽，建筑群像一座座山丘，直接天际。这才是她向往的，属于她的城市，每个角落，都有阳康那座小城无法比拟的繁华。

几秒后，她转回头，柔声说："同学一场，我知道你创业不容易，能帮的我还是尽尽力。这样吧，回头我跟我表舅商量一下，让他想想办法，把款从那家猎企追回一半补给你们，另外，让他跟同行多推荐你们，给你们介绍点新客户？"

晚嘉摇摇头："你可能误会了，我们要的是真相，不是补偿。"

似乎发出过很低的一声嗤笑，汤羽的视线在晚嘉脸上流连一圈，接着，她两臂环在身前，半笑不笑："看在同学的份上我提醒你一句，做生意没必要太轴，见好就收，你们公司才有可能发展起来，活得更长一些。"

她做尽姿态，晚嘉也只是微微一笑："你说得对，做生意没必要太轴，所以既然找你，我肯定是有点准备的。"

话毕，她打开手机，点开一张聊天记录的截屏，再推了过去。

屏幕递到眼底，汤羽随意一瞥，很快两臂松开，嘴角也慢慢压下来。半晌她抬头，目光微微发刺："你什么意思？"

"就是这张图上的意思，你这么聪明一个人，应该能看懂？"晚嘉静静与汤羽对视。

汤羽冷笑："果然，你跟高鸣一直记恨我。"

"你想多了，只是有这么巧，高鸣那时候跟那位学长碰到，他们一起喝了场酒，人家找给他看的。"晚嘉温和地笑笑，"你当年大概太慌了，才会真以为学长把照片全删干净，没有留底。"

汤羽怔住，脸一寸寸白了下来。

晚嘉把手机抽回来，划了两下。她也是不久前才知道，原来那时候的汤羽不仅被人拍到抽烟，连同一起的，还有偷试卷作弊的照片。汤羽为了骗高鸣，才只说了抽烟的事。

知名美妆博主，富二代光环，又是接代言又是上节目，甚至还有秀场邀请。现在的汤羽，俨然一只脚迈进了那个光鲜的名利场。事业正值上升期的人，如果这时候曝光她曾经校园霸凌，读书时就抽烟喝酒，还偷了试卷作弊，恐怕人设要毁个七七八八。

互联网是丛林社会，充斥着各种"宁可信其有"的暴力，多数时候假的都能说成真的，更何况，事情本来就是真的，有证可查。

"你这是敲诈。"汤羽逼出几个字。

晚嘉不理会她这种无意义的回击，端起杯子喝了口咖啡："你也可以当作没听到。"

汤羽目光锐利，放在桌面的手指慢慢收紧，在想对策，更想后果。事业起色后，在个人品牌预想的风险里，确实有所谓"黑料"那么一环，但她自觉能被人拿出来说的，也不过是父母的相恋而已。关于那个，可以有很多种说法，不值得她杞人忧天。

可眼下这一幕，是她从来没有想过的。不仅是所谓的证据，还有她这位所谓老同学，刚刚嘴里面说出来的那些话。

汤羽自认为拿捏住了这些人的性格，从来不觉得需要为这些担心什么，却没想到，居然预估出了错。而眼前这个人，身上那份笃定的从容晃眼，更刺眼。

心室盘缠，又是好长一阵沉默，择过利弊后，汤羽闭了闭眼，腮肉收紧："好，我答应你。"

相比她的僵硬，晚嘉满眼笑意，但笑又不达眼底。靠裙带关系上位的人，从来都是每家公司里最难动的，想要把当下的事情解决，这是最快的方法。

只是很快，又听到汤羽不凉不酸地开口："你确实今非昔比了，但你也没必要得意，以为嫁了个有钱男人就高枕无忧，一切稳定，什么都顺利？"

原来人气急败坏的时候，优雅的面具也是说摘就摘，没了遮掩，刻薄嘴脸毕现。

撞上她满眼的讥哂，晚嘉拿起手机："谢谢你关心，但我婚姻不止稳定，感情还一直在上升期，顺利得不能再顺利了。"

扫码买单，流程快脆。起身前，晚嘉又提醒一句："马上就到工作日，元昌一向有效率，希望不会让我们等太久。"

走出餐厅，晚嘉去乘电梯。

灿灿的阳光透过玻璃洒在身上，没有重量，带来一点点暖感。经过这辈子都没想过的场面，此刻她心里说不清是什么感受，但有些东西满匐匐的，迫不及待，像要冲破心口。仔细想想，大约是分享欲。

到了停车场，晚嘉给梁进伦编辑一条消息，接着驱车，往医院去。

路上接到卢彤电话，她已经从生理痛中解放出来，有了闲情关心姐妹的

205

婚姻波动。

"孙晋说了，祝总跟何思俞没谈过，非要说他俩有什么牵扯，大概就是共同喂过一条狗。"

说的是那条史宾格犬，这个晚嘉已经知道了。

她闷闷地说："没事了，这些都不重要，说到底，反正是一场误会。"

"这么快想通啊？"卢彤拉着长音，想想又说，"对了，孙晋说他们那个姓赵的同学是何思俞的狂热追求者，这位跟何思俞牵连才叫多。人家结婚他跑非洲去疗情伤，人家离婚他又像条巴儿狗，闻着味儿地满世界追。"

路口就在跟前，晚嘉开始控制车速，等停稳后想了想："是赵仁，他发小。"

也是，怪不得呢。现在回想之前在酒会听他说的话，起码，是拿祝遇清当情敌看待。

卢彤脑子比她多根筋，聊着聊着，忽然提供个新思路："你说有没有可能，是何长得跟你像，所以祝总才……"又纳闷，"也不对啊，按时间来算，那你不得比她早认识祝总？"

晚嘉也觉得不可能："我第一次见他，他已经从德国毕业回来了。"

"哦哦，那可能就是巧合吧。"卢彤打了个喷嚏，边擤鼻子边问，"你跟祝总现在怎么样了？"

"……"晚嘉沉默了又沉默。

真正情况，她自己都觉得难为情。要怎么说呢？说她本来打算离婚，但当场后悔，可现在又被他抓个正着？

这已经不是倒霉了，是搬起凳子，却砸中自己的脚。

黄灯转绿，晚嘉手里换挡："一言难尽，过两天……见面聊吧。"

第十五章
留白

十来分钟后，晚嘉到了医院。

蒋玉芝已经不在原来的病房，调整到了环境更好、更宽敞的套间。

祝遇清不在，病房里守着的是邹芸，说老爷子刚才来了，祝遇清这会儿去送。

蒋玉芝面色好了些，脸上挂着一点点笑："多亏你们，不然我今天，唉，闷得连话都说不出来。"

邹芸笑她："一家人，讲这些太见外。"

问过病情，晚嘉把带来的花放水里醒，又跟保姆一起洗了把蓝莓，再破开个柚子，在旁边一瓣瓣地剥。

病床那头，老姑嫂两个都没说话，看着静静忙活的她。蒋玉芝嘴角苦笑，眼里带着说不尽的遗憾，没多久，几不可闻地对邹芸叹了一声："还是你有福。"

弦外之音，邹芸怎么可能听不出来。她伸手把被子牵平，低声安慰道："你也会有的。"

过不多久，祝如曼回来了。她还挺有劲，笑起来没事人似的，三言两语的，净跟蒋玉芝要贫。但在长辈跟前嘴也严，她知道有些事现在不能提，比如潘逢启和杨璐。

只是她到底有事憋不住，所以没多久，借机把晚嘉给拐出去了。

"你从哪里过来？"晚嘉问。

"打家过来的，我回去补个觉，这会儿可精神。"祝如曼边扎头发边问，"第一手八卦，要听吗？"

晚嘉看祝如曼绕了又绕，从兜里掏出只一次性橡皮筋："拿这个吧，你头发太短扎不住。"

祝如曼接过，两圈把头发束紧了。戳一戳，跟男生寸头似的，扎手。忙完这点事，她告诉晚嘉，亲子鉴定现场，潘逢启还叫来了一个男的。据说杨璐一看到那个人，脸"唰"地就白了。

"你猜是谁？"

晚嘉摇头："猜不着。"

"是杨璐的前男友！"祝如曼压低嗓子，"那男的说话还挺直，问杨璐，说：'那几天你死缠着我原来就为了怀孕？'"

事情有点复杂，晚嘉微微皱起眉心。

祝如曼"啧啧"道："这也太乱了，没想到那个杨璐心机这么深的。"

"报告还没出来吧？"晚嘉问着，往病房方向看了一眼。

潘逢启这时候不出现是对的，万一……也不知道又会对蒋玉芝造成什么打击。

"没呢，周一出来。杨璐父母可不信邪，非说要看报告，如果真是我表哥的孩子，还要我表哥加彩礼，再给他们两个老的跪地道歉。"

确实不算什么正向的事，聊来聊去也是一锅粥。

撇开这事，祝如曼说刚好有空，让陪她去看店址。晚嘉惦记祝遇清，犹豫说："明天吧，明天比较空。"

"也成，反正我重新筛过了，这回咱看两三个就行。"

这兄妹俩……好像都还挺好商量的，晚嘉有些过意不去，主动关心道："筛掉哪几个？"

"大望路和那个海洋馆的。"祝如曼手机开锁，调出备忘录，准备把那两个地址划掉。

大望路是租金问题，至于海洋馆……她摇头："我问过朋友，这个海洋馆确实不行，人流不如以前了。"

"毕竟是老馆，风头慢慢都被新馆给抢走，也是正常的。"晚嘉说。

划完，祝如曼把手机揣回兜里："其实以前那地儿是真不错，什么3D海底世界，海洋剧场，全是新鲜玩意儿，还挺吸引年轻人的，我哥就喜欢去。"

晚嘉定了下："你哥？"

"对啊，他大四那年回国去过一次，后来就总去。我们那会儿还纳闷，以为他看上哪个舞台演员了。"

晚嘉停住，脚下突然走不动了。祝遇清大四那年，她应该正读大一，而且在那家海洋馆里，找过美人鱼的兼职。

倏地，卢彤的话跑进晚嘉脑中，只才冒了个头，就听祝如曼脆脆地喊了句："哥，这儿！"

顺着她的声音，晚嘉朝前看过去。长长的影子投到地上，祝遇清打着电话，

208

从拐角走了过来。

到跟前，祝遇清看两人："回来了？"

"嗯。"祝如曼抢话，"爷爷呢，回家了吗？"

"回了。"说完，祝遇清往病房走。

祝如曼的八卦心还没消，跟在后头："哥我跟你说，那个杨璐肚子里怀的，可能真跟表哥没关系……还冒出个前男友……"

她亦步亦趋，离病房还有几米的时候，祝遇清回头拂她一眼："声音再大点，整层楼都听见了。"

"啊……那我不说了，不说了。"祝如曼嘟起嘴，做了个拉拉链的动作，再比出个"OK"的手势，放脑袋顶上装孔雀，扭来扭去，无尽搞怪。

好好个姑娘贼头贼脑的，祝遇清看得发笑，伸手揉了揉妹妹的头发。

祝如曼来劲了，两手抓住他的右胳膊："哥，我的计划书做好了，你给我投钱，我让你占股，占大股！"

"先发来看看。"

"我发给你，你给我投嘛！"

"说了先发来看看。"祝遇清冷下脸，目光擒住不依不饶的妹妹，"再闹。"

"……"接收到警告，祝如曼快速撒开，还狗腿地把他被抓皱的衣料抚平，接着讨好地笑。

祝遇清没再理这个二皮脸，目光平移过去，往后面那个慢半拍的身上带过。

前后脚，三人进了病房。

说上几句话后，蒋玉芝开始赶人："守一天了，遇清，你快回去休息。"又叮嘱他，"把嘉嘉也带回去，我这里人够了，你们不用惦记，该忙什么忙什么。"

人多确实也没必要，祝遇清点点头："那我们先走了，有事打电话。"

离开病房，祝遇清往外走。

在他后面，晚嘉始终不近不远地跟着，等到一楼了，才快步贴上去。站在太阳下的人身上很暖和，有晒过的好闻味道。

不像祝如曼那么死缠，晚嘉只是拉住他手腕："坐你的车。"

两人都开了车来，按说一人开一辆回去，还省得再安排其他人来开。

他眼梢瞥来，晚嘉笑了下："我冷，不想开车。"

借口潦草又蹩脚，祝遇清收回视线，也没说什么，掏出钥匙往车场走。两人先后坐上主副驾，开出医院驶上主道后，祝遇清接了通工作电话。他戴的蓝牙耳机，话说得很少，都是些简单的音节，说"可以"，或是"好"。

这通电话打完，刚好遇到个红灯口。祝遇清把车停下，肘部搭在门窗，手在鼻尖摩挲，又摸了把下巴，应该是在感受新生的胡楂。

晚嘉很少看他这样，一点点不修边幅，别样的粗野感。她搭腔："你吃过饭了吗？"

"吃了。"祝遇清回答一句，似乎在想什么，感觉有些心不在焉。不知道这是在想工作还是什么，晚嘉拿不准他的态度。

昨晚的离婚协议，本来该是当场就要闹开的事，因为蒋玉芝的入院而被按下暂停键。现在看又不像冷战，还同进同出，有问也有答，甚至刚才上车，他还习惯性帮她拉了车门。当然，也或许是真的累了，他才没有继续发作的精力。

千头万绪中，晚嘉又想起祝如曼刚才的话。她思索了下，拿出手机想给祝如曼发消息，又觉得太刻意，不禁后悔刚才没抓住时机继续追问。比如最重要，祝遇清去海洋馆时间在哪一段，又常在什么日子去，这些都得问清楚。

但其实……她余光瞥了祝遇清一眼，想着直接问他是不是早见过自己，放平时当开玩笑也可以，只是处在这么尴尬的节骨眼，却又不那么好开口了。于是一时进退维谷，思绪纷杂。

晚些时候，两人回到湖云堡。

拼纸加看护，这两天哪里有睡过完整觉，祝遇清就是铁打的也扛不住，所以回家没多久，一头栽卧室去了。

也才傍晚，睡过一觉的晚嘉还精神着，也有工作要忙。比如元昌的事，万一汤羽那里出岔子，那么计划 B 甚至计划 C，都得有详尽的应对措施。她上楼去开视频会议，两小时后跟团队达成共识，天也黑了。

打开书房的门，晚嘉注意楼下动静，只听到细细碎碎的，方阿姨做晚饭的声音。走出去，她扶着门框想了想，家贼一样轻手悄脚地，走去了隔壁。

祝遇清的书房还开着，但桌面那两个 A4 板子不见了。晚嘉走到书桌后，记得昨晚离开时他顺手收进了抽屉，可找到印象中的那个，却怎么也没能拉开。很明显，是锁住了。

当时那么着急，他居然还记得上锁。这么谨慎，也不知怕她销毁罪证，还是怎么着。

找寻无果，晚嘉在椅子上坐了会儿，漫无目的，翻起祝遇清桌上几本册子。摞在最上面的，是一本效果图册。色彩冷静，线条简单，轮廓自然，像是当代艺术空间。晚嘉再想想何问俞，应该就是那间美术馆的落地图了。

后面几本，晚嘉以为会看到 S7 美术馆的一些展品，可摊开却感觉更像是藏品册子，而且封面偏古典。一本看过去，戏服、壶具、炉具，还有壁画，原汁原味的国风。当代艺术偏抽象，换换眼看这些，是怎么也联想不到一起的两样事物。

把东西原样叠好，晚嘉想到老祝董，猜他大概是要给老爷子挑礼物，才收集这些。

终于撤出书房，晚嘉下了楼。

饭菜差不多了，方阿姨往卧室方向看了看，小声问晚嘉，祝遇清吃不吃饭。

"先摆着吧，我去喊一下。"说着话，晚嘉走过去，推门进了卧室。

借衣帽间那一点地灯，她走到床边蹲下。枕上的男人鼻息匀缓，睡得沉，应该是很累了。

她趴床边看了会儿，应该是感受到被注视，祝遇清醒了，睁开一只眼看她。人明显没睡够，困得有些迷离。

"吃饭吗？吃完再睡。"晚嘉悄声。

祝遇清伸长手臂，摸过手机看了眼时间，再把手臂横着压眼睛上，应该是在醒神。晚嘉也伸手，一根手指在他下巴摸来摸去，感受扎手的粗粝。没摸两下，被他探手捉住，但也没丢开，就那样静静钳着，似乎捏了两下，不轻不重的，没多大感觉。

几分钟后，祝遇清放开她，掀被子起来。

"晚点，我要去出一趟差。"

"去哪里？"这么突然。

"先过港。"说着话，人已经往浴室去了。

突然得知他要出差，晚嘉猝不及防，一屁股坐到床上。

祝遇清再出来时，胡子已经刮了，脸清清爽爽，但一身水汽，湿汤汤的。他囫囵擦着头发，晚嘉问过要去几天，拉出箱子给收拾东西。刚开始她挤着眉头闷声不吭，东西收着收着，又打心底无声叹了口气。

吃完饭不久，司机来接了。祝遇清出门，晚嘉送他到电梯间。

一户一梯不用等，门开的瞬间她心下一陷，伸手扯住祝遇清："你……打算就这样走吗？"

又是这样拉拉扯扯，像多舍不得，也像吃透了他。祝遇清望进那双乌莹莹的眼，掌心压着她的后颈，脸慢慢俯下来，鼻尖相抵。

姿势暧昧，眼神胶着，晚嘉呼吸不稳，以为他要吻下来，哪知他却用另只手指了指自己的太阳穴："这脑子不是漏斗，我忘性没那么大。事情没说清楚前别使这招，不管用。"

晚嘉微怔。

气息骤离，祝遇清站直身体："等我回来，好好聊聊。"说完在她颈后拍了拍，再次揿下外键，转身进了电梯。

说出差就出差，双工家庭，又开始聚少离多的模式，还是在这种紧要关头。

当夜晚嘉失眠，满床都是他刚睡过的气息，扰人得很。

到周一，工作拯救她半天。

接近中午，传来元昌地产那位人力资源总监停职内审的消息。查么也查得快，临近下班时间，刮出他一屁股烂账，查出的不止羊城那家猎企，还有其他左手倒右手的供应商。往外的传言，据说是老板夫人大义灭亲，察觉娘家表哥不对劲，所以来了这么一出。效果当然是好的，出发点更是人人赞扬，既处理了中饱私囊的表哥，也敲打了那些借她关系进公司，还作张作势，爱搞小动作的娘家亲戚。

林苗苗是清楚些内情的，冲晚嘉眨眨眼："这位汤太太还挺……贤内助的，鬼是她，神也是她。"

晚嘉点了点纸面，浅浅一笑。不管其他，反正元昌给了说法，在这回的纠纷上，充分把猎引给撇清了。按早先的计划，猎引先在平台发声明，接着联系那位猎头做澄清，再一系列营销上的补救。虽然最终有了真相，但到底隔了几天，消息传递不能只靠网络，也得靠人，所以周一到周三，基本都在忙这些。

周四蒋玉芝出院，晚嘉也抽空去看了一趟。

心脏病人脆弱，蒋玉芝不敢有大幅度动作，不过出院后，兆康的医生会每天上门探诊，倒也不用太担心。

潘逢启陪着他妈，全程不见杨璐一家人的身影，看来某些事已经落定，有了心照不宣的结果。

潘逢启留几步，对晚嘉说："我那天……不是故意给你打电话的，一下子没反应过来。"

说的是去老宅吃饭那天，忽然来通电话，确实唐突。

晚嘉晃了下神，想起祝遇清在书房里的话。

潘逢启沉吟一段，又提到："杨璐的事……"

晚嘉及时回神，打断他："那些都不重要，好好照顾蒋姨吧，有什么需要可以随时联系我们，搭把手的事。"

潘逢启一顿，听出亲戚间的客套，同样听出戒备。

他以前真傻，习惯了她总在身边，各种侥幸，甚至有恃无恐。没想到彻底分开后，好像朋友的立场都不够格，连多说两句话都要被提防。想一想，连笑也没有内容，他摆手："走了。"

送走潘逢启母子，晚嘉又去替邹芸拉车门。

"遇清什么时候回来？"邹芸问她。

晚嘉回想了下："好像要周末。"

邹芸点点头，忽然打量她："最近家里没开火？"

"开了，阿姨每天都做饭，公司的饭也从家里带的。"晚嘉被她看得摸了摸脸，"妈，怎么了？"

"没什么，看你好像瘦了点。"邹芸坐进车，打下车窗，"明天不加班的话，回家吃晚饭吧。"

这个"家"，是邹芸住的地方，晚嘉很快领会过来。想起今天不见踪影的祝如曼，她应承："好的。"

晚嘉当夜床面辗转，到凌晨，收到卢彤翻箱倒柜找来的照片。有好几张，全是当时在海洋馆兼职时候，卢彤拿拍立得拍的。幸好她曾经拿去过塑，现在看也都还清晰。

晚嘉开了灯，拿屏幕更大的平板电脑显示，一张张地划。

当时培训练形体，练水下互动，有时候大鱼摆尾扇到手臂或脸，以及中耳炎的难受劲都记得清楚。可关于祝遇清，她没有半点印象。

转天下班后，晚嘉开车去吃饭。等开进最后一里路，又看见汤正凯和祝如曼在说话。

汤正凯这回换了辆黄色超跑，夜幕下十分打眼。见到晚嘉，他目光闪烁，打个招呼也支支吾吾地，那股躲避劲，连祝如曼都看出不对了。她揪住汤正凯："怎么回事你，一下贼眉鼠眼的干什么？"

"哎哎哎，领子烂了，领子……"汤正凯抢救自己被拉开一大把的针织衫，狼狈解释说，"这不是怕给邹姨看到嘛，别这么说我，哪有贼眉鼠眼……"衣服被松开后，他搓两下鼻子，壮起胆子催祝如曼，"曼啊，你跟嫂子进去吧，我先走了，别一会儿真给抓了。"

"汤油子！"祝如曼叫他外号，"你当我第一天跟你认识？你这摆明了有鬼，你……"

"曼曼，"晚嘉打断她，"走吧，该进去了，别让妈等太久。"

汤正凯逃之大吉。祝如曼瞧得更不对劲了，问晚嘉是不是发生过什么，被晚嘉三言两语避过去，没透露什么。

姑嫂两个回到家，正好饭也差不多。

主动叫儿媳回来吃饭，邹芸当然是为了表达亲近。饭桌上，她问晚嘉家里长辈身体状况，又说如果愿意，今年都接来京北过年，一家人热热闹闹。说完，又想起老家补办酒席的事。

"回头把你妈妈电话留我一个，这种事情烦琐，你们都有工作要忙，我们老的商量就好了。"

不是邹芸提醒，晚嘉还不记得这一出。她点头表示记下："谢谢妈。"

桌上商量补办酒席，可当事的两个人，还没搞定离婚协议的事。

一餐饭少不了广式汤，加了药材在里面，汤头清亮，苦中带甘。还有晚嘉上回出差带回来的粽子，有冬菇和瑶柱，中间澄澄的一颗蛋黄，蒸熟后有一股芬香的草叶味。

聊着聊着，很自然地就说起不在场的祝遇清。

提起儿子，每个母亲都有讲不完的话。在邹芸看来，这个儿让人放心，却也让人操心。说他我行我素，但他外表斯斯文文，看不出半点叛逆的影子。但要夸他听话，他有时候又过于有主见，有些事讲烂舌头，他也不听你的。

拿邹芸老家话形容，就是"你有你讲，他有他做"，万事只随自己的意，学业是，婚姻也是。一句讲到尾，是个"好仔"，但也是个"衰仔"。

不同于邹芸陈述性的回忆，祝如曼直接多了："我哥挺有意思，真的。有时候骂他两句，我爸自己个气得脸红筋暴，他倒好，老神在在，拿本书还翻页。"

数言数语，在晚嘉脑中拼凑出一个稍微具体些，但整体还是陌生的，她从没见过的祝遇清。又或许是真的见过，但她……忘了？

老虎不在猴子当王，祝如曼对晚嘉勾肩搭背："嫂子，我哥的房间，去不去？"

晚嘉正想找她单独问点事，帮忙收拾完桌面后，顺势跟上去了。房间很久没住人，但经常有人打扫，一眼看过去，东西都齐崭崭的。挂在墙上的画，书架上的摆件，摄影机的支架和收纳包，透明斗柜里的碟片，以及相框里的一些照片。

除了跟史宾格犬的合照，还有几张毕业照。从毕业照上，可以清楚看到不同时期的祝遇清，对着镜头，比现在瘦些，笑起来时颊廓分明，人群中格外清越。

书桌上有德文书和杂志，翻开来，还能看到他的手写。尖从书脊划过去，到左边时晚嘉停住，低头往下看。

A5尺寸的书，在整齐的书列里砸出一道凹槽。

最奇怪，那本书的书签好像是眼镜腿，她往外拨了拨，抽出一副旧眼镜的同时，也带出几张卡片。这卡片……真的好眼熟，如果她没有记错，这就是当时海洋馆的门票。

翻过来看到背面，晚嘉一下煞住。门票的背面，印着一排美人鱼的笔绘，只有线条没有填充，像涂色本一样。

这东西是什么，她立马想了起来。

说起来挺俗，那时候海洋馆弄七彩人鱼，还给每人发了个章，章面是不同形态的人鱼，印油也对应各自的颜色。按策划细则，可以拿这票根找各自喜欢的人鱼扮演者盖章，每回还只能盖一枚，以刺激观众多次观看。而这几张，每张的背面都只有一个橙色的印，其他地方光秃秃的。那枚橙印不偏不倚，涂满人鱼满身。

晚嘉记得清楚，当年她被分到的颜色，就是橙色。

"嫂子！"

晚嘉被喊回魂，走过去，见祝如曼指着个音箱："这个，我能不能搬到楼上去？"

楼上是她的房间，这明显顺东西来了。晚嘉摇头："你问你哥吧，我做不了他的主。"

祝如曼稀罕地摸了半天，最后觍起脸笑："那你帮我问嘛。"

晚嘉想了想，掏出手机拍两张照片："过几天帮你问。"一顿，又补充说，"当面。"

那天夜里，晚嘉待到快十一点，才开车回了湖云堡。洗澡之前给卢彤发了个消息，问她以前怎么哄男人。

洗完出来一看，卢彤的招比较直接：女人会撒娇，男人魂会飘。

晚嘉吹干头发，躺床上琢磨好久，最后在琢磨中睡了过去。第二天早上，她给祝遇清那位姓邓的助理发了消息。

邓助理回复得很快，且有问必答。没多久，晚嘉成功得到了祝遇清的行程表，以及他现在下榻的酒店，甚至房号。

当天的机票很松，晚嘉迅速订下，再加快速度把手上工作处理完。下午三点，她用上以往加班的补钟，赶在晚高峰前，打车去了机场。

航班不挤，但机场人却不少，晚嘉一路小跑，到的时候刚好赶上验票广播。起飞之前，她把自己以前拍的人鱼照片发到朋友圈，抓着头发思索片刻后，选了只对祝遇清可见。

台山的夜，不凉不燥。北回归线穿过广府，季风气候的城市，潮热是常态。

车子驶进酒店时，祝遇清再次拨通那个号码，而这一回，同样传来冷冰冰的机械女声，告知他机主已经关机。他按下红键，通话界面，拨号记录后面的数字已经增加到"5"。

他移了移领带，干脆抽松脱了下来，随手甩到座位旁边。点进微信朋友圈，那几张照片仍然挂着，窄长鱼尾，鳞片灿闪。逐光踩水或是匍匐，每张都能看到不同曲线。勾起回忆的同时，身为男人他同样免不了俗，自私贪婪，占有欲作祟，不愿意妻子把这照片发给其他人看。

打电话给家里保姆，得到的说法是她今晚公司聚会，让有事微信留言。

于是风不燥，人却燥了起来。下车后，祝遇清步子迈得比往常大，跟助理核对第二天的行程时，话也说得更少。

看出 BOSS 没什么心情，邓助理也加快脚步，赶在离大门还有一小段的时候，将行程核对好了。得了示意他想溜，转身时却又被叫住。

"查查明天的回程航班，下午或者晚上，我回去一趟。"

"好……好的。"邓助理忙不迭答应，站原地看着祝遇清上了楼，立马低头发了条信息：宋小姐，祝总马上要进去了。

那边很快回了两个字：谢谢。

相比京北，台山只是一座小城，常住人口不过百万，所以可选的落脚点也不多。

祝遇清入住的是当地一家老牌酒店，以接待游客为主，面积可观，装修有点过时，硬件也亟待更新。

推门插上房卡，反应两秒后，灯光间逐亮起。

换了拖鞋，祝遇清踩着楼梯上到二楼，打算先洗个澡。

淋浴间前，外衫脱到一半，忽然有人抱了上来，两只手灵活地绕到腰腹。身躯贴近，带来熟悉的香味。

衣服快速套回，祝遇清抓住那双手，转身后，定定望住突然冒出来的人。四只眼睛对到一起，你看我我看你。好半晌，祝遇清问："怎么来了？"

"来查岗。"晚嘉眼也不眨地扯了个谎，又往后退半步，"你怎么一点也不惊讶？是不是经常有人钻到你房间，这样抱你？"

祝遇清作势想了想："你要听真话还是假话？"

"还真有？"晚嘉瞪直了眼。

她转身要跑，被祝遇清一把拉住："怎么，特意跑来找我气生？"

"猜对了，专门跑来找你吵架的。"晚嘉支起眼皮，指尖戳他心口，"我以后要在你身上装监控，怪不得说出差就出差，原来有猫腻。"

活灵活现，那份骄横都刻在了眼珠子里，祝遇清敲她手腕："宋小姐，没记岔的话，好像是你有错在先？"

"是又怎么样，我不过弄了份离婚协议，你倒好，跑来外面找女人？"

被瞪了半分钟之久，祝遇清拉着她，把所有区域包括阳台的灯都打开："找吧，看能不能找到你怀疑的痕迹，要有，我认错。"说完，他把衬衫从裤腰抽出来，袜子扔到脏衣篓旁边，人往沙发一坐，等她搜查。

晚嘉盯着那大爷姿势，嘴角小幅度拉动了下："谁要你认错，要真找到了，你认错又有什么用？"

"有道理。"祝遇清点头同意她的说法，接着微笑，"那怎么办，再拿离婚协议吓唬我一回？"

"离婚协议"四个字，精准戳中晚嘉软肋。她跟过去，侧坐在他腿上，接着攀住他的肩，仰头又递唇。祝遇清刚开始没反应，由她咬来磨去，表情淡淡连眼也没闭，直到她拉起他的手，从衣料下摆往心口按。

内外都亮堂堂的空间，墙面影动，影子叠成折线。许久之后分开，晚嘉原地匀着气，人被蹭得鼻息错乱，甚至微微缺氧。

轻度眩晕中，她问："你抽烟了？"

祝遇清"嗯"了声："一根。"今天场合特殊，他得抽。

晚嘉拿鼻尖回拱，等终于喘顺了些，她表达贴心："烟很难戒的话，其实不戒也可以的。"

"这不是重点。"祝遇清往后退开，压下眉梢看她，"你是不是得好好学学，该怎么哄人？"

"你教我，我学。"晚嘉很诚恳，两只眼还带着不自然的水汽。

祝遇清屈起手指叩她的额头，正想说上两句时，手掌连同整条手臂，都被抱住裹住。

"老公……"女人声软气轻，"为了见你，我特意从两千多公里外跑过来，你还要生气吗？"

三小时航程，从珠海机场再转来这里，起码是六七小时的奔波，确实辛苦。祝遇清瞥她："不是为了查岗才来？"

"那是假话，真话是想你了。"

这话应该是动人心志的，可祝遇清却戴了铁面具一样，面容平静地回视。她不知道打哪儿学了些虚头巴脑的，还学会玩反转这一套了。

当然，她让人意外的也不止这么点。比如表面同他卿卿我我，背地里却想着离婚，还实施到了去公司找他的那一步。如果当天不是赵仁挡了一道，八成还真要看她摊牌，把那几张纸摆他跟前，说不定还给他递个笔，客客气气，说几句好聚好散的场面话。

越想越是气不打一处来，祝遇清站起来，把人抱在身上颠了颠，往卧室走。

晚嘉很听话，乖乖挂在他肩膀，还抓紧把跟元昌的事给说了。

哪里都需要灯，卧室最不需要。

借门外一点点余光，印得出轮廓和曲线，祝遇清把人放在垫面，见她眼里光点亮堂，听她语气是上扬的，像跟他要赏。

他以为她只会耗子扛枪窝里横，原来对外也有雷霆手段。不过由此，也说明了她跟那个汤羽的多重过往，更印证了，如果没有汤羽的刺激，她当时可能也不会一时上头，答应跟他结婚。

憋了一肚子气，神仙也想放火烧庙。祝遇清语气低回地问："如果她不答应，你打算怎么办？"

　　晚嘉发声困难，但凡张嘴，十有九次声音在飘在晃，最后断续说出一句："那我……再找……汤正凯……"

　　亲密时刻提起别的男人，祝遇清微顿："找他干什么？"

　　"他有把柄在我手里，吓唬几句，大概率也会出手。"

　　"什么把柄？"祝遇清停下动作。

　　晚嘉把他手抽出来，再把肩膀一推，顺利由躺变成坐，眼里在笑，视线却直勾勾："他告诉我，你跟何思俞有过一段。"

　　一下什么动静都没了，祝遇清的眼微微眯狭起来，长长的头发有一缕盖上眼皮。带点风流劲，但两眼眈眈，近乎逼视。

　　晚嘉搭住他的手："所以，这是不是真的？"

　　祝遇清仰视她："因为这个，你才要离婚？"

　　晚嘉没有正面回答，只告诉他："这话不止汤正凯说，还有赵仁我也听到过。"她帮他把头发拨开，嘴贴在他耳朵边问，"这么多流言，你们起码是暧昧过吧？还有 Brandon，是你们共同养的？"

　　这样姿势看不到祝遇清什么表情，但能感受到他说话间胸腔的震颤："既然因为这个想离婚，为什么又要碎掉协议？"

　　"因为舍不得。"

　　"舍不得什么？"

　　"你说过的，哪怕我们的婚姻是一时起意，但我们的关系是真实的，这些日子的相处是真实的，还有感情……也是真的。"

　　"什么感情？"

　　"当然是爱。因为爱你，所以我会吃醋，会心里难受，会想离婚，也会舍不得离。"

　　谈话急转，先是质问，陡然却又到了心迹表露的时刻。祝遇清单手撑床，很快坐直身，握着腰把人弄起来，攒着眉头看她。

　　一个在亲密关系里笨手拙嘴的人，突然说出这样高浓度且直白的情话，实在有些真假难辨。扮得这么深情又卑微，更像是以退为进，准当拿捏。

　　这场对视有些久了，时长超过刚刚见面。晚嘉先开口："你不信？"

　　祝遇清眉一皱，视线打直了看她，嘴不自觉抿着，像好学生在做阅读理解。

　　窗没关，月光均等洒在两人身上。

　　晚嘉看着眼前这个闷声不吭的人，突然想到卢彤的话：看到他，而不是看到他的光环。

资本子弟，剥掉这层外衣，也只是有七情六欲的普通男人。而她对关系的理解一时错位，在碎片化信息里内耗，被性格上的顽疾支配，差点把自己推出这段婚姻。

眼角翘起来，晚嘉细声说："真的，爱你。"

祝遇清沉了口气，把她抱住。

…………

临海的城市，温泉资源丰富，阳台还有小泡池，拉上遮帘，又是一方私密空间。

只是才接近，一只脚试了试温，晚嘉迅速收回："太热了。"汗全发得差不多，这时候泡什么温泉。

她收回脚，咬了咬祝遇清的肩膀："好累，这么晚，别泡了吧？"

"好。"祝遇清依她去浴室冲了两把，又抱回床上休息。

床壁灯开一盏，四肢都有舒服的麻意，两人偎在一起，无声接个吻，或相互闻闻味道，享受温存。

没多久，刚才说累的人开始发问："不生气了吧？"

虽然是问句，但语气理所当然。祝遇清瞟她一眼："难说。"

晚嘉不管："那你慢慢气吧，轮到我了。"

"轮到你什么？"

"你冤枉我。"她哼了一声，秋后算账说，"我跟潘逢启早就没什么了，他出国我为什么要舍不得？"

还能为什么？那时候气昏了脑子，什么话都冲口而出。祝遇清一手枕在脑后，一手揽紧她："确实，这个是我的错，太口不择言。"他跟晚嘉道歉，并顺势澄清，"我跟何思俞只是同学，至于 Brandon，是我们以前喂的流浪狗。而且喂食的不止我跟她，还有几个德国同学，甚至我们教授。"

"知道了，以前只是同学，现在只是合作伙伴。"晚嘉总陈。

信得这么快，显得之前吃醋到要离婚像是一场儿戏，祝遇清侧目："不再问问别的？"

"什么别的？"

"婚前真正情史，不问问？"

"有就有吧，你以前的情史我不管，只要不出轨就行。"

心够大的，祝遇清半撑起身："你手机呢？"

"干吗？"晚嘉瞟他。

"今天朋友圈发了什么？"

"哪有发什么？"晚嘉起初不肯认，在祝遇清灼灼的逼视里才把嘴一撇，

219

"已经删了。"

祝遇清拿自己手机查看一眼，确定已经没有了，才又放回去。他安静地躺了会儿："为什么突然发那个？"

"因为跟卢彤聊起这件事，刚好看到照片，所以发了。"晚嘉披着被子往上挪了挪，"怎么了，有什么不对劲吗？"

高低正好，祝遇清往她肩窝一杵："删了，就没有不对劲。"

晚嘉也摸他的头发，一下下，摸到椎骨："想看吗，下回我穿给你看？"

祝遇清好像笑了笑，鼻间热息刺在她肤面："我为什么会想看？"

抚弄的动作放缓，晚嘉呼吸也慢了些，她看着绵白的被面，感受到肩上的重量，有什么话就在嘴边，然而几回吞吐，最终却合上了双唇。她忽然意识到，这并不重要。

她曾经想过，就算她是替身也认了，想那时候以为他找她，是为了这张相似的皮囊和神似的面相，以为婚姻本身是一场没有情感底色的陷阱，但发展到现在，又找到其他的蛛丝马迹，一样样似乎都可以佐证某一件事，但问出口得到确切答案，又好像是多此一举了。

他是不是早就见过她，不重要，因为她刚刚说出口的爱，跟那段不确定的过往没关系，所以逼问，没必要。

她宁愿只是一个设想，朦胧地在心里揣着。感情里最珍贵的从来都是想象，而事件里的留白，就是无限美化想象的最好工具。

于是话往门齿一转，晚嘉佯佯地叹了口气，语气里有狡黠地反问："谁知道呢？"

第十六章
更爱她

祝遇清终于肯起身了，坐回原位，目光虚停在晚嘉的脸上，不动声色地揣摩着什么。良久，他掌心紧密平移："想看还不简单，这附近就有海滩，明天换个带泳池的房子，也可以。"又去看她的腿，"扮人鱼，是不是要把脚绑住？"

饮食男女，这样沾着身，不一会儿又有汗津津的势头。

晚嘉看他，那些心猿意马，全在他眼里了。她一下又怵又困，往后缩了缩："那就明天再说吧，我想睡了。"

看眼时间，确实已经够晚。祝遇清收放自如，大方地抽回手："那睡吧。"又是飞机又是转运，晚嘉眼皮实在沉，嘴巴不忙以后，呼吸很快平稳。

旁边人睡梦渐熟，祝遇清却一直睁着眼。盯了好久天花板，他又转过头在妻子眉目间流连，最后搂住她，也试图进入浅眠。

周六早上，晚嘉是被吵醒的。床的另半边已经空了，她起来去阳台，看见左前方向有一个水上乐园。

同为广府地界，这里跟羊城温度差不多，而且正值周末，好多小朋友都起个大早去玩水。尖叫和笑闹声，还有救生员的哨子声，音波实在太强，都传到了这一片。吵是吵点，但元气十足。

身后传来推门的声音，是祝遇清出来了。

"在看什么？"

"看他们玩水。"晚嘉指着那边。

"想去？"

晚嘉摇头："人太多，看看就好了。"她回头，见祝遇清穿灰色长裤加蓝纹衬衫，外面套了件圆领薄毛衣，打扮很休闲。

"你要出门吗？"她问。

"约了一场拜访。"祝遇清邀请她，"也算私人拜访，要不要一起？"

闲着也是闲着，晚嘉答应了。她进屋洗漱，换完衣服出来，看见祝遇清坐在椅子上喝茶。

他还没穿袜子没换鞋，这样支开腿坐着，露出劲瘦的踝骨，骨形明显，筋肉分明。

多瞧两眼被逮到，祝遇清招她："看什么？"

晚嘉想起北方那句经典的"瞅你咋地"，差点笑场："没什么，看我选的衣服好。"

祝遇清也扫视她。橙色吊带长裙，米白西装外套，简单得来又不算太随意，正正得体。

他起身："走吧。"

邓助理早跟车子等在外面，远远看这对夫妇来了，揣起手打招呼："祝总，宋小姐。"

祝遇清颔首，晚嘉也朝他微微一笑："早上好。"

上车后，邓助理暗地留意后排的两位，见 BOSS 伸手过去挨了一拳还笑意盎然，心下慢慢舒开一口气。在协助岗待过的都知道，暗地配合 BOSS 夫人查岗这事，办得好可能没得加薪，但办不好就是"夹心"。目前看来，起码他不会两头受气。

后排，晚嘉看了会儿窗外风景。村屋骑楼，彩色满洲窗，放眼尽是侨乡风韵。

"是去哪里？"她问。

"去见一位华侨，收藏家。"

华侨姓郑，人称郑生。祖上马来发迹，在南洋一带经商多年，且心系家国，困难时期捐楼又投资，很是受人敬重。这位郑老先生年轻时就很喜欢收集老物件，手里也搜来不少流失海外的藏品，由大到小，不拘什么价格。别的不提，单说戏服他手里就有千余款，不止京粤，八大戏曲都收了不少。这些年来，他在南洋和港办过数场特展，回到内地，就想在这里筹建一家博物馆，长期展出。

祝遇清这一趟，就是想把国内馆引入 E.M，不仅迎合了国潮复兴的趋势，也能给项目提级。

但文人跟商人不同，商人讲利，文人得谈情怀，尤其是不缺钱的文人。要不是祝老爷子之前拍过这位几件藏品，也算有些交情，祝遇清没这么容易跟到这步。毕竟郑老先生资历深厚，且年高德勋，三四十岁在他眼里，也不过"后生仔"一个。而从香港跟到这里，祝遇清也算展示了相当的诚意，老先生从推到听到谈，显然已经起意。

他们说话，晚嘉跟在旁边，全程听着粤语，耳朵新奇得很。

郑老先生看向她，笑着问了句什么。她听不懂，有些茫然地看向祝遇清。

"我太太苏省人，唔识粤语（听不懂粤语）。"祝遇清代为解释。

老先生点点头，撑着手杖笑道："你俩公婆都几有夫妻相（你们两个蛮有夫妻相的）。"

这句晚嘉听懂了，她很快朝老人家笑了笑："谢谢您。"

郑家住的还是老宅，半圆形的大厅和阳台，满满西洋建筑风格。院子里随眼可见高椰树，还有硕大的凤凰树，只是已经过了开花的季节，枝丫干张着，有点秃。

见晚嘉盯着多看两眼，老先生叫人把手机拿来，找到这凤凰树开花的照片。枝干像伞柄，火红一片，好似长了漫天彤云。

"真好看。"晚嘉仔细欣赏着每一张，"我可以用来当屏保吗？"

"当然可以。"郑老先生笑着点头，加了微信，把照片发给她。

古树与老人，关系比老友深厚，参天枝叶，是一家的记忆根脉，照拂过一代人的往昔时光。

老人说国语有些费劲，虽然说得磕磕绊绊的，但还是在坚持，晚嘉跟在旁边听，遇到听不懂的朝旁边看一眼，祝遇清会替她翻译。

祝遇清旁听之余，也观察自己的妻子。玲珑颊骨与平弯得致的下巴，在亲和力上，女性有天生优势，而她是极好的倾听者，安安静静，不用故作投入，偶尔的点头与笑，让人谈兴大发。

在园子里逛上一圈，又留在郑家吃了顿饭，夫妻两个告别老先生，往酒店回。

刚开进酒店门口，两人下了车，打算走回别墅区。

酒店面积实在是阔，晚嘉走热了，脱下外套给祝遇清拎着。他小弟当得挺好，就是背着手往前走，怎么也不肯再牵她。

晚嘉跟上去，伸出一根指头，着急地往他手心挤，见他还是不配合，抓住手臂往地下坐。

"几岁了？"祝遇清半合着眼皮揶揄。在公司大小也是个领导，耍这种小孩子赖皮。

"曼曼不是也这样？"

"你跟她一样？"

"我也比你小。"

祝遇清好笑，走前两步："那上来吧，我背你。"

晚嘉心动，但试了试裙子的臂展，感觉会走光，于是把手扭开："不了，你体格差点，回头把我摔了，丢人。"

在台山两天，流连忘返。但其实除了郑宅之外，晚嘉没什么出去的机会。

她话说得相反，祝遇清的体格其实相当好，上下两层，他能抱着她走楼梯。

白天窗帘拉得紧紧的，夜晚情话洄游，低低的，喃喃的。只是这回才挨着，就听见低频嗡鸣的动静。

晚嘉躲了下："电话。"

"不急。"

这人疯了，晚嘉往旁边一滚，主动去帮他拿电话，看眼来电显示，是何思俞。她怔了下，反手递回去："你同学的。"

祝遇清接过："喂？"

晚嘉抓过被子，听到那边说了几句话，语速有点快，听不清说的什么。

她把被子全卷走了，祝遇清什么也抓不到，直接靠在枕头上讲电话。晚嘉看不过眼，匀一半给他，被他拉到身边。

距离很近，近到晚嘉能听见何思俞的急腔。相比她，祝遇清冷静很多："别急，具体怎么回事，说一说。"

"口头通知还是有实际行动？"

"书面约定有没有？"

"好，我知道了。"

"没必要，这不是你的问题。"

类似这样安慰的口吻大约有个两句，那边好像开始变得嗫嚅，甚至能捕捉到不明显的哭腔。

祝遇清很快提出挂断的信号："情况我大概清楚，先这样，具体的周一到公司再谈。"

收了线，他把手机扔到一边，手起掌落："继续？"

晚嘉条件反射地动了动，按住他，装好奇地问："出什么大事了吗？"

祝遇清屈起腿："你把我的脚蹬青了。"

刚说完，真就挨了一记蹬。他"嘶"一声，手进去逮住她："没什么，合作被截和了。"

周日深夜，两人回到京北。风很大，晚嘉缩在祝遇清怀里，车门开了，立马把自己塞进去。

"真冷啊。"她看着窗外裹得厚厚的旅客，个个口吐白气，不停跺脚。

祝遇清看过天气预报："明天有雪。"

"怪不得……"

晚嘉拍了拍外套,正盘算明天要早起时,祝遇清出声:"下雪天让司机送你,不要自己开车,不安全。"

晚嘉转头:"你不亲自送我吗?"

"想我送?"祝遇清问。

晚嘉想了想,往他那边挤一点,摸他的手:"还是别,我老公这么帅,回头给人盯上怎么办?"

祝遇清垂眼,看她像是打通哪里的关窍一样,嘴像抹了蜜,好听话张口就来。过几秒,他要笑不笑地问:"我还以为自己上不得台面,不然之前去接你,你们同事说下次聚会带家属,你怎么不吭声?"

晚嘉怀疑这人明知故问。那会儿正闹别扭,让她怎么吭声?

可就算他明知故问,话该接还是得接,于是她殷勤地给他拍拍衣服上的灰:"舍不得嘛,你太优秀,给人多看两眼我都……吃醋。"说完自己先不好意思了,脸浮红,自己坐回去,毛衣领子竖起来挡住耳朵。

祝遇清失笑两秒,把她抱回来,还待调侃两句的,手机响了。他抽出一看,是赵仁。想都没想,他按下静音。

晚嘉也看见显示了,好奇问:"怎么不接?"

"没空陪他扯淡。"祝遇清把手机扔进置物格,手指把她领子拨开一点,"很热?"

"……别管我。"

"让温度调低点?"

"说了别管我。"

"你穿太多,回头捂出一身汗。"

"……你能不能别说话?"

"还挺凶。"祝遇清手臂绕到她脑后,发尾抓两把,手指一个活动,把皮筋弄断了,也如愿招来一记凶狠瞪视。

"你多大了?"晚嘉披头散发,过去挠下巴又踩脚,再被他三两下化解。

隔板升起来,后排小打小闹,过招一样,没完没了。

新一周,晚嘉松快了些,心情上是,工作也是。上回的事已经处理得差不多,而平台名声渐起,陆续又有新的成单,团队也慢慢在壮大。

虽然流程有需要优化的,管理经验上也得不停扩容,这时候做不到游刃有余,但摸着石头过河,还算稳步在前进。至于曾借机搞小动作的对家,猎引这回平安度过危机,就是最好的反击。

转眼周三，也正好是月底，做总结的日子。会上各项数据摆出来，交付最多的行业还是地产和互联网，其次再是尝试的物流和服务业。

至于文创，没什么水花。这是预期中的发展，因为本身都对这个行业不熟，而且文创尤其是艺术圈，有其一定的封闭性，本身在人才寻访上就有难度，再加上周期长，能开在明面上的年薪也不算高，对猎头来说，吸引力并不强。虽然签了合作，但具体对接晚嘉没有亲自上，何思俞那边安排的也是其他人，所以除了玉棠城晚宴，她们再没有过什么直接接触。

结束会议正好到午饭时间，晚嘉下楼，去了玉棠城。中庭的展还在，不远处是咖啡集市，绕着年轻人流。

晚嘉上楼，在餐饮层找到了卢彤。

卢彤最近晚班，白天睡觉加溜达，今天刚好想吃越南菜，所以跑来约晚嘉。她有一双慧眼，一见就知道晚嘉跟祝遇清和好了，追问怎么哄的。

晚嘉先是装聋，跟着反问她："你跟孙晋怎么样了？"

"跟他有什么好说的。"卢彤夹了个虾片，牙齿咬出脆响，"对了，前两天我去接班的时候，看到你那个'情敌'了。"

"何思俞？"晚嘉一秒猜到。

卢彤点头："人挺有气质，我特意观察了下，不经意那么一瞟，确实跟你点像。"

晚嘉笑了下："像就像吧。"

卢彤问她："我接班，那都傍晚五六点了，她那么晚走，你就不担心？"

"正常工作沟通吧，没什么好担心的。"晚嘉拿春卷蘸酱吃。不用想也知道，他们是沟通 S7 美术馆的事。

在台山的时候，她就听祝遇清说过，原定要开在春还里的场馆，现在打算开到元昌去。而元昌出手截和用了两招，一是给 S7 的基金会捐了笔钱，再就是，给了创办人的儿子好处费，让儿子去说服老子，最终顺利变卦。

这里面的人物关系掰开了说：S7 创办人，也就是这个美术馆品牌的真正话事人，是何思俞恩师；而其子，则是何思俞的前夫。

大概这也是那天电话里的何思俞会急成那样的原因之一。

中午客流大，最后一道木瓜沙拉牛肉上桌的时候，晚嘉已经有些吃不下去了。

"那别吃了，我一会儿打包，反正木瓜你也用不上。"卢彤没个正形，说着还故意瞟晚嘉的胸，挤眉弄眼，"我要是个男的，我都羡慕祝总。"

才说完，祝遇清电话就来了。

"喂？"晚嘉靠着椅背接。

226

"吃饭没有？"那边问。

"差不多吃完了，你呢？"

"我吃过了。"

这么早，晚嘉看了眼时间："那你不午休一会儿？"

"眯了十来分钟，等下还有工作。"祝遇清说，"晚上有个局，要迟点回。"

晚嘉点头："好，少喝点。"

似乎听到一声笑，温温沉沉，带着点午睡刚起的鼻音："等我？"

等他做什么，晚嘉下意识就领悟了，她拒绝："不等。"

"那我早点回，等不等？"

"你好啰唆，不等。"

"那我不回也行？"

晚嘉偏过身，精准咬字："可以，但下次回来，记得不要走错楼层。"

威胁不准，悍气不足，祝遇清配合她："那还是回去吧。放心，喝再多我也找得到自己家。"

再聊两句，结束这通电话。

没了听筒里的声音，周围安静得又可以再睡上一觉。祝遇清摘下眼镜，按着眉头缓解疲劳。

没几分钟，内线打了进来："祝总，法务那边已经到会议室了。"

"好，"他站起身："现在下去。"

晚七点，C会所。

绕过影壁和长廊，赵仁往左边走，跨上两级台阶后，他把钥匙往桌上一甩，抓起杯子就灌水。

"赵总这是打哪儿来，怎么渴成这样？"孙晋问。

赵仁放下杯子，扯纸巾擦嘴："骑了圈马。"

"这么冷天去骑马，挺有兴致。"

"冷天人少，正合适练练。"

聊了半轮，孙晋也喝了口茶："最近忙什么？"

"盘了个地儿，打算弄间酒店。"

"玩旅业了？怎么这么保守？"

赵仁"啧"了声，卖惨说："没办法，手头钱不够。"

孙晋挑眉："把这里会员退了，省一年年费，钱不就有了？"

这是说风凉话呢，赵仁眼神绕着他一圈，目光砸到他脖子上，又转到脸："嗬，这过劳脸，看来咱们孙医生最近挺忙？"

227

孙晋反手摸到那一带，把领往上提半寸，又挐了挐鼻子："忙个屁。"

两人对侃半天，孙晋忍不住摸手机："祝老板，出门没有，怎么还没到？"

语音发完，祝遇清打庭院出现了。大衣围巾，下摆随走姿摆动，进来后还跟门口握着酒杯的两个客人聊了几句，才又慢吞吞过来，脱大衣摘围巾。

赵仁嘴快："最近接副业当男模了？搞这么讲究。"

祝遇清坐下，瞟他一眼："手被踹了？"

"马烈，差点被踹到。"赵仁不自然地收回手，又质问，"你老不接我电话是怎么回事，这兄弟还当不当了？"

祝遇清倚向椅背，叠起腿问："你打电话想说什么？"

"当然是说点正经事，那个什么美术馆，你不打算争取了？"赵仁着急。

"怎么没争取，我在争取按合同来。"

"按合同就是赔钱？"

"不然？"

见他们有事要聊，孙晋识趣地起身："我挑酒去。"

他离开后，赵仁立马又出声："你狮子大开口，那么些钱怎么赔？"

祝遇清笑了笑："元昌财大气粗，最近互金项目不是挣了不少？如果真有诚意，这么点钱又算得了什么。"

"谁去找元昌，你让她去？"赵仁一下毛了，声儿都拔高些，"当初跟 E.M 合作是她牵的线，现在出尔反尔是 S7 干的事，你这么一搞，反而弄得她里外不是人，怎么想的？"

这样火气十足，祝遇清低头压眼地看他："赵仁，理智一点，为了个女人你要同我翻脸不成？何况本身跟你没关系。"

不论 E.M 还是 S7，双方都不是慈善机构，合作本身就是共赢的事。艺术圈本身也是名利场，如果没利可图，S7 当初又怎么会愿意签约。

话很直接，赵仁腮骨紧咬："那成，大不了钱我替她赔！"

看赵仁持续情绪化，祝遇清探手把西装扣子解开，淡淡点他："这么多年你都没开窍，一味卖好有什么用？有什么效果了？"

"我不像你，从来都是女人贴到身边，犯不着为这种事伤神。"赵仁一哂。

提起这个，祝遇清拿水的动作一顿，手掌压在台面，绞着眉头瞥回去："我还没跟你算账，你在我老婆跟前胡说什么？信口开河了？"

"少扯淡，我哪有说……"赵仁下意识否认过，忽然又想到什么，心里迅速骂了句脏话。迎向祝遇清冷冽视线，他尴尬笑笑，"意外，真是意外，不是存心的。"又试探道，"弟妹……跟你发难了？"

祝遇清没搭理，喝口水后，挑着桌上小食吃。

安静了会儿，大厅有人在弹竖琴，声音袅袅空灵。

前头问题没有回答，赵仁自知理亏，也没追问。瞟一眼祝遇清，见他面色尚可，赵仁把手放在腿面，义愤地说了句："欧阳那个孙子，明显在拿这招逼她复婚。"

他提到的欧阳，是何思俞的前夫。

祝遇清垫过胃，手放洗手盅里过了一遍，再抽纸巾擦擦："压力转嫁是他们内部矛盾，这种事你不要介入，关心则乱，何况讨不到好处。"

合作被扰乱被截和，这是很常见的事，但常见，不代表可以不当回事。商业场上偶尔吃吃暗亏可以，明亏谁吃谁傻。

当初敲定合作，设计人工宣传费，E.M 也有实际投入，S7 想两头捞着数，再让一头落个空，哪有这么好的事。既然那边契约精神淡薄，那他们自然要讨回损失。

情绪平复下来，赵仁冷静想想，也沉默了。正好孙晋挑完酒回来，手里提溜几个杯子："来，哥几个今晚不醉不休。"

开瓶醒酒，酒液筛入杯壁，摇晃过后随重力作用下流，挂出平均水珠。

几人边聊边喝，偶尔也有认识的加入，一来二去，杯子换来又换，兑着喝了好几种酒。

到后半夜，孙晋出去放了趟水，洗过脸后脑门儿清醒了点。忽然想起件事。他回到位置，坐祝遇清旁边，把卢彤问过的始末给倒出来了。

听完，祝遇清神色飘轻："你再说晚点，可以直接吃席了。"

"怎么着，嫂子……怀了？"孙晋装傻，又觉得有点饿，调开话题问，"换个地方吃点？涮肉怎么样？"

喝差不多了，祝遇清站起来，把围巾和大衣收到臂弯："我回家吃，你找赵仁。"

他说走就走，孙晋睨了眼沙发上，已经喝成一坨的赵仁。得，还得给这位运回去。

接近隆冬，风越刮越响，体感刺骨。哪怕在车上小睡过一轮，回到家时，祝遇清还是感觉酒气撞喉，气息乱成一片。他站客厅喝杯冰水醒醒酒，等头没那么晕了，才摸进卧室。

卧室温暖，被子拱起一道，床上的人睡颜安适，但他的手才钻到腰线，她一下笑出来。

"喝不少啊？"她转过身，膝盖抵在他胸前，声音不拖不黏，显然一直没睡在等着。

祝遇清笑："还行，找得到家。"

晚嘉哼了声："应酬？"

祝遇清摇头："跟孙晋、赵仁他们。"

"哦。"晚嘉干巴巴应了句，头一歪，"有赵仁，他不会关心何思俞的事？"

"你好像比他更关心。"祝遇清躺到她枕头上，"想问什么？"

枕头被抢了一大半，晚嘉往后退，他又往前挤，直到她半个脑袋悬在外面，干脆趴到他身上："这事情……影响大吗？"

"没什么，早就料过的事情，有预案。"祝遇清声音轻描淡写。

晚嘉拉着他还没解下的领带，手里打着卷，动个没停。

元昌费死劲要抢 S7，无非是想造势，和"春还里"抢占新地标的称号。

她想了想："那这事，何小姐那边怎么办？"

一回来就听到提了几回何思俞，祝遇清踢开被子："你到底是关心公司，还是关心她？"

突然打滚，晚嘉一个手重，不小心扯了下，打结口紧巴巴圈住祝遇清的脖子。她连忙拉松，在他喉结摸了摸："当然是关心公司了，而且不懂的事问一问怎么了，我想长长知识行不行？"

"行。"祝遇清闭了闭眼，人往床头躺，把下巴搁在她脑袋上。

既然 S7 已经心属元昌，那他们就算重新争取回来，也没什么意思。一个不诚心的合作伙伴，只会令后续流程复杂，加大管理与沟通上的隐形成本。譬如藏品的调动与实务上的运作，没有相当的话语权，处处受阻。

作为执行馆长，何思俞对一些核心藏品根本没有调动权，而藏品直接关乎展事品质的高低，放宣传层面来说，关联的是社会上的号召力。

S7 的价值，不仅在于这个品牌的名气与社会认可，更在于后面显性与隐性的资源，以及这些资源联动所带来的其他益处。在商言商，他们之所以愿意给空间给资源，当然希望能运营得好，起码保证馆内的访问量。不然谁闲得没事，愿意拿出几千平方的场地，给一个空有名气的美术馆？

如果实际运作受阻，亏本的买卖谁又愿意干？有那份投入，空间给招商，坪效能来得更直接。归根结底，E.M 看中的还是商业价值，如果硬件跟不上，财务这本账算不通，就没有继续的必要。

至于何思俞……只能说起用年轻艺术家担当馆长，本身就是一件不怎么合适的事。搞创作就应该专注创作，年轻艺术家多数比较理想化，不够现实，为人处世都缺乏经验。况且管理和艺术语境上有本质的区别，论起运营和创收，职业经理人要合适得多。

到最后，祝遇清含含糊糊说了句："新坑也不一定就是好坑，等着看吧。"

"什么坑？"晚嘉抬头问话。

祝遇清却只亲了她一下："跟现在没关系的坑。"

声音已经不太对劲了，晚嘉红着脸推他："明天还上班。"

"好，知道。"祝遇清在她耳朵边回答。

应许分寸的同时，窗外已经飘起了雪糁子。

雪粉先是像盐，接着像絮，跟着风势腾扬起来，朔风刺眼砭骨，近年关了。

年底，是人才市场的淡季。

猎引平台之前开出的首单已经过保，尾款进账，完成最终交付。

好事庆祝过后，再次投入到来年的计划制定中。比如培训，需要开发更多样的课程，更需要建立分析模型。就算是同个行业，岗别上也有极大差异，比如互联网行业，技术管理或是运营，都需要更细化的分析。毕竟不会深入分析职业描述，做不到精准匹配的猎头，与信息中介没什么区别。再比如绩效激励，指标库已经收集了一些信息，可以开始进行追踪和试验，同时捕捉可量化且精准的各维数据。

轻松点的，就是策划第一届年会了。因为打算邀请平台上的猎头伙伴，所以几个部门联合在一起出主意，分工，捋流程。

转眼半个多月过去，零售业正是忙的时候，更何况 E.M 项目多，光是在东在西的会都跑不完，更别提其他的了。

脑力加体力的双重劳动，在晚嘉看来，祝遇清本该累得倒头就睡的，但事实证明，男人动起花花肠子，可以一晚上都不睡。

好容易一晚好睡，还是次日要去宴会。到日子了，两人前往场地，参加孙家的生日宴。

生日宴主角是孙晋外甥儿女，一对龙凤胎，刚上小学的年纪，一人缺了一颗门牙，笑起来漏风。

小的是妹妹，跟孙晋这个当舅舅的亲得很，走哪儿跟哪儿，长辈调侃孙晋该结婚，她也跟着起哄："舅舅该找舅妈了，不然回头又挨太婆骂。"

孙晋捞起这学舌怪往肩上一趴："吃你的吧，可够操心的。"

找什么舅妈，自己独个儿不潇洒？只是提起感情的事，又免不得，想起早前闹掰的卢姓女士。

怎么也是交往过的，按说分手了，不消沉几天都不算礼貌。可人家倒好，转头就跟个大学生打得火热，微信里还一堆男的等她去约。她这资源搁在古代，起码是个侯爵子弟，不，是开府养面首的皇帝女儿。

不过从头论起来，他跟她本来也是露水情缘，失落个屁。玩咖跟玩咖配不到一起，都是想游戏人间的，惦记她，太掉面儿。

甩掉牛皮糖后，孙晋去楼下接个人。车门打开，何思俞走了下来。

"下雨了，慢点。"孙晋替她打伞，一手挡着车顶。

"谢谢。"何思俞扶着车门站到地面。

孙晋笑说："你能来，我外婆可该高兴了。"

"太抬举我了。"

何思俞还以微微一笑，搭上他伸出的右臂，借力往前走时，听到他侧头说了句："赵仁来了。"

车辆驶上礼宾门，来的不止赵仁，还有一对夫妇。

黑色普尔曼停稳，右边先下的是祝遇清，他佝腰伸手，护着后下的那位。因为是家宴，晚嘉穿得相对随意些。针织裙上配一件花呢外套，袖口和袋缘的雾金纽扣有种撞色的吸睛感，而正红唇膏，是她浑身最亮的颜色。落地后，她被祝遇清裹在大衣里，半挟着走到檐下。

赵仁酸透了："有伞不打，下雨还玩浪漫，可叫人眼红。"

祝遇清一指孙晋："那刚好，找他给你看看眼睛。"

"你报销？"

"报，全额给你报，住院也包。"

"别，"孙晋拒绝，"牛眼我看不来，得找兽医。"

赵仁开口就问候一通："成天埋汰老子，老子跟你们处不下去了，散伙绝交！"

三人见面就斗嘴，何思俞不自觉扬起唇角，仿佛回到带着少年气的学生时代。那时就是这样，像几位性情各异的顽主，凑到一起时，总有不休的闹腾。

一群人嚷嚷着往里走，从大堂吵进电梯，等梯门一关，才收敛了些。

何思俞站在前面，通过光亮的门镜，可以看到电梯里的另外一位女性。抓着晚宴包，她指尖无意识在皮面挲动。她结过婚，知道没有孩子的婚姻有多不稳定，双方说抽身就能抽身，更何况……双方差异那么大。

社会上的不对等，可以用制度来平衡，但婚姻关系里的不对等却难以摆正。这样的婚姻，是有时效性的。换句话说，恋爱可以随意，但婚姻的核心思想，是匹配。

梯门一开，几人进入宴厅，各自社交。

抓紧每一场办宴的名头，是商业人刻在骨子里的意识，尤其是这样可以接近彼此距离的，表示关系之亲昵的宴，当然也是广邀来宾。所以除了亲友，也能看到有交情的同行，以及一些或许叫不上名，但在其他场合见过的熟悉面孔。

晚嘉和祝遇清夫妻档，场中游过半圈，祝遇清问她累不累，她摇头："我还行。"

祝遇清握了握相交的手，带她去看两个小寿星。

路上晚嘉随眼一扫，看见汤羽。她穿白色皮草外套，长腿蹬着一双桶靴，时尚明丽。

目光相触后，两人都很默契地移开了眼，就像陌生人。

不久后宴厅掀起小阵欢闹，来自何思俞送的礼物。一幅画，勾勒精致，灵动性强，被众人轮番欣赏，连声夸赞。

对何思俞来说，这是家常便饭式的氛围，她以微笑回应众人，也给两个孩子送了些口头的生日祝福。

过后，何思俞离开热闹的圈子，准备去外面透透气时，有人上来打招呼："何小姐。"

是不大认识的人，何思俞眉头微蹙："你是？"

"你好，我叫汤羽。"对方递来名片。

接过名片，何思俞看了看，才知道是元昌地产的千金。她这才打正眼，瞧了瞧汤羽。额头光洁，浑身自带风情，但稍稍用力过猛，又流露些脂粉气。

面对这种迎合式的美貌，何思俞心下反感，结交兴趣当然也没多少："汤小姐有事？"

汤羽粲笑："我是您的粉丝，看过您很多作品了，非常喜欢。"接着，她说出一个人名，是双方都认识，且关系不错的。

何思俞点点头："那真是有缘。"

态度敷衍，汤羽也看出来了。但艺术家傲气，可以理解。她微微一笑，充分展示社交技能，与何思俞东拉西扯，最后成功把话题扯到晚嘉身上。

听到二人是同学，何思俞神色微动，勉强给了个笑，但仍然有些意兴阑珊，直到汤羽提起另一个名字：潘逢启，祝遇清的表弟。

话也不怎么杂，提了提结婚之前那位跟潘还没有分手，接着，又说她之前在潘的公司工作，结婚之后就立马开始创业，一路顺风顺水。

汤羽说话很有技巧，点到即止，且她自认话里信息是足以打动何思俞的，却见她皱了下眉，眼里闪过一丝厌恶和鄙夷。

意料之外的反应，汤羽愣了下："何小姐，我……说错什么了吗？"

"没有，只是这场子里酒味有点重，我想出去透透气，先告辞了。"说完，何思俞回了个还算礼貌的笑容，转身走开。

对祝遇清，她确实有旧念头，但从来没想要主动介入。生而为人，该有道德底线。

刚才那刻，所谓汤家千金脸上功利性的笑容，话里带有目的性的挑唆，直白到更显得本人外秀内庸。那样的人，不值得交。

收起心底的嘲弄，何思俞走到外面，正好看到相邻不远的露台，祝遇清倚着栏杆，独自在跟双胞胎玩耍。她怔忪片刻，忽然想起第一回见他，他也是在跟小孩子玩。

那是某一年复活节，当地同学家的派对上，燃烧的篝火旁，他伸手沾了点啤酒的泡沫花，往小孩脸上弹。小孩子生气了，冲到他怀里龇牙咧嘴地反击，一大一小闹得不可开交的时候，他揉揉那小孩的头，朗声笑开。那一刻的笑，击透她的心。

再次见他，是在学校的球场上，他穿着卫衣和休闲短裤，手里拎着球包，与人谈笑时眉眼飞扬，满满恣意。

为了跟他多接触，一向运动神经不发达的她跟着去徒步，只是大环线才一半，她已经累得快要就地躺倒。鬼使神差地，她走到他后面，拉住了他的背包。

包型硕大，是她的两倍，她抓着包带借力，一直到终点。从他变沉的脚步来看，她有理由相信，他是感受到了的。

大三时他回国一趟，听说是跟他父亲闹了很严重的别扭，差点连学业都不打算继续。但明面上，他却表现得若无其事。

有那么一天，留学生圈子出去聚会，经过内卡河的桥时正好撞见双彩虹，于是都停下来拍照观看，期间她不经意侧眼，撞见他没来得收回的目光。

眼也没眨，是盯着她发呆。很快他笑了笑，转过头。而那一整天，她都心如鼓擂。

没多久，他们捡到条流浪犬，长耳朵史宾格幼犬，于是跟几个同学一起喂食。她留意他过去的时间，如果偶遇，别别扭扭待上一阵，但也会很快装有事，提前离开，以掩饰自己的不自然。

青春期的悸动是矛盾的，怕他知道，又怕他不知道。

只是那天之后，却没得到他再多的信号，而那一回的注视，有时候想起来像是她的错觉，但她清楚记得不是错觉，是真的有发生过。

可他是天之骄子，富贵堆里长大的人，始终有一种不容易被看透根底的悠然，而暗恋又总是不安的，她像含了颗不会过期的酸梅，哪怕只是一秒暧昧，也会在心里咀了又咀，生根发芽。

这种状态被身边好友看出来，仗义地说要帮忙撮合。她那时正煎熬得不行，于是也默许了。

试探是在当地同学的婚礼仪式上，那天他穿着西装当伴郎，香槟格纹西服，衬得人温文雅致。

仪式后的教堂外，同学打趣，问他有没有喜欢的女孩，他说有。墙壁转角，她像窃听的鼹鼠，心里跳得没了主意。

可接着，他在同学追问下说出几字描述，而同学心急，直接问是不是她那样的。

他的回答，她到现在还记得清楚："有点像，但很多地方都不一样。"那一秒，她从头冷到脚。

那天开始，漫长的暗恋生涯结束，正逢前男友欧阳找她复合，她答应了。后来结婚嫁人，顺理成章，也浑浑噩噩。现在反思，那时的决定太蠢，有种慌不择路，急不过脑的冲动。

毕业后史宾格犬被他带回国内，他们有个群，会不定期和 Brandon 视频，他偶尔在，也会对着镜头和 Brandon 互动。多少次她都清楚感知，看见他，还是心跳无序，还是又酸又涩。

再后来她与欧阳离婚，选择了回国，也在私心之下给 E.M 和 S7 牵线，并且磨了老师说想历练历练，于是拿下执行馆长的位置，顺利与他有了更多的接触。

到不久前，虽然合作出了岔子，但关于违反合同，他只是一开始强势，E.M 的法务没怎么催过，逼得不紧，更像例行公事，并非真的索偿。

于是她心里长草，一面因为欧阳的纠缠而厌烦，一面又因为他的宽容，而胡思乱想。好比此刻，听着那头的笑语，她心念交织着，分外想过去。

相隔的窗帘拉开些，正好看见双胞胎里的妹妹想要亲他，他把脸别开，逗她说不可以。

"为什么？"小女孩瘪嘴，"以前都给亲的。"

"还能为什么，他有媳妇了呗，哪能再给你亲？"打后头出来个孙晋，截了外甥女的话。

"那我呢？"另一个小男孩有样学样，跟着问。

孙晋哼一声："你也不行。"

"为什么？"两个小孩齐齐发问。

孙晋点他们俩的脑袋："因为人家爱媳妇呗，还能让你们两个小鬼头占便宜？"

风好像大了些，孩子的声音也被吹弱了些，夹着半懂不懂的疑问："那清叔叔很爱你媳妇吗？你媳妇也很爱你吗？"

"也不是，"几米外祝遇清声音带笑，缓缓说出后半句，"我更爱她一些。"

冷风迎面拍来，从脖子迅速往上蹿，像能刮到人的骨缝里。感官凝结，全身都冻了起来，何思俞上齿咬唇，僵在原地。

第十七章
情话

另一边，孙晋揪着颈部皮肤，无声干呕道："去去'油'吧祝老板，别跟这儿祸害我们家小的，回头他到班里跟小姑娘一学，我姐还当是我教的。"

"冷成这样？你都返祖了。"祝遇清回敬他一句，站起来，"进去吧，风太高了。"

门合上，带着小朋友回到大厅不久，碰上正找人的晚嘉。她好奇他打哪儿冒出来的，问："刚才去哪里了，怎么没见人？"

"我还以为你只顾工作，不需要我。"祝遇清答非所问。

晚嘉心虚："我刚刚去谈了个合作……"她扯起笑，拉着祝遇清的手轻轻摇了摇，"还是记着你的，饿吗，要不要吃东西？"

祝遇清松弛地打量她："虚伪。"

晚嘉尴尬地笑笑，趁没人注意，把他拉进隐藏的布草间。

布草间除了柜子外，还有几把光秃秃的椅子。晚嘉把祝遇清推坐着，用力啮着他的唇。

头回这么大胆，还是在不安全的环境中，晚嘉提着颗心，这份刺激让她嘴唇发颤，也让这场亲密有了另一股味道。

她问祝遇清："还虚伪吗？"

祝遇清反攥住她的手，惩罚似的，不轻不重地捏上两把："好很多。"这话指向含糊，不知评论的是诚意，还是吻技。

出去时正好切蛋糕，祝遇清也捞了个寿星帽给晚嘉戴。

晚嘉扶着头顶歪扭的尖帽子，在他怀里笑得露出几颗牙齿，中途视线一拐，跟何思俞的目光接上。

晚嘉下意识看了看领子，以为刚才瞎闹没理好，又往下唇抹了抹，把新补的唇膏收回一点，显得更自然些。再抬目，何思俞已经错开了眼，脸上笑

236

有些牵强，惘惘的半张侧脸，人偶一样。

当天回程路上，两口子黏糊得不像话。晚嘉靠在祝遇清肩头，把玩他的手指，一根根，拿指甲掐印子。

"对了，妈说补酒席的事她跟进。"晚嘉提一嘴。

祝遇清说："那好，给我省时间了。"

晚嘉偏过眼，见窗外灯光拍在他脸上，有模糊的雕塑感。她心里藏着点事，还是没忍住："你很喜欢孩子吗？"

"还行。"祝遇清徐徐看她，"怎么？"

他一问，晚嘉踌躇了："我暂时……不想生。"

"嗯。"祝遇清点头。

应得也太快了，晚嘉惊喜地抱住他："你怎么这么好？"

祝遇清瞄她一眼："想听什么，因为你值得，因为我对太太言听计从？"

"不要，肉麻死了。"晚嘉嘴上拒绝，表情却悄然舒展。

年关就在眼巴前，街道人流都开始一天少过一天。

为了年会的事，公司都动员起来，想办得热热闹闹，甚至还有节目表演。会上被问起时，晚嘉吓得连连摇头，但节目是躲过，最终又被推上主持人的位置。

主持人不容易，写稿串稿还要跟排，有时候做梦她都是播音腔，在字正腔圆地吐字。

周末有空了，再去祝如曼的店里看看。店址最终还是选在大望路，租金贵是贵些，但面积和布局正好。

简单装修了下，一楼营业，二楼工作，几个年轻合伙人天天嘻嘻哈哈，干得可带劲了。

这天晚嘉到门口，正好祝如曼在收银台值班，一见她，马上扬声："小的们，大股东来了，接驾！"

紧接着一阵窸窣，楼上冒出几颗脑袋："嗂！"

"别闹。"晚嘉笑得不行，"再这样我不敢来了。"

祝如曼"嘿嘿"地笑，装豆子磨粉，开始调咖啡。咖啡液开始往下滴的时候，她余光瞥见有人来，立马出声："站住，敢进来？"

门口，汤正凯半个身子探进来："曼曼，我……"

"你个屁！"祝如曼冷眼瞧他，"以后不许来找我，咱俩完了，彻底完了！"

汤正凯有点急："曼曼，我爸让我回马赛读书……"

祝如曼正摇着漏斗，手里顿了下："正好不想见你，麻溜地去吧。"

一里一外，任汤正凯怎么哀求，祝如曼也再不说半个字。

晚嘉看得出，应该是汤正凯被逼问出什么来，所以两人掰了。

几求未果，最终，汤正凯只能黯然离开。

打泡器小声在牛奶间嗡鸣，但奶泡总也发得不行，祝如曼好容易才想起，忘加糖浆了。她重新找来糖浆，这回打出漂亮绵密的奶泡。她把奶泡浇到咖啡上，闷闷地说了句："我哥告诉我，男人只要犯一次浑，以后都不能信。"

小姑子正失恋呢，晚嘉接过咖啡喝了口，夸赞道："好喝，可以开咖啡店了。"

"真的，你投资吗？"祝如曼立马支棱起来，一对眼放金光。

晚嘉放下咖啡作势要走，被祝如曼抢住包："开玩笑的，瞧你吓得！"

她大声笑着，弯起眼，晚嘉也宽了心，顺茬问起店里其他的事来。

说来倒也挺巧，汤正凯出国的次日，网上就开始有传言：元昌地产所控股的互金平台，传出爆雷的消息。

零下七度，呵气成霜。晚嘉经过追尾路段，看见两位车主冷得跟孙子似的，边跺脚边争吵，声音冻得一度劈叉。现代都市，愣给弄出十里八乡骂街的即视感。

晚嘉裹得厚厚实实，和同事去酒店踩场子。

酒店是早就选好了的，在元昌对面。这一带也算繁华商圈，商业密度和体量都不低，单五星酒店就开了两家。年底，酒店会场就没有空闲的日子，天天客满。

到宴会厅时，服务员正在摆中午的台。抱怀里的碟碗汤匙被逐一码好，机械式的动作，发出整齐清脆的碰撞声。

为了省钱，猎引没请布场公司，所以大物料的尺寸都得来现量，现拍。

主持工作上，晚嘉的搭档是运营一位新同事，叫顾平乔。他瘦高个子，长一张唇红齿白的书生脸，人有些腼腆，但挺爱笑。因为形象好且有一把低沉的嗓音，顾平乔大学时经常充当活动主持人，所以论主持经验，他比晚嘉要丰富得多。

两人上舞台感受了一下，现在场地空旷，台下都闷声做事，没人往上看，倒也没什么压力。

在顾平乔的指引下，他们定了上台和站立的位置，再排演几次登场，大概串了回词，这趟也就差不多了。

大厅外，林苗苗和行政的同事正询问水牌的尺寸，以及当天能否摆放到大厅做指引。

晚嘉往外走，宴会厅里的服务员们忽然骚动起来，趁领班不注意，都聚到窗边那一带。

顾平乔个子高，踮脚瞥一眼，果然有热闹可看。这片窗酒店正对的是元昌1号门，而这会儿，1号门外出现一群拉横幅举喇叭的人群。他举起手机拍照又摄像："闹大点，往大了闹，可别轻易停。"

"咋，你也投了吗？"林苗苗问。

"家里爹妈投了。"

"啊？那你怎么不去？"

"投得不多，要真折了就当给他们买个教训，省得见天被人骗。"顾平乔不大好意思地笑了笑，"高回报就有高风险，我说过好多次了，他们总不信。"

到离开酒店时，对面声势浩大，从隐隐约约的嘈杂变成明显聚众的骂阵，还引来了媒体车辆。

路上，晚嘉收到卢彤发来的截屏，是汤羽微博底下的留言，一长串，都是嚷嚷着让她爸赔钱的话。

卢彤：快瞧，咱们公主微博被包围了欸，怎么回事啊？

晚嘉低头打字，大致把事情编辑了下，又找到相关链接，给她发过去。

元昌地产所控股的这家互金公司，平台名字"无象财富"，而这回之所以闹这么大，起因共有两件。

一是坏账，即资金放出后收不回来，所以投资人的款也没法兑付。这个得归结于风控没做好，或者说压根没怎么在意风控，资产审查不严，时间一长就容易出岔子。

再有，就是元昌地产今年的扩张速度太快，到处摘地。大概资金链上有些紧张，所以，可能曾经动用过出资方的钱。

这一举动触犯监管条例，涉嫌违规挪用，是要被立案调查的，不像其他爆雷平台，只清算那么简单。

卢彤幸灾乐祸：哦唷，那我们汤大小姐……这下可惨了。

惨嘛倒也算，毕竟仅仅微博催款，还只是最初的事件反应。事情发酵得很快，还有外地投资客听到消息不断赶来，都指着到期的钱回家过年。平台投资者们的聚众被治安劝阻，后又分散行动，甚至闹去了元昌集团，要求集团给兑付。

至于汤羽的微博，底下留言从嚷嚷还钱到辱骂，直到开始有粉丝控评，呼吁不要搞父债女偿这一套，说大人的事归大人，没必要牵扯到当子女的身上。

这一做法，激发网友逆反心理。几天后，有人开始在网上爆料，说汤羽妈妈是小三转正，而她这个当女儿的也很厉害，读书时就会搞小团体，在学校欺负看不顺眼的学生，尤其是女学生。

互联网的传播速度从来惊人，很快，汤羽就被冠上"汤姐"的称号，而大量掉粉、代言解约、秀场名额被划，相继而来。

内心强大如汤羽，最终于某个深夜关闭了评论功能，而朋友圈则发了幅意味不明的抽象画，没有文字。

看到这条朋友圈时，晚嘉正打开门，迎接到访的祝如曼。

祝如曼拎着一堆夜宵，换了鞋就往客厅奔："快快，吃热乎的。"

晚嘉正在口欲最重的时候，闻见那一溜香味，嘴里自动开始分泌唾液。

粉丝元贝、蒜蓉和十三香小龙虾、炭烤牛蛙跟炒粉，再加上冰箱里刚拿出来的可乐啤酒，深冬深夜，吃出夏夜大排档的感觉。

手机响动时，晚嘉刚掰开一只牛蛙腿。见是祝遇清，她连忙擦了擦嘴，再示意祝如曼往旁边躲，这才找了个合适的角度接通。

祝遇清在外出差，正巧分公司尾牙，所以迟一天返程。

见他脸面薄红，晚嘉蹙眉："又喝酒了？"

"喝了几杯。"祝遇清边走边说，开冰箱取了瓶水喝。

喝完水后，他直接在吧台坐下，支着脑袋看屏幕，一只手摁在瓶帽上，把玩打转。

酒文化根深蒂固，什么阶层的圈子都免不了这一出，晚嘉虽然理解，但也免不得心疼："那个护肝的喝了吗？"

"喝了，放心。"应该是觉得热，祝遇清又解开一颗扣子，问晚嘉，"怎么还没睡？"

"刚刚追剧来着，正打算去睡。"

"是吗，我还以为你等我电话，所以没睡。"

"少自恋了……"听他说话开始不对劲，为免尴尬，晚嘉从地毯上站起来，"我这就去睡。"

她起身往卧室走，一个悠长且响亮的嗝传来，在屏幕内外回荡。安静两秒，祝遇清直接叫名字："祝如曼。"

大名一喊，祝如曼像被夺了舍，连忙应声："哥……"她爬起来，伸手去接手机，朝屏幕傻笑，"你不在家，我来陪陪嫂子，怕她寂寞。"

祝遇清看她："嘴先抹干净。"

"哦……"祝如曼接过晚嘉递来的纸巾，捂着擦两下，把辣椒面给带走了。

"汤家那小子最近有没有联系过你？"祝遇清问。

"没，我早给他拉黑了。"口头说得潇洒，但祝如曼还是扭捏地问，"哥，他们家……这次会怎么样啊？"

"放心吧，破不了产。"祝遇清声音很冷静。

祝如曼瞄一眼晚嘉，偷偷转了转手机，故意把她带进屏幕。想想还是不

240

够安全，祝如曼又把头靠在嫂子的肩上，才壮起胆子问："哥，他们家这回这事……跟你有关系吗？"

"哪里听来的风言风语？"

"所以……没关系吗？"

祝遇清眼皮也不皱："当然。"

祝如曼抿了抿嘴，迟疑再问："可我听说，他们家拍的一块地，要到你手上了？"

祝遇清瞥她："元昌竞标名次虽然赢了 E.M，但资金链出问题，地皮自然流到第二名这里……你以为我能动什么手脚？"

做商场又兼百货，本身就需要庞大且稳定的资金链支持，从筹资到经营端的资金流，财务上的风控模型必须完备，如果预险机制不到位，翻船是迟早的事。步子大了容易出错，这话谁都知道，但贪这个字上，很少有人能扛得住。

"不是就好。"祝如曼松了口气，又立马卖乖，"哥你别生气，我听人胡说八道的，其实我也不信！"

说完见祝遇清没反应，她转手就把手机还给晚嘉："嫂子你聊，我肚子疼，去趟洗手间。"

她溜之大吉，晚嘉接过手机："没生气吧？"

"跟她生什么气。"祝遇清起身，转移阵地到沙发，"今天又下雪了？"

"没……"晚嘉摇头。

祝遇清听出点遗憾："想看雪？"

倒也不是多想看，晚嘉也坐到沙发上，手机放在盘起的腿面："我还小那会儿，我们老家也下雪的，就这几年没怎么下了。"

"想家了？"

"有一点。"

"不急，很快就能回了。"祝遇清安慰她。

"嗯。"晚嘉拢拢头发，手里卷起几簇问，"下周四，你有空吗？"

"有事？"

"我们公司年会，想邀请祝总出席。"

祝遇清调整坐姿："以什么身份？"

明知故问，晚嘉扇了下眼："赞助商吧。我们这回年会有抽奖环节，打算拉几个冤大头。"

"冤大头"看起来倒不介意："想我去？"

"都可以。"

说得不干不脆，祝遇清伸臂搭在椅背："那不确定，到时候再看。"

他装蒜呢，晚嘉稍抬下巴："我们席位可紧俏，真不去，就不给你留位置。"

"这么没诚意？"

"有的，就这么点儿，多了不是这个价。"

"你还挺理直气壮。"

"那怎么呢，祝总教我？"没营养的口水话来回拉扯，晚嘉由坐改半躺，支着眼皮看那边。

套房是中古风，深色皮革和原木软装，一盏落地灯，开出淡金的暮色气息。不亮的光线下，祝遇清两眼凝沉，下巴似乎能看到青色的胡茬，比起平时，多了份窥伺感。

夫妻当这么久，对他，晚嘉多少还是有些了解的。

"我打算穿上回那条裙子。"她说。

"哪条？"

"周年宴，曼曼给的那条。"说着，晚嘉伸手摸了摸锁骨，指尖搭在肤面，像在挠痒。

祝遇清眼里笑意渐起："好，我把时间空出来，"又特意问，"一整天，够不够？"

晚嘉没理他，三两句，把电话给挂了。

过一阵儿，祝如曼拖着步子回到客厅。

"我哥没生气吧？"她忐忑。

晚嘉说没有，但同样告诉她："以后别那样问了。"

元昌的事祝遇清到底有没有参与，压根是不需要提的话。

"嗯嗯，我再不问了。"祝如曼点头不迭，但想起汤正凯，又免不得多提两句，"汤油子走得倒挺及时，不用面对这些乌糟事。"说着又搔了搔下巴，露出看好戏的表情，"他们汤家那么乱，叔婶和姑妈一家都不是省油的灯，亲情淡漠的一群人，半点不团结，见天吵啊斗的，说不定是被自己人坑了。"

明显还是没太放下，晚嘉看得出来，也知道她心里不好受，于是陪着说两句话，再坐坐。

到后来祝如曼喝得有点多，自顾自地啰唆起来。

"嫂子，他自己都承认了，当时在你跟前胡说，就是想让你跟我哥闹，闹得那个美术馆开不成，然后落到他家。

"不过他也说了，这是从他姐那里听来的。他个傻子，哪有那么多刚好听见，被人当枪使了还不知道，活该！"

好多句的喋喋不休，祝如曼最后淡然一笑："算了，不管了，就算他爸出事，他还有爷奶，照样过得好好的，我才不操那份心。"

这一晚的酒醉，以祝如曼留宿告终。晚嘉叫来方阿姨帮忙，费老大力气把她弄上床，再把脸擦干净，差点累出汗。

好在那天过后，祝如曼再没提过汤正凯，每天还是嘻嘻哈哈，一副没心没肺的模样。

等放年假的日子，晚嘉手头工作松了好多。

元昌的事还在持续飘屏，几乎隔两天就蹦出点消息。比如元昌地产，和上级元昌集团的关系。投资人里，除了看中高回报率外，本身也有不少是冲着这个名气才投的，现在出了这种事，怎么可能轻易放过。但借贷平台不是集团直接控股，股权关系隔了好几层。想把钱讨回来，要么做好持久战的准备，要么，事态就更严重些。

离年不到半个月的时候，在一次聚集中，有位年老的投资者血压一度升高，当场心梗，险些没救过来。差点出了人命，媒体又报了一波，而且引来政府关注。

感受到压力，元昌集团只能出面安抚，说是会督促下属子公司尽快偿还。为了暂时压一压恶劣影响，集团押着地产公司还了一部分，至于他们内部怎么沟通的，知道的人也不多。

日子迭日子，年会前一天，晚嘉公司弄了下午茶。甜点饮品之类的，吧台和会议室都有，大家放下手头工作，进去吃吃喝喝，或聊聊天。

会议室全景窗外，可以看到对面玉棠城到处飘红，满满新年气息。画展已经撤了，中庭换的是知名动漫的大型装置，成为新的打卡点。

想起何思俞，晚嘉点进朋友圈看了看。果然，人已经走了。

这回的事，S7也受到波及。元昌资金链出问题，舆论汹涌，集团老爹也压得紧，于是为补漏洞，各项投入都开始缩减，对于美术馆的支持也弱了不少。

最先调整的就是场地面积，原本谈好的三千平方米，一下要砍到两千平方米，剩下面积给餐饮跟艺潮集合店。都是消费场所，很明显，是迫不及待要引流变现。

场馆逼仄，对美术馆来说是降级待遇，难免招业内嘲笑。同期E.M放出消息，预计在春天里划出三千六百平方米，给一家华侨创办的博物馆。

两相一比，S7更觉得丢脸。但合作早已谈崩，回到E.M是不可能的，加上也舍不得元昌给基金会捐的钱，更怕再吃元昌的律师函。

没办法，最后只能咬牙妥协，再为了装修和展品的事，跟元昌没完没了地来回扯皮。所以这回何思俞当机立断，辞掉执行馆长的职，远避海外。

把手机划回主界面，晚嘉去了趟洗手间。洗完手出来，意外撞到顾平乔和林苗苗在接吻，还是林苗苗主动的。这一点，从她反捏顾平乔下巴就看得出来。

头回碰见这种场面，一男一女脸红了个透，晚嘉只好装没看到，快步离开了。下班时林苗苗跟在她后面："晚嘉姐……"

看没什么人，晚嘉问她："谈恋爱了？"

林苗苗摇头，羞答答："我追他的，还不算在一起。"

进电梯，林苗苗支支吾吾："如果谈办公室恋情……没事吧？"

晚嘉想了想："公司暂时没有这方面规定，而且你跟他不是同个部门，更没有上下属关系，应该没关系。"

到楼下，祝遇清的车停在门口，林苗苗眼尖，马上喊了声"姐夫"。

"送你回去？"晚嘉问。

"不用，不用。"林苗苗连忙摆手，又红着脸小声说，"我跟顾平乔约了晚上吃饭，他还等我从你这儿探消息的。"

晚嘉了然："那去吧，路上当心点。"

两人挥别，晚嘉坐上车。

"今天这么有空？"她好奇地问。

车子驶过道闸，祝遇清摸着方向盘："下午就闲了，刚跟爷爷逛两圈，正好来接你。"

马上到新年，路上车流稀松不少，回家相对通畅。

晚饭后祝遇清问晚嘉："礼服不试试？"

"又不是没穿过，干吗着急试？"

"这么久没穿，胖了瘦了不用调？"

"不用，"晚嘉白他一眼，"我没胖，也没瘦。"

祝遇清逗她："付费先看行不行？"

晚嘉下意识想拒绝，但眼珠子一转："你给多少？"

祝遇清掏手机转账，一笔笔持续到她叫停："可以了，你先出去，等我十分钟。"

被推出卧室，十分钟后，祝遇清才重新被邀请进去。走进衣帽间，却见那条裙子挂在外衣架，被熨得边角整齐。

"喏，你想看的礼服。"晚嘉背起手，在他背后笑得眯起眼。

看完裙子，祝遇清把她提到跟前："模特？"

"你可以自己穿。"

难得地，祝遇清被噎了下，再看说话的人，眼睛弯成一道漂亮的弧。还学会捉弄人了，祝遇清无奈地摇摇头，只能认栽。

次日晚嘉起得很早，公司集合后，又到会场忙活。布场和接待来宾，离开场剩个把钟的时候，她才回后台换衣服拿麦。

十一点半，暖场音乐被调低，感受到前奏，宾客们声音渐悄。随着主持人的登场，年会正式开始。

穿着那条香槟金的裙子，晚嘉被顾平乔牵到台前。充足的光量下，裙面于明暗间折射出细闪的光泽感，一举一动，华丽热烈。

环节也不多，总经理梁进伦致辞，又邀请了首位成单的猎头上台发言几句，接着是抽奖夹杂着几场表演。全程大概一个小时，等奖抽完，正好起菜。

晚嘉鞋跟有点高，离开舞台时，顾平乔一直扶着她。

正好有位猎头过来打招呼，聊过几句，笑着说男女主持很般配。

顾平乔霎时红了脸，晚嘉很快反应过来，指了指那边的祝遇清，开玩笑说："我老公可是在的，给他听到，晚点让我自己打车回家。"

祝遇清坐在主围台，穿羊绒衫和夹克，下面一条毛呢休闲西裤。这样场合，穿得还挺像家属。

跟他同被邀请在主围台的，还有周柯。潘逢启出国后，得聘就全归周柯管了。没有 E.M 的单，全员提点走低，团队也换了些人，总体活得不如以前滋润。

好容易见着这位老主顾，周柯端酒想敬的，被祝遇清礼貌拒绝，说等会儿要开车。

晚嘉走过去，两人很自然地拖住手，祝遇清问她："饿不饿？"

晚嘉摇头："我吃过了。"开始前的十来分钟，她抓紧时间吃了份盒饭。

会场里跟宾客应酬几回后，晚嘉因为高跟鞋脚疼，得以先退场。她没有换衣服，直接在外面包了件外套，跟着祝遇清走到停车场。

上车后晚嘉立马脱掉鞋，脚从裙摆下露出来。趾头蜷红了，还有被磨破皮的地方，以及不大的水泡。

车子开出不久，祝遇清停到路边，下去买了碘伏和创可贴。回来时看她的伤，他一度皱眉："鞋跟太高了。"

"没事，穿的机会不多，这点伤过两天就好了。"晚嘉有经验，自己接过东西处理。担心探头拍到，让他快开车。

祝遇清瞧她两眼，把车内温度调高，继续驱车回家。

等到湖云堡，两人左右下车。

晚嘉不好意思让祝遇清抱，大白天的方阿姨还在，有被看见的风险。她穿着车里的拖鞋，勾着祝遇清手臂，一脚深一脚浅地，往电梯间走。

梯门合上，祝遇清忽然说了句："你们那个男主持挺不错。"

晚嘉往上瞟："是吧？人挺帅，声音也好听，特招姑娘喜欢。"

"你也喜欢那样的？"

晚嘉脑袋一倾："我可以吗？"

"你可以试试，看有没有戏。"祝遇清说。

吃醋是两性互动的调剂，晚嘉听他劝，还真就认真思考了下，但有点愁："人家有对象了。"她抽手跟他比画，"就那个有酒涡，笑起来很可爱的姑娘。"

到楼层了，祝遇清拎着她一双鞋往外走："你还挺遗憾？"

晚嘉提着裙子跟上去，刺激他："他多年轻，这种现在都叫小鲜肉！"

开门进屋，方阿姨买菜去了，不在家。于是光天化日，晚嘉遂了祝遇清的愿，穿着这裙子跟他滚到床上。

布料特殊，摸上去有细沙沙的声响，内衬又一寸寸逆向推过皮肤。

晚嘉敲他："你二十出头，有喜欢过人吗？"

"不是不在乎我情史？"

"是不在乎，但我想听。"

祝遇清把她抱在怀里拢了拢，额头和她的贴住，像两只牛在顶角。

"干吗啊，跟牛一样。"晚嘉笑出声。

"谁是牛？"

"你。"

祝遇清也笑，在她鼻尖亲一下，起身用视线描她。姣好的眉眼，眼里春水盈盈。他蹭她嘴角："刚刚问什么？"

晚嘉缓缓出气，两臂挂到他脖子后，决定换个问题："如果那天我没有答应你，你会怎么样？"

她指求婚那天，祝遇清故意沉吟："去相亲，找个顺眼的结了，形式婚姻也只可以，先交交差。"

才说完，头发被人结结实实薅了两把。祝遇清"嘶"一声，拍住那只作乱的手："抓早了，我还什么都没做。"

"骗子，不是说不玩形婚？"晚嘉怒目。

"我说过？"祝遇清微讶，复又温温一笑，"时间太久，忘了。"

这摆明要赖，晚嘉推他下巴："那你就是流氓！"

这城市好就好在哪怕冷，天上也常有大太阳挂着，从窗帘透进一点点，像照在人身上。

尾凳搭着外套，西裤上叠着条礼服裙，通通皱成一团。

晚嘉枕着祝遇清的手臂，问他："真不考虑周柯他们公司了吗？"

246

"年后再说。"现在不想谈工作，祝遇清的声音沿颈线而上，闷又懒。

晚嘉摸着他手脑勺，悄声："刚刚在会场，周柯跟我说了件事。"

"什么？"

"他说得聘以前有个客户特别不好说话，前后换了几个猎头，包括他亲自上都没对接好，最后换成我，沟通才顺利了……你说，这是为什么？"

祝遇清慢慢打开眼："为什么？"

"谁说得清呢，大概那个客户想跟我发展点什么吧。"

声音里有清晰可辨的得意，祝遇清看她："那怎么没发展起来？"

"因为他太凶了，总冷着张脸，像我欠他钱一样。"晚嘉如实说道。

凶吗？祝遇清琢磨了下："没准真欠？"

"大概吧，不过都这么久了，也不知道我欠他那点钱，耽误他什么正事了没有。"晚嘉脑袋一倾，眼里冒着不怀好意的探究。

到底什么时候起，她变得这么会影射人的？祝遇清思绪沉浮，喉间提动几番，半晌兀自笑笑："耽误就耽误吧，他还能怎么着？"

他扮无奈状，晚嘉心头一陷，把自己塞过去，在他怀里不顾形象地挤了几遍。

其实仔细想想，是存在那么些瞬间，有据可查的。比如那时候的祝遇清虽然冷脸，但对她有问必回。而当时"特别不好说话"的职位，是总部一位C级高管。按说这样重要的岗位怎么也不该她上，所以周柯安排她，完全是碰运气。

她还记得那时候硬着头皮加他微信，每打一句话都恨不能在心里咀嚼十遍，生怕语气不对，措辞失理。可总体来说，工作上他对她的态度是和善，且积极配合的。

比如经他刷掉的人选，人力资源的回复只有寥寥几句，但如果她去问，一定能从他嘴里得到更详细的反馈，他甚至还会给她递话，引导她思考，教她往核心问题发问。可她当时战战兢兢一心只有工作，现在想来，实在迟钝。

而这场婚姻最初，她以为走进的是一场被俯视的关系，以为只是给容错率不高的人生再增一个错误范本，最后却发现，这场面高低的主动权，好像从来都在她手里。

思绪正飘远，眼皮盖下一只手："不困？"

"唔……"晚嘉把那只手拉下来，啃着指腹，良久小声问，"明天，去看电影吗？"

没头没脑的，突然要出去看电影，多少突兀。

祝遇清侧头，能看到她一侧微尖的耳郭，以及两只黑滴滴的眼，眼里波光跃动。

照视几秒，他眼里笑意渐浓，仿佛看透她藏在心底，那么几句说不出口的烂情话。他俯低，轻轻碰她的眼皮："好。"

番外一
祝遇清的暗恋

　　机场冷气开得很足，祝遇清取到行李时，时间刚好跳到下午四点。同时段的航班有艺人，走出达厅，就见几条手幅招摇地拉着。

　　"二位，这儿呢。"亮堂的声音传来，赵仁蹬着鞋，踢踢踏踏走过来。他穿亚麻衬衫配个马甲，领口又别个墨镜，想走文艺摩登风，但看着像旧时候码头搬货的脚夫，混里混气，不伦不类。

　　到近前，他先是打量祝遇清："黑了。"接着，视线又朝孙晋身上扫，"孙少爷，不是要跟你女朋友去什么音乐节？怎么也回来了？"

　　"分手了。"孙晋言简意赅。

　　"哟，真分啦？"赵仁嘴角一咧，"谈这么些年呢，不是一直嚷嚷着毕业就结婚？"

　　孙晋抹了把脸："小孩没娘，说来话长。"

　　"被甩了，还是被绿了？"赵仁幸灾乐祸。

　　几人胡侃这当口，身边人群小小骚动，所谓的"明星"出来了。墨镜口罩，一身名牌招展，身边还跟着私人保镖和机场安保。只是单按接机的人数来看，应该也不是什么大明星。名气小排场大，轻易让人猜到成分。

　　祝遇清只瞟了一眼，被赵仁勾住肩："认识吗？"

　　祝遇清调过头："你认识？"

　　赵仁戴上墨镜，压低声："应该是你爸新找的，我前段时间去玉棠城，想给我们家老爷子孝敬块表，结果人家包场来着。"又猜测，"跟你姑父那个小情人应该是好姐妹，两人手挽手，有说有笑。"末了再提议，"要不多看两眼，查她一下？"

　　他声音里有压不住的看热闹劲儿，祝遇清把拉杆箱一转："走不走？不走我打车。"

"唉？别介意，特意来接你俩的，走，这就走。"

车子驶离高速，没多久，停在十字路口等红灯。才几秒，赵仁往旁边一指："瞧，吵架呢。"

看向旁边直线道，停的是辆摩托，浑黑车身，上面坐了两个姑娘。最前面的脚支在地上，正扭头跟右边一辆车对骂。

女孩开摩托本身就是风景，这会儿还跟人干架，绝对是路上不可多得的调剂。前后左右都按下车窗，撇头看热闹。

那姑娘嘴皮子利索，骂起人来有一种不管不顾的流畅，什么字眼都往耳朵边飞。

"嚯，这姑娘脾气可真烫！"赵仁感慨。

旁边越吵越烈，甚至还有叫好声，巴不得打起来一样。坐后面的姑娘动了动，试图制止暴躁的同伴，却被同伴大划臂的动作杵到眼睛。

她捂着眼往后坐了坐，默默低头平复痛楚，而前面那位浑然不觉。

直行灯亮了，旁边车流开始前进，摩托车上的两个姑娘也重新趴伏好，一蹬油门开了出去。

驰行向前的那刻，后面女孩的头发和防晒衣飘起来，可以看清腰线，甚至臀线。

过会儿左转灯亮，祝遇清也升了上窗。

到家时已经傍晚，祝如曼第一个跳出来："哥，你黑了哎！"

正上高中的小丫头片子闹得很，跟在后面吵个不停："伯尔尼怎么样？你去看外公外婆了吗？"

"看了。"

"那他们有没有提我？"

祝遇清瞥她："外公外婆说了，你要能上一本线，接你去住两个月。"

"……为什么去住也要条件？我不信！"

"不信你自己打电话。"祝遇清放下行李，往楼上走。

"曼曼。"后面传来他妈的声音，"坐这么久飞机，让你哥先洗个澡，别吵他。"

"哦……"

花洒一开，水汽包遍全身。一瓶沐浴露从头洗到脚，祝遇清在浴室待了小半个钟，出来换上衣服又在床上躺了会儿，直到楼下传来争执声。

争执来自父母，他离开房间，站在楼道口听了半响，被自己妹妹眼尖发现。

"哥！"祝如曼像遇到救兵，仰着脖子高声喊。

祝遇清揣起兜，从二楼到一楼，再越过战地，直直往厨房走。

两父子擦肩时，祝世均勃然叫住他："你这是什么态度？回来了，连你爸也不知道叫？"

祝遇清这才停下步子喊了声"爸"，但同时，视线早也偏到其他地方。

敷衍与不敬，明明白白。祝世均气不打一处来，立马死拧着眉训斥。

严厉声中，祝遇清到冰箱拿了罐沙示，又端起刚做好的三明治，回客厅坐着吃。动作流畅，连看都没看祝世均一眼。

夫妻间的冲突变成父子，祝世均对儿子怒斥几句，没得到半点回应。他脸都气垮了，"砰砰"拍桌："我供你出国留学，供你一切花销，你倒好，就这么对你老子？"

"我用的是爷爷给的卡，你账面上的钱，我一分没动。"面对指责，祝遇清悠游不迫，又冷静地反问，"而且公司是爷爷的，大梁也是爷爷在扛着，没有这个底子，你有钱打给我？有钱干别的？"前后几句，彻底把他老子给气走了。

客厅安静下来，厨房值班的人轻手轻脚，不敢发出太大动静。没多久，厅里响起邹芸的啜泣声，以及祝如曼的劝。

"妈您别哭啦，找一个是找，找一打也是找，您不如学学我姑妈，管他们男的花天酒地，咱逛个大街做个 SPA，心情一样美得很！"

"什么找一打？"邹芸眼皮拧起来，"你去写你的作业，大人的事，小孩子不要多话！"

祝如曼叹气："真的，妈您可千万保重身体，别跟沈阿姨似的气出什么乳腺癌胃癌，不划算。到时候怎么着了，还让外面的小三儿得了好，我才不想跟汤正凯似的，管小三儿叫妈。"

女儿口无禁忌，邹芸气得打了她一下："个衰女包（倒霉孩子），成日乱噏廿四（胡说八道）！"

祝如曼背身去躲："您瞧您瞧，咱讲普通话行不行，爸又不耐烦听你说粤语，鸡同鸭讲嘛不是，这沟通都成问题了，夫妻感情还怎么好？"说完又去引救兵，"哥，你说对不对？"

祝遇清喝完最后一口，起身看向妹妹："回房间写作业，晚点我把礼物给你。"顿一息，又补充说，"外公外婆给的。"

祝如曼高高兴兴被支走，邹芸也擦了擦眼泪，反过来劝儿子："别跟你爸闹，他也是被人带歪了，以前不这样的。"

祝遇清望向母亲。受了辜负，还在为丈夫出轨找理由，典型隐忍者心态。中式婚姻里，女性通常是弱势的那一方，而弱势，往往就来自于这种隐忍。只是吵要吵，闹也要闹，但从来不愿真的计较，于是助长丈夫气焰，窝囊了

251

自己，也给儿女添堵。

但这么久没见，为人子女，该陪的时候还是得陪。祝遇清在客厅坐下，陪着母亲说了几句话，聊聊隔洋的生活，以及定居海外的老人身体状况。

邹芸絮絮个不停，一时说起祝如曼的学习，一时又念叨他不该去德国，连年见不到多少太阳，把人都待闷了。

老腔老调，祝遇清偶尔应上一句，交谈中再起身，把母亲带去外面散步，消消心事。

等周日，一家人去老宅吃饭。才进门厅，遇上姑父潘明岐。他印堂明润，一双眼清秀有威，哪怕上年纪起了鱼尾褶子，这副皮相也相当耐看。只是人再不是当年死缠烂打的穷小子，摇身变成房企老总，仰首伸眉，一副成功人士的皮长到身上，越活越年轻。

大概是看出祝家父子之间的僵态，打过招呼后，潘明岐拍了拍祝遇清的肩："又跟你爹闹别扭了？"

祝遇清笑笑，没说话。

"儿子跟老子哪有过不去的仇？听姑父的，晚点跟你爹喝一杯，聊两句就好了。"潘明岐低声沉气，一派为人长辈的操心样。他苦口婆心，谆谆教诲，要说和一对早就生了嫌隙的父子。人有百相，习惯谋利者，虚伪的面具往往戴得最勤快。

祝遇清没同他多扯淡，转头跟余松一起，往楼上去。

余松是祝遇清伯公的孙子，年纪上要比他大一轮，早已结婚生子，在 E.M 人资部门工作。

等上了楼，余松压低调门："潘姑父最近可了不得，听说在宁江拿了个公共交通的项目，要赚翻了。"

祝遇清背手走路，拐角有个小女孩撞到腿上，差点弹一个屁墩。

孩子叫姜姜，被接住后，先是晕头晕脑看了眼祝遇清："清叔叔。"

祝遇清护住她，看了看后面几个小的："都慢点跑，回头摔到门牙，磕了可长不回来，以后豁嘴说话。"

姜姜才四岁，正是换牙的年纪，听了立马捂嘴："那不跑了。"

听话的小孩向来招人疼，祝遇清逗她两句，放去玩了。

到三楼，见祝如曼站在露台，正举着手机在拍什么，还边拍边念念有词。祝遇清走近，正好听见一句："小娘养的，臭不要脸。"

就着摄像头的方位，他看见外边道上停了辆车，而潘逢启站在窗外，弯腰跟车里的姑娘接吻。

"拍来干吗？"

祝遇清一句话，吓得祝如曼立马捞回手机："……哥？"

余松眺目看了看："是汤家那个姑娘吧？叫汤羽的。"

祝如曼点头："就是她。"

"哦，跟逢启在一块了？"

"谁知道呢？"祝如曼哼了声，"这女的跟她妈一样，都不是什么好货色。"

姑娘家出口没好话，祝遇清侧目："刚刚那些都谁教你的？"

"本来就是嘛……"祝如曼把手往外一指，嘴角提动，"汤正凯说她可坏了，当大人面扮乖乖女，一转头故意恶心他，问晚上睡觉会不会梦到他亲妈，又说病死的人是孤魂野鬼，投不了胎还要到处受欺负……"

别人家事没谁好插手去管，祝遇清皱眉："那也不准你学他骂人，以后开口闭口都惹人嫌。"

晚些时候开饭，几人回到楼下。潘逢启跷着脚在沙发玩手游，见到祝遇清，他起来打招呼："大哥，回来了？"

"回了。"

"晚上喝酒去？我朋友新开一场子，挺有意思。"潘逢启邀请他。

祝遇清摇头："改天吧，晚上去东灵山。"

"蹲日出？"

"嗯。"

饭桌上，有人提起海洋馆的杂技表演和 VR 空间，小孩子对这些都感兴趣，个个嚷嚷着要去看。

外头大太阳照着，带小孩子又麻烦，也就几个年轻的没结婚的愿意跑一趟，有几对带孩子带怕了的爹妈正好当甩手掌柜，把小娃扔给大娃，一身轻松。

海洋馆六点关门，一瞧时间有点紧，几人吃完饭就打算去。正好潘逢启开溜，临走前问要不要一道，他摆手："下回吧，下回。"

有人调侃："那你这回干吗去，陪女朋友？"

潘逢启没否认，笑着开车走了。

祝遇清那一行人，大大小小超过十个，赶到海洋馆时，离闭馆还有三小时。

穿过海底隧道，企鹅馆走一趟，体验过 VR 再进杂技馆，中途姜姜看见海报，突然说要去喂美人鱼。

"你拿什么喂啊？"祝如曼笑得不行，"美人鱼可不吃鱼食。"

"那她们吃什么？"

"吃汉堡吧大概。"祝如曼自认风趣，说完，还深沉地在下巴比了个"V"。

姜姜一心要去，偏偏她爸妈又没跟来，祝如曼懒透了不乐意再走，于是怂恿她："去，你找我哥，让他带你看。"

孩子听话照做，于是没多久，被祝遇清抱着去找水族馆。

步行大概十来分钟，进到水族馆时，正好是美人鱼下水的时间。

巨大的缸体外，一群孩子眼巴巴地趴着，而暖色灯光下，一条身着橙金套装的人鱼潜入水中。

破水的瞬间，能看见一圈圈的涟漪。起先，她停驻于礁石，朝缸外看过来，眼睛左右张望，表演着初见人类的好奇。

外面沸腾起来，靠得近的小朋友，十个指头全按在缸壁，外面一群则蹦蹦跳跳地挥手："人鱼，是人鱼哎！"

人太多，遮挡了视线，姜姜激动得两条腿直蹦，拉祝遇清："清叔叔，要抱要抱！"

祝遇清弯腰，把孩子抱起来的时候，缸内人鱼动了，两条纤细手臂拨开水层，在激越的欢呼声中，她慢慢游了过来。

鱼尾翻转，身躯游弋，发丝在身后纷扬，她潜近人群，微笑招手。

距离拉近，只隔着一层玻璃，外头更加兴奋。互动从左到右，她转体潜弯，一头茂盛长发，在水中浮出曼妙的波浪感。

有小朋友摆姿势拍照，她停在后面，单手托腮配合。再过一会儿，她双手向前，扇动水流，划开一个标准的心形。

"看！美人鱼会吐泡泡！"小朋友们欢叫起来，回身跟父母或小伙伴分享这份惊奇。

也有看呆了的，傻傻张着嘴，目光跟着人鱼的动线而动。那份着迷，俨然沉浸其中。

停留得差不多了，她挥手告别，再一个豚踢，转身向后。那两条笔直的腿并在一起，全程不弯不折，是连腿缝都可以忽视的程度。这样姿势很需要核心力量，而她身腰细瘦，小腹紧实，看得出来是下苦功练过的。

一片欢呼乱跳的挽留声中，她右手在前，缓慢婀娜向上，生动又灵动，像电影镜头被按下慢键。游至半程她回眸下睇，光洁的一侧肩，灵动的一双眼。

祝遇清正是二十出头的年纪，忽然有什么在心底滋芽，让人产生一种收不回眼的狼狈。

"啊……美人鱼走了……"姜姜的声音拉回祝遇清思绪，小姑娘指着玻璃，"怎么办？美人鱼走了。"

"没关系，我们下回再来。"

"下回，是明天吗？"姜姜攥起问。

"表演应该不止明天，后面还会有。"祝遇清笑着告诉她。

姜姜听过，眼一下就湿了："可是妈妈说，下个月就要带我走了。"在她的哭腔里，祝遇清才想起这孩子的妈，也就是他那位已经离异的表姐，下个月就要搬去新加坡工作，所以这小孩以后能不能再回京北，都是个问题。

正沉吟着，同行的打来电话问在哪儿，说娃娃里有两个困得走不动道，得送回去。祝遇清看了看时间："那你们先回，我押后。"

挂掉电话，他四下看了看。这馆内提示做得不够醒目，表演场地旁边，竟然没见到具体的时间表。

人群渐散，还有依依不舍的孩子趴在缸壁朝上看。

祝遇清抱着姜姜，往问询处走去。在那得到一份水族馆的宣传单张，而按上面的时间显示，刚刚已经是最后一场表演。

见姜姜失落，祝遇清指着单张："没事，周六再来，到时候我去接你。"这么大的孩子不认字，只听到他的承诺，把那张纸抱在怀里，一个劲点头。

差不多到闭馆时间，祝遇清打算带姜姜回去，看她有点饿，又到窗口买了点吃的。

走到停车场，跟来时不同，这会儿他旁边停了辆黑色摩托，看造型应该是铃木，有点眼熟。

他上车不久接了通电话，等电话接完，姜姜已经睡着。祝遇清调了下车内温度，又勾来毯子给孩子盖上，等忙完这些他正准备开车走，迎面走来两个姑娘。

左边的戴一顶鸭舌帽，右边的穿白色牛仔裤，上配一件荷叶领的雪纺衫。她的头发被风迎面呼到脑后，露出一张轻盈的脸。

两人走到摩托车旁，声音随着打下的车窗缝隙钻了进来。先是戴帽子那个："我刚刚去拍照区，有个小孩往我身上扔硬币。"

"啊？为什么？"这声音有些细，跟长相气质相符合。

"谁知道呢，跟大人学的吧，拿我当许愿池王八？"帽子女生咬一口京腔，忽然"啧啧"两句，"你这身材可忒好了，瞧这肉均得……哎对了，你下缸的时候我看有个男的站在外头，两只眼珠子使劲往你胸和屁股上贴，别不是碰上变态了吧？"

"他一个人吗？"

"那倒不是，手里还抱个女娃娃。"

"哦，陪女儿来看的，应该没事。"

"谁知道呢？有些男的可不要脸，别说抱女儿了，就是老婆在旁边也不规矩。你忘了上回摸欢欢那了？他敢再来，碰上我看我不给他揍进医院！"

一场对话飞到耳朵里，祝遇清的手扶上方向盘，默默把车窗关上了。

其实去水族馆之前，他想的无非是缸体水压与深度，对所谓美人鱼没有

255

多少好奇，可见到真人的那一刻，心里的探究却慢慢变了味。

到周六，祝遇清又来了。为了多看姑娘两眼，他又找借口又装好心，大热天的，牵着别人家孩子出来溜达。表姐忙着搬家的事，正愁没人帮忙看孩子，有这么个志愿者，也乐得清闲。

周末人流更大，祝遇清一个大男人不方便往前面挤，只能抱着孩子站在最后面。从十点半蹲到下午两点，终于又见到那条橙金色的人鱼。

这回她绕过疯狂的雀跃声，朝角落一个戴帽子和口罩的小孩挥手，挥了好多次，直到那孩子不大确定地把手贴到缸壁，她笑起来，朝孩子比了个爱心。

被选中互动的都是幸运儿，那个孩子激动起来，回头看了看随行的父母。父母上前，替他把口罩摘下来，再蹲下身替他跟人鱼拍合影。小孩高兴得仰起了脸，露出的眼睫毛是白色的，应该是位白化病人。

照片拍了好多张，人鱼一直甩动着尾巴配合，直到憋气已经是极限，她挥别观众，旋身上岸。

第三回再去，海洋馆弄了个活动，可以拿票根找美人鱼盖章。

手指往票根弹了一下，祝遇清陷入迟疑。往拍照区之前，他还是选择戴上墨镜，卫衣帽子扣鸭舌帽，把脸挡了个严实。

尽管这样看起来像个怪人，但想想搞这么别扭的原因，或许是上回被疑似变态，又或许，是关于他晒黑了的那些个调侃。

拍照区被精心布置过，旁边开着泡泡机，几条不同颜色的人鱼坐贝壳里，头上都戴着一顶发冠，在与游客互动。

轮到祝遇清时，意中的那一条人鱼还在跟人拍照。他不顾另外几条人鱼的热情招揽，牵着姜姜在旁边等，目不斜视。等到她朝姜姜招手，祝遇清牵着孩子走过去。

姜姜递上门票，因为靠近童话人物而害羞得红了脸，等拿回门票后，她弱声说了句"谢谢"。

人鱼姑娘灿灿一笑，摸了摸姜姜的头。

走出几米，才发现忘了拍照，祝遇清脚下一顿，回头发现人家已经开始接待新的游客，无奈，只得继续离开。到车上再看票根，橙色的章不偏不倚，可着缝儿盖的，整整齐齐。

祝遇清不由得想起那双手，秀窄，指根到指尖逐渐收细，肤白且匀净。只是她太敬业，全程没有看过他一眼。

收起票根，祝遇清跟姜姜许诺："下回，咱们再来拍照。"

于是一个月有八天周末，祝遇清去了六回。第六回的时候，同行的还有余松的儿子番番，这小子是个皮猴，比姜姜闹多了，胆子也大不少。过去盖章时，他笑嘻嘻地夸人："姐姐你好漂亮。"

人鱼在角色里不能说话，姑娘对他微笑点头，他来劲了："姐姐你能给我签个字吗？我觉得你比明星好看！"

人鱼姑娘犹豫了下，接过圆珠笔，在他手心写字。这小子还怕痒，身子乱扭，笑得乱颤，惹得人鱼姑娘也翘着嘴笑。

祝遇清在旁边全程观看，看到那胖乎乎的手心出现一个秀气的"嘉"字。

写完，番番得寸进尺："姐姐我能不能摸一下你的尾巴？"

祝遇清嘴角一抽，果断捂住他的嘴，打算把人给拎走。往前走出半步，被人往后戳了一下，祝遇清回头，原来是带娃买的挂件掉了。

人鱼姑娘没说话，把挂件递给他的同时，礼貌微笑。祝遇清伸手，两方的力在同一物品上接触时，他喉结提动，冷淡地道了声谢。

出到外面，番番好奇地看他："叔，你耳朵红了，不热吗？"

"你不累？说这么多话。"祝遇清在他后脖颈捏两下，把票根给顺走了。

第二天去鬼笑石蹲日出，四点十几分，天空开始翻白。橙红与粉蓝，和夕阳时的光影反向渐层，山峦深浅，水墨意境。

队伍里有人在给女友拍照，各角度各姿势，任劳任怨。

等上一阵，半轮红日从茫茫雾气中冒头，霞光盛大，辐射周边光晕，压出伸展的海鸥线。那一刻，祝遇清的脑袋里跑出浪漫的字眼，在旁边情侣的感叹声中，他扛起相机，拍下一段长长的空镜头。

多好的景，只是孑然一个，缺点滋味。

过几晚，祝遇清去了趟明会。夜场从来闹得不行，角角落落都是香水和酒气。

音乐声盖过人声，音波最强的时候，震得皮肤上都起了细粒。

进去时正好碰见潘逢启和其女友，打过招呼后两帮子人分开，等进卡座，就见往上走的一对情侣，搂在拐角就亲开。

赵仁老远吹了个口哨："瞧这黏糊劲，初恋就是不一样。"

"初恋？"孙晋有些惊讶。

"可不是嘛，初恋。你别瞧逢启长得外放，实际口花心不花，一直被家里妈管着。"赵仁咧嘴，又故意看了眼祝遇清，"他们家这一辈男的大概都被规训过，不能跟当爹的学。"

祝遇清喝了口酒，没分心思去理。

到后半场，上个洗手间的工夫，他没留神扶了个姑娘，姑娘醉大发了一路跟到卡座，最后还是叫场子管理过来，硬把人给撵走了。

被缠上一通，惹来损友调侃，笑他不留情面，古板到家。祝遇清先还没说话，几杯落肚，豪气顿生。

赵仁问："还不找女朋友，你来世上真打算当佛祖的？"

他往后一靠："急什么，等着。"

"嗬？我没听错吧！"赵仁惊讶。

孙晋也侧目："有喜欢的姑娘了？"

祝遇清沉眼默认。

"哪国人？"姓赵的追问。

"当然是中国人。"他是中式审美，十分偏向同一种语言文化下的眉眼。

"行啊你，不声不响的。到什么程度了？约会过几回？目前接过吻吗？"赵仁关心起现实事。

祝遇清一眼睨过去："你谈恋爱就冲这个？"

赵仁被这纯情少男笑得不行，一咂摸："你不会还在暗恋吧？"又质疑，"就你这条件，还玩暗恋？"

孙晋莫名听不过耳："醒醒，旧社会已经没了，咱们有两个臭钱而已，你不是八旗子弟，他也不是军阀公子。姑娘不喜欢，你能把人怎么着？一点洋墨水还给你喝飘了。"

"抱歉得很，您猜怎么着？我赵某人自打恋爱，还真没碰见过钱拿不下来的妞！"赵仁大放厥词。

典型资本子弟臭嘴脸，孙晋拿手指指他："就你这觉悟，以后要碰上个真喜欢的，估计够呛能追着。"

"得，我谢您吉言。"

乐声炸耳，旁边斗嘴，祝遇清窝在沙发，想着那个"嘉"字。他去这么多回，哪怕姑娘还没正眼瞧过自己，也能揣着几回的接近，使劲幻想。

拜赵仁所赐，当晚睡觉，还真就坠入一场猖狂的梦。梦里不知倦，醒来力竭，有如蜗牛吐涎。

浴室走一趟，祝遇清擦着头发出来，房间里空站了站。情窍迟开，追求异性的经验值为零，满脑子过时无聊且俗气的设想和臆想。

擦完头发，祝遇清找了两部爱情电影，看来看去，就差动手搜索表白攻略，以佐证他对这种事有多不在行。看完到了出门时间，他套好衣服拿钥匙准备下楼，站窗边见到妹妹和汤家小子在一起。

门外坡地，汤正凯蹲在地上抹眼泪，祝如曼伸脸过去看了看，跟着起身走到后面。她摩拳擦掌助跑几步，最后撑着对方的背，来了个山羊跳。

汤正凯双手着地，远看匍匐有如田鸡。他愣了几秒，起身追了上去，瞬间和祝如曼闹在一起。

祝遇清摸到手机打了电话。

祝如曼掏出手机，很快把汤正凯推开，自己往家院子跑。

进到客厅，她忐忑地往上瞟了瞟："哥……"

祝遇清冷着脸看她："去姑妈家吃饭，衣服不用换？"

"要，要换的！"祝如曼松一口气，立马扎进房间换衣服。

到潘家时正好中午，见到蒋玉芝，兄妹俩一前一后喊姑妈。

祝如曼勾住蒋玉芝的手就攒劲夸："姑妈皮肤真好，一点毛孔看不见，比小姑娘还滑嫩。"

"曼曼这小嘴甜的，尽会哄姑妈。"蒋玉芝摸着侄女的手，眉开眼笑。

她早年怀过一个女儿，因为发现丈夫出轨而吵架，又流产了，所以这些年一直遗憾，更对祝如曼格外疼爱。

"大哥。"潘逢启也出来打招呼，只是眉眼耷拉着，没什么精神。

趁蒋玉芝离开，祝如曼鬼头鬼脑地挨过去："表哥，失恋啦？"

潘逢启掀起眼皮看她。

"分了正好，那女的根本配不上你。"祝如曼嘟嘟切切地嘀咕。

潘逢启笑出声，伸手把她刘海揉乱："别胡说，你个小丫头片子知道什么。"

"我怎么不知道？她……"

祝如曼继续聒噪，被祝遇清打断："去，给我拿瓶水。"

"哦……"

支开最聒噪的那个，两兄弟边走边聊，祝遇清跟着潘逢启到车库，看他最新运来的车。

姑表兄弟，也算打小一起长大的，虽然各有各的性情，但祝遇清和他相处起来，跟赵仁也没差什么。

车库待上会儿，潘逢启接了个电话。没说几句，他咬牙冷笑："汤羽，你当我是傻子？你跟那男的都快抱上了，还安慰同学？别说他爷爷没了，就算他爹没了又跟你什么关系？你是圣母再世，非要去给他送温暖？"

车库安静，可以听到对面女声在辩解什么，潘逢启嘴角一撇："你习惯身边围群男的，就喜欢众星拱月是吧？行，那你享受吧，咱俩就这样了！"

很明显，是跟女友谈崩了。祝遇清对别人的感情没兴趣，勾身钻进车里，继续研究顶窗去了。

过了几天，又到周六。

祝遇清觉得这回再不付诸行动，真就耷没边了。

将墨镜换回眼镜，打扮上尽量清爽。接到姜姜后，祝遇清还特意教她脆声喊叔，以撇清父女嫌疑。

哪知到了地方，却被告知人已经离职。细问几句，说兼职的那两个女生，其中一个被男游客骚扰，当场就拿道具砸了过去。男游客力气大，反手就要扇人，而另外一个女生上去帮忙，最终全被开除。

祝遇清问来电话号码，一打是欠费停机，他很快往里充了两百块钱，再打，还是没接。

太阳刺眼，他摘下眼镜，手里一个用力，折断一条腿。

镜腿残，就像他惘然的心绪。这一次，祝遇清知道了迟疑的后果。

原来不够果断，下场就是错过。

那天回程，他与一辆粉色的 Gran Cabrio 双向驶过，回到家，见母亲坐在沙发，气得直发颤。问过家里阿姨，才知道刚才那辆车是小明星的，特地把他爸一套西装送回来，还说了些难听的话。至于她上门挑衅，则是因为逛街时遇见，他妈叫店员拉了线，把人隔在外面，因此惹了记恨。

"胆子也太大了，那个嚣张劲儿真是，唉……"说话的人不由得叹了口气。

祝遇清看一眼默默流泪的母亲，最后提着断了腿的眼镜，走上楼。

接下来那一个多月，他跟赵仁都在忙活。

赵仁一开始想法直接，说要找人吓唬她，或者把她租借的礼服扯坏让她赔点钱，一步步让那女的害怕。

祝遇清摇头，否认了他的想法。于是从买通人到收集证据，孙晋也帮忙撬消息，还拉了人做赞助商，假模假式，扮得十足像。

事发后一家人到老宅吃饭，祝世均挨上一顿狠骂，等回到家，一轮质问过后，父子两个激烈争吵。

这次，祝遇清有了不继续学业的想法。

次日他去骑马，那天马烈人也躁，而马是能感知人情绪的，于是中途挨了一踢，大拇指骨折。骨折不是小事，但伤的部位不大影响行动，也就没当回事。

到九月，国内已经开学，公共场合人流减少，海洋馆，祝遇清也再没去了。

某周末，潘逢启生日派对，祝遇清去到现场。

原以为是无疾而终的几面之缘，没想到在那间酒吧，他再次遇见了她。

酒吧二楼东南角有个极佳的视野高位，他站在那里，目光拨开密匝匝的人群，于失控的欢闹人群中，在重音泼地的繁杂灯光下，看见那个身影。宽肩带的波点连衣裙，外头套了件黑色的针织开衫，缎子一样的黑长发散在肩头。攥手心的动作和缩肩的神态，显示出她的局促与无序。

的确，连指甲面都是干干净净的女孩，和这炸耳的场子格格不入。

过会儿，他那位表弟出现，端了支长柄的雪利杯朝她走去。一见潘逢启，她羞涩地笑了笑，在潘逢启的怂恿下，她张嘴抿了一小口杯里的酒。

应该是实在喝不惯，刚咽入喉咙，她立马拿纸巾捂住了嘴，潘逢启也过去关心。

二楼人不少，站栏杆的地方有人在调侃，说潘寿星这个新女友特纯，想接吻都找不到机会，恋爱谈得像带小妹妹，没滋没味。

祝遇清在旁边听着、看着，刚好侍者经过，他要了杯酒。这个年纪酒量还不算多好，按医嘱也是要戒酒的，但他抬高手臂，两口喝掉。喝完脉搏亢急，像身体上的预警。

他人生中没有过那样傻气的悸动和冲动，大概率，也不会再有第二回。

几天后他收拾行李，飞去伯尔尼陪外祖父母待了个把月。等开学前夕，又还是听老人家的劝回了德国，此后一切照旧。

后来给同学当伴郎，教堂里被问起有没有喜欢的女孩，想想怎么都该摇头的，但鬼使神差间，他却还是说"有"，不仅如此，还描述得出她的模样与气质。

最后被问及为什么没在一起时，祝遇清垂眼看着地面，没什么情绪地笑了笑。

很奇怪，明明都没有交谈过，却能把人记得那么清楚。原来所谓的眼缘，可以让人产生一种死性，执而不化。

后面两年，祝遇清再没回过国。邹芸联系过他无数回，电话他也接，且听不出有任何情绪，可但凡提到回国或者祝世均，他一声不吭。

次数多了，邹芸慢慢也不再提，多是让他当心安全，注意休息，学业重要，身体也重要。

回德国第三年，祝遇清修满学分也完成所有课程，研究生准备毕业时，家里出事了。

那天他正在球场，手机放包里没听见，还是赵仁来喊的。

赵仁跑得太急，到跟前时撑着膝盖缓了半天，最后抬头一句："你爸没了。"

传递的消息不过四个字，祝遇清听得清清楚楚。

他跑去波托菲诺，一路护送父亲遗体，回了国。

人置身变故当中时，对事情本身的感知有延迟感，一言一行，近乎麻木。葬礼上，拄拐的潘明岐不悦地指责他："遇清，你爸都没了，你怎么还半点没反应？这样当人儿子给你爸看见，他该多伤心？"

祝遇清抬眼看他，提起领子，一脚踹了上去。

要送走一个人很简单，仪式不过几天，处理表面上的事，前前后后也就个把月。

祝遇清回德国，带上 Brandon，离开这个待了好几年的国家。

葬礼上那一闹，祝遇清跟潘明岐几乎是翻了脸。潘明岐揣着风度装不跟小辈计较，背地里却开始搞小动作，好在公司有祝老爷子扛着，暗地敲打过，蒋玉芝也察觉不对，跟他闹了一场又一场，不许他动歪心思。

而祝家爷孙，不管白发人送黑发人还是青年丧父，都没有多少悲伤的时间。祝老爷子扛着公司，七十多的高龄到处出差开会兼应酬，祝遇清则在后面跟着，学管人治事、学业内打交道，一桩桩的繁冗事务，一个个的洽谈场合。

刚毕业即投入高强度工作，根本无暇其他。

至于潘明岐，兴许人太贪，又兴许真有现世报，他顺的时候是真顺，可跌的时候，却连兆头都没有。那时全国上下都在摇招商的大旗，潘明岐的商投板块包得全，开发和运营都做，甚至有了一个重奢场子，甚至旗下所开发的住宅楼盘，重点项目旁边的商业配套他都用自己品牌。原本算盘打得好，能给楼盘提级，又能把商场牌子打出来，可惜资金压力大，于是算过账后，他走了造假那条路。

财务有两把刷子，账面倒是精细，可惜被国外一家做空机构给盯上。这家机构查出他们业务虚构，收入和成本虚增，于是最终股价大跳水，给砸了盘。而潘明岐，则在报表审核的前晚，从办公室一跃而下。

潘明岐死后，潘逢启与祝家也断了往来，原因是其父曾找过祝家爷孙，想要借资平账，却没能得到帮助。

年轻总是气盛的，恨意要有寄托，且一天比一天强烈，才能转化成力量。接近两年时间，祝遇清和潘逢启这对姑表兄弟都没什么交集。

祝老爷子操持公司事务，祝遇清也得了几次试错的机会，有老爷子点拨，自己也用心复盘，慢慢地，他从协助决策，到独立做出决策。

年纪不够，难免被轻视敷衍或软抵抗，好在他有绝对的决策权，商场里滚上几年，再有打扮加持，必要时冷冷脸，于是举手投足，渐有神态。

这种神态，曾被夸作其父之风。头回听到这种话，祝遇清有片刻怔愣，很快恢复正常，举杯朝对方道了声谢。

而关于潘逢启，祝遇清也听说过一些事，譬如他接了家猎头公司在做，再譬如身边跟着大学谈的前女友，不离不弃。

潘逢启前女友里，祝遇清知道的也就两个，而汤家那个听说不在国内，所以跟在身边的是谁，答案呼之欲出。

这天周六，祝遇清在酒店参加论坛活动，准备离开时接到一位友人邀请，说楼下有场酒会，场中两位大健康行业的投资圣手可以引见。他正好有意投这个行业，想着早回也没事，于是抽身去了趟。

偶然而为，却不想在这场合，又见到那么个熟悉身影。

她穿一身西装裙，头发比之前短了些，神态上没有扮人鱼时的那份自在，取而代之的是职场新鲜人的青涩。哪怕腰背打直，哪怕面带微笑，那份紧绷感藏都没地藏。

隔着人群，他好似听到她微微发抖的声线。

一位貌美又拘谨的年轻姑娘出现在这样场合，容易被当酒会点心。而与她交谈的人祝遇清也认识，姓陶名庆，某电商企业负责人，有点身份，各大酒会里的熟脸。只这陶庆看上去人模人样，实则是泡妞的积年老手。

酒会这种地方藏污纳垢，有些姑娘天真，以为来的是业务局，实则喝大酒的风月地。以为遇上贵人，实际是权力或资源遮盖下的性骚扰，毕竟所谓成功人士，也不过一些人泡妞的光环。

当然也有犯傻的，迷恋这些人在酒场里被吹捧出来的光环，动心于格外的关照，于是半推半就，旁人则见怪不怪。

像陶庆这种人极有一套，初时不会出现明目张胆的不尊重行为，甚至会许诺合作或介绍资源，装绅士扮好心，最后借酒蒙脸，一再试探。绅士外衣下包裹着一颗好色的心，等醉眼迷离的背人处，尺度和体面全扔。

冰酒热话，届时发生点什么，顺理成章。倘使遇上半懂不懂的，一律当默认，把便宜占完再说。

友人安排的洽谈地在楼上，眼见那边越聊越欢，祝遇清穿过人群，很快进了二楼地界。

距离海洋馆已有几年，再次见到时，心里好似也没有太大波澜，只是这场相谈注意力不够集中，有点开小差。好在这回不过同人见个面认识认识，话题轻松，看不出走神。

等聊天散场时，室内已经不见人影。

祝遇清要了杯酒，站高处巡过一圈，确定人已经不在。他想了想，也便收杯离开。

走前去了趟洗手间，出来时似乎听见楼道有急促的动静，迈前两步，一声呼救撞入耳郭。

心念一动，祝遇清倒了几步，伸手将楼梯间的门顶开条缝，果然见有一双男女正在撕扯，而男的那方，正是陶庆。他想也没想，大力拉开门，快步冲下楼梯，抓住陶庆的肩。

陶庆喘着粗气转身，怒目一瞬变惊讶："祝、祝总？"

祝遇清先还抓着他没放，直到视线看清前方，地上那位醉红了脸且双目惊恐的鬈发姑娘，不是她。

虚惊一场，祝遇清松开手："人家不愿意，陶总，这样也太不好看了吧？"

陶庆尴尬地笑笑："祝总误会了，我是看她喝得太多，自己一个人往楼梯间跑，怕她摔下去才跟过来的。"

牵强之词，祝遇清也跟他客气两句，等那姑娘跌跌撞撞跑出去，也就作罢了。

那天回去前，祝遇清站在外面抽了根烟，再活动活动酸紧的脖子，这才上了车。

没多久，祝老爷子病倒了，进行二次心脏搭桥手术。

住院次日，蒋玉芝来了。虽然不是亲生父女，但这么些年的亲情半点不掺假，她在医院待了大半天，临了问清手术时间，表示要来陪床。

祝老爷子摆摆手："这里人多得很，你身体也不行，先照顾好自己吧。"又示意祝遇清，"送送你姑妈。"

祝遇清亲自开车，把蒋玉芝送到住处。小区环境很一般，出门就是夜市街，车要开进去都得一路鸣笛。

"就停这里吧，不用开过去，太麻烦了。"蒋玉芝倒是习惯。

祝遇清摇头："不着急，我送您上去。"

他开到旁边停车场，陪蒋玉芝走进小区。兴许是见侄子一直皱眉，蒋玉芝笑着说："别看地方小，这里都是住家的，平时不怎么吵。"等走出电梯，再一边掏钥匙一边解释，"住这里也好，讨债的没那么多话说。"

门打开，五六十平方米的空间，两房一厅，生活阳台。

在房子里坐会儿，祝遇清留意了下，没有姑娘的生活用品，只有他们母子的。

那天回到医院，祝遇清如实把所见跟祝老爷子说了。听罢，老爷子沉沉叹气："你拿主意吧。"

对长辈的心思，祝遇清早有领悟。叫他去送，本身就是为了让他亲眼看看。

于是忙完手边，从子公司和朋友公司开始，他让人介绍给那家叫得聘的猎企。

猎头行业，有了不错的单源后，只要团队够上心，虽然挣不上大钱，小钱却也不是太难挣。而潘逢启还算有商业头脑，没守着一个阵地，赚了些钱后，开始琢磨着用钱生钱。

期间潘逢启回过老宅，老爷子留住他，关起门单独谈了好久，而后表兄弟再见，潘逢启虽然不情不愿，但还是会像以前那样，喊上一声"大哥"。

264

关系头回破冰，祝遇清只说了一句："照顾好姑妈。"

那天后，E.M也成了得聘的客户。

祝遇清关照老表，有合适的项目会让人给他递信，圈内靠谱的角色也会介绍给他。潘逢启够上道，交际手腕了得，眼光同算毒辣，瞄准有潜力的赛道下手，风头起来，直接收割。

关系和缓后，潘家母子跟祝家的往来也勤快不少。大家都有分寸，过去的事没人再提，除了潘逢启在面对祝遇清时有些别扭外，其他都跟以前一样。

转眼又是一年中秋，老宅家宴，人人齐聚。

祝遇清到得早，跟几个老表站前院漫无边际地闲聊，未几提到桩趣事，一群人正默契地发笑时，有人指手："瞧，来个姑娘。"

祝遇清偏头，就见姑妈蒋玉芝带了个姑娘过来。姑娘穿驼色针织裙，头发半扎起来，眼眉温静。

人越走越近，祝遇清揣在兜里的手慢慢握一下，收了收眼。也就是这场家宴，她知道了姑娘的全名：宋晚嘉。

名字来自祝如曼的口信，回去路上，她问邹芸："妈，你觉得那女孩怎么样？"

"挺好的，模样标致，性格也不错。"邹芸回答说，"单是一直陪着你表哥，这份品性就很难得。"

祝如曼也点头："我觉得她起码比那个汤羽好，就是人太害羞，动不动脸红，说话声音也小，蚊叮一样。"

邹芸说挺好："非要学你叽叽喳喳，没点女孩子的样子？"

挨了句比较，祝如曼无聊地卷着额角的一缕碎发："不过我怎么感觉……潘表哥好像对她不大上心？他俩真是男女朋友吗？"

"不然呢？你姑妈把人带过来干吗？"邹芸觉得女儿说话奇怪。

"唉，我就是觉得她跟表哥都不亲密的，哪里像在谈恋爱？"说着，祝如曼扒了扒前座，"哥，你觉得呢？"

后视镜中，是祝遇清面无表情的一张脸。他在红灯前停稳车："好好上你的学，其他事不要多嘴。"

声音疏冷，祝如曼莫名其妙看了眼邹芸，邹芸没察觉什么，也作势板起脸："听见没，好好读书。"

"……知道啦。"祝如曼歪着脑袋，声音矮下去。

回到家后，祝遇清想上书房，被邹芸叫住。

邹芸特意拿了平板电脑，调出一位姑娘照片，喜悠悠夸了一通："听说人很独立，性格长相都要得，才刚回国，你抽空见见？"

"我马上出差，没什么空。"

"那出完差见？"

"最近都挺忙，再说吧。"

明显的敷衍推拒，邹芸眼皮一拧："再忙也不能整天就工作吧，你这么大个人了，总也要顾下自己的事？"她口吻重上两分，"不管怎么说，你好歹谈个姑娘，也让妈安心一下。"

祝遇清笑着说："我这么大个人了，还用您操心我的事？放心吧，我会看着办的，您早点休息。"

应付完邹芸，祝遇清走进书房，收到孙晋发来的一段视频。

看视频是在夜场，舞台灯光偶尔带过的角落里，穿着火辣的姑娘两手攀着潘逢启的脖子，主动送吻。没多久，潘逢启把她搂近身边，反压在墙面深吻下去。

视频结束，孙晋发来一句谑言："看来逢启这是活过来了，今晚上可有艳福。"

锁上手机，祝遇清打开窗，点燃一支烟。

下了点小雨，空气里有通窍的枝叶感。

烟这东西，尼古丁是成瘾源，被青灰色烟圈包绕时，他记起今天闻到的香味。薄薄的一层香气，来自发油或是喷在衣领的味道，像夏天傍晚的栀子花丛，略带叶片的青气，不算太重，静幽幽的透明感。

人就站在蒋姑妈旁边，问什么答什么，话题不到她身上就微微笑着，不会没礼貌地到处乱瞟。漂亮话少，是正常男人都会看第二眼的异性。只是身份尴尬，出现在家宴时难免要承受各色打量，由此，也叫人看出点诚惶诚恐的不安。

新工作周，祝遇清出差几天，周四才回到公司。

下午两点，他经过二十六层时，鼻子追到一丝浅淡的气味。往前走一段，到了这层的大会议室。会议室里摆满桌椅，而那香气的主人刚好找到位置，在中排坐下。

祝遇清看了看投屏："供应商会？"

"是的，人力部门开的猎头会议。"助理答道。

供应商会议每年都有，介绍业务布局和用人观，从整体人才战略，讲到各板块核心需求。

正好余松从对面走来，打了个招呼后邀请道："祝总进去开个场，讲两句？"

"不用，你们自己开就行。"祝遇清收回视线，"不要光顾着讲业务和需求，多引导交流，让他们从候选人的角度问些问题。"

266

"好的。"

回到三十一层，祝遇清继续手头工作。

当天晚些时候，他看到余松朋友圈发的会议照片。

得聘拿了个新锐伯乐奖，作为企业代表，她上台领的奖杯，面对镜头笑得落落大方。除了合照还有会后参观办公区的抓拍，其中有一张，放大了能看到正跟同行交流的她，眼角微翘，轮廓端静。和家宴上的表现不同，工作场面，她俨然开始适应。虽然还不到游刃有余的地步，但比起之前，已经从容不少。

这一点上，从余松的评价里也能知道。

"那姑娘挺不错的，认真负责，推荐报告写得很细致，响应速度也快，工作态度没得说。"过后的某场聚会，余松笑着感叹，"逢启运气挺好，就是有点不知福，白瞎了一个好姑娘。"

男人最了解男人，花头是藏不住的，何况潘逢启神态日渐张扬，所以余松之所以这么说，当然也是知道些内情。

祝遇清摆弄着手里的一张卡片，没有接腔。

只是聊半场，话题又转移到他身上。

"上回姊儿还问我，说你是不是在搞办公室恋情，是不是瞧上公司哪个了，怎么会身边连个女孩都没有？"顿了顿，余松压声问，"单到现在，你就没有想姑娘的时候？"

"对啊叔，你就不想娶老婆吗？"番番不知打哪儿钻出，神来一句。

余松噎了下："人小鬼大，这是你该说的话？"

"成，那我换个问法。"番番趴在高台上，两手托腮地问祝遇清，"叔，你就不想牵女孩手吗？"

祝遇清好笑："你牵过？"

番番"嘿嘿"一笑。

"你小子，"余松握住儿子的脑袋，往他胳膊一拍，"滚写作业去，你这年纪还轮不着聊这种话。"

"爸我早写完啦！"番番扭出桎梏，一溜烟跑去找狗，跟 Brandon 玩了。

世界清静下来，余松想起妻子给的任务，试探着问："我老婆娘家有个堂妹，也跟德国留过学，跟你差不多年纪，要不，给你介绍介绍？"

祝遇清沉吟了下："市场的人，什么时候能到位？"

老板的思维总是跳跃的，突然谈起工作，余松怔了下，很快反应过来是问市场总监的缺口。这位置确实空了有一阵，猎头推来的人到终面被毙了好几个，他想了想："这个岗位得聘跟比较紧，周一我再问问，看有没有合适的。"

"尽快。"祝遇清起身，把卡片塞到上衣口袋。

招个人，祝遇清自认要求并不算高，然而职业描述写得过于形式化，寻访范围也太聚焦。

理解不了需求，找来的人选总是跟要求存在差距，加上需求和面试反馈一道传一道，隔了几层的消息难免失真。于是后来他丢了句话，说可以直接跟他对接。

得聘很重视这个岗位，前后换了好几个对接人，从所谓的资深顾问到副总周柯，沟通都不算太顺畅。

转眼个把月过去，这天早起，祝遇清赶去海市出差。往机场的途中，他微信收到一条添加好友的申请。

点开来看，打招呼那栏写着一行字：祝总您好，我是得聘的猎头，宋晚嘉。

通过好友后，祝遇清与她打了第一声招呼：你好，宋小姐。

那边显然是守在微信旁边的，很快有了回应。先是与他相互问好，再自我介绍，最后问他有没有时间，想对接岗位人选。

两方聊着，那边输入状态的显示停止了，文字继续发来，应该是从手机转移到了电脑上。

她字斟句酌，拿足了对待客户的那份小心，而祝遇清自认平常也算和善，没有过一脸修罗相的时候，故她这份过度的恭敬，下意识当成对工作的谨慎。

她先是拿出最近被他拒掉的举例：祝总，请问这位人选，哪一点跟这个岗位最不符合呢？

祝遇清如实告知，且打了一句：做品牌，要有为销售蓄能的意识。

那边停了一会儿，继续抛出问题，或理解。没有大段黏在一起的表述，看得出来每个字都是精心咀嚼过的，思路还算清晰。她很有分寸，没有执着地追着某个候选人问，更没有一股脑提几个问题，且看得出来，对这个岗位做过充分了解。虽然紧张，该问的一个没落，不像有些人鼓起勇气，但吐了些流水一样的问题，浪费彼此时间。问题有序，不知是提前做足心理准备，还是自身钝感力的驱动或保护，总之问得很干净，也有逻辑。

来回一通后，她有了推测：您的意思是，相对于老 4A 这一类的背景，您会更青睐对新媒体渠道比较擅长的人选？

祝遇清眉头舒展，打出一句：也可以这么理解。

老 4A 思维，已经不大能跟上市场。他可以为创意付费，但也要看到关联的数据。生意和品位之间要有平衡，不愿意跟投资回报率捆绑的市场人，始终活在品牌至上的象牙塔里，故步自封。

短期或长期，总要有可量化的结果。他要找的是能挣钱的人，不是所谓的广告巨擘。讲术语不讲数据，开口闭口心智资产，不是完美主义，就是在为无能找借口。

祝遇清追了两句：曲高势必和寡，E.M是做生意的，不是拍电影的。片子好不好看我不关心，我要的是转化率。

那边回复：好的，我大概有思路了。

没多久，祝遇清到达机场。那头再度有消息来时，他已经坐到了位置上，借起飞前的一点时间继续回复。几家企业列在眼前，问哪些是比较欣赏，觉得可以接触下的。

祝遇清按前面的数字打回去，又说了些会优先考虑的，以往人选中比较亮点的部分。

那边反应了下，片刻编辑出一句问：如果有合适的人选，在从业年限或者教育背景上，是否有一关可以稍微放宽些呢？

祝遇清给了肯定答复：当然。

比起背景漂亮的诗人，他更倾向于习惯背着数据的屠夫。

客舱响起广播时，那边也发出结束的信号：好的，我大概明白了。后续我们会尝试调整一下寻访方向，感谢您的时间。

赶在空乘提醒关机前，祝遇清敲出两个字：有劳。

航程接近四个钟，落地后，祝遇清先是到公司忙了半天，听了个地皮流拍的报告，晚上才到酒店休息。进浴室前，他把白天拍的一张风景照发到朋友圈。

小半个钟后，人穿着浴袍出来，顺手拿过手机，再点进微信。才发的那条动态，祝遇清在点赞行列中，找到了今天刚加的那位头像。头像是她本人，两臂举着只浑黑的猫，正往一棵桂花树上靠。

实拍图，放大了找找，右下角看见几个小字：丝翁宋。

给点赞不过维护客情罢了，祝遇清心知肚明，却也不妨碍嘴角徐徐提起。

他逛进对方朋友圈。她的微信是两用号，除了工作外还夹杂了几条生活片段。这是拉近距离的方式之一，毕竟讯息太集中的朋友圈，看起来像缺乏亲和力的机器人。

近半年的动态，祝遇清划到底，没看见过他那位表弟的身影。

得聘效率很高，出差回来没几天，有新人选已经进入面试，筛到最后，两个进了终面。祝遇清仔细看了和简历一起发来的推荐报告，细而不杂，很有条理，只是重点不够突出。但对于一个从业不久的猎头来说，已经算很不错了。再历练历练，业务知识沉淀几年，优秀指日可待。

天气转冷，祝老爷子身体好些，到了寿月。

按讲究，八十前的寿不能大办，礼俗从简，所以只比平常家宴热闹些。

一大家里有新添丁的，抱着去老爷子跟前讨个喜。生的是个小子，雪胖雪胖的，谁见了都爱逗两下。孩子最后被女长辈们轮流抱着，逗逗笑笑，再打趣蒋玉芝："你抱孙应该也快了。"

"真有意思，那两人都不住一块，打哪儿抱孙去？"祝如曼不过脑地笑出声，被邹芸狠狠瞪一眼。

她摸摸鼻子，转身一头撞到个人，抹眼见是祝遇清，两只眼立起来："哥你站人后面怎么悄没声的？魂儿差点叫你吓没了！"

"延迟毕业的事怎么样了？"祝遇清睨着她。

祝如曼眼皮一耷："没，没怎么样，不就是……再修一年……"她怂低声，说两个字往上瞟一眼，被威压吓得打了个冷噤时，余光瞥见个人，"表嫂！"

见了救命稻草似的，祝如曼一下蹿出去，步子太快砸得人往后都退了半步。

毛毛糙糙，祝遇清冷脸欲斥，祝如曼已经勾着晚嘉的肩，故作热情地寒暄起来，一面说，一面心虚地偷眼看他。

祝遇清调回视线，走开了。他下到负层，一群人在打桌球，有问潘逢启怎么还没到的，有人抽着烟调侃开了："这会儿还早，不一定在哪个温柔乡没起床呢。"

"也是心够大的，姓宋那姑娘都来了，他还不小心着点。"

"那有什么，说不定人家也不在乎，反正她得蒋姑妈喜欢，指定能嫁逢启就是了。"

一群男人打着台球，肆无忌惮地嚼舌根，说潘逢启是"红粉穿身过，姑娘心中留"。转头见祝遇清到了，招呼他："来来来，一块玩两局啊，等你好久。"

祝遇清挑了柄球杆，掂掂手，上前去摸球号。

多人混战，开球后都打着圈地抽杆瞄袋口。等待时间长，祝遇清偶尔也跟人闲话几句，等到自己了，上去判断角度，很快伏身架手，运杆送力。

共打了三局，最后一局的加塞球，他伸手架杆，修正点位后高杆重推，球被击出，稳稳落入底袋。母球迅速旋转，有人夸张地嚷起来："你今儿有杀气啊，这利落得，跟要砍谁似的。"

祝遇清站直身："今天手气还可以。"

"再来台花式？"一圈人意犹未尽。

"等下回，时间差不多了。"祝遇清抬手，把枪塞进架杆器。

到起菜时间，潘逢启压尾赶到。他带了幅画，说是特意托海外朋友拍的，今天才运回来。

祝老爷子收下了，笑着夸他有心，旁边人也附和长辈的话，给出满口的赞。

宴开没多久，老爷子又念住内孙："遇清，自己的私事抓紧点办。有合适的也去见一见，不要总是推。"

"对啊遇清，姑娘得见得接触，你不接触哪里知道自己喜欢什么样的？"

"可不是？别总叫咱叔公惦记，下回再聚，也带个女朋友来认识认识。"

近半的目光都投了过来，在多数人眼里，他俨然已是结婚预备役，随时准备相个合衬的，民政局一领再往家里一带，婚姻任务就开始了。

催声四起，祝遇清松散地笑了笑，漫应一句："晓得了。"

他应付了事，有人问祝如曼："曼曼说两句，你喜欢什么样的嫂子？"

"我哥喜欢就好了，问我干吗，又没有样本。"祝如曼点着手机，兴致不高。

又没眼色的陡然扔了句："曼曼是不是跟汤家那个在谈？说不定你比你哥早有信儿。"

"什么汤不汤的？"祝如曼抓着筷子瞄了眼潘逢启，起身开始点人，"你们俗不俗啊，有点追求成不成，别一天到晚盯着人家那点私事，没意思透了。"说完仗着年纪小，鼻孔朝天哼一声，扭头跑了。

吃完饭，各自消食。

祝遇清接了个电话，听宠物医生告知 Brandon 的住院情况。先天病是它被遗弃的主要原因，出生即流浪，又有其他病根，而这个年纪的狗已经开始进入老年犬行列，按现在的情况来看，只能把 Brandon 送去静养。

接完电话后，很偶然地，祝遇清又在器乐房旁边听到一对母子的对话。

先是潘逢启解释迟来的原因："妈，我真是拿画去了。"

"你少跟我扯谎，到底什么原因你自己知道。"蒋玉芝声音严肃，"今天什么日子你还拖拖拉拉？这可是你外公的寿宴，你不要表面一套背地一套的，好好想想，要没有你外公，咱们能起来了？"

"对对对，您说得都对，全靠外公，靠他们祝家施舍，不然我还跟外头讨饭呢。"潘逢启的声音松松垮垮，"您说外公这么厉害，当初，他怎么就不肯帮帮我爸？"末了，又嘲弄地说了句，"看来亲生和领养的，到底有区别啊。"

"闭嘴！你知道什么？"蒋玉芝声音有些发颤，低斥道，"是你爸先翻的脸，你爸干过什么混账事只有他自己知道，后果全是他自作自受。"

里头安静了会儿，潘逢启没再盯着这事，换了个说法："昨晚有应酬，多喝了点。"

"你最好是。"蒋玉芝的声音听起来很疲惫，又一叹气，慈声劝儿子，"逢启，你最近确实越来越不像样子，再不收收心，哪天嘉嘉真跑了，看你怎么办。"

"……知道了。"

"别不当回事。"蒋玉芝口吻加重，"没谁是傻子，你不要到处招三惹四地欺负人家心好，还身在福中不知福，有你摔跟头的那天。"

"得得得，真知道了，您瞧您这么大火，别回头又喘不上气来。"

在潘逢启的叠声安慰中，祝遇清踩着地毯，往沿廊走上三楼。

当初潘家出事，这头如果出手帮忙，闻风找事的人只会更多，而且爷爷也说了，这个外孙脾性太横，得扔到外面吃两年苦头，压一压骨子里的顽气。不过现在看来，还是捞得有点早。

三楼视野开阔，庭院半径尽揽眼底。在露台拐角的位置，祝遇清看见了晚嘉。

她穿一件千鸟格纹的外套，低头靠在石柱旁边，手里拿着手机，像在回消息。

就这么空站着看会儿，潘逢启出现了。说的什么祝遇清当然听不着，但见两人交谈几句，她很快看向远处出现的人，借机走了过去。

那一幕，祝遇清捕捉到她的平静木然和躲避。

他下楼，打电梯出来时她正好也回到客厅，且一脚过槛，踩在只塑料螃蟹身上。里头装有哨子，抬脚的时候发出粗嘎的一声。她面颊烫红，捡起来拍了拍，想找地方放。

"给我吧。"祝遇清走过去，朝娃娃兵的方向示意一眼，"应该是他们几个掉的。"

她愣了下，笑笑："好的。"说完，把东西递到祝遇清手心。

衣服越加越厚，雾眼，到了年根。

那回之后，祝遇清在家宴上再没怎么看到她的身影。听人问起，蒋玉芝说年底公司事多，忙着工作交尾，忙着开年会，所以没空来。

年假在即，确实大小企业都开始张罗着尾牙年会，既是一年到头的仪式感，也是联络内外感情的好时机。

这天有高管午餐会，祝遇清下到十七层参加。餐会过后，他跟余松去吸烟区，一起的，还有新入职的市场总监吴文鸿。

吴文鸿是本地人，苏省上的大学，三十来岁，很算年轻。在新媒体领域长期浸淫的人，思维活跃，脑子里有创意也有数据意识，而且目标感强，跟祝遇清的选人标准相对契合。

三人在吸烟区聊了几句，余松顺口问吴文鸿，离婚手续办得怎么样。

吴文鸿说协议已经签了，就等双方抽空换证。

余松点点头："没有孩子，事情好办得多。"

吴文鸿笑一句："问这么细，难不成余总……"

"那没有。"余松揣起手来，"我最近还想二胎，老婆不同意。"说着若有所思，"倒提醒我了，回头问问她，是不是瞧我这张脸瞧腻了……"

"没准是呢？"

几人玩笑几句，安静抽会儿烟。

就这当口高跟鞋的声音接近，有人操着一口京腔过来，停在花艺墙的另一边。是位女士，谈吐很有特色，吐字频次高且流滑，像在撂地卖艺，说单口相声。

"没事，那么些人呢，换我上台也咽口水也发抖。再说万事都有头一回，打爹妈肚子里出来，光屁股就能流畅演讲的，那是哪吒。"

"呸！谁说你没用？你可有用了，你是我偶像你知不知道？我可崇拜你了！"

"宋女士，咱这么着，你就想着老娘全场最大，你们都是来看老娘的，犯不着怵！"

"等着啊，下班我去给你当观众，听你背主持稿去。"

声声豪迈，听起来像在安慰人。电话撂下，又听旁边火机空打几下，接着她啐了句什么，很快盆植被拨开，一张脸伸过来："哥们有火……吗？"

见到三人，她哑顿了下，眼瞳从左慢慢滑到右边眼角，接着指腹一捻，迅速把细长的女士烟推回掌心："祝总余总吴总好！"

一气喊完，队里敬礼似的。

吴文鸿像是跟她有点交情，兜里掏出火机递过去："是要借火？"

"呃……不用了，你们抽你们抽。"她缩起脖子，鞋跟快速踩地，溜边跑了。

"礼宾部的，叫卢彤。"余松跟祝遇清提了一嘴，"这姑娘形象不错，也能扛事，就是性格大大咧咧有点不受控，不然年后就能调你那层当前台了。"

"也可以调我们部门，这姑娘性格跳脱，适合做创意。"吴文鸿半开玩笑地接了句。

余松点头："那成，回头你聊去，聊好了跟她们任经理打声招呼，年后直接走流程。"

待了会儿往回走，祝遇清忽然问余松："得聘的年会，你去不去？"

"捧场还是要的。"余松答说，"订的高星酒店，听说请了不少客户和同行，还挺舍得花钱。"又琢磨他，"你也想去？"

祝遇清摇头："多拍点视频，回头给爷爷看。"

应他的要求，等到那一天，余松真就举着手机拍照又录像。因为位置好，

273

拍得也很清晰，像要给得聘大力宣传。

画面传过来时，祝遇清也刚结束一场应酬。他点开视频，场下灯暗，全部光亮都聚焦台上。

男主持人是得聘副总，叫周柯的那个。在他旁边，女主持人穿着垂度很好的礼服裙，珠光软缎，金丝钩花。隔屏看她，沉肩昂颈，肤色白到透光，神情体态，不见分毫怯懦。场下安静，麦克风把她的声音扩大，显得咬字格外清晰。

余松给予现场评价：布场还成，没掉档次，这姑娘也挺不错的，在台上还会接梗，临场反应没得说。

祝遇清撑头看着，慢慢地，眼底露出笑意，以及掩不下的欣赏。她由局促到大方，这份变化是可喜的，令人禁不住要瞩目。职场女性，比起攻击性或迎合感，最动人的，是那份反差。在每一个以为她要放弃的瞬间，她克服紧张和不适，颤颤巍巍挺过来了。

祝遇清挲动鼻尖，想起几年前的低智行为，以及那段假殷勤的光顾。怨她不看，又怕她盯着看，心里像住了个青春期少女，敏感矛盾，对着一朵花扯来扯去，没个结果。

现在回想，也会惊讶于自己有过那么一段假丰富的心理活动。然而心理字典翻得飞快，却也摘取不到合适字眼，用以形容他当下的心境。

新视频被发过来，台上嘉宾调侃一句什么，女主持笑了下，很真实的反应，黑滴滴的眼，眼梢微扬。而失陷感，在于无可替换的刹那。

行驶的车厢中，祝遇清把手机放在搁板上，两手搭在腿面，骨节掰得格楞格楞响，像在进行一场心理赌博。他盯着屏幕，眼球随人移动着，心迹拐了又拐，最终，与几年前的蠢动慢慢趋同。

不久后，各行业开始陆续年假，家在外地的，大都返乡过年去了。

某日祝遇清刷朋友圈，看到她发了条视频，视频里下着小雨，几层老人在合唱《映山红》。

留言区，吴文鸿问这是哪里，她回答说是玄武湖边。吴文鸿接着留言，表示想念苏省，有空一定回去看看，还开玩笑说有机会同游。

两人的关系是猎头跟经手的候选人，一来二去地聊，看得出关系不错，起码比仅有工作交流的所谓甲方要强。祝遇清摁动屏幕，点了个赞。

年后不久，秋招的学生要陆续开始入职了。E.M 内部参观日，上行梯拥着一批雀跃的年轻人，应该是预备加入的实习生，被人力资源带着感受企业文化。

祝遇清在路演厅待了几小时，中途犯腱鞘炎，解了手表放在扶手上，到离开后才想起。助理迅速会意，转身去拿。

　　往电梯间走的空当，祝遇清浏览完一条商会资讯，又刷见妹妹祝如曼发的滑雪照。照片里，汤家那小子的手臂搭在她肩膀上，两人头靠一起，说不出的亲密。

　　收起手机，刚好听见一声问询："你好，麻烦问一下，洗手间在哪个方向？"

　　祝遇清抬眼，看了看指示牌。

　　问路的是位姑娘，很有礼貌地说了声"谢谢"，但不知是否无意，要走的时候，高跟鞋踢到他的脚。祝遇清侧目，看了她一眼。

　　"啊，对不起。"姑娘故作惊慌，似乎犹疑了下，浅棕瞳镜里很快浮起笑，"我是新招的实习生，马上要来这里工作了，以后都是同事，可以认识一下吗？"她主动伸手，"我叫杨璐，秋水明璐的璐。"声音琳琅清脆，笑容晃眼又招人。

　　祝遇清目无情绪地收回视线，走步离开。

　　第二天想起这事，他问起余松。

　　余松好奇他会对个实习生感兴趣，祝遇清想了想："觉得有点眼熟。"

　　余松恍然："确实眼熟，长得跟汤家那个姑娘有点像。"说着比画了下，"就是逢启初恋，叫汤羽的，还记不记得？"

　　"录的什么岗位？"祝遇清问。

　　"长得漂亮又口齿伶俐，补你那层前台的位置刚好。"余松说。

　　"口齿伶俐，当个前台太屈才。"祝遇清眼一垂，"发入职通知书了？"

　　"发了。"

　　"给点补偿金，再替她介绍份新工作吧。"祝遇清沉吟了下，"得聘那边，最近好像缺人？"

　　年过得早，三月起，学生陆续入职。

　　除校招外，社招的人才市场也开始活跃。拿完年终奖，企业甚至行业间进行正常的人员流动，冲着更大的发展空间或是更高年薪，不少人选择跳槽。

　　E.M的人员同样有进有出，加上新项目开业，所以与猎头联系得格外频繁。

　　清明节前，某日回司途中，祝遇清收到宋晚嘉发来的消息，问及人选情况。

　　他朝外看了看，打字：方便的话，当面谈？

　　倒不是有意找借口，确实刚好路过得聘附近。

　　十几分钟后，晚嘉出现在楼下咖啡店："不好意思，我来迟了。"

　　"不迟，我也刚到。"祝遇清问，"喝点什么？"

　　"您喝什么？我一起点。"

她抢着买单，祝遇清也没客气："跟你一样的就好，谢谢。"

没多久，她端着两杯咖啡回来了。浓溢的桂花香中，其中一杯被递到祝遇清跟前："是这家的招牌，我经常喝，可能有些偏甜，不知道您能不能喝得惯。"

祝遇清打开喝了一口，绵长的咖啡液带着轻黄桂花瓣过喉，他点点头："不错，挺香的。"

呷过咖啡，开始沟通工作。

这回谈的岗位是财务总，因为是离职待补的缺，所以职位紧急度高，加上单值可观，所以参与寻访的猎头不算少。而在这些猎企里，得聘最近才开始尝试推荐人选，但都没能走到最后那关。

猎头行业没有抢单一说，但因为介入得晚，对于过往人选，他们存在信息上的缺失。相比其他猎企业，对于职位了解度来说，无疑是要弱势些的。想要操作这个职位，势必要获得更多反馈，所以这回主动联系他，看得出来，她是鼓足了勇气的。

于公于私，祝遇清很难不欣赏这份争取心。

两人之间隔着一台圆桌，桌面直径不大，坐近些，膝头能碰到一起。

她化了淡妆，扫眉红唇，标准的都市丽人。距离不是头回这样近，但不同的是，这次和她有面对面的交谈。她面上有微笑，笑意入眼，不程式化，举止及谈吐上的谨慎于细微之处，很得体。

言谈过半，放在桌上的手机响动了下，她第一时间摁掉，但很快又响动起来。

"先接电话，不着急。"祝遇清示意。

她歉意地笑笑，拿起手机离座。转身不过几步的距离，声音飘过来，先是听她喊了声"妈"，接着应道："记得，我会请半天假，提前回去。"

"想多了，就我一个人。"

"我工作呢，晚点再给你打回去吧……嗯，挂了。"

电话很快打完，她坐回来："实在抱歉。"

实在客气，祝遇清把手放到桌面："继续吧。"

问答继续，几个来回后她犹豫了下，问及前一任的离职原因。这方面想探究的不少，毕竟前任财务总是公司老人，业内公认的能力强，对 E.M 也有贡献，突然离职，难免引发各类猜测。既然能力没得说，那么猜测里甚嚣尘上的，无非是与新任掌权者之间的摩擦。

站猎头的角度，问这个不为八卦，单纯是想更准确地描绘候选人画像，避免推荐上踩到雷。

祝遇清望向对面，见她晃着不确定的笑意，是随时准备把这个话题撤回的试探。果然很快，她迟疑着说："如果不方便……"

"私德不行，所以开了。"祝遇清直视着她，笑了下，"具体的确实不好多提，但我希望新人选在品德操守上要强，懂得约束自己言行，乱七八糟的私事少一些，为人干净点。"

话语点到即止，但足够敏锐的话，应该也能领会当中的意思。原财务总明面上是主动请辞，实则被下属举报性骚扰，而E.M维护女职员隐私，所以没有对外公开。

对面愕了一瞬，很快郑重点头："好的，我明白。"

祝遇清视线在她脸上停留片刻，打低眼，喝了口咖啡。

空间里弥漫着咖啡的干香，背景音乐轻柔，偶尔有外卖人员来取餐，说话声音也不大。

圆桌对面，她一边说一边记。人很认真，且分主次知轻重，只是语速稍微有点快，大概是怕耽误他时间。

在问及希望到岗时间时，祝遇清提及财务部门目前是财务副总在管，但这位副总属于资源型人物，在财务部门实际充当的是顾问角色，很少管团队，加上年纪大，这会儿能顾一时，但顾不了太久。言下之意，当然是希望快点到位。

约莫半小时，对面合上了本："我这边了解得差不多了，占用您的时间，非常感谢。不知道今天是否有遗漏的，您看您有没有什么需要补充？"

是要结束会面的意思，祝遇清换了个坐姿，盯着她的眼睛说："聊了这么多，不知道宋小姐方不方便说一下，你心里初步判定，合适这个岗位的人选特质有哪些？"

应该是没料到会被这样问，她有些猝不及防，慌上两秒很快镇定下来。她垂下眼睫，大抵在脑中梳理了下，从年纪业龄到软能力特质，缓缓道来。

三十七岁以上，十二年工作经验，全盘管理经验不低于五年，待过的公司规模也要与E.M相匹配。再据刚才的交谈，推测出他倾向融合型的人选，既要专业，个人魅力即团结能力也得强，且不能有山头意识……

大体是对的，祝遇清安静听着，一直没有打断。等她说完后，他笑了笑："很专业，相信宋小姐很快能找到合适人选。"

客套道别，二人于咖啡店门口分开。

望着离开的那道身影，祝遇清扯松领带，清了清嗓。

她很机敏，只是太执着于工作，连他有意多留的动机都没有半点怀疑。钝感用在这上面，实在也让人不知道该说什么。

车开了过来，祝遇清喉间再度作痒，他咳了两声，坐进车内。身体上的这点不适，原本只以为被风吹的，结果到了晚上，声音嘶哑不止，吞咽也困难起来。

孙晋提着诊箱上门，看来看去，问他都吃了些什么。

祝遇清扯扯颈部皮肤，有些费力地把今天吃食给说了。听完，孙晋有了诊断结果："你对桂花有点过敏，以后尽量别碰。"好在不严重，吃点药就成。

开着药，孙晋好奇地问："你不是不吃甜？好端端的，怎么想起喝那玩意？"

祝遇清蹦出两个字："尝尝。"

孙晋狐疑地看他。德国留学那阵，吃食上数他挑剔，不合适的宁愿干饿着。今天也不知道碰什么好事，这么有心情。

药开完，孙晋随口一问："逢启是不是打算结婚了？"

祝遇清刚吞完药，药效还没起，说话仍然不容易，于是看过去。

孙晋解释："我姐新弄的那个楼盘，前两天经过我去看了眼，正好碰到他，还听销售说如果是看婚房，考虑到孩子的安全，平层比跃层合适。"

祝遇清顿了下，才抬起眼，又听孙晋问："老早听说逢启身边有个田螺姑娘，人我还没见过，长什么样？"

长什么样？祝遇清撇过头，不打算回答。

孙晋哪知道他什么心思，还追问道："听说挺漂亮，你应该见过？"

祝遇清抓了抓脖子："有没有外用的，太痒。"

孙晋过来看两眼，回诊箱找了条药膏："以后别贪这份嘴了，有些东西碰不得，活受罪么不是。"

祝遇清没说话，但嘴角小幅度扯动了下。有什么碰不得的。

清明不久，到了五一。两边假隔得不长，比起返乡，这时候出游的人要多些。

难得有空，祝遇清也休息了几天。跟他一伙的除孙晋外，还有生意场上结交的朋友，刚成家或刚当爹的，相对都算正派，暂时没什么乱七八糟爱好。但规矩也意味着单调，比如消遣有限，活动以打各种球为主，打完找个地儿吃饭，一天就算过了。

这天难得换个场所，跑去骑了几圈马，等晚上到吃饭的地方，遇到汤正凯。

"哥。"他立马喊人，敞着牙关笑。

他体貌有礼，祝遇清也应了声："什么时候回来的？"

"就这几天。"

"吃过没，一起？"

"成啊，那我就蹭餐饭。"汤正凯有意讨好，立马觍着脸跟上了。

席间，汤正凯特别有眼力见，添茶倒酒比服务员还周到。

这份殷勤劲，被人调侃成讨好大舅子。他咧嘴笑，一张嘴乖得很："哥哥们都是我榜样，尤其清哥，我爷都说了，让我多跟清哥学着点儿。"

这话招人乐，孙晋几个笑起来。

吃完续摊，一伙人去了旁边会所。

会所不大，又是高峰期，难免碰见熟人，比如潘逢启。只是场面不大好看，因为他后头还亦步亦趋，跟着个年轻女孩。

"哟，启哥！"汤正凯唯恐天下不乱，打完招呼还往后瞅，"这谁啊，我未来嫂子？"

"公司同事而已，别瞎叫。"潘逢启喝过酒，几分醉意加尴尬，脸色更显难看。他回头看杨璐，"你该走了。"

杨璐当然不愿，但接触到他眼里的腻烦加警告，只好咬着唇，默默离开。

在场都是人精，没谁追着这点破事死问，和潘逢启勾肩搭背打哈哈，招呼着一道喝酒去了。

半晚下来潘逢启喝得有点多，汤正凯还在旁边作怪，问他什么时候再去里昂，说下回一块儿出海玩。

汤正凯说话别有深意，潘逢启应得含糊，过会儿接了个电话，说是楼上有朋友在，要去会一会儿，趁机走了。

座位上，祝遇清正刷着手机，孙晋顺着靠背歪过来："这小凯怎么回事？听这意思，难不成逢启还跟他那个姐藕断丝连？"

"你觉得我会知道？"祝遇清锁上屏幕，语气淡淡。

孙晋"嘻"了一声："苍蝇不叮无缝的蛋，八成有点猫腻。"他两手向后，脑袋枕了上去，半感叹说，"真行啊你这位表弟，游戏人间，玩得够花的。"

厢房切了首歌，汤正凯上去拿麦，祝遇清听他开了个嗓，起身出去了。

下楼透气途中，见杨璐游魂一样站在角落。他继续往前，杨璐立马跟过来："祝总。"

祝遇清站定，思索了下："找你们老板？"

虽然有些难为情，但杨璐很快点头接话："工作上有点事，刚刚忘说了，您知道……他在哪里吗？"

祝遇清看眼楼上，顺手指了包厢方向，接着头也不回，走到了外面。

夏夜风热，渐有暑气逼人的气息。气温升高，Brandon身体好了些，假期尾声，祝遇清带着余松的儿子，遛了它一天。

劳动节后，工作上正遇"春还里"开业，祝遇清忙上两个来月。这期间他对宋晚嘉的动态了解，完全通过朋友圈。看她参加公司团建，跟同事站在横幅后灿笑，看她周末出去骑车，人伏在杠上，腰间绑着外套，轻灵又飒气。

这样过自己的日子，跟潘逢启像活在两个时区，又哪里像是要步入婚姻的男女。

光看这点，祝遇清以为能松泛些，但也有令他需要揣度的，比如她与吴文鸿。

翻遍最近的动态，她跟吴文鸿或点赞或留言，互动是正常的，只要看跟谁比了。毕竟他跟她唯一的交际，就是工作上那点事。

再有就是想到，或许在她的显示界面也有其他异性的留言，只不过他能看见的，仅仅吴文鸿一个。

八月前，祝遇清日程满当当，偶尔闲下来，一些推测会在情绪点上持续摩擦，直到八月家宴，再次见到她的身影。

二楼，他截停冒冒失失的祝如曼，看了眼被拽得促急的人："跑什么? 慢点走。爷爷心脏不好，动静大了小心惊着他。"

耳提两句，目送他们上了楼，不久后，他在露台看她换了装在拍照。广袖长裙捂出别样风姿，只是美色当前，身边却一片戏语。事不关己时，总是都太有闲心。

起菜前夕祝遇清上楼喊人，意外听到自己妹妹的几句胡话，后来餐桌上又有蒋玉芝那几句笑语。再看周边，同样见怪不怪的表情，默认一对男女的关系。

饭后他转移到负层品酒，期间潘逢启回了好几次信息，心不在焉。

一片谈笑中，番番不知打哪儿冒了头，扒着靠背喊了声表叔："你明儿要去法国啊?"

潘逢启愣了下，手里迅速锁屏，笑着去勾番番："你小子，怎么不声不响的?"

"嘿嘿，我也刚过来嘛。"番番挠挠鼻子，被潘逢启带到前面闹上一阵，说过几天带他去坐坐新车什么的，也把刚刚那事给糊弄过去了。

没多久，潘逢启接上电话，顺势找到借口，先走了。

番番咬着根棒棒糖，一路沿到祝遇清旁边："叔，我爸呢?"

祝遇清朝楼上指了指，手指搭住杯颈，喝一口酒。酒液细密无缝，带来生青的舌侧感，他沉吟几秒："刚看见什么了?"

"他出轨呗。"番番嗫着糖根，一副不以为意的样子，"我妈说男人都这样，姓宋那个姐姐应该也习惯了。"

祝遇清睇他一眼："给你爸听见，你又得挨揍。"

番番竖起雷达，眼睛骨碌一转，拔腿就溜。

在负层待上片刻，余松也回来了。开了盒雪茄，皮革味蹿开，两人端着杯子离开，站在楼栏交谈。

祝遇清分一半心，看见晚嘉讲完电话从外面走进来，跟他们打招呼。听到潘逢启已经离开，她反应平平，很快抓紧机会，跟余松聊起工作。

祝遇清静立旁边，一声不吭地听着，看着。她声音清而圆，笑息和畅。灯光不是自然光，角度固定，打在她的轮廓上。只是光影移动，两人的影子渐渐接近，甚至重叠。

她大概也发现了，倏地往旁边一避，撞上他刚好抬起的肘臂。杯口一倾，酒液顺势泼下。她眼神发紧，立马抽了纸巾递过来，又说要替他把衣服送去清洁。

祝遇清欣然答应。他走进房间脱换衣服，叠正时想了几秒，找到领针放进去。

出来后，把衣服递过去时，祝遇清视线微撇，对上余松若有所思的目光。他坦实一笑。

等人走后，余松挨过来，状似无意地提起道："吴文鸿似乎对这姑娘有好感，我见过他们一起吃饭。"

"是吗？"祝遇清顺嘴接了句。

余松转过眼，看了他一会儿，又补充说："不过不是单独，还有礼宾台那个卢彤。"

祝遇清晃晃杯子，喝完最后一口酒："知道了。"

当日他最晚走，陪老爷子散了会步，顺便把公司的事说上两件。到最后又扯上婚事，祝遇清笑："只要我肯找，您一定支持？"

话里有点信息量，老爷子敏锐嗅到。但这个孙眼光之挑剔，他心里不是没有数，知道找个歪瓜裂枣的可能性不大，一哂："你自己看着办就行，我只盯结果，不管别的。"

祝遇清动了动嘴角，笑意磨开："那成。"

次日掐着时间，他拨通了电话。她应该在外面，背景音有些杂，接到电话后立马答应下来。

他在楼底等一阵，车过来了。看着人下了车，东西一递一接间，祝遇清就势提出邀请："我缺个女伴，不知道你方不方便？"

她很犹豫，他看得出来。然而清楚有些事拖不出结果，于是替她做了决定。

礼服是早就准备了的，换好后两人乘车到会所。与坐副驾的举动不同，下车后她主动挽了上来，拉近职责上的身体距离，跟他一起走进去。

这晚交往的尺度，由她进入角色开始。在商业场合的社交语义下，她举止有度、说话得体，表现得非常好。中场祝遇清出去接电话，电话是邹芸打来的，说约了个姑娘到家里做客，三令五申，让他明天务必要去。

"没什么时间。"祝遇清说。

邹芸急了："是你伯娘介绍的姑娘，人家跟你同行，和你也见过的，我好不容易把人约到，你必须来。"

祝遇清搓了搓鼻梁："您别操这份心了，我自己会看着办的。"

"什么意思？"

"意思就是我有喜欢的人，而且正在接触。"

"哪家女孩，我认识吗？"邹芸调门微扬，声音漾开笑意。

"带您跟前您自然就认识了。"祝遇清压低声，"我在工作，先这样。"

应付完母亲他回到会场，见女伴已经与人交谈开来。漂亮且脾气好的姑娘人缘不会差，到任何场合，有的是想接近她的异性。

祝遇清暗处观人，一度觉得自己行为可笑，然而这种事上他缺乏经验，实实在在有短处。

仔细思索，或许要扔时间相处，慢慢摸索出亲近的一套；又或许比起粘皮带骨的温吞，他需要想个办法，连中间地带也跨过，直接把关系节奏拉快些。

这样念头直到坐车回程，仍在祝遇清心头交驰。直到车身急刹，那道语音外放，瞬间攫住他的心劲。

声音在车厢扬漫开来，她神情慌乱，刹那束手束脚起来，整个人僵在座位上。

"有没有事？"他问。

她摇摇头，说没事。

不久后车子重新驶开，祝遇清支起眼皮。分明喝得也不算多，但酒劲仿佛被催动，一直看着副驾的背影。

她不像是会冲动的人，但多少意外就发生在想不到的瞬间，所以，凡事没有绝对。

匆忙下车后，祝遇清坐在原地定了定神，很快想起句老话：宁在一思进。

推车开门，夜风人声，把他推进这一带的热闹。他听到自己闷响的脚步声，径直跟到身后，在她转身的瞬间问出那句："要不要嫁我？"

她刚打完喷嚏，鼻头还有些红，怔眼看他，愕然至极。

"如果你愿意，可以和我结婚。"他重复了一遍。

她不知所措，结结巴巴地问为什么。

来回几句后，祝遇清往后退了退："你先回，慢慢想，想好了再答复我。"说完，贴着裤缝的手蜷了蜷，吞下"不急"两个字。

她蹙动眉尖，额心打上可疑的褶，转身就跑，显然被他的直接与唐突吓到。

祝遇清站在砖面，一直等人离开视线，才回到车上。没有哪个男人能在求婚后还保持冷静，他想过她后续的反应，要么当没发生过，要么，以后对他多一份提防。

　　只是没料到，当夜她就给出回复：想好了，我愿意。

　　收到这条信息，祝遇清迅速拨通电话。对面细微鼻音，像是小睡刚醒，但说话流畅，证明思绪是清晰的。

　　确认过后，他约了次日领证。

　　挂掉电话，祝遇清拉开窗。月头高悬，一片清朗。

　　乘虚而入，手段确实谈不上敞亮，但有些事情，本身就讲不得道理。

　　和她交错过，心念松动过，念头也打消过，可原来没有结果的心动，会让人一直惦记，更会再度失陷。

　　没谁天生固执，所谓的执着，多半是沉淀过的情愫。他不是辞藻派，直白总结也无非那四个字：贼心不死。

番外二
奶爸祝遇清

年会不久，晚嘉公司就放了假。她比祝遇清休得早，两人商量好，小年过后回阳康。

因为不用操心补酒席的事，所以打休假起，晚嘉一直窝在家过冬。

冬天藏肉，这天吃完饭她感觉撑得慌，一抬手臂感觉有点不妙，想到明天要参加 E.M 年会，于是拿了瑜伽垫子去练。

练完正好听到动静，她套了件毛衣下楼："回来啦。"

祝遇清站在客厅取围巾，她伸手过来，碰到的瞬间都像被针刺了下，夸张点说，甚至听到"叭"的轻微声响。她赶忙拉开距离："你好干啊。"

"怎么不是你？"祝遇清看她一眼。

"我天天搽身体乳护手霜，肯定不是我。"晚嘉信誓旦旦，进房间找到护手霜，想递给他又怕被电，于是放在桌子上，"你也涂点。"

祝遇清解开西装扣子，看了看离自己一米开外的人："电是你这衣服上的。"说完，打开她的护手霜涂满两手，再走上前，在衣领后翻出水洗标，"腈纶料子，容易起静电。"

"那我换一件，"晚嘉反手打他，"别捏，痛。"

换好衣服，二人到客厅吃饭。

今天是方阿姨年前最后一天工作，返程车票订的晚上。怕她赶不及，晚嘉没让多待，提前结了工资和奖金，再安排司机送去高铁站。

方阿姨走后，夫妻两个开着电视吃了餐饭，吃完一个收碗一个擦桌，配合到位。

家务活忙完，开始忙自己。下午出的汗还扒在身上，晚嘉进了浴室。先用磨砂膏，冲干净后再涂身体油。除过角质，油一抹开就钻进皮肤，润溜溜的。她由下往上，抹到手肘时打算兑点身体乳的，门被敲响。

她侧眼，一道高大身形拓在门外："还没好？"

晚嘉打开乳液盖子，以为他要用洗手间："你去客卫。"

外头没动，但飘进来一声："别忙了，一会儿还要洗。"

说完，人迤迤然走了。

晚嘉红着脸硬在里面挨了二十分钟，出去时被他打量："以为你出不来，正想去撬门。"

晚嘉松掉头发，磨磨叽叽走到床边，迅速躺进被子。祝遇清瞧那项背，挨过去隔着被子抱她，低下头刚碰一下，又有麻痛在唇面爆开。

晚嘉按住他："这回是谁干？"

祝遇清把她手拿下来："干就干吧，反正电完了。"说完把人勾正。

晚嘉被他亲成一坨融化的蜡。

半夜风刮得响，不管不顾地往窗户上撞。

两个人鼻息贴鼻息，一点温存没完了。

"明天会下雪吗？"晚嘉问。

祝遇清以为她对雪有执念："不怕冷？"

晚嘉摇头："下雪就没这么干燥了，或者下雨，空气湿度总要高些的。"

南北差异，一个湿冷，一个干冷。

她想起要紧的事："你得多带点穿的，我们家没有暖气。"

祝遇清脸埋在她背后，应了一声。

晚嘉转过去，把那张脸捧起来："去年这个时候，你在忙什么？"

"忙工作？"

晚嘉回想了下，他朋友圈很少发动态，而且就平时预约面试来看，一年到头，确实没什么空。她正出神，膝盖被捞了一把，他说："你在游金陵。"

"嗯？哦，对。"晚嘉想起来，去年卢彤跟她回苏过年，顺带去玩了一趟。

再想想，新年时候她给他发了拜年信息，她摸过手机找到那条："你看，你都没有回我。"

祝遇清瞭了眼："群发的也要求回？"

"单独编辑，不是群发的。"

什么时候改了个姓也算单独编辑？她够无赖的。

寻思间摸摸她的手，感觉有点凉了，祝遇清拉回被里："那怎么办，我现在回你？"说完要去拿手机，她又不乐意了，抱住他的手，啐一声无聊。

祝遇清笑笑，伸开掌心包住膝盖。晚嘉两条手臂往脖子后一绞，挂在他身上。

转天半醒，晚嘉迷迷糊糊说了句"饿"，又睡了过去。大概十几分钟，她朝旁边伸手，摸了个空。她睁眼看床上只剩自己一个，于是揉了揉眼皮，爬起来穿鞋。

厨房方向，祝遇清套了件藏青长袖和慢跑裤站在炉灶前，看起来很居家。听见动静他回了下头："醒了？"

晚嘉打完呵欠走过去，伸眼朝锅里看了看："在煮什么？"

"淮山粥，可以吗？"祝遇清把她揽进身前，"或者你想吃什么？"

"想吃什么你都能做？"

"说说看？"

"那我想吃肠粉。"晚嘉抬头，"很薄的那种，用不锈钢抽屉蒸出来的，叫什么？"

祝遇清搅着粥体，想了想说："石磨肠。"他眼梢向下，"真想吃的话，出去喝茶？"

"别了，来不及。"晚嘉提起中午的年会，"下回吧。"

况且味道也不同，上次那个肠粉在羊城档口吃的，爽透软滑，跟这边酒楼的厚皮肠粉不一样。

粥做好了，祝遇清再烫了青菜煎了蛋，又从冰箱切了一碟水果。

早餐摆好，两人对坐时他提了句："有个地方可以吃到，还很正宗。"

"哪里？"

"伯尔尼。"

晚嘉咬着勺子，眼也不眨地看他。

祝遇清喝了口粥，不紧不慢地继续说："外公外婆想当面看看外孙媳妇，你不去，他们明年也要来。"

晚嘉吃着烫菜，没吱声。

两位老人都有基础病，婚礼时候都没能赶回国，哪里好跑这一趟。这人分明是在拿长辈当借口，想拐她出去玩。想一想，她摸着左边眼皮，说了句："鸡贼。"

吃完早餐消化了会儿，各自去换衣服。晚嘉折腾得久一些，祝遇清也没去客厅，坐在卧室的单人沙发上喝茶看报。

高晴的天，太阳从阳台移门进来，照出他走势鲜明的轮廓，微微遮瞳，侧颜出尖。他就这么安静坐着，全程没有半个催字。男女间的迁就，也可以当作一种浪漫。

两人十一点多到了酒店，会场迎宾是挑选过的，个个瘦高靓丽，走过都想多看两眼。

当中有卢彤，一见晚嘉就朝她挤眉弄眼，直到看见孙晋也走过来，立马收起嬉皮表情，摆出程式化的微笑，躬腰伸臂，给他指引方向。

孙晋往前走几步，忍不住她两眼："为什么不回信息？"

"手机又不是你买的，有义务回你？"卢彤声声曼曼，标准的露齿笑，不认识几个大个字糊在脸上，能把人活活气死。

"给你买手机你就回？"

"拿钱砸我啊？"卢彤笑出声，尖尖的眼头往前一挤，"那一部手机不够，得开间手机店才成。"

孙晋忍气，正重新组织语言时，卢彤朝他后面打了声招呼："吴总。"

他转头，见个陌生男人走过来，领口扣着 E.M 的标，应该是内部高管。不好再待，孙晋与来人点点头，自顾自往会场走了。

身后一对男女关系明显不错，两句话聊起年假去哪玩，大有同行之意。

孙晋进入会场，余松走过来："孙圣手大驾，欢迎欢迎。"

海侃几句，孙晋朝外瞥了眼："那位是？"

"吴文鸿，市场部负责人。"余松回答。

孙晋点点头，又问："单身？"

余松收回眼睄他："刚离不久，年轻高管，我们公司黄金单身汉……怎么着？"

孙晋琢磨了下："你们公司不禁内部恋情？"

不打自招么这不是，余松憨笑，朝楼上示意："那得问我们老板了。"末了又侃一句，"想不想得到，那是位假公济私的玩家。"

头顶方向，夫妻两个刚好结束一轮交谈。

当过乙方，晚嘉接触过 E.M 不少人，包括分公司的。这回年会，各地高管都来了总部，少不得借机上来打声招呼，顺带聊几句。

最后聊的这位，是分管招商的一位高管，晚嘉朝人背影多看两眼，问祝遇清："他家人好像都在昌城？"

助理提醒快到时间了，祝遇清带着她往楼下走，随口应一句："好像是。"

"唔……"晚嘉牵了牵裙角，"我看他朋友圈动态，下半年好像经常回老家，是不是有异动的心思？"

楼梯拐角，祝遇清不轻不重看她一眼："够狠的，连我们公司人都想刮。"

企图被看破，晚嘉连忙否认："怎么会？我们又不做单。"

"你们是不做单，但可以推荐给乙方。"祝遇清睄她，"你是来参加年会的，还是来打探消息的？"

"当然是来参加年会，哪有打探什么消息……最多问问有没有合适的朋友或同行，了解两句。"晚嘉把手臂勾紧些，轻轻摁两下，"真不挖你的人，放心。"

踩到一楼地毯，祝遇清朝她的脚看了看："这双鞋还挤不挤？"

"不常穿的鞋怎么都会有点挤，没事，我顶得住。"

"怎么不换双低跟的？"

"谁让你长这么高？"

晚嘉小声抱怨间，吴文鸿过来了："祝总，祝太太。"

"吴总。"晚嘉笑着应他。

这会儿时间有限，没聊几句，助理又小声催了下。

"走吧，该过去了。"祝遇清攥住晚嘉，见她看吴文鸿的目光有点不对，于是坐到位置后问她，"又有猎取对象了？"

"疑心真重。"晚嘉两眼翻望过去，小声解释自己留意的原因，"他追过卢彤。"

祝遇清偏头，慢吞吞问："是吗？"

晚嘉点头："他那会儿还想让卢彤调他们部门，卢彤一开始挺高兴，后来知道他心思，就没肯了。"

话音刚掉，灯光暗掉，主持人开场。

年会流程大体都差不多，开场没多久，祝遇清上台致辞。他声音悠朗，唇边一点笑纹浮动。全程脱稿讲的，说话内容饶有风趣，提起数据时也周正严肃，聚光灯下肩身笔挺，磊落又翩逸。

晚嘉留意四周，除来宾外，管理们鼓掌微笑一个不落，但都肃然危坐，被提到所辖部门时哪怕是夸也笑得很拘谨，提着份心，不敢太过放松。

掌权者，尤其在年纪上相对没优势的，随和可以，但与下面打成一片，很不现实。从管理角度来说，恩威并行是必要的，得与团队保持距离，让他们明白你随时能拿走手中利益，更要叫下面人摸不透。唯有权力的牌面太过单薄，容易养出一群貌从而心不服的。不被看懂，留有让人琢磨的空间，才能有敬畏和顺从。

晚嘉坐着听着，联想祝遇清从刚接手 E.M 到现在，稍微一倒推，就能猜到他这几年该有多不容易。

她摸出手机，找角度，偷偷拍了几张照片。

拍完卢彤的消息进来：老板娘，差不多行了，都看着呢。

收到提醒，晚嘉立马收起手机，装没事人一样，等祝遇清回座。

台上光芒万丈的男人到了身边，她忍不住悄悄扯他："我给你拍了几张照片。"

"给我拍的？"祝遇清问。

"……给我自己拍的，拍来当屏保。"

"现在屏保是什么，我看看？"说话间祝遇清就要来拿手机，晚嘉眼睛看着上面，手里拼命拍他，"别闹，回家看。"

年会末尾，晚嘉去找卢彤。

对于她刚才暗戳戳的行径卢彤还没笑完："有什么好拍的，晚上回家看个够本。这大庭广众，你也不怕灯突然打你身上，叫人瞧见你这痴汉样。"

晚嘉有些尴尬："我第一次拍他，灯光正好嘛，就留了几张。"说完想起什么，迅速把屏保改好。

锁上手机后，她问卢彤："吴文鸿是不是还惦记你？"

卢彤打了个喷嚏，搓着人中说："惦记我干吗，他八成要复婚了。"

"那……孙晋？"

"他？"卢彤转过头，刚好跟孙晋目光接上，眯眼一笑，"谁知道他发什么神经。"

年会还没完全结束，见 BOSS 视线也打过来，她连忙推推晚嘉："你老公找你呢，明儿再聊。"

卢彤跑得快，晚嘉只能回到祝遇清身边。

他跟孙晋余松在一起，几人正说着又跑出国的赵仁，笑赵仁这辈子就跟着女人裙摆跑，见晚嘉来了，才收敛玩笑话。

年会结束，晚嘉跟祝遇清坐车回家。

车上她给他展示屏保，颇有表忠心的范，展示完又划到拍的那几张照："确实很帅，怪不得当时被人发网上。"

把那条短视频找出来给他看，并点开评论区："看看你多受欢迎。"

自己视频没什么好看的，祝遇清靠在椅背，余光腻她一眼："你还挺享受。"

晚嘉不好意思地笑了笑。她那时候哪里想过这个在网络世界被狂叫老公的男人，几天后就变成自己的丈夫。

她往前坐了坐，坐出挤压的响声。

祝遇清抬臂拢住她，伸手挠她后颈，略显疲惫地提要求："帮我松松领带，勒得不舒服。"

晚嘉上手扯松带结，闻着酒味有点重，干脆替他摘下来，绞成一团，并塞进他的裤兜。

领带进去鼓成一团，她调整了几回，手背突然被腿压住。

祝遇清稍稍挺直背，朝下看了看："往哪儿挤？"

"是领带挤你，不是我。"晚嘉忙把手抽出来，往旁边挪了挪。

祝遇清扫她一眼，把腿放下，继续靠后醒酒。只是有领带在，那裤面鼓

289

得有点滑稽，招得晚嘉眼珠不时睬睬转去看，偷偷发笑。

回家时间还早，两人一起上楼看了场电影。晚嘉脱掉鞋把腿搁在沙发上，脑袋靠着祝遇清肩膀。

放的是部德国电影，男主角眼窝内陷，鼻梁垂直，典型的日耳曼长相，立体又抓眼。

人都是视觉动物，开场没多久，晚嘉一直跟着镜头在看男主，不知不觉中，固定头发的卡子被拿下来，一只手插进发缝，一下下，指腹原点用力。

晚嘉躲了下，娇俏往旁边瞥一眼："干吗呢？"

"帮你梳头发，打结了。"祝遇清好心地笑笑，长臂一伸，顺势把她搬到身上，牵着手亲了下，"晚上想吃什么？"

晚嘉想了想："不饿。"

不饿也得吃点，祝遇清问她："那再喝点粥？"

"行。"晚嘉不挑，说完见他倾身过来，也迎上去，很自然地交换一个吻。

同吃同睡，同进同出，有人说所谓婚姻生活，就是大量没有美感的日常。新鲜感被磨掉后，倦怠和麻木随之而来，先是脸再是身体，然后才轮到别的。

晚嘉仔细看着祝遇清，注意力已经不在电影上了，她伸手摸他，从鬓缘到下巴，再把手指停留在他喉间："我今天才知道你会做饭。"

"简单的糊弄一餐可以，太难的做不来。"祝遇清说话，牵着声带震颤。

"你读书那几年就这么糊弄自己的？"

"也不是。"祝遇清向前，完成身体表面的接触和挤压，"孙晋会做，或者赵仁，我一般跟他们搭伙。"

晚嘉双手游动，在他身后交叠："不是要熬粥？"

祝遇清捏住她下巴啄一口，话里透出不讲道理的痞气："先热个身。"

晚嘉被放平，后脑勺抵在扶手，中间垫了个靠枕，但已经有开始往下滑的迹象。

祝遇清开始松扣子，眼睛一直没有离开过她。黑亮瞳仁，直白视线，晚嘉整张脸渲得红透，被他看得想跑。她把手缩回袖子里，在他低过来时，去捂他的耳朵。

室暗，电影画面还在跃动，运镜张弛有度，人物起落的瞬间，焦距随之甩降，像发梢扫脸的每个时刻。

影片太长，等演职表开始出现的时候，靠枕也已经从晚嘉的腰背滑到了地面。

晚嘉枕着祝遇清左手臂，看他向光展示起拇指一粒牙印："牙口够利的。"声音筛出点沙感。

晚嘉上手，在那颗牙印上摸了摸，再啪地打了一下："不是自找的吗？"

第二天，晚嘉出门跟卢彤见面，约在新街口。

一起的还有卢彤表姐罗念柯，个子比卢彤还高些，眼下青影有点重，听说最近在忙离婚的事。

约的是新街口一间面包店，点好单后几人去面坐，卢彤小声说："这我四大爷的门面，年后他们就会撤走，到时候给我俩折腾。"她打算加盟高鸣的奶茶店，等年后辞职了，跟罗念柯一起做。

"辞职已经提了吗？"晚嘉问。

卢彤点头："提了，说实习生到位就让我走。"

坐一会儿，饮品和切好的面包上来，几人接着聊。打算开店，既要盯装修又要参加培训，前期都得花大量时间投入。

卢彤跟高鸣是见过的，她扬扬手机："高老板说他过来给我们培训，用不着跑阳康。而且店面视觉设计他那里都有现成的资料包，我瞧他挺专业，是认真做生意的，还说把我们店当成华北片区的头号店来运营。"

华北片区……晚嘉没忍住，咬着吸管笑了下："你听他吹牛。"

卢彤还没完，扬眉飘眼地憧憬："不得了不得了，这个牌子要是做开，以后加盟费你们都挣满兜。"

罗念柯也笑着说："走加盟的模式相对稳的，现在的茶饮市场除非引入商投，不然自营成本太高。"

店里有道天窗，顶上落了点干叶子，阳光盖到地上，是缺了一块的形状。

埋头吃东西这会儿，罗念柯接了通电话。是家里孩子打来的，她耐声耐气，眉眼都温柔起来。挂电话后晚嘉问她："孩子自己带吗？"

"我爸妈搭着手。"罗念柯苦笑了下，"老人家年纪都大了，这几年被我拖累得不像话，现在还要围着个孩子打转。说来说去，错是我犯的，也是我自找的。"

卢彤向来豁达，敲敲桌子说："遇人不淑四个字能概括的事，整这么夸张干吗？离婚再找一个就是了，男人满大街跑，还愁找不着比渣滓强的？"

提及前夫，罗念柯自嘲地笑了笑："哪有那么容易，再说爱情跟婚姻，压根也不是一回事。"

"这都老调了，"卢彤单手支着下巴，"早有人反驳过，认同这种说法的人，要么本身背叛了爱情，要么压根没见过爱情。"

晚嘉也点点头："总还是有希望的，不用太悲观。"

"就是。"卢彤顺势朝晚嘉努了下嘴，"喏，活生生的正面例子。"

"……"

再坐上二十分钟，罗念柯提前离开，去父母家接孩子了。

　　目送她走，晚嘉犹豫了下，问卢彤："她真要跟你一起开奶茶店吗？"

　　"是不是觉得可惜？"卢彤挑挑眉，"我也觉得可惜，她那么优秀一人，只不过这几年被生孩子带孩子给耽误，加上婚姻不好，人也不那么自信了，让她出去工作都犯怵。"

　　晚嘉沉默片刻。

　　进入一段不健康的亲密关系，确实会摧击人的光芒，消耗人的心气。

　　"她跟我不同，我就是真在公司待不住，总想往外边跑。"卢彤摸了摸眼睛，不顾形象地伸个懒腰，含糊说，"奶茶店我请人也是一样的，没必要把她勒在店里。她应该回职场去，而不是跟我打奶泡喊欢迎光临，不是大材小用吗？"

　　晚嘉心里忖了忖，罗念柯第一学历过硬，外企和国企的履历也很够看。有这些背景加持，重返职场其实没有想象中那么困难。

　　育后女性难迈出回归那一步，大多是觉得与社会脱节久，加上自我否定的情绪太重，甚至形成恐惧，所以下意识放大了阻力。

　　"那念柯姐她自己怎么想的？"晚嘉问。

　　"她好歹是个高知分子，肯定还是想回去工作的，体现自己的价值。"卢彤说。

　　晚嘉沉吟了下："方便的话，你把她微信推给我？"

　　卢彤笑得眯起眼："我正想说呢，朋友同学什么的她不好意思找，你手上资源多，抽空开导开导她，碰着合适的机会给她打声招呼。"说完掏手机，把微信推了过去。

　　晚嘉点击添加："好，我记下了。"

　　聊完罗念柯的事，两人去附近的商场逛。

　　过街等红灯的时候，卢彤提起说："借你的光，我可也受欢迎了，老有人跟我凑近乎，八卦你和祝总的事。"

　　"八卦什么？"

　　"比如你俩怎么认识的，怎么走到一起的，你怎么锁住我们老板的，还有你俩平时吵不吵架之类的……"卢彤磕了磕鞋尖，"上班无聊起来，什么都要八卦一下。"

　　灯亮了，两人走到对面。商场中庭正在办车展，每辆车旁边都有模特，大冬天穿着包臀小礼服，清凉又明艳。

　　"你什么时候回阳康？"卢彤问。

　　"后天。"

　　两人往大门走，聊着聊着，忽然听到句响亮的喝骂："摸谁呢？"

两人目光拐过去，见一辆越野车旁边的车模正在发飙，手里指着跟前一男的："老娘是你能摸的？懂不懂什么叫尊重，贱不贱啊你？"

那男的还嘴："有病吧？不小心碰到，谁摸你了？"

"你还敢狡辩？信不信我叫人来抽死你！"车模目光淬火，拿起车上的广告板就砸了过去，现场瞬间动乱，引来安保。

站着看了会儿，晚嘉跟卢彤对视，都想起那段冲动的过往。

"现在遇见，还打吗？"晚嘉逗一句。

"打！怎么不打？先踹地上，打残了我赔！"卢彤抑扬顿挫，大话说完，两人挨边笑成一团。

两天后，晚嘉和祝遇清回到阳康。

飞机着陆时外头下起冻雨，停车场在对面，要过一道天桥。就这么点距离，湿冷劲让人脚都瘆了。

高鸣来接的机，还好车里暖气开得足，他还贴心带了点吃的，让这两人垫垫肚子。吃的里头有奶茶店新品，最上面是一盒扁圆的点心，白色糯米皮，外表像雪媚娘，闻起来酒味大，应该是醪糟馅。酒可以驱寒，晚嘉打开盒子，先给坐副驾的祝遇清喂了一个。

祝遇清正在调座椅，嚼几下就落肚了，只是吃完觉得不对劲："什么馅？"

晚嘉闻了下，也咬上一口尝了尝："醪糟……还有桂花？"

车内一时安静。

见这夫妻俩面面相觑，高鸣奇怪："怎么了？"

晚嘉提起盒子："这什么？"

"哦，这个啊。"高鸣得意道，"酒酿桂花软酪，新品里卖最好的，味道怎么样？比那些什么欧包强多了吧？"

祝遇清揪着喉咙，再清清嗓子。

晚嘉伸手碰他一下："你没事吧？"

"暂时没事，不过，"祝遇清咳了两声，"还是先去趟医院。"

于是这回阳康之行，从医院拿药开始。

高鸣很不好意思，连说对不住："是我大意，没想过这茬。"

"没事，我也不知道他桂花过敏。"晚嘉擦了把手。

上次来的时候他皮肤红痒，她也只猜测过一句，没想到真是那么回事。

医院折腾一趟，等回到家天已经黑透。中饭等成夜饭，姚敏赶忙热菜又起新菜。

这回接待女婿，晚点亲家还要来，她更把家里收拾得光堂堂的，只是特意买的花不敢再摆了，拿出去送给邻居。

邻居接过花，恭喜她说："女儿女婿都回来过年，阿姚你有福了嘞。"

姚敏也笑："后天记得吃酒，都来，把屋里阿公也叫上。"

"好喔。"

回到家见女儿在客厅挑橘子吃，姚敏问："怎么样，小祝好点没有？"

"药吃得及时，应该没什么事。"晚嘉找了个最黄橘子的，在鼻子底下嗅嗅，又跟进厨房。

水槽里泡着碗，姚敏戴上手套："昨晚梦到你爸爸了，他在那边也做生意，穿得好光鲜，同人家有说有笑的，还是那么能干。"

晚嘉在旁边帮忙过水，安静听着。老辈大都信这些，信有另一个世界，而且离开的亲人都在那边活着，过跟阳世一样的日子。

"你最近有没有梦到他？"姚敏问。

晚嘉点点头："梦到了，爸爸笑得很好。"

其实梦里，全是小时候的记忆。她坐在摩托车中间，背后是水果市场批发来的货。

姚敏叹一声："现在你也结了婚，我这任务就算完成了，等过完年我去把家里好事告诉你爸爸。"

洗完碗，晚嘉走进房间，祝遇清在吃新一轮的药。他微微抬起下巴，吞咽时喉结涌动，分外显眼。

"有不舒服吗？"晚嘉问。

祝遇清放下水杯，感受喉咙的动作："还好。"

晚嘉听出他声音有点嘶，过去摸他的手："冷不冷？"

"开空调怎么会冷？"祝遇清看了眼墙面，"这空调以前冬天你们不开？"

晚嘉摇头："以前线路没大改的时候，一到冬天经常没电，有时候电也带不起来，不敢常开这个。"

时间不早，晚嘉拿了睡衣去换，回来时把兜里的橘子剥开，给祝遇清递去一瓣："这个总不过敏吧？"

祝遇清当然看见她眼底那点促狭劲儿，伸手搂过来，拍她一下："还挺会幸灾乐祸。"

打完摸着她的腿，那部位有一点突出的疤："这个怎么来的？"

晚嘉回想了下："好像是小时候坐摇桶里，被戳出来的。"

她说的小时候，是还不会走路那会儿。那时候外公还在当校长，全家人住乡下。她刚出生不久，睡的是木摇桶，桶底除了棉絮，还铺了几层稻草。

稻草都是晒过的，秆子硬，小孩儿皮肤又嫩，沿着破掉的棉絮伸出来时，把她给戳痛了。

她哭得厉害，可大人忙着备过年的东西，以为耍赖就没理，是后来见哭红脸才过来看，那时候草都被血染红了，最后留下这么个疤。

听完祝遇清笑了笑，贴着睡裤摩挲两下。

说着旧事，夫妻两个吃完一个橘子，漱口躺床上准备睡觉。

"这么冷，你们以前怎么过的？"

"以前在乡下有炉子可以烤火，还有火篮子，里面放炭，拎着也能驱寒。"晚嘉擦完护手霜，摸黑放在床头柜，"不过你大少爷娇生惯养，肯定受不了。"

祝少爷好脾气，没把她的调侃当回事，拉着手放在脖子边缘："有点痒，帮我抓两下。"

晚嘉动了动，发出窸窸窣窣的声响。

"这样吗？"她边动边问。

"轻一点，顶到声带了。"

"……少夸张。"

外头还下着雨，室内暖风吹送，床上两个笑或说话，扫弦一样在彼此耳边震动。

第二天中午，高鸣一家过来吃饭。

细细也过敏了，但她是给蚊子叮的，鼻子肿得老大，被高鸣笑话是"女阿凡达"。为此她讨厌这个爸，不乐意搭理他，只黏着晚嘉。

吃完饭出去压马路，余瑶怕女儿冻着，把羽绒服帽子系得紧紧的。细细小脸就露一双眼睛，说话像从缸里往外传声音："那我走啦，妈妈再见。"

高鸣指着自己鼻子："你爸呢，不跟我打招呼？"

细细气哼哼白他一眼，拉着晚嘉转身就跑。

虽然冷，但临近年关，街头店都开着，来来往往的并不少。跟京北不同，阳康哪怕是这个月份，还保持着深秋的气候与色调，随处可见常青树种。

祝遇清跟晚嘉一左一右牵着细细，沿人行道边走边看，感受南方小城的年冬风情。

过马路拐角，看到有人在打爆米花。鼓风箱"呼啦呼啦"地转，底下那盆火也烧得正旺，晚嘉好久没看见这东西，以为祝遇清不知道，拉着他解释了一通。

祝遇清听得好笑："我是北方人没错，但我不是古人。"见摊主拿了套管对着卡扣，他一手捂住细细耳朵，一手招她，"过来。"

晚嘉跑过去，盖着耳朵被他裹进大衣，很快"嘭"的一声，机子开口了。

"要不要吃？"祝遇清问。

晚嘉摇头："这东西上火，算了。"又瞅了眼细细，"你俩都过敏，少吃上火的，别回头更严重。"

几人站旁边看了一阵，继续往前走，没多久，遇上之前卖梅花糕的阿婆。天气冷，这回阿婆摊子上还加了烤板栗。

夫妻两个上前去，照例要上些吃的。

冬风射眼，老人记性还是那么差，看好几眼才认出晚嘉。跟她打过招呼后，老人瞅了瞅去对面小店的祝遇清："小姑娘，那是你老公啊？"

晚嘉也盯着祝遇清背影看好几眼，笑了下："不认识。"

"哦，我以为你们一家三口。"阿婆伸手给细细递几颗栗子，"来囡囡。"

细细接过："谢谢太婆。"

没多久，祝遇清回来了。梅花糕还在塞料，他站旁边等时，外套下摆被人拽两下。他蹲下去，细细把帽子扒下来一点，大声："叔叔，嘉嘉姨刚才说跟你不认识！"

晚嘉正掏着手机，不留神被人告状，目光向下，一大一小都仰视着她。

"……"

东西做好了，祝遇清只拿一袋板栗，但钱递过去时，表示要连梅花糕的钱一起付了。

阿婆看他，他朝晚嘉笑笑："大过年的，碰到也是缘，我请她吃。"

晚嘉朝手心吹了口热气，嘴角微微一捺。

离开小摊后，她快步跟上去，脚步贴着脚步。祝遇清牵着细细，觑她："你哪位？"

晚嘉早有准备，打开手机锁屏："刚才谢谢你帮我给钱，加个微信吧，多少我转给你？"

"一点小钱，不用客气。"祝遇清淡淡答着，视线落在她手上具体的指节处。

晚嘉立马捂住婚戒，想了想，硬着头皮说："跟老公吵架了，想出来找点新鲜，不知道你介不介意？"

细细腮帮子吃得鼓鼓的，左看看右看看，小口吞咽吃食。

好久不听回答，晚嘉拿鞋头踢踢祝遇清："说话呀？"

祝遇清眼梢一扬，目光轻佻地朝她眉目间滑过："你老公不介意就行。"说完伸手牵她，婚戒碰在一起。

逛完回去，祝遇清跟高鸣到社区活动中心打台球。他们男人运动，晚嘉跟余瑶留在家里聊天顺便帮厨。

阳台剥核桃时，余瑶提及汤羽，又提及她当年做过的事。明明是不大的女孩子，教唆栽赃却很有一套。她先是造谣高鸣因为跟晚嘉恋爱而被开除，因此害晚嘉背上风言，后又孤立兼找碴，弄得没人敢为晚嘉说话，甚至没什么人跟她说话。

对青春期的学生来说，这种经历造成的伤害是负面且消极的。那个年龄段的学生哪有多少自我消化和开解的能力，多是默默忍受，暗伤难愈。

余瑶光说都感觉难受，晚嘉从她手里接过夹子，反过来笑微微："多少年的事，我早忘了。"

余瑶沿缝把核桃壳掰开，吹掉外皮问："那个汤羽现在怎么样？"

"挺久没她消息了。"晚嘉答道。

元昌的事还没完全了结，只听说汤羽父亲这个年关难过，外祸加上内斗，腹背受敌。汤羽属于退网状态，想进的圈子早就忘了她，现在是查无此人的状态。微博去搜索，还有关于她校园暴力的词条，能看到不少对此义愤的人留言抨击。

余瑶听了，把核桃皮重重扔进垃圾篓："也是活该。"

核桃剥好，下汤料里去，没多久饭菜都准备上桌了。她们看眼时间还不见祝遇清跟高鸣回来，于是双双下去逮人。

活动中心基本是老人的消遣地，很少有年轻面孔出现。两人到地方时，见高鸣空手站在旁边，祝遇清则持杆伏在库边。他手心拱起，慢慢抬高杆尾，接着手腕迅速一击，母球跳过障碍球撞上目标球，目标球贴库，随即滑入袋中。

一杆进洞，确实神气。跟他对阵的老人笑着鼓鼓掌："这个后生攒劲，蛮要得。"

"今天手气好，承让了。"祝遇清说着谦辞，把搭在报架的外套拎起来，走向晚嘉，"回吧。"

出了活动中心，高鸣还跟晚嘉夸："你老公这眼镜没白戴，确实厉害。"

当晚吃过饭，下楼送离高鸣一家。挥手跟他们三口人别过，往回走的时候，晚嘉夸起祝遇清打球的英姿。

"实力还可以？"祝遇清问她。

"挺不错的啊。"晚嘉打了个呵欠，感觉有点犯困。

祝遇清点头："你满意就好。"

晚嘉当时没听出问题，等发觉不对，这人已经跟外公听戏去了。

仗着弄了个戏服博物馆，他把昆扬锡淮的戏服发展说得头头是道，又顺势邀老人家年后亲自去看。晚嘉在旁边插不上话，加上第二天就是酒席，干脆洗好澡提前去睡。

意识混沌时，祝遇清回到房间，问要不要听听怎么打球。

晚嘉正迷糊着："不要，明天还得去接人。"

"嗯，所以早点睡。"祝遇清贴近她的耳朵，低声，徐徐，字音格外勾人。

第二天早起，晚嘉用尽念力。祝遇清倒是精神抖擞，穿一套黑色西装，别样英挺。

祝老爷子和邹芸祝如曼全来了，在机场接到他们后，大家直奔酒店。

酒店是老早就订好了的，包括几处接客的车都有人跟进，一切有条不紊。

婚宴场所，向来都是感慨高发地。有打小看着晚嘉长大的老人，说记得她小时候背个书包站在树下，细眉细眼细身条，跟人打招呼就是鞠个躬喊一声，怎么逗也不爱说话，转眼就长这么大，还嫁外地去了。

一场酒席坐下来，祝如曼迷醉在南腔南调里："嫂子，你们这里人说话都好温柔啊，碗要说'碗子'，姐姐要叫'加加'，有点意思。"

晚嘉觉得她学起来更有意思："南方是这样的，很多地方隔条河都不同音，你多听听，这里好几种调。"

酒席过后再送客，送完客，一行人去了老城的家。

老人搭老人，坐坐看看，姚敏和邹芸一对亲家也不尴不尬地相处着。有心亲近时，怎么都能找到些话题，更何况都是早年丧夫，单个这中酸楚就有得聊。聊到伤心处再看看彼此儿女，小夫妻感情好，当下也是欢慰。

在阳康住过一夜，老爷子和邹芸先回京北，祝如曼说来之前查了当地的老裁缝铺，想去见识见识取取经，所以多住两天。

小姑子探店，晚嘉陪着跑了几趟，最后想起外婆也当过裁缝，还有一本老工具书，记得是手写的。祝如曼眼睛冒光，立马巴着说想要。

为了找这书，回家后晚嘉翻箱倒柜，最后在一堆放作业本的箱子里找到东西。

里面除了作业本还有个透明的塑料包装袋，袋子里是她曾经用过的旧手机，和拇指大小的纸团。

"这是什么？"祝遇清指着那个小纸团。

晚嘉抽空看一眼："以前用过的电话卡。"

祝遇清思索了下："用到什么时候的？"

"好像是大一。"晚嘉指了指蓝色那部带按键的智能机，"当时暑假我刚回来，不小心把它掉水里，卡槽也泡坏了。"

东西找到，晚嘉拿手机拍了几张照片，一起发给祝如曼。

祝如曼很快回复：好东西啊，一定给我留着，我今天沐浴焚香，明天迎接宝物！

她夸张从来都有一套，晚嘉低头回了个"好"，继续整理弄乱的箱子。整理几分钟，回头见祝遇清神色有点奇怪，她问："怎么了？"

祝遇清把袋子还给她："卡不能用，怎么没去补新的？"

"太麻烦了。"那时候补卡必须回办卡的营业厅，手续也很多，加上话费刚好用完，就干脆换了一张。

她说起往事轻描淡写，祝遇清沉思片刻，也笑笑："确实，太麻烦了。"

办完酒席，春节随之到来。他们本来打算在阳康过年的，但姚敏说什么都不肯，觉得结婚头一年在娘家不合礼数，更怕亲家表面不说什么，但背地对女儿不满，所以硬把人给赶走了。

回到京北正好年三十，夫妻两个收拾过后，回了老宅吃饭。

祝家的年夜饭热闹，比起平常家宴人只多不少，菜更是天南海北的都有。桌上晚嘉不小心吃到一口辣菜，辣度实在太过，她疯狂呼气，吃得连眼皮盖都泛了红。

正两眼汪汪时，有人递了罐汽水过来："婶婶，你喝一口这个。"

"谢谢。"晚嘉接过来。

给递汽水的小女孩是祝遇清表姐的女儿，叫姜姜，她在新加坡待了几年，因为母亲再婚，特地回来吃这餐团圆饭。

听晚嘉道谢，姜姜有些羞赧地说"不客气"，又不时偷看她。过几分钟，姜姜再次鼓起勇气搭话："婶婶，我觉得你有点眼熟。"

晚嘉靠冰汽水解了辣度，朝她笑笑："是吗，我们之前见过？"

小女孩倾着脑袋打量她，正认真回想时，被番番一嗓子喊走："姜姜快来放烟花！"

明火催动引线，一根根烟花棒被孩子晃动着，嬉笑声满院滚动。晚嘉站在窗口看了会儿，见祝遇清从客厅走过来，她低头摸手机，在界面划摁几下。

很快，祝遇清收到她发的短信，内容与去年一样，客套又商务，连称呼都还是"祝总"。

他摁熄屏幕，依旧走过去。

"你怎么又不回人信息？"晚嘉佯怒。

"当面不好吗？"祝遇清在她面腮蹭了蹭，随手从橘树上拆了个红包递过去，"新年快乐，宋小姐。"

春节假后，陆续返岗。

年初是招聘旺季，平台入驻的企业和做单猎头都在增长，团队也开始扩大，晚嘉手里事多，很多时候忙到丢不开手。

至于卢彤，她早已离职，跟高鸣学起了做奶茶。学习期间她闲不住，经常调一箱送到晚嘉公司，既练了手，也提前做波宣传。

这周末，晚嘉去了店里。

装修得差不多，围挡下周就能撤了。在店里逛一圈，晚嘉看看操作间："高鸣走了？"

卢彤正在封装，点头说："机场去了，说是想老婆女儿，等开业的时候再来。"

晚嘉走进去，找出个箱子帮她打包。操作间浓浓奶香和焦糖的气息，两人说说笑笑，最后卢彤蹭了趟晚嘉的车，要去送外卖。上车后她报了个地址，是兆康。这个地方跟孙晋脱不了关系，晚嘉琢磨几秒："也是免费打广告？"

"跟他用得着吗，当然要收钱。"卢彤两臂使力，一把盖上后备厢，"他们公司人那么多，以后下午茶活动什么的如果在我这包圆，收入还是很可观。"

新街口到兆康，不够半小时车程。

楼下停好车后，卢彤打个电话，把孙晋给呼下来了。看见晚嘉，孙晋有些尴尬："嫂子。"

晚嘉也跟他打了声招呼："今天值班？"

孙晋点头说："是。"问她，"祝老板出差去了？"

"对，他这会儿应该在虹城。"

"该有一个来月没见他了，真够忙的。"

交谈几句，孙晋接过奶茶，看眼卢彤。她穿白吊带配个花衬衫，下面一条阔腿运动裤，踢踢踏踏吊儿郎当。性格鲜明外放的姑娘，不受约束，也让人头疼。

记得婚礼后再见，他去新地方接个朋友，车子等在路边时，在便利店的快递驿站里看见她。看样子应该是在等快递，她倚在出库机器旁边，来拿快递的大爷大妈以为她是店主，找到快递后递给她。她也不解释，打着呵欠接过来，顺手就给扫码出库了，流畅得一点不违和。

本来也没想过要继续联系的，也是鬼迷了心窍，那天隔十来米看着这人，他突然就笑了。之后再跟她接触，也是本着逗趣的心理，用了点手段。

两人在一起的某天晚上，他去阳台接个电话，隔窗见她戴了个墨镜，自己跟着音乐在打花手嗨摇，那股子恣意劲儿，他在老外身上都没见着过。

他更记得她喝醉了，前一秒对他飞吻，后一秒见路边有人干架，走过去就搭着人家肩膀，摆了个姿势要自拍。正准备动手的是个高壮光头，见她那样一下被逗笑，问他："这你女朋友？管着点儿，等会儿给捶了。"

要说也奇怪，他本来有心理准备的，但见她跟一个白净大学生在一起后，他见鬼一样发酸，放不下了。

但他到底连吃醋的立场都没有。越想越不是滋味，孙晋板脸说句"谢了"，转身要走。

300

"给钱啊？"卢彤喊他。

"先欠着，以后一起结。"

卢彤不干了，追上去扒他肩："小本生意，不给赊账。"

孙晋把纸箱放地上，掏手机给她转两千块："存着，以后每周送一回，不够我再补。"

卢彤一看金额乐了："没问题，您慢走。"

目送大顾客离开，她笑眯眯回到车上："走，买衣服去！"

晚嘉瞟她一眼。

"想问什么问吧。"卢彤系好安全带，往前调了首歌听。

"你跟孙晋……现在是什么情况？"因为是认识的人，晚嘉关心了两句。

"还能什么情况，他在追我呗，这还看不出来？"

"那你怎么想？"

"想什么？"卢彤打下遮阳板，开始装傻。

晚嘉打动方向盘，没再问了。浪子可能是假浪子，但海的女儿却早游出八百里，且乐在其中。

后面的日子除工作外，晚嘉也有留意机会，试探着给卢彤表姐罗念柯介绍工作。

罗念柯心动归心动，只是先还不大自信，又担心顾不上带孩子。这事上卢彤比较直接，她联系家里长辈，给罗念柯做了心理疏通，让罗念柯安心上班，孩子家里会管。跟着，晚嘉帮她优化简历，梳理过往的工作项目，再把发展方向给捋了捋。

找工作没有一蹴而就的，但一轮轮试下来，罗念柯渐渐找到状态，最终在五一节前，接到了想要的入职通知书。为表达感谢，她请晚嘉吃饭。

这几个月接触下来，两人交情深了不少，吃饭时聊工作，也聊生活。

从一段婚姻里脱身出来，提起时，罗念柯还是会感悟两句。曾经以为自己找到良人，以为能相伴到老，可是："男人多会算计，所有对你的好都带着功利性质，让你着迷再着迷，最终沉没成本加了又加，账都算不清。"

晚嘉给她添茶："但你还是挺果断放弃了，那这段经历其实也不算沉没成本，可能只是回本周期要长一些。"

说完，服务人员过来上菜。

这是家专吃水煮鱼的店，菜上桌时要中气十足说上几句台词，仪式感和尴尬同在。等菜上完，两人尝了尝味道，又在吆喝的气氛中，聊起餐饮行业见过的一些趣事。

两人约的是工作日晚餐，都没在外面待太久，十点左右各自回家。

301

红灯前，晚嘉接到祝遇清打来的电话。接通后，祝遇清问她："在开车？"

"你怎么知道？"

"听见导航声音。"

"哦……"晚嘉打转向灯，调了个头后问他，"你忙完了？"

"忙完了，刚洗过澡。"祝遇清预备结束通话，"专心开车，晚点聊。"

"好。"

这会儿，祝遇清人又在外地。因为约好五月去伯尔尼，所以他工作都堆在这之前，行程一挤，出差当然也就多了起来。

回到湖云堡，晚嘉戴起眼镜，认真停车。一把进还是有点难，但比起之前，压线次数没那么多了。

等停好车她钻进电梯，望着镜面倒影出了会儿神，陡然想起今晚上，从罗念柯嘴里听过的一段话。

罗念柯说："婚姻是爱情的试金石，刚开始什么都想得很好，看过再多不幸的例子也盲目乐观，总觉得自己会是例外，等进了围城才发现满地瓦石。结了婚，感情就变成口香糖，越嚼越淡。"

晚嘉之所以印象深刻，是因为她的情况好像恰恰相反。以消极的状态进入婚姻，带着躲避心理，也有过自贬的瞬间，甚至没想过要投入。结婚前，她对祝遇清没有过粉红幻想，婚后本能地把他神化，而神化的深层意识是拒之门外，是不想了解不愿索取，更不愿付出。

回头想想，他们的婚姻到现在，好像立于一个"幸"字之上，幸运于祝遇清足够坚定，破开她的拧巴和犹豫，最终才在他的带领下，摸索出一套相处之道。

梯门打开，晚嘉走了出去。

从洗头洗澡到吹干头发涂抹面霜，她一气呵成，等电话打过去时，祝遇清隔几秒才接。

"这么久，去的哪里？"

听他声音懒散，晚嘉借口说回来忙了会儿工作："睡了吗？"

"睡过一觉。"

"哦……"晚嘉拉长尾音，慢吞吞问，"要不要视频？"

挂掉转视频，手机画面中，祝遇清刚从床上坐起来。他没戴眼镜加上困意没消，两眼眯瞪着看屏幕，像在找焦点。

晚嘉开始唠扯，说昨天看了林苗苗养的史宾格，又说起林苗苗和顾平乔的婚礼。这一对进展快速，才刚确认关系就见了双方父母，结婚的消息传出来时，惊呆全公司。晚嘉也诧异过，但转念一想，要说快，哪个又快得过她和祝遇清。

屏幕那头，祝遇清身后竖起个枕头，一臂垫着后脑勺，定定看着手机。看她说个不休，看她假装太热，看她拨了拨睡袍，露出细细的吊带一角。

人在卧室，灯没全开，光隙下一双眼波盈盈，她又说去不了林苗苗婚宴，得多花点心思给她挑结婚礼，唠唠叨叨后再把眉一皱："你怎么不吭声？"

"我需要说什么？"祝遇清态度很好，脸上笑意满满。

晚嘉往旁边侧倒："没什么说的，那就挂了？"

"别。"祝遇清笑着制止她，挺了挺上身坐直些，"签证拿到了？"

"拿到了。"

祝遇清目光落在颈线肩弯，笑一声，招来她的眉眼："笑什么？"

当然是笑她："今天这么热情？"又问，"这套衣服是新买的？没见过。"

热辣的视线中，晚嘉拨下点头发，挡住红掉的脸。她不像他，调情手段说来就来，但相比以前，已经要大胆得多。这种其实很没安全感，浑身不自在，生涩和别扭。

想玩挑逗游戏，似乎还有待修炼。晚嘉换了个姿势，离开被窝，整个人趴在床上："我觉得你说错了，孙晋不是玩家。"

"是吗？"祝遇清配合她东拉西扯，两眼盯着她，"怎么看出来的？"

晚嘉抓着被单，把自己的所见和猜测给说了一遍。

祝遇清耳朵听着，眼睛却看向她高高交叉的两只脚："他前女友里有一个处了好长时间，差点结婚，后来他就有点变了。"

晚嘉一想，大概就跟这个有关了。孙晋八成是被伤到所以误入歧途，表面游戏人间，其实是找疏解方式，寻求慰藉。

屏幕暗了下，对面的祝遇清补一句玩笑话："当然，也可能是你朋友乱了他心，让他没有继续玩的心思？"

晚嘉刚刚抹了把脸，再看对面，他眉峰不动，但把灯给摁得只剩床头那盏，眼眉之间明暗，跟她视线撞在一起，喊了她一声。

夜把音波放低放慢，搔弄耳穴，像有一股气息隔屏吹来。晚嘉心跳踉跄，她咬住唇角，眼前这人长得斯斯文文，也有坐怀不乱的气质，但同时藏着不正不经的坏心。

转眼五月，夫妻两个飞往伯尔尼。

落地的那阵天气好得不像话，两位老人等在家门口，下车起就朝他们招手。外公身体要好一些，扶着老伴走下楼梯。

"外公，外婆。"晚嘉跟着打招呼。

外婆微微佝偻，花白的短发，穿一件杏色外套，脖子上系了条湖蓝领巾。外公鼻梁上架一副眼镜，气质温雅清儒，像行走在香港街头的老绅士。论起长相，祝遇清还是跟外家亲戚更像一些。

"照片看了好多回，终于见到本人了。"外婆朝晚嘉伸出手，冲她又点头又笑。

站门口寒暄两句，一家人进了屋子。

他们祖孙用粤语交谈，两位老人国语不太流利，好在本身说话就慢，晚嘉连听带猜，也不怎么用祝遇清翻译。

房子棕瓦白墙，前后都有花园，适合老人平时散步。祝遇清和晚嘉住楼上，当天晚饭后，陪着在前面花园逛了逛，说不尽的话。

第二天早上，晚嘉吃到外婆亲手做的石磨肠粉。

餐桌上，外婆把酱汁推过去："阿女，食多啲（嘉嘉，多吃点）。"

"谢谢外婆。"晚嘉笑着道谢，吃了几口，说跟羊城的一个味道。

吃完早餐，她把之前在羊城拍的照片视频找出来，放平板里给老人家看。

"好久没回去，真的大变样了。"老人把照片放大，角角落落地找着记忆中的故乡模样。虽然照片网上也有，但来自亲人的实拍，总是更让人亲切些。

看过一段老龙船的视频后，外婆指了指门外的祝遇清："上回看到，还是这衰仔找别人要的图片，糊弄我们。"

里面聊里面的，祝遇清跟外公在外面晒陈皮。老人家存了好久，本来打算跟茶一起炒，现在匀出一部分，拿来煲糖水煲汤。

铺完陈皮后，晚嘉出来了。阳光移动，祝遇清也把笸箩往旁边推了推，推完见晚嘉盯着他的手看，不由得起身捏她的脸："看什么？"

"你大拇指还骨折过？"晚嘉把他手拿下来，在太阳底下照了照，似乎想看出点骨折后的痕迹。

"外婆跟你说的？"祝遇清问。

晚嘉点头，在他虎口摸了摸："痛吗？"

多少年的事了，祝遇清活动下关节："不记得了。"

假期整七天，这几天除了陪老人，夫妻俩也没少出去逛和玩。

伯尔尼老城区，满街的中世纪建筑，晚嘉跟着祝遇清穿过地下拱廊，进古着店逛过，再看红色的有轨电车缓缓驶过，感受别样的悠闲。

他们登上玫瑰园，坐在山坡上晒太阳，余晖洒下来时像旁边坐着的情侣一样，依偎亲吻。

看完日落的转天，两人去泡温泉。五月的天，国内有些地方已经准备入夏，而伯尔尼仍有春寒，满眼新绿，还是泡温泉的好时候。

换完泳衣，晚嘉收到姜姜的微信。

孩子很激动：婶婶我记起来了，咱们以前真的见过！

为佐证这一说法，姜姜还找出几张照片发过来。

晚嘉点开看，是年纪更小些的姜姜，而姜姜旁边那个人鱼扮相的，晚嘉再熟悉不过。她怔好久，搜刮脑子努力回想，可当初扮人鱼时在水里虽然能睁眼，但由于水密度的关系，不戴泳镜的时候，其实缸外只能看见一点模糊的轮廓。所以，他曾经站在哪个地方看过她？

寻思间门被敲响，祝遇清问："还没好？"

"唔……"晚嘉想了想，"我迟一点，你先去。"

"怎么了，不舒服？"

"不是，上个洗手间。"

"那我在外面等你。"

"不用，"晚嘉拒绝他，背身坐到凳子上，"你先去，试试水温。"

她坚持，祝遇清也没再说什么："好。"

他离开后，晚嘉抱着脑袋拼命回想，最后依稀记起那么一个人，脸包得严严实实的，卢彤还说是个酷哥，也可能眼睛做过手术见不得光，所以才那样打扮。原来，就是他吗？

被这一出给耽搁，十几分钟后，晚嘉才出现在温泉区。

这一带的池子没什么人，就祝遇清靠在岸边喝东西。

晚嘉解开浴巾，慢慢探进池中，等全身沾水，从另一头朝他游了过去。曲线跃动。人到跟前，鱼一样游进祝遇清怀里。

"你平时游泳也这样？"祝遇清撩起她的头发。

晚嘉四周看了看："怎么没人？"

"本来也不算旺季，包个场不难。"祝遇清拿起饮料喝一口，扣住她后脑勺，亲过去。

温泉水包住腰腹以下的位置，一点也不冷，晚嘉两腿缠住他："你总大手大脚的，这样不好。"

"怕什么，反正签了婚前协议，就算我把家底挥霍光，你也还能潇洒。"祝遇清逗她，又半真半假地问，"万一我破产，不晓得老婆会不会跑掉，还是说……我也能有个同患难的人陪着，东山再起？"

晚嘉笑微微："我可以包养你。"

祝遇清哑顿下，很快亲亲她的脖子："那我有福了，也能过过手心向上的日子，在家伺候你。"

晚嘉摸了摸脖子，靠到他身前。

往事就像这温泉上空蒙蒙的雾，隔着一层，她好像参与过，但自己记得不清不楚，稀里糊涂地，始终觉得缺一份存在感。然而靠得这么近，四肢百骸的暖意无比真实。

她圈住他的腰："其实那天，你真的吓到我了。"

祝遇清带着她往旁边靠了靠，低头看她："什么？"

"上来就提结婚，你到底怎么想的？"

原来是说这个，祝遇清想了想："大概因为，我想持证上岗？"

又不正经，晚嘉想掐他，但想起那几张照片，又扑哧笑开。她笑得舒眉软眼，引得祝遇清看了好久，最后摸着她的脸："我想过你会当我有病，也想过怎么才能证明我没病。"

晚嘉被逗笑，抬眼看他满目正色，支起腰来，在他下巴亲了一口。

迟来的记忆，结合眼下这份温柔的亲密场景，悸动在胸口微微振翅，她在这温泉池中舒展开来，确定自己进入一场浪漫化的叙事。

人在水中，心上云端。

从伯尔尼回来不久，京北开始换短装了。

晚嘉生活简单，工作加班或同事聚会，闲下来了，也会去卢彤店里帮忙。

祝遇清接手 E.M 几年，还没到可以放松的时候，所以工作上仍然高强度。只是已婚男人回家有个准数，偶尔跟朋友聚会喝几杯，也有早溜的借口，回家过过二人世界，新婚宴尔，昵情还浓。

中秋前，两人去看 Brandon。

一年老过一年，Brandon 眼睫毛都白了，前段时间旧症发作，严重的时候小便都排不出来，去医院打了封闭针，最近又有肌无力症状，食欲减退，浑身也软绵绵的。但即便这样，见到祝遇清的时候还是兴奋起来，强打精神想跟他玩。

这回祝遇清没再带着到处跑，在院里支个帐篷，晒晒太阳喂点吃的，再摸摸毛发，等狗子睡着才回。

想起 Brandon 拖着后肢的样子，晚嘉心里难受，离开时跟祝遇清说："以后多来看看它吧，它肯定很想你。"

祝遇清攥攥她的手："好。"

转眼中秋，两人再回老宅吃饭。

余松夫妇年底生了二胎，孩子叫嵩嵩，正是学走路的月份。辈分上论，是晚嘉的小表侄。

嵩嵩戴顶灰色的小老头帽，口水巾上印着"广告位出租"五个大字，见谁都咧嘴笑。

见孩子可爱，晚嘉在旁边看了会儿。

这么大的孩子好奇心正强，处在动手敏感期，看见什么都要摸一下。他爬到晚嘉旁边，把手搭她鞋上，指甲还抠了两下，再朝她昂头一笑，露出米粒大小的牙齿。笑容持续两秒，又因为平衡力不行，脑袋带着身子，往地毯滚了半圈。

小不倒翁多可人喜欢，晚嘉一直盯着看，余松老婆把孩子扶起来，她没敢抱，只敢捏捏肉脚，手指带着晃两下。

晚嘉玩了一会儿，被祝如曼叫上楼。

祝如曼最近开始做线上，在某宝开了店，又弄了个短视频账号一起录视频，今天特意带几套衣服，想找晚嘉试穿。有件外套是从老书上学的裁剪，倒大袖、立领的民国风。

祝如曼接了头发，长度到腰下还漂了个浅金色，跟晚嘉穿同款的两个颜色，拍两种风格对比。

拍完照片和视频，晚嘉再回到楼下时，看见祝遇清脸上多出道创可贴。

"怎么了？"她走过去，闻到药味。

祝遇清摸摸脸："没事，被划了下。"

"什么划的？"晚嘉觉得奇怪，踮脚想仔细看，被祝遇清拍拍头，带饭厅去了。

到吃完饭才知道，他抱小侄子玩，逗得开心时小孩往他脸上抓了一把，还不是指甲抓的，因为孩子手里当时还拿了个塑料叉。

"这么大的孩子手上没个轻重，高兴起来跟猫一样不是打就是撕，我都不敢抱，你还挺没数。"邹芸绞着眉头数落儿子。

"八成看人家有娃抱，馋呗。"祝如曼推了推穿戴甲，递到晚嘉眼底，"嫂子，这个图样喜不喜欢，我给你也做一副？"

晚嘉哪有心思看她的指甲，笑着敷衍两句。

聚完离开，路上她拿手机去照祝遇清伤口，见有深红痕印还破了皮的，足以看出力气有多大。这要是抓到眼睛，后果难以想象。

"戴着眼镜，不会的。"祝遇清冲她笑。

他轻描淡写，晚嘉一阵后怕："破相了。"

"过两天就消了。"祝遇清把手机灯盖住，"刺眼。"

等回到家，祝遇清洗完澡后，晚嘉拿了药箱重新替他消毒上药。擦过碘伏后，伤口颜色更深了些，看着有点吓人。

上过药她去洗了趟手，回来时见祝遇清一本正经端着手机，弯腰问："看

307

什么？"

"治疗记录，Brandon 的。"

"怎么样，好点没？"

"有好些。"祝遇清支开一条腿给她坐，"做了 X 光诊断，没有食道扩张。昨天做了针灸，今天排过小便。"

晚嘉杵在他怀里，听他念着治疗记录。一个喜欢宠物的人，爱抱孩子也没什么奇怪的。

正出神，一只手圈到腰前："在发呆？"

晚嘉回神："想点事。"

"什么。"祝遇清脱了鞋，带着她向后躺。

晚嘉侧过身，手指从他眼眉摸过去，最后搁在创可贴旁边："妈有没有跟你催过生孩子的事？"

祝遇清看她几秒，声音里沾了点笑："没有。"又弯起指节蹭她下巴，"别想太多，我不着急。"

"我才没想。"

"那是我想多了？"祝遇清拥住她，开始在她耳朵边说话，痒痒的。她羞又恼，在他手背狠狠拧一把。

下半年，晚嘉公司连传好讯。先是签了几个大单源，再是获得 A 轮融资。引入的资方实力雄厚，能给的不只是钱，还有资源上的帮助。

获得充分的现金储备后，平台发展随之进入快车道。业务量起来，团队扩招后原来租的办公室已经不够用，行政重新选址，换到了上一层更宽的空间。

融资是对业务模式的认可，更是对团队最直接的肯定，作为创始成员之一，晚嘉很难不振奋。组织架构重新梳理，她手下的人增多，管理幅度也宽了些，所以后面的小半年都忙于带团队。

很快又到年关，各种会议活动堆满，晚嘉忙忙叨叨，加班更成了常态。

这天夜里，祝遇清来接。晚嘉坐上副驾，打开他递来的纸袋子，里面是一杯澳白和三明治。肚子挺不争气，闻见香味就叫了两声。

祝遇清睬她："晚饭又没吃？"

晚嘉有些心虚，小声说："那时候不饿……"

祝遇清收回目光，把车子开出停车场。

灯带如虹，车速平稳。

晚嘉喝着咖啡，咬了几口三明治后，手机进来微信。她划屏，点进去看了好一会儿。

正好十字路口，祝遇清刹住车，见她连咀嚼都慢下来，开口问："什么消息？"

"一位同事发的……"晚嘉有些不好意思，把屏幕侧翻，给他看了看。

信息来自团队新招的实习生，刚入职场，跟甲方和猎头沟通时总是畏怯，迟迟不能进入工作状态。眼见同一批实习生陆续成单，而她跟进的职位几次到了终面都没通过，因此更不自信，甚至有过辞职的念头。

组长把情况反映上来后，晚嘉及时介入，找她面谈过几回。分析原因，练习话术，再分享经验，给予充足鼓励，后面也一直留意情况。其实职场新人的问题都大差不差，至于能否克服，上司和同事的原因只占一部分，进步取决于本人有没有努力的心，有没有坚定的劲。所幸的是，这位实习生两月前成功交付一个综管岗位，且人选已于今天过保，奖金也当面发到她手里。

而今晚的这条信息，字里行间全是对晚嘉的感谢。为她的成长，晚嘉高兴且动容，亦再一次深刻体会带团队的成就感。只是仔细想想，这份成就感又有些像自我感动。

祝遇清看她，再看眼咖啡："给我喝一口。"

晚嘉递过去，手伸长时突然看到杯口的斑驳："等一下，有口红印。"

她抽纸想擦，咖啡已经被祝遇清给接住，他倾斜杯身喝了两口，转手还给她："又不是没吃过，这点算什么。"

"嗳！"晚嘉立马眼睛打他一下，"能不能说点正经话。"

"当然可以。"计时器开始倒数，祝遇清踩住刹车，"成就感这种东西，哲学上来说是人生体验的归属，心理官能学上来说，是在社会里生存和进化出的情感补充，所以它有它的意义，而创造意义，是人生的重要性。"

绿灯亮起，车子起步前，他伸手摸了摸晚嘉耳朵："所以你就是很好，很值得别人的感谢，更值得替自己骄傲。"

正经话听完，晚嘉靠回椅背。她按祝遇清的引导想了想，刚才之所以会觉得是自我感动，大概是先肯定再否定的心理。这是一种摇摆的挣扎，但当下的感悟，不应该被否定所压制。

慢慢啃剩下半个三明治，晚嘉嘴里嚼着土豆泥和培根，看了眼祝遇清。他扶着方向盘，有薄而挺的鼻梁线条，镜框被车外灯群照出点流光。

婚姻是世俗关系，而这段关系中的耐心倾听和正向肯定，无疑是让人欣悦的。

开进小区驶入地库，车厢暗下来，晚嘉问祝遇清："你也有类似经历吗？"

"没有，"祝遇清往库线前开出一段，再打倒挡，方向盘慢慢回正，"我底下基本是老油条。"

"喔……"晚嘉擦擦手,解开安全带。不同的管理位置应用不同方法或手段,她这头的帮扶和关照,到他那里,估计更多是对付和牵制。

走进电梯厅,晚嘉随口提了句:"我下周要出差。"

"周几?"祝遇清揿住梯键。

"周二。"

"去哪里?"

"深市。"晚嘉嚼着最后一口三明治,折完包装纸,见祝遇清看着自己,"怎么了?"

祝遇清跟她对看:"挺巧,那天我也出差。"

梯门打开,两人走进去,晚嘉问他:"你去哪里?"

祝遇清把她的包换个手拎,略一思索:"沈阳。"

一南一北,离够远的。

"那里好像挺冷,你多带点衣服。"晚嘉咽下嘴里吃的,顺手把包装纸塞进他裤袋。

周末两天,周六,晚嘉跟祝遇清去看 Brandon,到周日,她陪祝如曼拆头发。

祝如曼接发已经两个多月,自己头发长出一截,得拆了重新接。她做的是羽毛接发,有弹性的细线一圈圈绕上去,再打个复杂的结就算完工了。

一人接发,两三个人忙活。自己做上生意后,祝如曼很有经营意识,让晚嘉帮她把过程拍下来,发微博给粉丝看,既是分享日常,也刺激评论和互动。个人品牌建设就是这样,一来二去,和粉丝拉近距离,形成信任。

只是跟汤羽不同,她不掩饰自己性格。比如实时视频里有人说曾经接过头发,拆下来时候发现头发末梢有白点,因此断定是死人头上拔的,劝她不要接。

为此,祝如曼直接从脑袋上薅了两根头发,指着发根问:"有没有一种可能,这个白点是你自己头发上的?"

还有人说她富三代有钱,问店里衣服能不能免费送,她回答:"我是有钱,不是有病。"

回完微博消息,祝如曼手指拨来拨去,点进某个界面时,视线在屏幕停留好久,像在走神。

晚嘉上趟洗手间回来,见状问了一声。祝如曼滑动屏幕:"店里刚上的新品,有人全买了。"

这不是好事?晚嘉奇怪看她。祝如曼吊一下嘴角:"汤正凯买的。"

晚嘉微怔:"他回来了?"

祝如曼摇头。汤正凯生母是中法混血,他现在跟外家走得近,而且听共同的朋友说过，有可能很久都不会回国。

年少时相互用过真心的人大概会记上很久，晚嘉陪着祝如曼沉默了一会子，又继续说笑。

到周二，她收拾东西出差。参加的是一个行业论坛，在场不少知名猎企，还有名企大厂的人资高管。

猎引很重视这场合，梁进伦亲自带的队，还上台领了个奖。

一行人满场奔走，茶歇间隙，晚嘉回了祝遇清几句微信。

论坛共有两场，等到结束，天边已经刮红了。下到酒店一楼，晚嘉和同事交流过刚才的新鲜事，再又打开点评网，商量去哪里吃饭。

走出大堂时，同事忽然拍拍晚嘉肩膀："快看，那是谁？"

注意力从手机上移开，晚嘉朝前挑了一眼，意外看见祝遇清。梁进伦走在最前面，比她早发现祝遇清，已经上前打招呼去了。

过没多久，晚嘉在一众暧昧视线里走过去。他说去沈阳肯定是骗人的了，她正色："什么时候来的？"

"也是今天。"

"怎么知道我在这儿？"

"你们梁总朋友圈有定位。"祝遇清笑着看她。

深市好天气，她穿浅咖衬衫，前面飘带打了个结，头发波浪弧形，干练里有点到为止的媚，低饱和度的衣料下，人由内到外的饱满。

烈日收起最后一丝橘黄，夕阳下，人眼里，确实在发光。

婉拒梁进伦一起吃饭的邀请，祝遇清把晚嘉带上了车。

福田和南山毗邻，但深市堵车严重，光香蜜湖一段就走了将近二十分钟。等到吃饭的地方，经过大厅时，已经是爆满状态了。

来的是一家新派粤菜馆，吃到菜脯蒸马友鱼时，晚嘉想起经伯尔尼的老夫妇，遂拍了几张照片发过去。时差六小时，伯尔尼刚过中午，消息回得很快，聊几句后打起视频，晚嘉起身拍夜景。

也是曾经打拼过的地方，两位老人边看边聊，不停感慨跟以前越来越一样。

因为这通视频，晚饭耽误得有点久，关键吃完后，晚嘉又说要回去。刚出包间，祝遇清想了想："你一个人住？"

"跟同事一起。"

"这么节省？不是拿了融资？"

"那也不能乱用资方的钱，而且酒店房间宽，一个人住着也怕。"晚嘉说。

视线调转，祝遇清牵住她："散散步吧，晚点送你。"

到停车场，他拿了钥匙让司机回去，自己开车。

南山近港，一些支路也窄出香港的感觉。晚嘉在副驾坐着，眼观六路，感觉这种道如果给她开，她肯定要出一身汗。

到地方时，公园过了可以上山的时间，二人就在山下走走。现代化都市大都逃不出钢铁森林的错觉，但这里也有属于海边城市的浪漫。栈道有人夜跑，遛狗的也不少。大段的沿海区域没有围栏，海堤和石块就在旁边，风吹得有点冷，晚嘉披上了祝遇清的外套。

闲聊向来都没什么边际，牵手走着，到半途，晚嘉提了一嘴祝如曼和汤正凯的事。祝遇清看起来没当回事，只说："他们还年轻，不着急给关系下定论。"

晚嘉好奇他的态度，追着问了两句，祝遇清无奈："真到那一步，你觉得我挡得住？"又觉得不对，停下来捏住她的脸，"怎么在你眼里，我好像特别不近人情？"

"怎么会？"晚嘉被迫抻着脖子，给他顺毛，"你特别有人情味，真的。"

哄人哄得浮皮潦草，祝遇清好笑地凑过去亲一口，待要继续往前走，晚嘉拽他朝反方向："该回去了。"

"快后半夜了。"祝遇清敲敲表盘再看她，话里意思明白得很。合法夫妻，就算在外面过夜也没什么好怕的。

晚嘉摇头："不行，明早有拜访。"

今天谈了几个特别有意向的企业，明确约过明早的拜访，她不能迟到，更不好分开出发。

因为晚嘉坚持，所以车子最终还是往她所住的酒店开去。这个点的路况比来时顺利不少，很快就到了地方。

"送你上去？"祝遇清问。

"不用。"晚嘉松开安全带，"你明天不是也有行程？早点回去休息吧。"说完她主动送个吻，打开车门走了。

走到行车线对面，晚嘉回头看了眼，祝遇清还停在原地，一手搭在车窗，目光笔直追着她，动也不动。

"怎么还不走？"晚嘉问。

"等你进电梯。"祝遇清笑笑，眼里光色溶溶。

晚嘉抓着包带，突然觉得自己才是不近人情的那个。她埋头朝电梯间走，没两步又往回奔，小跑着，很快回到对面。

"落东西？"祝遇清朝副驾看一眼，正想按亮顶灯，后车门忽然被拉开，接着有人坐进去。

他转身："不回去了？"

"要回。"

"那？"

晚嘉脸上飞了一层红。祝遇清眼里慢慢浮起笑意。

晚嘉回到房间，同事已经睡着了，她摸进浴室。

洗完后，人困得像要断片。晚嘉躺进被子里，手机刚好看到祝遇清发的消息，说到住处了。她被困意糊住，牵着眼皮回了个"好"字，很快睡过去。

年尾日子数着过，深市之行后的个把月，到了春节。夫妻两个回到阳康，到大年初三，去高鸣家吃饭。

高鸣做饭，晚嘉和余瑶到楼下买车厘子，冰柜里发现小时候吃过的三色雪糕，怕带回去馋到细细，于是躲单元楼道分吃。

冬天吃雪糕，嘴巴是畅快的，四肢是僵冷的。晚嘉把领子竖起来，边吃边跺脚。

"这么冷吗，今天还出太阳了。"余瑶摸了下她的高领毛衣，发现里面还有一件打底衫，"你穿好多。"

晚嘉舔干净木勺，扔掉后赶紧把手缩进袖子里。她看了眼天边的日头，也暗自嘀咕，觉得最近特别怕冷。

进电梯，晚嘉突然觉得肚子有点坠坠的，下腹隐隐发痛还有酸胀感。

"怎么啦？"余瑶瞧她。

"肚子有点不舒服。"

"大姨妈？"

晚嘉算算日子："可能是。"

回到楼上，余瑶第一时间找了姨妈巾给她。

因为刚刚吃了冷的，又担心她痛经，药箱翻出布洛芬，等人出来后问情况。

晚嘉摇头："可能是冰激凌吃猛了，没来。"

客厅方向，祝遇清跟细细在看电视。电视上放的是少儿频道，细细穿着晚嘉挑的羽绒外套，喜庆的正红色，穿上更显得一双眼睛活灵活现。她甜甜地喊了声"嘉嘉姨"，把手里的星球杯让给晚嘉吃。

"我不饿，你吃。"晚嘉倒了一篮车厘子去洗，进厨房前还叮嘱祝遇清，"别给她开这个了，甜的挡饭。"

厨房温度更高些，厨子刚烧出一锅干丝汤，拿碗盛了点，让晚嘉试味。晚嘉尝一小口，干丝软熟，但有浓重的豆腥味返喉。

见她皱眉，高鸣穿着围裙走过来："不好吃吗？"

313

"你是不是没汆水？"余瑶问。

"汆了啊，还加过料酒的，不会是腥吧？"高鸣凑到碗边闻两下。

晚嘉摸着胸口压了压那股味道："没事，稍微有一点，不影响。"

到吃饭时间，菜色满当当摆一桌子。

高鸣手艺其实不差，做的菜色相也很好，但可能是吃了冰激凌的缘故，晚嘉觉得很饱，全程没怎么动筷子，那道干丝更是没再碰。

吃过饭，晚嘉和祝遇清下楼回家。电梯里瞎闹，晚嘉把自己的包包挂到祝遇清身上。

女包男背，不伦不类之余，还有种反差的优雅。她乐不可支，还评价一句："像柜哥。"

像就像吧，"柜哥"背着她姜黄色的链条包，偎偎傥傥走出小区，拉门开车。

晚嘉坐上副驾，手机跳出一条消息：你大姨妈多久没来了？

是余瑶发的，晚嘉愣了下。具体日子她不记得，于是打开手机界面的健康软件。手机早有自算功能，不用掰着指头数。两个数字直直戳到眼巴前，晚嘉后知后觉，这个月确实推迟得有点久。

她迟疑着，把天数报给余瑶。余瑶很快发来回复：我刚刚就想说的，要不然，你买个验孕棒明天测一下？

跟余瑶聊过，晚嘉一路恍惚。回家后，她找扔垃圾的借口，跑药店买了验孕用品。

当天的晚饭，仍然食不知味。

下饭桌不久晚嘉去洗澡，顺便把验孕用品塞进洗手台柜筒，再拿黑色胶袋掩住。柜筒里放的是卫生巾，家里只有她用，所以不担心会被发现。

站在取暖灯下，热水氤氲之时，晚嘉想起车库那夜，难不成……真中了？

洗个心不在焉的囫囵澡，晚嘉吹干头发，回了房间。打开手机，在网页和社交平台之间切换，不停搜索怀孕症状，搜索"中奖"的可能性。

她就这么惘惘地划了半个多小时后，祝遇清也回房睡觉。他掀开被子坐进来，晚嘉抿了抿嘴，把手机屏幕反扣，由侧躺改为仰面，一下闭上眼。

祝遇清笑下："怎么了？"

"看你不顺眼。"

"那就不看脸。"

祝遇清伸手把灯关掉，房间光线暗下来，他两臂撑在她上方，唇面才辗转几秒，她吸着气往外躲："别……"

声音有点虚，想起她今天胃口不好，祝遇清手往上，改为贴住她的小腹："来月经了？"

"没。"晚嘉屈起一条腿防住他，"就是困了。"又讲道理，"明天还要回去的，早点睡吧。"

确实定了明天回程的，祝遇清把她头发轻轻掖到耳后："好。"他翻下去，两人各据一边。

灯关了，空调也没开，夜的安静被毛毯吸附，呼吸也轻得听不见。晚嘉盯着房顶，心绪复杂。半晌她转身，往祝遇清怀里挤。

"冷了？"祝遇清抱住她，扯住被子边，摸摸耳垂温度。

晚嘉没说话，栽在他怀里拱两下。

祝遇清发觉不对："心里有事？"

"没有。"晚嘉很快否认，但又发出些无意义的低吟，声音很小很小，还被枕面吃掉一半。

祝遇清把她搬到身上，缩着下巴看她，眼里多少带点警告。

晚嘉跟他对视，突然笑出声，人往旁边一滚，不讲理地占掉他躺的那半边："我真的要睡了。"

祝遇清被挤开，伸后把她拽过来，调整抱人姿势，轻轻拍她的背。晚嘉本来不大睡得着的，但在他手心拍抚下徐徐沉倦起来，慢慢盖住眼皮。

第二天早晨，晚嘉悄悄爬起来，往卫生间去。

母亲姚敏已经在厨房忙着，见她起了，问吃粉干还是馄饨。晚嘉想了下："馄饨吧，喝汤舒服。"说完她钻进卫生间，把柜筒里的东西拿出来。

天还没有大亮，客厅有点暗，整个房子的声音都来自厨房那台抽油烟机。

过个十来分钟，卧室里的祝遇清醒了。他翻身本来想下床的，但床沿只有一双紫色，鞋面带两个毛球的拖鞋。扫一眼门开了，早起的人走进来。她慢吞吞挪着步子，看着有点恍惚，好像还带着钝钝的困意，拖鞋穿的是他那双，走的时候脚后跟一跳一跳的。

"怎么了，不舒服？"祝遇清把人拉过来，伸手摸她额头。

晚嘉把他手拿下来，往里面坐了坐，再把刚刚拍的照片给他看——深深的两条杠，强阳性，怀孕的可能性高。怕他看不懂，她又往左划拉，把另一条验孕棒的结果给他看，上面清楚写着数字：4～5周。

祝遇清一下坐直了，目光在验孕棒界面逗留好久，最后揉两把眼皮："去趟医院？"

医院选的就近那间，大年里人不算多，抽完血后半个多小时，结果就打印了出来。

报告单到手，两人又回门诊听医生解读，确实怀孕。

出来后报告单仍然展开着，祝遇清愣愣地盯了一阵，握住晚嘉的手：

"你……感觉怎么样？"

他说完话才转过来，喉结几番提动，起势不停，晚嘉忍不住笑了。她还没怎么感受到激素波动，这人已经现了点傻态。

"我没事，别紧张。"晚嘉伸手摸祝遇清的下巴，他今天胡子没刮，稍微长了点硬茬，摸起来有薄薄的粗粝感。她说话很轻，祝遇清包住那只手，一双深浓的眼渐渐安煦。

只是有结果是一回事，该谈的还是得谈。

医院椅子冰冰凉，祝遇清把晚嘉带到怀里，替她搓两下手："这事，你怎么想？"

"嗯？"晚嘉支起眼皮。

"生育权在你，不该由我决定什么。"祝遇清说。

晚嘉瞄他："意思是全听我的？"

祝遇清点头："当然。"

晚嘉目光不动，认真看着眼前这个男人。他也静静回视，眼里波平光静的，好像已经压下心潮。他尊重她，她清楚。

走廊有大着肚子的孕妇在排队，也是丈夫陪同。护士在分诊台交接工作，声音不大，环境比平时安静。

晚嘉想了想，牵着祝遇清的手放在小腹："我如果说不要呢？"

祝遇清手指不敢动，喉咙轻滚了下："那也得辛苦你，受一趟罪。"

"受一趟罪，说得轻松。"晚嘉哀怨地顿了下，瞥他，"那看来你也没多期待当爸。"

"怎么会？我高兴还来不及。"祝遇清手指微动，在她小腹轻轻打圈，温声说，"只是你的想法最重要，别被任何人左右。"

晚嘉垂下眼。结婚一年多，孩子来得不早也不算晚，只是出现在计划之外，确实让人有些无措。她叹气："怀都怀了，留下吧。"

抬头，祝遇清近乎出神地看着她："确定？"

"嗯，确定。"

良久，祝遇清笑了笑，嘴角高高吊起："好，那我们留。"

既然决定留，长辈就不用瞒了。消息到了姚敏耳朵里，她格外高兴，眼眶子都发烫。之前这事她提过，但每每被女儿糊弄过去，所以哪怕是心里惦记也不敢再啰唆，这下子，心可算是稳了。

对女儿女婿，姚敏千叮万嘱，头三个月不能跟外人说，更不能拿剪刀利器什么的。一箩筐的老规矩讲完，又催着回京北做B超，说那边的医院更信得过。

于是阳康只多待了一天，大年初五，夫妻两个回到京北。

B超诊断标准更高，但得孕5周以上才比较合适，而晚嘉勉强够这个标准。她在网上查过，有人太早做B超，因为照不到孕囊而被怀疑宫外孕，让打保胎针之类的，所以进检查室的时候，心里忐忑忑忑。

检查在兆康做，约的一位超声老专家，仔细看过后，说胚胎成功着床，且胎心平稳。晚嘉长舒一口气。

很快，接到消息的邹芸赶了过来。

看见超声单子，邹芸眼里有情绪流动着，浑身一股说不出的喜劲。她拿着单子，问晚嘉吃饭没有，很快又改口："先回家吧，吃什么我让人做，你多休息休息，外面风大。"

听出家婆喉咙哽塞，晚嘉真真切切感受到，一个才刚萌芽的小生命对两家人的影响。只是突然变成孕妇，被投入大量关注，她怎么都会有些不适应。

复工后，邹芸每天安排司机给晚嘉送饭，顿顿还有补汤和糖水，这么喝上一段时间，晚嘉感觉脸都松动了。

同样得到新待遇的，还有祝遇清。妻子怀孕后，在长辈嘴里他听到最多的话是："别惹你老婆生气。"

这话听了一轮又一轮，到余松嘴里直接支招。作为过来人，余松告诉祝遇清，孕早期什么都好说，到孕中晚期必须打起十二分精神，方方面面都得伺候周到，眼观六路耳观八方，随时注意媳妇情绪。简单来说，哭了递纸气了伸脸，当丈夫的基本自觉。

当晚，祝遇清到家。吃过饭夫妻两个下楼散了趟步，回来后晚嘉洗完澡再揭掉面膜，坐在镜子前补护肤品。抹完脖子和眼霜，她凑近镜面，左照右照。

"怎么了？"察觉她动作慢下来，祝遇清出现。

"我胖了。"晚嘉盯着镜子里的自己，"这还不到三个月，也太快了。"

祝遇清躬身看她，伸手掐了下脸颊肉："没胖，应该是错觉。"没听见答话，他逗她，"不然过秤试试？"

"不。"晚嘉满脸写着抗拒。

祝遇清靠着妆台仔细端详她，目光刁钻："也许……胖的不是脸？"

心头那么点愁云被他一句搅散，晚嘉瞪他几眼。

说是头三个月保密，实际该知道的早都知道了。

周末做完普拉提，晚嘉去卢彤的奶茶店。

店里正忙，除了堂食单外，平台和小程序也在爆单。晚嘉想帮忙，被卢彤拦住："别别别，你现在多金贵，可不敢使唤。"

她只好退出操作间，坐到天井旁边的位置。

过没多久卢彤做烦了，把外卖平台关掉，和店里员工都透上一口气。

正好罗念柯领着儿子来了，也坐下晒太阳。三岁多的孩子，说话还不流利，而且基本只理罗念柯，不怎么看别人。

晚嘉之前听卢彤提过，孩子有轻微自闭症，这也是离婚时候，男方不积极争取抚育权的主要原因。据罗念柯说，她怀孕时胎盘位置有点低，干脆辞职在家养胎。

那时候别的都不算什么，但孕期高度敏感，一点噪音都觉得烦，心也窄，天天发脾气流眼泪，哭完又觉得肚皮紧绷。

因此罗念柯一直自责，觉得儿子这点毛病就是娘胎里带出来的，是她没有控制好自己，才让孩子有发育障碍。

卢彤原本不懂这些，但最近托孙晋的关系在找专家，跟在后面也听了些相关分析。她起身拿一碟吃的，安慰罗念柯："医生都说了，造成发育障碍的原因有很多，不一定就和母体有关，你别往自个儿身上揽责任。"说完，递了块杏仁糖过去。

三人都停下没说话，看着孩子吃。他很投入，好像眼里只有这块糖，周遭的人声、店外自行车的铃铛声，全部跟他无关。

闲聊几句，罗念柯问及晚嘉的孕况，笑笑说："还是得上班，就算怀孕了也不能脱离职场，不能没有交际。"

卢彤一乐："她才舍不得脱离职场，你瞧她像怀孕的人吗？"

罗念柯看晚嘉两眼，缓缓摇头："确实不像。"

"就是嘛。"卢彤嚼着块芝士，朝晚嘉挑挑眉。还没显怀是一个原因，腰身细溜溜的，加上嘴角弧度和体态上的松闲感，整体状态都跟孕妇不太搭边。

她嘀咕："倒是祝总，当了人夫马上又要当爹，孙晋说的，现在看他都有一种慈祥感。"

晚嘉愣了下，很快被这种形容引得发笑。慈祥感，什么破词。

入夏，晚嘉也到了孕中期。天气热起来时，她跑去出差，跟进了一个博览会。

参加的是人资博览会，由当地政府牵头，规模很大，猎引也争取到了不错的展位。

这趟出差，前前后后将近一周，而且白天接待客户，晚上还要汇总出展情况，所有人都累得不行，回酒店几乎倒头就睡。

到回程那天，还没登机林苗苗就开始跟顾平乔打视频，等落地出了航站楼，她立马朝顾平乔奔过去。小别胜新婚，林苗苗抱着老公就亲了两下，弄得顾平乔老大不好意思。

祝遇清也来了，他今天穿得很休闲，蓝白条纹衫配牛仔裤，朝晚嘉微笑，眼神聚光。只是很莫名其妙地，晚嘉心中陡然浮出一股陌生感。别说跟林苗苗那样当众亲热了，牵手的时候她都差点躲开，到祝遇清给她拉车门时，她更是干巴巴蹦出一句"谢谢"，别提多客套。

　　车子一路慢驶，到了新家。

　　新家是这周刚搬的，离她公司更近，面积也更大。拉开窗，外边一片绿野，明明该令人耳目清旷的，可不知怎的，晚嘉感觉哪儿哪儿都不对劲。

　　吃完饭，祝遇清问要不要下去散步顺便熟悉环境，她拒绝了。

　　从浴室出来，晚嘉坐在镜子前。发油抓到一半，她突然开始翻抽屉。

　　"找什么？"祝遇清走过来。

　　"我的梳子，找不到了……"晚嘉说。

　　"什么样的，颜色？大小？我帮你找。"

　　"我自己来。"晚嘉离开凳子，脸都快埋进最后一格抽屉，声音带着点埋怨，"以前就放台面的，给我收哪里去了！"

　　翻找无果，她推上抽屉，毫无预兆地，两层泪花蒙上眼睛。见她哭了，祝遇清也蹲下来。

　　"怎么了？"他问。

　　"梳子，那把我用了好久的……"晚嘉喉咙哽着，眨一下眼，眼泪沿着面颊滑到下巴。

　　那泪珠子像砸在心尖，祝遇清心里发紧，把她从地上抱到床上，揽在腿上哄了好久，最后给她擦掉眼泪："先坐一下，我来找。"

　　他起身，先是把化妆间扫视一遍，再又开了衣帽间的灯，最后在洗手间的脏衣篓里，找到那把气垫梳。

　　房间灯到不刺眼的程度，祝遇清站在床边，替晚嘉把头发梳顺。分区慢慢地来，把住发根部分，尽量不扯疼她。梳完，他柔声问："发油还要不要抹一点？"

　　晚嘉没说话，但转身抱住他的腰，只是脑袋还垂着，快快不乐。祝遇清放下梳子，摸摸她发顶："不喜欢这里？"

　　"只是还不习惯。"

　　"那再搬回去？"

　　"不用。"晚嘉摇头。

　　孩子和育儿嫂的房间这里都有，搬来搬去太麻烦。

　　安静抱了会儿，她想起自己刚才的小题大做，仰起头问："我是不是很奇怪，很烦人？"

她这样眼巴巴，看得祝遇清很不好受。

"当然不是，一点不奇怪，也不烦人。"他坐下来，帮她顺了顺额前发丝，"所有情绪都向我表达，别藏着，更不要自己生闷气。"

晚嘉把头抵在他胸口，想起罗念柯的经历，又瓮声说："我不喜欢这样，也不想这样……"她怕影响孩子。

"很快就不会了。都是正常的，你别想太多，也别拿它当回事。"祝遇清脱了鞋，拥着她躺下，"何况这根本不算什么，跟余松比，我轻松太多。"

"余松怎么了？"

"挨打。"祝遇清说，"他老婆怀孕的时候，会跟他动手。"

晚嘉微怔："你见过？"

"见过一次。"祝遇清回想，"他鼻子贴了两道胶布，手上还有抓伤。"

这么激烈？晚嘉往被子外钻，接触到冷空气时打个喷嚏，脑袋往下点，忽然凑到他脖子旁边闻了闻："你换香水了？"

她思绪跳跃，祝遇清顿一下才接上："很久没用，怎么了，身上有味道？"他拉开距离，"可能有点汗，我去洗一洗。"

"别洗，挺好闻的。"晚嘉伸腿压住他，说完鼻尖杵到他脖子旁边，猛嗅两下。刚刚还郁郁寡欢的人这会儿缠得紧，祝遇清抱着压在腰上的腿，无奈失笑。

孕中期，晚嘉情绪起起伏伏。按她自己的概括就是没事找事，无理取闹加穷矫情，心比玻璃还脆。白天的时候精力被工作分散，万事正常，但只要私下跟祝遇清在一起，时常能感受到激素波动带来的毛糙情绪。

好在这样状态持续不久，接近孕晚期时，情绪整体平定很多。

这天夜里，晚嘉坐在沙发玩手机，嘴里咬根棒棒糖。祝遇清刚下班，衣服还没脱就过来招她，伸手要抢吃的。她发蛮力，仓鼠一样用门牙咬掉糖体，只给他搜出塑料棒。

"一点糖也舍不得？"祝遇清眉骨微扬。

晚嘉咬碎嘴里的糖渣，得意地哑巴两下，起身去刷牙。出来时祝遇清正在套上衣，双手平举的姿势，腰腹没有遮盖，一眼能看尽三角区部位的肌肉消失点。等他套好衣服，晚嘉过去帮他把下摆拉顺，笑了笑。

祝遇清去饭厅吃了点剩菜，再接一通工作电话，回房洗漱，床上的人还没睡。

"要不要吃点什么？"祝遇清环着她的腰，手在小腹轻轻抚触。

晚嘉说："不吃。"

她晚饭后从来很少吃东西，怀了胎也没有贪食过。祝遇清没再说话，两个人都懒懒地躺了会儿，祝遇清帮她放松小腿，手法娴熟，轻重适中。

对进入孕期的女人来说，伴侣情绪稳定，才是最高级别的人格魅力。这一点，祝遇清始终做得很好。耐心包容，随叫随到，关注她所有的不适。这副好好先生的模样，让晚嘉想起孙晋形容他的那两个字：慈祥。

慈祥一般跟老态挂钩，晚嘉扭身，托住祝遇清的脸。没有纹路，但左看右看，有些不确定地问："你是不是瘦了？"

她这段时期对胖瘦特别敏感，祝遇清没再伺候了，躺回去，鼻腔里懒洋洋应一声："也许？"

晚嘉放开他，忽然微微扩瞳，视线看向肚子。

"动了？"

晚嘉护着肚子："……好像是。"

祝遇清一下坐起来，加个枕头垫在她肩背，目光紧紧盯着肚子。果然半分钟后，肚皮有了动静。

到目前这对父母还没看到过胎儿手脚的形状，但能感觉跳动。据医生说，这是宝宝在吞羊水或打嗝。

"好像在翻身，你摸摸。"晚嘉悄声说着，手往旁边移，给让出位置。

祝遇清手搭上去，屏息间感觉一阵连绵地滚动，眼底慢慢露出笑意。

再过几个月，孕晚如期而至。

整个孕期晚嘉增重合理，产检一路绿灯，孕反也只在情绪上有体现。但她不敢大意，在离预产期只剩个把月的时候，打算回家待产。

休假前开了个会，部门都是年轻人，操心她大着肚子还上班，这时候见她终于肯休息，到底松了口气。

林苗苗直言："晚嘉姐你安心去生吧，这里我们顶着，等你'卸完货'又是一条好汉！"

晚嘉撑着腰笑笑："好。"

等待"卸货"的日子里，夫妻俩有天回到老宅吃饭。人来得多，免不了提起孩子性别的事。

即将四世同堂，祝老爷子笑言："男女都好，都是我的孙。"说完又交代祝遇清，"公司的事能放就放，多在家陪你媳妇。"

邹芸怕生的时候来不及，问要不要提前几天去住院，让人好好照顾着，省得临时跑。

祝遇清摇头："没必要，别加重她的紧张。"

回家的路上，晚嘉斜斜靠着祝遇清："名字取好了吗？"

"没有。"祝遇清毫不犹豫地答过，垂眼瞟她，"又想试探我？"

早在她最敏感脆弱的那段时间，两人就切磋过。问名字这种招数，无非想试探他对儿子或女儿的偏向，而且怎么答她都有话说。

"提前听听不行？"晚嘉有些心虚，又觉得不对，"我这都快生了你还没想名字？也太不上心了。"

"这是我一个人的事？你怎么不想？"

晚嘉一噎，讪讪地摸摸鼻子："我想不出来。"她试图不讲理，扒着他命令道，"你现在取一个我听听。"

"想听自己取。"祝遇清扶着她的腰，但不上她的套。

"随便说一个嘛……"

"不说。"

"……"

来来回回都是这些车轱辘话，乐此不疲。

只是玩笑归玩笑，真到拆结果的那天，谁也没心思关注这些。开始宫缩后，晚嘉很快被送往医院，进入产房。

听到消息，家人往医院赶。祝如曼陪着她妈才到医院，就见她哥直撅撅站在过道，跟他说话，他连声音都听不见。

"妈你看我哥，吓人得很。"祝如曼夸张。

单独的产房，麻师医生助产士偶尔进出，祝遇清脑袋空白，浑身紧绷着，心跳得压不住。他想进去，几次都被拒绝，原因是产妇不肯。

"哥你别添乱了！嫂子肯定不想让你看到她丑样子的。"

"闭嘴，你才丑。"邹芸瞪女儿一眼。

产房外陆续来人，等祝老爷子到了，把纹丝不动的孙子拉回座位："别紧张，不会有事。"

祝遇清想要说话，但舌头僵住了，喉咙也发干，只清楚听到自己咽口水的声音。焦灼透骨，只坐了一会儿他再次站起来，站墙边听里面的动静。分秒都格外漫长，医院冷气开很低，祝遇清后背却起了密匝匝的汗。

不记得过了多久，隔墙听到一个短促的声音，接着慢慢放大，随着产房的门打开，啼哭声准确传出来。像被人猛地推了一把，祝遇清立马转身，大步往里面走。

产房更冷，晚嘉躺在床上，胸前趴着不及手臂长的、还带着满身胎脂的婴儿。见祝遇清进来，她的手动了动，声音微弱还带着浓浓鼻音："是女儿。"

祝遇清抓住她的手,好凉。

"你怎么样?"他嗓子干灼,视线发紧,眼也不错地盯着她。

"好困。"晚嘉说完,护士来接孩子,带去洗澡。

晚嘉不舍地跟着看了会儿,收回视线,挠着祝遇清的手臂问:"名字呢?"

清脆亮堂的啼哭声中,祝遇清低头在她嘴角亲了下:"祝栩宁。"

刚出生的婴儿,哭声震耳。

晚嘉生完就转去了另一栋休养,孩子睡在身边,但哭开就有人抱去哄,不怎么用她操心。休养期间,每天都有亲朋来探望。

正值国庆,姚敏和姚外公也来了京北。上一辈的人大都有自己的月子经,到姚敏这里就是吃食上的固执,有时候连营养师都讲不通。

这天中午,祝遇清回到医院。从客厅走进房间,晚嘉刚好睡醒。

"宁宁呢?"他问。

"我妈和护士带出去了。"晚嘉嘴里说话,眼睛巴巴盯着他……手里的袋子。

祝遇清打开袋子,从衣服的遮盖下拿出两盒甜品。摆到桌面,一件抹茶开心果冰激凌蛋糕,一件栗子红茶炒冰砖。

"怎么买这么多?"晚嘉有些惊讶。

"说是销售最好的两款,你都尝尝。"祝遇清把桌子推向床头,边递勺子边问,"今天好些没?"

晚嘉接过勺子,敷衍地点点头:"你去门口,当心我妈。"

见她眼睛都快贴上蛋糕,祝遇清打开包装说一句慢点吃,走到门口去守着。不出二十分钟,带娃出去的人都回来了。祝遇清借故在门口挡了一阵,最后抱着女儿回到卧室。甜品已经不见踪影,偷吃的人乖乖靠坐床头,嘴巴擦得干干净净。

"睡醒了?"姚敏拿出餐厅挑来的松饼,"你不是想吃甜的?这个甜味不重,适当吃一点不要紧。"

"呃……"松饼连馅都没有,晚嘉挡了一句,"我晚点吃,这时候还不饿。"

姚敏信以为真,只是把松饼放进冰箱时,看到里面有个陌生袋子。

"这是什么?"

姚敏打算拿出来看,祝遇清出声:"是冰袋,我在公司撞到手,找来冰敷的。"

冰袋怎么放在上面?姚敏伸手正想换地方,又听女婿说话:"您来看一下,宁宁是不是饿了?"

注意力被转移,姚敏把盒子往里一塞,立马赶过去。见外孙女在咂大人

323

手指，她接过孩子，跟护士一起抱客厅喂奶去了。

很快邹芸也到达，看一会儿孙女后，也提着保温壶进了卧室。她带的是汤，打算让晚嘉趁热喝，被祝遇清挡了回去。

"妈，这里有配餐，您不用带这些。"

"我知道，多喝一碗汤而已，不碍事。"邹芸把碗拿出来，"我还带了猪脚姜，醒胃提神的。"

祝如曼帮腔说："不是汤不汤的问题，人家营养师配的是减重餐，您这两样东西里的油花可够呛，嫂子要真吃下去，最近的康复运动可都白做了。"

提到减重，刚吃完蛋糕的晚嘉有些心虚，瞟了祝遇清一眼。祝遇清会意，上前接过保温杯："先放着吧，晚点再看，她不吃我也会吃，不浪费您的心意。"

好说歹说，总算把人送前厅去了。

外面的孩子有四五个大人在盯着，卧室就剩晚嘉和祝遇清。

"洗头了？"祝遇清回到床边摸她的头发，"有没有舒服一些？"

"姜水洗的，洗完就吹干了，挺舒服的。"晚嘉指了指冰箱，"里面还有剩的，你快换个地方藏。"口欲是人之常情，但为了不听唠叨，解个馋跟打游击一样。

"还吃不吃？"祝遇清问。

晚嘉摇头："不吃，我饱了，也有点腻了。"

她说不吃，祝遇清打开冰箱，把剩下的东西几口吃完，接着盒子拆扁再放进大衣口袋，动作行云流水。

解决掉吃的，祝遇清回到床边："今天下地怎么样？"

"好很多，医生说恢复得挺好。"晚嘉往外坐了坐，想更近些听外头动静。奶喂完了，这会儿应该是在拍嗝。

祝遇清出去看了看，等拍完嗝，把孩子抱进来。月里的婴儿还不认生，谁抱都让，除非抱得不舒服才会抗拒会哭。

这些天祝遇清没少抱，姿势已经掌握，熟练地把女儿带到床边。刚出生的孩子软得像豆腐块，脸上还有皮屑，又像壳没剥干净的花生。她吸着安抚奶嘴，本来就不多的头发上多出个花卡子，是祝如曼给打扮的。除了这个，祝如曼还带了一堆头巾发箍，惦记着给宝宝戴上拍照。

女儿躺在身旁，晚嘉拿黑白卡片互动几分钟，又笑着摸摸她脆粉的鼻头。

"鼻子好塌啊。"祝如曼坐在旁边，抓着侄女两只肉脚往上贴，粉粉的，跟橡皮泥捏的一样。

"小孩子每天一个样，鼻骨以后就长起来了。"

"对，刚出生都这样，过段时间就挺立起来了。"

一圈人围在床边，七嘴八舌说着各样的话，到晚上才离开。

大人吃完晚饭，孩子也又喝了半瓶奶。刚喝完奶她一脸蒙地打嗝，像装了哨子的小玩具，一按一响。

这会儿是父母学习拍嗝的好时候，孩子趴在手臂，护士教弹脚底板，晚嘉照做，哪知女儿娇气，一下给她弹哭了。

祝遇清接手过来，以前倾托颈的姿势耐心抚弄后背，顺利拍出嗝后，又站起来哄睡。孩子趴他肩上，嘴巴鼻子挤在一起，张嘴打呵欠时，小舌头一伸一缩。

"睡着了吗？"祝遇清转过身，让晚嘉看孩子。

"闭眼了，应该睡了。"

确认睡着，祝遇清把女儿放进摇床。

因为怕夜啼吵到妈妈睡觉，孩子被护士带去单独的看护室。通过监控，能看到祝小朋友脚心相对，呈投降姿势。

晚嘉盯着监控画面，想着自己真的生了个孩子出来，哪怕天天摸到看到，还是觉得很神奇。

"睡吧，别看了。"祝遇清拿开平板电脑，也把灯关掉。

晚嘉侧躺着，把腿骑在护腰枕上："我今天……收到一条信息。"

"逢启发的？"祝遇清问。

"你怎么知道？"

"猜的。"

晚嘉勾过他的脖子："你要看吗？"

"不用了，他也给我发过，应该是一样的。"祝遇清把头埋在她锁骨尽头的浅窝处，她身上有草本的香味，扩散性强，很耐闻。

"你怎么知道一样的？"晚嘉嘴角微捺，又忍不住去拿平板电脑，点开看了会儿女儿睡容，很久才依依不舍地关上。

安分两分钟，她让祝遇清躺直，自己也往上挪了挪，头顶跟他平齐，脚尖往他腿边靠。

小腿被蹭了又蹭，祝遇清圈住她足心，警告地按了按："脚怎么回事？"

"听说怀女儿会长高，我比一下。"

晚嘉想要掀开被子，被祝遇清按住："真高了？"

这样好像也比不太出来，晚嘉摇头："不知道，都忘记看了，明天量一下。"

片刻沉默，祝遇清手掌停在后腰窝："这里还疼吗？"

"今天有人按过了，不疼。"

"嗯。"祝遇清应了一声，在那一带轻轻触摸。

她怀孕时候就开过玩笑，而他后来了解到，所谓的长高，有可能是脊椎

325

由于受到宫腔压迫而变直的后果。所以比起当作妊娠的赠予，准确来说，应该是生育的代价。

"辛苦了。"祝遇清拉紧被角，在晚嘉唇面亲一下。

温柔抚慰，点到为止的浓情蜜意后，晚嘉的额头落在他肩上："当爸的感觉怎么样？"

"很幸福，很满足。"祝遇清贴得很近，鼻息洒在她颈窝。

晚嘉觉得麻痒，缩了下，反手摸他的脸："你说宁宁什么时候会叫爸爸妈妈？"

"周岁吧。"

"那会先叫你，还是先叫我？"

"当然先叫你，你是大功臣。"

"医生说了，这个月龄的孩子对爸爸声音更容易产生依赖，说不定她先叫你，将来也更亲你。"

听出些酸溜溜的情绪，祝遇清沉吟："那等她知道喊妈妈了，我再跟她亲近？"

"得了吧，我才没那么小气。"晚嘉往后撞他肩膀，在屏幕的光晕里笑开。初为人母，她有很多细碎的猜想，祝遇清也陪着说些无聊话，一问一答。

连着年假一起休完，晚嘉返岗上班。离开的这段时间，公司和团队的变化都不算大。拿融资有了背靠之后，平台开始正向发展，晚嘉也努力调整，慢慢回归工作状态。

母亲是家庭身份，是先赋角色，但回归社会回归职场，她也希望打开更多机会，发现事业上的可能性。

某个工作浓度过高的周末，晚嘉起个大早在书房忙了半上午，出来时，见祝遇清带着女儿坐在客厅。

女儿躺在腿上，两个拳头握起跟他对视。他逗着女儿，揉两下肚子，或者提着手脚动一动，引得孩子不时发笑。

随着月龄增大，宁宁的五感也慢慢增强，见爸爸往旁边看，她也追视过去。婴儿露瞳度高，一双眼睛乌溜溜的，看人时候认真得很。

"忙完了？"

"完了。"晚嘉坐到这对父女身边。

宁宁戴着粉色头巾，脑门一个硕大的蝴蝶结，呆呆地看着她，小嘴张着，舌头惯性伸缩。

看女儿可爱，晚嘉伸手过去逗，两根手指一夹，左右脸挤到中间又松开，来来去去，不厌其烦。

玩得正开心，忽然头发被抓住，宁宁还兴奋地扬了两下，发出"呀呀"的声音。婴儿手紧，又拉又扯间弄得晚嘉既狼狈又痛，好一会儿才解救出来，且不可避免地被拽掉几根。

"手真重。"晚嘉嘶地捂住脑袋。

"头发还是扎一下，当心等会儿又给她够到。"祝遇清把女儿抱起来，惩罚性地拍了拍她的背，"不能抓妈妈头发。"

宁宁不知事，手往前伸，还"咯咯"地笑。

饭后一家人下楼散步，在走道慢慢溜达。

小孩子能看清生命的闪亮，对什么都有兴趣，坐在婴儿车里指指画画，忙个不停。祝遇清推着婴儿车，回应女儿初见世界的新奇劲。小区人不多，偶尔碰到同样遛娃的，笑笑打声招呼，度过不晒的平庸午后。

走完半圈，晚嘉记起件事："曼曼要去留学的事，确定了？"

祝遇清点头："基本。"

"妈怎么想？"

"管不了，只能随她。"

或许是性格原因，祝如曼的个人账号经营得很好，可工作室成绩却不太理想。对原本兴致满满的一群人来说，这算是结结实实的打击，祝如曼把它归结于知识不够扎实，所以打算出国深造。

想起祝如曼要去的地方，晚嘉掺上祝遇清："那你呢？也不管？"

"她是成年人了，做的决定自己心里应该有数。"祝遇清停下脚步，见女儿躺不住了，伸手把孩子抱起来，"也许知识到了应用层面才开始理解重要性，曼曼如果以后能沉得下心学习，这段经历也有意义。试错而已，值得。"

坐在爸爸怀里，视野变宽了，宁宁两只手撑在父亲肩膀，歪着头四周围看。几只黑羽鸟儿飞过，"唧"的一声拖出好远，她乐了，指着鸟飞走的方向开始笑，只是张嘴的时候吸进冷气，猛地打了个嗝。

这个月份还有点呆样，一打嗝就蒙，孩子定住几秒，眼睛无辜眨动。见女儿憨态可爱，祝遇清替她穿上外套，眼梢笑意压不住，直到孩子一挥手，啪地打到他眼镜上。都是凡皮肉骨，祝遇清鼻梁负伤，再联想晚嘉失去的几根头发，大概也算女儿的一视同仁了。

等到晚上，夫妻俩终于把小"肇事者"给哄睡，回到房里，晚嘉给祝遇清鼻脊两边上药。她皱眉："她也太皮了，还好没打到你眼睛。"

"几个月的孩子懂什么，再说她算听话的，也不是有意的。"祝遇清心很宽。

晚嘉扔掉棉签，看着他那两点伤口："这才叫破相，你女儿是真会挑地方。"

"那就破吧。"祝遇清不在意地往后一倒，顺便揽着她，喉结吞动，一点盈润浸透两张唇。

独处时刻，谁还有空管脸上那点伤。

过几个月，一家人去机场送祝如曼。

祝如曼撅着宁宁的嘴，试图教她喊姑，宁宁被她弄得脸变了形，挣扎间发出"唔唔"的声音，勉强让她如了愿。

"我走啦。"安检口前，祝如曼把一顶蛤蟆墨镜戴到宁宁脸上，再朝一行人潇洒挥手，"等本设计师镀金，带着自己品牌回来！"

晚嘉教女儿："宁宁，跟姑姑再见。"

宁宁戴着祝如曼送的蛤蟆镜，在妈妈的教导下，懵懵懂懂地朝前挥手。

她鼻梁还在发育，耳朵也挂不住，墨镜一个劲往下掉，看起来滑稽得不行。只是这丫头臭美还不给摘，墨镜都快掉到嘴巴了，她压着眼睛看人，可又不经逗，一害羞就往爸爸脖子后面躲，再偷偷回头，龇着几颗乳牙瞎乐。

可以说周岁前，祝栩宁小朋友都是特别可人疼的存在。

等到周岁宴，按祝遇清之前说的，她确实会喊爸爸妈妈了，但一岁后的孩子，闹腾劲儿实在也磨人。

她学的词多了，表达欲旺盛得很，说话要扒着耳朵，冷不丁还咬你一口。

打针时候最难办，如果祝遇清在场，她肯定抱着这个爹的腿或脖子，撒娇哭闹，眉毛都哭红了也不肯合作。

也有令人心软的时候，比如给她看画册，她看着看着就会趴下去，把脸埋在书里亲两下，还给自己配音。

再比如她学吃饭，经常是食物才舀起来，嘴已经张到了最大限度，叉子还总是喂偏，最后只咬到一点汤水，却又装模作样，拍肚皮说吃饱了。

这年接近平台周年庆，晚嘉去出了趟远差。上午忙完后，趁吃饭的时间，她拿手机给家里视频。那头也正在午饭，宁宁坐在宝宝凳上，两条腿很不安分地晃来晃去，吃不到几口要亲爸爸，最终在祝遇清脸上亲出一片油渍。

祝遇清没办法，只能一只手吃饭，另一只手托着女儿的脸，防止她突然靠近。

夫妻两个说话，孩子也没打岔，晚嘉问什么她答什么。对这个几天不见的妈，她表现得很淡定，淡定到晚嘉反而有点失落。

聊差不多了，晚嘉正打算挂断，宁宁开口问："妈妈……累吗？"她说话还不连贯，字几个几个往外蹦。

晚嘉凑近屏幕："不累。"

"妈妈……回来？"

知道是问什么时候回，晚嘉笑说："周五就回。"

一岁半的孩子消化不了，仰头看父亲。祝遇清把她从宝宝凳抱到腿面，握着手指一根根地数。

屏幕这头，晚嘉看着父女两个在一起的场景。宁宁穿一件卫衣，衣服上绣着红脚鸭。祝遇清应该是中午特意赶回家吃饭，穿着蓝条纹衬衫，女儿扎的头发鬅鬅顶着他的耳朵，日光从窗外透进来，照在他山根旁的那颗小痣上。他全然不觉，低垂着眼认真教女儿数数。两双手在一起，修长和短圆，是两代人的温馨画面。

数完了，宁宁举着三根手指："妈妈，三天？"

乳声乳气中，晚嘉也伸了手指对着屏幕："三天后就回去了，宁宁等着妈妈，在家里要乖，要听爸爸的话好不好？"

这么大的孩子听话只听最后的，宁宁点点头："好。"

再聊了几句，视频到最后，孩子巴巴地说："妈妈再见。"

晚嘉不舍，也红着眼眶摆了摆手："再见。"

说完她欲要收手机，被祝遇清叫住："等一下。"把孩子交给保姆带，他走到阳台，"吃的什么？"

"盒饭。"晚嘉把手机倾斜一下。

祝遇清看了看菜色："你们公司这个餐标是不是没提过？"

"提了啊。"

"那看来，起始餐标太低。"祝遇清慢悠悠说了句。

听出他挑剔，晚嘉嘴一撇："在外面哪来那么多讲究？你大老板不懂我们小企业的压力，跟你说不着。"

祝遇清"嗯"了声："马上要 A+ 了，还小企业？"

"要看跟谁比了，跟祝总肯定不算什么。"晚嘉拆开筷子，斗嘴正进行时，视频被来电中断。

电话是卢彤打的。

接起后，卢彤问她："出差呢？"

"嗯。"晚嘉吃了口菜，听到锁车的声音，"你在哪儿？"

"刚去取车，这会儿才到医院。"

"车修好了？"

"好了。"卢彤抓着钥匙，把头盔放进储物箱，"你什么时候回来，咱逛街去？"

"你不用照顾孙晋？"

"他明天出院，我好容易解放了，不得出去遛遛自个儿？"

"那行，周末去逛。"

"成，记得带上宁宁，我请你们娘俩吃饭。"扣上储物箱，卢彤拍拍自己的新座驾。

这辆杜卡迪是她新车，才提那天赶上孙晋到店里买吃的，她想显摆自个儿新车，于是大方送他一程，结果途中碰上逆行的，两人全给摔了。她戴了护具还好，孙晋骨折，当即送急诊，在医院住下。

卢彤走进住院楼，电梯按"9"，到楼层后她走出轿厢，到了病房。

孙晋躺在床上，壁挂电视屏放着电影。

"你喜欢看超级英雄？"卢彤把咖啡递过去，"这叫什么，少年气未泯？"

孙晋接过咖啡："想多了，中年荷尔蒙而已。"

还挺会自嘲，卢彤脱掉外套，扬着眼睛看这病房。单人间，花她的钱，想想都肉痛。

卢彤从果盘里拿起一串葡萄："你们家保姆呢？"

"问你自己？"孙晋横眼瞧她。

"差不多得了。"卢彤把葡萄剥皮吃掉，"我搁下生意天天来看你，你现在吃的住的哪一样不是我掏钱，还好意思拿我当保姆？"

"不是你非载我，我会骨折？"

"我好心带你，不想搭你可以拒绝，难不成我抬你屁股上车的？"

你一句我一句，两人在病房打起嘴仗。孙晋嘴不落下风，余光却不由自主跟着卢彤。跟他不同，她只有手腕跟额头擦伤了些，这会儿外套一脱，穿着短吊带在他跟前晃荡，露出那一截腰白得晃眼。

吃完葡萄后，卢彤坐在凳子上，两腿一叠，随手捞个苹果削皮。削完切一块给孙晋堵嘴，孙晋嚼蜡一样吃完，很快挡手拒绝。

"你不吃我吃。"卢彤"喊"了声，直接上嘴咬。

给他脸了！

到周末，卢彤跟晚嘉约上。

宁宁已经会走路了，头上戴顶黄色瓜皮帽，下地的时候四肢都在动。卢彤去打招呼，她抓着晚嘉的包不停地躲，眼睛却偷偷瞄卢彤，害羞地对人笑。

到吃饭时候，晚嘉给筷子让女儿自己吃，小丫头太没耐心，筷子在两只

330

饺子之间扒拉来去，半天吃不到嘴里，急得两手乱戳喊"妈妈"。

卢彤尝试喂她，吃一口蹭蹭脸，把孩子逗得两腮高拱，乐得抓耳朵。

吃饱喝足后，宁宁又给她念了首缺音少字的童谣。

"我们女儿真招人稀罕。"卢彤满眼含笑，夸个不停。

饭后出街瞎逛，闲聊两圈后，晚嘉问起孙晋。之所以提到他，是因为孙晋姐姐跟她打听过卢彤，估计也是看出些什么来了。

卢彤想起出事当天，她戴着护具，孙晋摔得皮开肉绽还试图护她的样子，捋捋头发："处着呗，以后的事以后再说。"

不过……

"老男人都有点臭毛病，一上头就爱谈结婚，要跟你规划未来，有点倒胃口。"

晚嘉听出来了，她跟孙晋的博弈游戏以孙晋住院为终点，或者说，新起点。知道确实有进展，也没再多问了。

从商场出来，宁宁指着对面说要去。对面是个家居广场，今天刚开业，人头攒动的，小孩子喜欢热闹也正常。穿过廊桥，她们到了广场中庭。中庭正在开业庆典，放了个圆形的海水缸，里面有美人鱼在表演。长摆还加纱，表演人员游得慢，看起来有点费劲。

"现在商演也很普遍，不像咱们那会儿就海洋馆有活。这一场应该能赚上千块，也挺不错的。"卢彤琢磨。

婴儿车里，宁宁先是指了下水缸，又指着自己，不停说"鱼鱼鱼"。

"好看吗？"卢彤蹲下来。

"好看。"

"宁宁喜欢鱼吗？"

"喜欢。"

卢彤笑着点了下晚嘉："你妈妈游得更好看，当年最受欢迎的就是她。"

宁宁还是指着自己，不停地说"鱼鱼鱼"。

卢彤听不懂了："这在说啥？"她抬头想问晚嘉，却见对面走来个熟人。

"哟，这不潘总吗？"卢彤站起来，"您海外捞金回来了？"

潘逢启笑了下："刚回来，正好看见你们，过来打个招呼。"

"您这趟回国有事？"卢彤接着问。

"我妈身体不好，回来陪她几天。"说着话，潘逢启的视线看向婴儿车。

晚嘉把女儿抱起来："宁宁，叫表叔。"

看着陌生面孔，宁宁扇两下眼睫，哝哝地喊了声："叔。"

潘逢启有些出神地看着宁宁，半晌调过视线望一眼旁边的麦当劳："我能不能……给她买点吃的？"

"刚吃完饭，这会儿正饱着，不用客气的。"晚嘉笑着答他，寻常语气。

潘逢启手指微蜷，挽两下嘴角："那行，我先走了，你们逛。"

意外相遇，交谈寥寥。卢彤盯着潘逢启的背影看几秒，手一动，跟在晚嘉后面推婴儿车走了。

时过境迁，有些人有些事，好像连探讨的必要性都没了。

晚上回到家，晚嘉提起白天和潘逢启遇见的事，祝遇清语气了然："我知道，他回来看姑妈，很快就会走。"

说这话时，祝遇清正陪着女儿看绘本。

周末时间，宁宁黏在父母房里不肯离开，耍得一手赖不说，绘本看看着，还脱下袜子给这个爸闻。见祝遇清配合，晚嘉好笑："你还真闻啊，给她惯出坏习惯来。"

"没事。"祝遇清脾气好得没边了。

晚嘉也坐上床："这么喜欢闻，那香是不香？"

"你也闻闻？"祝遇清拎着袜子送过去，晚嘉越避他越递，最后躲进被子。祝遇清拉扯被面，宁宁过来趴在他背上，三个人叠罗汉一样，笑声咭咭呱呱。

闹腾一阵，晚嘉钻出被子，摸着女儿翘起来且角度嚣张的头发："明天又要打疫苗，你看着哄吧，我搞不定她。"

父母的眼睛是最美的滤镜，虽然是吐槽，但声音温柔，眼里爱意不减。

祝遇清笑："好，我来负责。"

第二天到医院，宁宁在针头前大放哭声，咬着祝遇清的衣服后摆拼命晃头，或者拉他的手，用尽蛮力要后退。好不容易这针打完了，她边哭边去抠胳膊上的小贴纸："不要，不要……"

为哄女儿，回去时祝遇清给买了个甜筒，抱着在小区楼下散步。宁宁嘴里舔着冰激凌，因为哭过，眼里还有点水汽。

父女两个走在前面，进小公园转了转，最后停在一片池子边。刚引不久的水，物业在里面放了批观赏鱼，旁边的罩子里还有鱼食。

祝遇清腾出手抓了一点，陪女儿喂鱼玩。食料撒下，各色花鲤都冲过来抢食，宁宁兴奋地看了会儿，最后指指池子再指着自己，不停地说"鱼鱼鱼"。

祝遇清思索了下："宁宁是说，你也是鱼？"

"嗯嗯。"小丫头抓着父亲腕表，一字字学语，"我是鱼……"

看着奇思妙想的女儿，祝遇清笑了下："宁宁为什么是鱼？"

小丫头张着眼睛想了想，啊地张口，咬一下蛋筒边边。祝遇清会意："因为鱼有人喂，你也有人喂？"

宁宁攒劲点头。祝遇清眼里浮起笑来，替女儿把帽子戴上："说对了，妈妈是美人鱼，宁宁是小人鱼。"

父女两个看鱼，晚嘉电话也接完了。她跟到亭子里，眼神瞟向祝遇清的手："刚在医院，宁宁是不是又咬你了？"

"没有。"祝遇清否认。

晚嘉直接拉起他右边袖子，看见虎口一排浅浅的牙印，无语地翻个白眼："你就当好人吧，总有一天她要坑你。"

"没事，她这时候表达有限，发点蛮正常的，等说话流利些就好了。"祝遇清不当回事。

一到两岁的孩子正处于自我表达冲动的阶段，有些话说不出来，肢体上难免会激动些。

"等说话流利就该上幼儿园，到时候更麻烦。"晚嘉拿纸巾给女儿擦了擦嘴角，"我忙点工作，先回去。"

"风也大了，一起回。"

回到家，晚嘉把包放下。

家里阿姨在厨房和洗衣房忙碌，剩父女两个在客厅玩。一幅拼图散在地毯上，祝遇清盘腿坐在毯面，腿上盛着个祝栩宁。小丫头还不好好坐，东倒西歪地靠着，把前面衣领抓成一团。

祝遇清帮女儿脱掉鞋帽，还帮她重新把压扁的辫子编好。

坐地毯是晚嘉的爱好，但结婚这么久，祝遇清行和坐向来都端正，很少有歪斜的时候，跟她一起压地毯更没怎么见过，多的是把她拉上沙发。有了女儿后，当父亲的那股清正感被撼动，体态也放弃了，狼狈是常有的事。

站旁边看了会儿，晚嘉到楼上书房，打开电脑办公。公司一份急单，她上线查了查进度，花十几分钟将过单源归属，再放权限给简历库，差不多就搞定了。

关上电脑，晚嘉正打算起身时手机亮起来，是祝遇清打的电话。她奇怪在家里也打电话，接起来问："怎么了？"

电话那头停顿了下，随即传来祝遇清无奈的声音："忙完的话下来一趟，宁宁把我锁在阳台了。"

晚嘉下楼，就见父女隔着玻璃门两两相望。

客厅内，宁宁还喜滋滋的，大概以为爸爸在跟她玩捉迷藏。晚嘉抱起女儿，把锁扣掰回去，解救了丈夫，也得知了这场乌龙的始末。

起因是父女两个玩拼图，拼着拼着宁宁把拼图里的一块扔到阳台，祝遇清去捡，哪知就这么短时间，这小丫头把移门推上，锁扣也扒下来了。因为担心女儿安全，所以祝遇清给楼上的她打了电话。

"你看我说什么？真是不经念。"晚嘉抱起女儿，有些头疼地看着这小丫头。

宁宁看不懂责备，还嘻嘻地去拱她脖子："妈妈香香，爱妈妈……"

晚嘉被蹭得笑出声，一下没脾气了。

过个几天，三口人回老宅吃饭。

为了让曾孙女玩得开心，祝老爷子特意辟地建了个儿童乐园。当中属滑梯和海洋球池最受孩子欢迎，一群小小辈在里面嬉耍疯玩，炸耳朵地吵。

从海洋池出来，宁宁先是在儿童厨房做饭给太公吃，后来又玩吹泡泡，撒腿追着泡泡跑，两边腮快要扬到天上去。

只是跑太快刹不住脚，好在差点摔的时候被人扶了一把，从地上捞起来平衡了下，才又站回地面。她虽然皮，但还是很有礼貌，愣愣地说了句"谢谢"。

"不客气。"蒋玉芝替儿子接话，和蔼地笑说，"宁宁要跑慢点，摔了会很痛。"说完又嘱咐保姆，"这一带有坡度，带他们去那边玩吧。"

等人走后，母子二人无言地站着，视线跟出好远。

片刻，蒋玉芝问："后悔吗？"

潘逢启沉默。

"再后悔也没用，是你自己没有守住。"蒋玉芝理了理挡风的围巾，"也这么久了，以后安心过你的日子吧。"

潘逢启垂落眼皮，缓慢应一句："我知道，您放心。"

到开饭时间，宁宁坐在宝宝凳上嘻嘻哈哈，两个发包都扭出了快乐的运动轨迹。她被大人逗着一个个地喊称呼，再又听了接连的夸赞，越夸她越了得，两眼亮晶晶的，尾巴都要翘起来。

适当的肯定能培养孩子自信，但过度的夸奖是强化物，容易让孩子迷失自我。看着乐陶陶的女儿晚嘉有些担忧，但看祝遇清神闲气定，也还是把心放回肚子里。在教育问题上，她选择相信队友。

一年又见底，两岁生日后，宁宁逐渐迎来语言爆发期。

刚好是个周六，本来是固定去看 Brandon 的日子，但这天因为祝遇清有个剪彩要出席，所以安排到了下午。

在家无聊，小丫头磨了半天要去接爸爸下班。看女儿实在坐不住，晚嘉也就带着她到了 E.M.。

办公室新奇，宁宁先还兴奋地到处走到处看，看到什么都要跟妈妈分享，说这是爸爸用的。可兴奋劲没持续多久，见总也不见父亲回来，小丫头不乐意了。

过一会儿，祝遇清终于回到办公室，晚嘉用眼神示意："你女儿生气了。"

他朝旁边看，小姑娘确实在生闷气，手臂抱在一起连看都不看这个爸，双下巴都出来了。

"你没哄一下？"祝遇清凑近她耳边低声问。

"自己哄啊，"晚嘉瞥他，"女儿不是天天扒着你？"

"想瞧我笑话？"祝遇清手上松着领带，顺势在她脸上亲一口，再朝女儿走过去。

余光察觉到爸爸来了，宁宁哼一声，不停转向就是不让碰，直到祝遇清把她抱起来颠两下，刚才还气鼓鼓的人立马破功，笑出两排缺牙。

"爸爸有工作，不是故意迟的。"祝遇清道歉。

宁宁点头如捣蒜，抱着父亲像啄木鸟一样亲好多下："那我们走吗爸爸？"

"要等一等，爸爸还有个会。"

听他说有会，晚嘉过来把女儿带离："不能打扰爸爸工作，我们去里面玩。"

是跟设计院的远程会议，祝遇清在办公室开，母女两个在会客厅等着。

晚嘉调个电视的工夫，小丫头两条腿倒得飞快，自己跑出前面去，且很快到了祝遇清身边。她爬上沙发，从父亲手臂下面钻出一张脸，好奇地看着屏幕。突然出现小姑娘，与会人员都愣住。

祝遇清抱歉地笑了笑："我女儿。"

确认女儿不会捣乱，他把靠枕竖起来护着她的背，再又伸手圈住。

宁宁难得安静，黑亮的眼使劲睁大，试图听懂都在说些什么。等会议结束，有人专门跟她说再见，她也抬起两只手乱挥："再见再见。"

小丫头热情过头，说了再见还要凑过去亲屏幕，祝遇清眼疾手快地捞住，会议间笑声一片。

过后驱车，一家人去看 Brandon。宁宁一年大似一年，Brandon 也老态尽显。它知道自己病了，不敢太靠近小姑娘，只趴在距离外默默地看着她，目不转睛。

宁宁活泼，围着它不停地转，或动手抚摸，或带着挪到光照更强的地方。清甜笑声绕圈，Brandon 眼里渐渐有亮光晃动。只是精气有限，它也很快乏力，眼皮开始打架。

宁宁舍不得走，还想继续跟它玩。祝遇清告诉女儿："Brandon 以前很有精力，可以跟宁宁跑很多地方。但它现在年纪大了，需要休息。"

"可是天还没黑。"宁宁依依不舍。

"它身体不太好，需要比我们更长的时间休息。"

"哦……"宁宁鼓着腮帮子应了一声，接着她趴到地上，亲了下 Brandon 的耳朵，含混不清地说，"好好养病哦，我们下回再来看你。"

看着 Brandon 被带去休息，祝遇清蹲下，帮女儿系好鞋带。女儿也贴心，替他牵着领带，忽然又好奇："爸爸，你和妈妈以后也会老吗？"

系好鞋带，祝遇清起身牵住她："爸爸和妈妈没那么快老，但我们宁宁，马上就要长大了。"

小丫头当时似懂非懂，直到三岁后，她被送去幼儿园。

对从来没有离开过父母的孩子来说，这无疑是天大的挑战。入园那天宁宁哭得咳嗽不停，梳好的头发全抓乱，书包也扔到地上不肯背。

然而一向好说话，从来对女儿百依百顺的祝遇清，在这件事上却非常坚定。头天从幼儿园回来，宁宁哭得撕心裂肺，拱在父亲怀里哽咽："爸爸不喜欢我了……"

祝遇清温柔地抱着女儿，态度却很冷静："爸爸永远喜欢宁宁，但是宁宁长大了，要开始做自己的事。"

"我不要做自己的事……我要跟爸爸妈妈在一起……"小姑娘悲伤得不行，哭得抽抽噎噎。

祝遇清和声和气地开导女儿，晚嘉在旁边有些难受，害怕自己的情绪感染女儿，跟丈夫打过招呼后，去厨房帮着做晚饭了。

晚饭做完，宁宁已经趴在父亲怀里睡着。父女两个坐在沙发，祝遇清也闭着眼，但手里还在轻轻拍着女儿的背，一下下地。

晚嘉走过去，听到动静他睁开眼，竖起手指嘘了一声，确认女儿睡得熟，抱起来放到房间里去了。

那餐饭，晚嘉也没吃下多少。吃完饭后，她进女儿房间看了好久。

宁宁的辫子拆下来了，一头细软的发压在脑袋下，两条淡淡的眉毛弧度还有点拧巴，也不知道是不是梦见白天的场景。

回到自己房间，晚嘉倒在枕头上，默默流了眼泪。

"还难受吗？"祝遇清揽住她。

晚嘉点点头："肯定有的。"

今天看幼儿园监控，看女儿强忍着眼泪，看女儿端着碗排队吃饭，看女儿对新环境有恐惧，但是不安却不敢表现出来的模样，她实在心酸。

祝遇清起身给妻子拿纸巾，又徐徐地告诉她，让女儿去幼儿园的原因。孩子需要适应新环境、适应集体生活、学习与同龄人交往，也需要面对更多的情感，包括分离与孤独。但同时，这也是孩子建立新的安全感，完成社会接触的重要一步。

这些晚嘉都清楚："我没有说不让她去，我只是……"

"只是舍不得她，怕她吃不好，怕她受委屈。"祝遇清温声补充，手在妻子后背游移安抚："女儿在长大，这是她的成长挑战，也是对我们的考验，所以难受是正常的，没关系。"

晚嘉拿开纸巾，吸了吸鼻子。

确实，亲密剥离，也是父母必须要面对的课题。

后面的日子，祝遇清仍然不心软，也不妥协。其他孩子有上一天歇一周，或者上一周歇半个月的，在他这里只要不是身体原因，要求女儿天天都去，再大的情绪也不能打动他。

而除了入园的坚定，其他事他也做得很多，比如教女儿有问题要找老师，要多交朋友。再比如宁宁从幼儿园下课回来，他会认真听女儿分享，引导女儿多表达，激发女儿的表达欲，而且很听细节，从来不敷衍。

到第二周，宁宁虽然认命，但嗓子还是哭哑了。

"爸爸妈妈……"临进园前，她可怜巴巴地抓着书包带子，"你们要来接我，不管刮风下雨还是地上有小虫子都要来接我，我会很想很想很想很想你们的！"

晚嘉鼻腔一酸，及时调过了脸。

然而事实证明，行为习惯的养成确实非常重要。不过半个月，宁宁有了变化。

中途晚嘉封闭式培训两天，回来后跟祝遇清一起去送女儿。这回分开时，宁宁乖乖说拜拜，跟着老师走了进去。大概是感受到父母的目光，走到一半时，她停下步子，扭头回看。

小姑娘懵懵懂懂的一张脸，但这次没有哭，只是手掌微微抬起，在腿旁边来回摆动，是在朝父母挥手道别。

想起女儿曾经哭个不停的画面，明明是为她克服分离焦虑而高兴的，但回到车里时，晚嘉把脸埋进手心。

"想哭就哭出来，不丢脸。"祝遇清把妻子搂进怀里，陪伴她的情绪涨潮，等她慢慢安定。

"没哭……"晚嘉很快否认，声音在手心里翻滚着，忍不住挠他手臂，"你为什么总这么淡定？"显得她好脆弱好感性。

祝遇清笑了下："因为想要的都在身边，期待的也都实现了。"

晚嘉抬头，掉入那道松和的视线。

车辆行驶，晨光抚过车身，祝遇清眉眼生辉，一派温宁气。他先是笑着刮她下巴，又找到她的手，一点点握住。

情话普通又真实，四目相触，那只手干燥又温暖，慢慢地，晚嘉翘起眼角。能跟这个男人结合，跟他一起进入亲密关系，一起为人父母，是她的幸。

过去的早也过去，所有细节和走向不用推演。

转山转水，即使关山万重，她的心理闸口也总会为他打开，给他放行。

独家番外

　　早晨，晚嘉去厨房热牛奶。杯子放进转盘后，一个身影迷迷瞪瞪地跟进来："妈妈……"

　　晚嘉转身，看女儿抱着公仔，睡眼惺忪。

　　"妈妈。"宁宁扑过来，"我睡醒了，我们给爸爸打视频好不好？"

　　"宁宁想爸爸了吗？"晚嘉蹲下来，摸着女儿睡得歪翘的头发。

　　宁宁用力点头："我都梦到爸爸了，肯定是很想很想他了。"

　　晚嘉问："梦到爸爸什么？"

　　"梦到爸爸帮我盖被子，我还抱了爸爸的。"说着，宁宁委屈地看了眼公仔，"可是，可是我打开眼睛，发现抱的是跳跳虎。"

　　晚嘉差点笑出来。宁宁抱她的腿蹭了蹭："爸爸什么时候回来啊，我都好久没见到他了。"

　　晚嘉忍笑帮女儿清理眼角，小声说："宁宁去房间帮妈妈拿个夹子好不好，妈妈散着头发有点热。"

　　小朋友点点头，拖着软溜溜的尾音答了声"好"，又在她怀里赖了半分钟，才离开厨房。

　　晚嘉站在厨房门口，看女儿揉着眼睛往主卧方向走，跳跳虎的尾巴拖在地板上，跟着她深一脚浅一脚的步伐，走进了卧室。

　　微波炉发出"叮"的提示，晚嘉回去把牛奶拿出来，隐约听到主卧传来一串惊喜的叫声。她眼角微翘，端着杯子走出厨房。等到主卧，在嘻嘻哈哈的笑声中打开，就见女儿被丈夫抱在怀里，喜滋滋笑成一团。

　　见到她，小姑娘还高声播报："妈妈！爸爸回来啦！"

　　晚嘉靠在门口："是吗？爸爸什么时候回来的？"

　　宁宁也转脸问："爸爸，你什么时候回来的？"

"昨晚回的。"祝遇清抱着女儿坐起来，靠在床头，"我昨晚还去宁宁房里看了宁宁，忘了？"

　　宁宁呆住，又纳闷地看向晚嘉："爸爸都回来一晚上了，妈妈你怎么不知道？"

　　"我睡太沉了，没留意。"晚嘉走进去，把杯子放在床头柜，跟祝遇清目光交错，装模作样。

　　她去浴室撕张面膜贴在脸上，边边角角都按平后，一对父女已经离开。杯子里牛奶见底，也不知是被大的还是小的给喝了，晚嘉拿回厨房去洗，再又走回卧室。

　　在衣帽间磨蹭一会儿，等换好衣服，带女儿洗漱完的祝遇清也回来了。晚嘉正挑耳环，他走来盖住岛柜，选手表，他又抵住抽屉。

　　"别捣乱。"晚嘉打他手背，"干什么，幼不幼稚？"

　　祝遇清一把将人拉过来，手指顶起后衣摆，迅速钻进去："睡太沉了，没留意？"

　　腰窝被不轻不重捺着，晚嘉晕脸推他："去吃饭。"

　　"还不饿。"

　　"你不饿我饿，起开。"

　　祝遇清干脆靠在岛柜，挡住她的去路："既然睡得沉，那你以为昨夜抱的谁？"

　　拉拉扯扯地，晚嘉被困在衣帽间，听些让人面红耳赤的话。她被迫扎在祝遇清怀里，最后没好气地踩他一脚："以后回来得晚，你去客房睡。"

　　"可以，你陪我一起。"祝遇清勾身亲她，从额面追到耳梢。

　　他出了一周的差，两人实在太久不见。等听到外面传来动画片的声音，他才把人放开，走进浴室洗澡。

　　终于把他打发，晚嘉抓紧时间抹水化妆。最后一步刷完睫毛，她又去找了条方巾戴上。

　　正对叠时，祝遇清从浴室出来。晚嘉歪着脖子戴方巾，斜眼看他："不睡了？"

　　"不睡了，答应要送宁宁上学。"祝遇清去换出门衣服，"顺便送你上班？"

　　晚嘉拒绝了："我有个拜访要去，下午才回公司。"

　　"哪里拜访？"

　　"光华那边。"

　　那确实是不同方向，祝遇清套上毛衣，把浴巾扔进脏衣篓，顺便看了看妻子今天的装扮。半袖衫，下配一条燕麦色阔腿裤，丝巾简单在颈侧打了个结。

干练之余，又有一丝不难接近的亲和力。

收拾好后，两人到餐厅陪女儿吃早餐。

宁宁已经不用儿童凳了，坐在餐椅上对着盘子吃蓝莓，一口一个。见到妈妈出来，小朋友立马夸了句："妈妈好漂亮！"又突发奇想，"等长大了我也要上班，要开会。"

这愿望太特别，晚嘉提醒她："上班要出差的。"

事实证明，"出差"是祝栩宁小朋友最不乐意听到的两个字，她边嚼蓝莓边摇头："不出差，要在家里陪爸爸妈妈。"想想又觉得后悔，"那我不上班了！"

晚嘉逗她："宁宁马上进小学，一年年很快的，等以后就要上班，跟爸爸妈妈一样。"

好像是这么个道理，祝栩宁抓抓脸，冲祝遇清喊："爸爸，我不出差！"再伸长手臂要抱他，"爸爸也不出差！"

祝遇清走到餐桌坐下，顺手牵起口水巾替女儿擦嘴："爸爸今年再不出差了，每天送宁宁上学。"

"真的吗？"

"真的。"

"那太好啦！"小朋友仰着脖子，笑眯了眼。

吃完早餐，三人一起下楼。到电梯里，晚嘉忽然想起个事："曼曼是下周五飞机吧？"

祝遇清点头："我安排人接她，你就不用跑了。"

"好。"

挥别女儿和丈夫，晚嘉出发去工作。去的是一家做快消的企业，罗念柯公司。

罗念柯本身有实力在，加上够拼，重返职场后没多久就有了升迁机会，看准时机后，又跳槽到新公司，顺便给晚嘉介绍合作。

有罗念柯在，晚嘉这回拜访进行得很顺利，签完合同后，两人一起去吃午饭。

几年相处已是好友，一餐饭时间，聊了足够多的话题。工作、孩子、罗念柯的新恋情，以及卢彤。她跟孙晋在一起后，这几年感情也算稳定，怎么看都是能再进一步的情况。但偏偏，卢彤就是不肯松口。

饭后晚嘉回公司，正好经过卢彤的店，她把车停在旁边商场，打算去坐一会儿。拐胡同进到门头，正好见卢彤在给个客人点单，态度热情，脸上笑容客气，又透着点刻意。

基于对她的了解，晚嘉也留意一眼那位客人。帆布袋加毛线帽，穿搭很文艺，只是到室内还戴着墨镜，遮住半张脸。

等她领了台卡离开，晚嘉走过去，得到卢彤一个神秘的笑："新品吃吗？半熟芝士。"

晚嘉追着那个背影看了看："认识的？"

卢彤抬抬单侧眉："先坐吧，一会儿去找你。"

晚嘉在离柜台不远的地方坐下，卢彤忙完手头的事，很快也端着东西过来了。

一杯茉莉绿峰，一碟半熟芝士，抹茶味的。这两道绿太晃眼，晚嘉喝口茶，目露询问。

"孙晋初恋。"东西放下的同时，卢彤悄声说。

晚嘉怔了下："你怎么知道？"

"上周孙晋校友会，合照有她。"

提起校友会，晚嘉想起确实有这么个事。当时祝遇清也提过，还打算带着一起的，只是后来他临时出差，也就没去成。

"他们聚会你没跟？"晚嘉问。

"有什么好跟的，他爱干吗干吗，我才不拴他裤腰上，没劲。"卢彤下巴指指柜台，"而且，那位之前就总来我直播间，账号对得上。"

晚嘉看向安在柜台的支架和手机，是卢彤用来给店直播的，既能宣传，也打发时间。而对前男友的现任感兴趣，又是看直播又是憋不住要见真人，能想到的理由，通常一只手都数得过来。

"她还惦记孙晋？"晚嘉问。

卢彤喝口茶："岂止惦记，八成想复合，上回聚完她坐孙晋车回去的，还特意发消息说谢谢他。"又半笑不笑地补充，"谢谢这种话在车上就能说了，犯不着非等深更半夜再打字，是期待来一波男女夜话怎么着？"

卢彤语气微哂，听起来也不像那么洒脱。

晚嘉视线落在绿汪汪的托盘上，问卢彤："你真不打算结婚？"

卢彤想了想，摇摇头："男女相处，黏合剂是情绪价值，这玩意儿有效期太短了，而且结婚要跟猴似的上台给人看，万一最终不合拍，要离还得扯皮，多麻烦。"

这话半真半假，晚嘉咬了口芝士蛋糕，没再提这茬。

只是没想到，事情那么快就有后续。起因是某天凌晨，孙晋突然接到一条求助信息，带详细地址，精确到经纬度坐标。而这条信息，来自他那位初恋女友。

好在孙晋警觉，加上足够规矩，当即把手机给卢彤看，向她请示。

卢彤也敏锐，一下就猜到些路数，但因为地址是在某个夜场，她也担心真出了什么事，于是换上衣服跟着孙晋去了。

两人一起到地方，才发现那女孩只是喝醉。而据她的说法，是醉中不小心摁到手机键，才触发这个紧急求助功能。

对此卢彤嗤笑不停："过气的伎俩，喝那么点酒跟我俩在那儿装醉，也亏她脸皮够厚，换我早绷不住了，真是业障。"

听起来确实尴尬，晚嘉问："那你没说什么？"

"说啊，我还扶她呢，那小脸儿红得跟什么似的。"卢彤乐不可支，对当面看人出洋相这事，实在是越想越觉得有意思，"还说紧急求助人这么多年没换，这借口真是烂到死，我都替她栽面儿。"

晚嘉笑："还好孙晋有觉悟。"

"毕竟之前分手不愉快，多少沾点仇，哪儿那么容易被哄回去？"卢彤摸起手机，接了个电话。

听起来是家里打的，没说几句，她有些不耐烦："妈，以前怎么吃就怎么吃，实在不行出去吃得了。孙晋又不是皇帝，去家里一趟，咱还非要龙肝凤髓才招待得起？"

电话挂断，晚嘉听出点进展来："打算见家长了？"

"也没有。"卢彤脸上闪过不自在，佯佯地咳两声，"只是正好冬至，叫他一起吃顿羊肉锅，没你说的那么正式。"

她嘴倔，晚嘉也就笑笑，略带揶揄。

晚嘉当晚回到家，饭后一家人坐在客厅，陪宁宁看动画电影。

电影才看三分之一，宁宁开始犯困但又不愿回去睡觉，祝遇清只好勾过毯子，把她包在怀里慢慢哄睡。晚嘉倚着祝遇清坐，也被分了半张毯子。

想起校友会，晚嘉忽然对他在德国的生活产生兴趣："除了学习，你们平时都做些什么？参加派对吗？"

"徒步，露营，去音乐节。"祝遇清拿起遥控器，调低电视音量，"聚会也有，偶尔组个局聊聊天。"

晚嘉点点头，把头靠他肩膀上，听他说起德国见闻，几个比较有趣的土著同学，又顺势问起孙晋那位初恋的事。

到底是关系不错的哥们，孙晋感情上那点私事，祝遇清多少都知道一些。比如他和那位初恋一起出国留学，而分手的原因是女方出轨，还不止一次。怪不得卢彤说分手不愉快，还沾仇。

"所以孙晋后来到处约会，是被初恋刺激到了？"晚嘉猜测。因为受了情伤，所以在男女关系上也变得随意，逻辑上似乎挺说得通。

"或许吧。"祝遇清随口应一句，低头观察女儿的脸，"是不是起皮了？"

晚嘉也凑近，见宁宁脸上确实有点干燥，起身去房里拿面霜。她前脚刚离开，宁宁迷迷糊糊睁开一只眼："爸爸，初恋是什么？"

猜她大概是半睡中听到，祝遇清温声解释："是第一个喜欢的人。"

"喔……"宁宁睫毛扑闪两下，似懂非懂，"那爸爸的初恋呢？"

"当然是妈妈。"祝遇清说着话，把毯子给女儿围到下巴。

父亲的怀抱永远温暖舒适，宁宁把那只眼重新闭上："那我跟爸爸一样，也第一个喜欢妈妈……还有爸爸。"

祝遇清笑了下，动手拍着女儿的背，轻轻地，不厌其烦。

转眼周末，是祝如曼回国的日子。

在国外待几年，她突然意识到比起开店卖成装，自媒体运营好像更擅长些，于是干脆签了一批平面模特，开始搞穿搭和美妆账号。

这天刚好是冬至节，邹芸给女儿洗尘，干脆在家开餐，有空的都来了。

其实对年轻人来说，冬至已经很少有人正儿八经当回事，但有了家庭后，每一个节日都被珍视起来，当做团聚的机会。

晚嘉进厨房帮忙，和邹芸一起备餐。婆媳两个都是南方人，相比京北这边的麻豆腐和爆肚，她们冬至常吃的是烧腊和丸子，习俗上各有风味。

厨房忙了会出来，晚嘉去后面看女儿。

庭院里，宁宁正被祝如曼带着在玩滑板，和她一起的，还有回来过寒假的姜姜。

三个不同年纪的站一起，海拔高低跟网络信号似的。

戴着学自行车的护具，宁宁在祝如曼的扶助下慢慢溜动，滑行令她兴奋不已，边扭边冲晚嘉大喊："妈妈快看我！"

晚嘉很给面子地鼓着掌，走过去问祝如曼："什么时候学的这个？"

"刚出去就学了，外面太无聊。"祝如曼把板压住，"这个我在行，那时候我总看他耍帅，还会带出去刷街。"

晚嘉看了眼祝遇清，他正坐在客厅，跟余松几个聊着什么。联想到他平时老成持重的样子，没想到年轻时候也当过板仔。

"对哎，我差点忘了，我哥房间还有几块板，都是以前的限定板，现在市面难买的。"祝如曼把宁宁抱下来，"我去找找。"

祝遇清的房间，晚嘉以前来过一回，房里摆设都没变，保持着上次的模样。

祝如曼和姜姜在找板子，她带着女儿去了趟洗手间，等出来时，就见祝如曼手上拿着一沓纸片："这是什么？"

东西很眼熟，还不等晚嘉过去，眼尖的姜姜已经认出来了："票根哎，清叔居然还留着。"

的确是海洋馆的票根，类明信片的材质容易保存，翻到背面，印章使用的油脂状液体也没有挥发，橙色的人鱼图形还鲜艳着。

"在找什么？"门口飘来一道问，是祝遇清也跟上来了。

"找板儿呢，"祝如曼扬了扬手里的票，"哥，这都猴年马月的东西了，你怎么还留着？"

"有纪念意义啊，当然要留着！"姜姜抢话回答。

"什么纪念意义？"

"当然是跟表婶的。"姜姜指着背面的章，把当年在海洋馆的事一股脑倒了出来。

听完祝如曼有点傻："不是吧哥，真的假的？"

祝遇清没有否认，径直走到女儿身边，把一套迷你保龄球给她玩。

在旁边，晚嘉有点难为情。明明该尴尬的不是她，但往事就这么被直愣愣捅破，让人猝不及防。

祝如曼有点回过味来了："怪不得你那会儿老往海洋馆跑，原来是惦记这个？"接着又震惊，"所以你真、真那么早就对嫂子……你这么长情？"

"我就说，清表叔早喜欢上表婶了。"作为知情者，姜姜跟着挤眉弄眼。

"是又怎么样？"祝遇清转身看她，很坦然地笑了笑，"有什么可奇怪的？"

"不奇怪，纯情男大学生恋上海洋馆美人鱼，就是有点狗血……不是，好浪漫。"现代版"人鱼恋"呢，多稀奇，祝如曼促狭地看向晚嘉。

晚嘉别过脸，面腮隐隐发烫。

这年进冬没下雪，天气又晴又干，夜里回家洗过澡，晚嘉坐在床上擦身体乳。抹到小腿时，祝遇清回来了："后背要不要擦，我帮你。"

"宁宁睡了？"晚嘉问。

"睡了。"祝遇清拐去洗手，再倒了点身体乳在手上，挑开晚嘉衣服，手心熨上她后背的肌理。

乳霜质地轻薄，轻易就能推开，带着若有若无，清新的东方味调。

掌动之间，似乎能感受到他掌心的纹理。

结婚都几年了，对彼此的抚触早该习以为常，但晚嘉控制不住地忸怩。她脖子往前倾，把后背拱成半个圆弧时，被祝遇清往回拉了一把："耳朵怎么这么红？"

"热……"晚嘉偏头躲开，"你别倒太多，这瓶快完了，省点用。"

她越是躲，祝遇清越是跟得紧，最后擦身体乳变成嬉闹，把枕头都挤了下去。

许久后平静下来，晚嘉躺在祝遇清怀里，不时看他一眼。

"有话要说？"祝遇清扣她下巴。

有点明知故问的语气里，晚嘉抓住他大拇指："你那时候……"想想又觉得不对，"没什么。"

祝遇清干脆把她搬到身上，力气大了点，晚嘉直求饶："我说我说。"

她轻轻挠他手臂："其实你那时候的样子，我不太记得。"

"你忙得很，不留意游客也正常。"祝遇清看着她，"什么时候知道的？"

"你猜？"鼻额角阴影模糊了一部分表情，晚嘉把他的脸挪到光下，露出立挺的眉骨和鼻梁，"其实一开始，挺难相信的。"

"那怎么不问我？"

"因为觉得不重要，都结婚了，以前的事再问来也没必要。"头一回，夫妻两个敞开来谈这件事。

确实有点热了，晚嘉把被子踢开个角："你自己都不愿意说，我问来干吗？"

"可能对自己老婆一见钟情这事，我很难开口？"祝遇清偏头亲她的肩膀，嗓音含糊。

"胡叫，那时候我压根不认识你。"晚嘉啐他，心头一栗，避免不了的肉麻。

"幸亏不认识。"祝遇清笑了笑，回忆着，把那几回见面说给她听。

他叙事平缓，语速徐徐，像在说别人的过往。晚嘉听进耳朵，脑海里浮现被他保留下的票根，长方形的一张，像老式的放映胶卷，带着她回到那个酷夏。

假珊瑚，微腥的水汽，坚硬的贝壳坐垫，以及打扮怪异的年轻男性，渐渐清晰起来。害怕煽情，但她忽然有点难过，声音闷闷的："如果我那张卡没废，就能跟你联系上了。"

"然后呢？"祝遇清问。

"然后……可能拿你当变态？"晚嘉"哧"地笑出声，又叹气，"我们差点错过。"

差点错过。

从她嘴里听到遗憾，真的不容易。

祝遇清的笑意在眼周游动，他说："应该不会有这种可能。"他重新把被角掩好，语声很低，"只要你出现在我跟前……"

手段不见得光彩，但他要的是结果。

多笃定的语气，晚嘉趴他胸前，一手托住他的脸。想象被补足，在她这里，有那么件事被更加确定了。

原来在她不知道的那几年，自己曾经被隐秘地爱过。

以及现在，仍然被爱着。

— 全文完 —